quinteto

Lisa See

El abanico de seda

Traducción de Gemma Rovira Ortega

Título original: *Snow Flower and the Secret Fan*

© Lisa See, 2005
    Publicado por primera vez por The Random House Publishing Group.
    Publicado por acuerdo con Sandra Dijkstra Lit. Ag. y Sandra Bruna Ag. Lit., S.L.
© Ediciones Salamandra, 2006
    Publicaciones y Ediciones Salamandra, S.A.
    Almogàvers, 56, 7.º 2.ª 08018 Barcelona
    www.salamandra.info

Diseño de la cubierta: Opalworks
Ilustración de la cubierta: Hulton Archive / Getty Images
Primera edición: junio de 2008

Depósito legal: B. 25.745-2008
ISBN: 978-84-9711-072-3
Impresión y encuadernación: Litografía Rosés, S. A.
Printed in Spain - Impreso en España

El derecho a utilizar la marca Quinteto corresponde a las editoriales ANAGRAMA,
EDHASA, GRUP 62 y SALAMANDRA.

Biografía

Lisa See nació en París en 1955, pero se crió en
Estados Unidos en el seno de una familia china
asentada desde tiempo atrás. Biznieta del patriarca
del Chinatown de Los Ángeles, See narró la epopeya
americana de su bisabuelo, Fong See, en un
aclamado libro de memorias titulado *On Gold
Mountain*. Autora de tres populares *thrillers*
ambientados en la China moderna (*La trama china*,
The Interior y *Flower Bones*), durante trece años fue
corresponsal en la costa oeste del semanario
Publishers Weekly. Sus artículos han aparecido en
medios tan importantes como *The New York Times*,
Los Angeles Times y *The Washington Post*. *El abanico
de seda*, publicado en 2005, fue elegido por los
libreros independientes de Estados Unidos como
Libro del Mes y mereció el premio al Libro del Año
que otorgan los libreros del sur de California. Desde
entonces ha permanecido en los primeros puestos
de diversas listas de libros más vendidos en
Norteamérica.

En esta novela he seguido el calendario tradicional chino. El tercer año del reinado del emperador Daoguang, que fue cuando nació Lirio Blanco, corresponde a 1823. La rebelión taiping empezó en 1851 y terminó en 1864.

Se cree que el *nu shu* (el código secreto de escritura utilizado por las mujeres en una remota región del sur de la provincia de Hunan) apareció hace mil años. Parece ser la única escritura del mundo creada y utilizada exclusivamente por mujeres.

Lisa See

Recogimiento

Tengo ochenta años y soy lo que en nuestro pueblo se denomina «una que todavía no ha muerto», una viuda. Sin mi esposo, los días se hacen largos. Ya no me apetecen los manjares que me preparan Peonía y las demás. Ya no me ilusionan los sucesos felices que con tanta facilidad se producen bajo nuestro techo. Ahora sólo me interesa el pasado. Después de tanto tiempo, por fin puedo decir lo que debía callar cuando era niña y dependía de los cuidados de mi familia, o más tarde, cuando pasé a depender de la familia de mi esposo. Tengo toda una vida por contar; ya no tengo nada que perder y pocos a los que ofender.

Soy lo bastante mayor para conocer mis virtudes y mis defectos, que a menudo coinciden. Siempre he necesitado que me amaran. Desde niña he sabido que no me correspondía ser amada; aun así, ansiaba que quienes me rodeaban me expresaran su cariño, y ese deseo injustificado ha sido la causa de todos mis problemas. Soñaba que mi madre se fijaría en mí y que ella y el resto de mi familia acabarían queriéndome. Con objeto de ganarme su afecto prestaba siempre obediencia —la principal virtud de niñas y mujeres—, pero quizá me desvivía en exceso por hacer lo que me mandaban. Con la esperanza de obtener alguna muestra de cariño, por sencilla que fuera, intenté no defraudar las expectativas de mi familia —tener los pies más pequeños del condado—, de modo que dejé que me los vendaran para que, tras romperse, los huesos adquirieran una forma más hermosa.

Cuando creía que ya no soportaría ni un minuto más de dolor y las lágrimas caían sobre mis ensangrentados vendajes, mi madre me hablaba al oído animándome a aguantar una hora más, un día más, una semana más, y me recordaba las recompensas que obtendría si no desfallecía. Así fue como me enseñó a soportar no sólo el sufrimiento físico que comportaban el vendado de los pies y la maternidad, sino también el dolor, más tortuoso, del corazón, la mente y el alma. Asimismo me señalaba mis defectos y me enseñaba a utilizarlos de modo que me resultaran provechosos. En mi país llamamos *teng ai* a esa clase de madres. Mi hijo me ha dicho que en la caligrafía de los hombres esa palabra está compuesta por dos caracteres. El primero significa «dolor»; el segundo, «amor». Así es el amor maternal.

Los vendajes cambiaron no sólo la forma de mis pies, sino también mi carácter. Siento como si ese proceso hubiera continuado a lo largo de toda mi vida, convirtiendo a la niña complaciente en la niña decidida y, más tarde, a la joven que cumplía sin rechistar todo cuanto le ordenaba su familia política en la mujer de más alto rango del condado, que imponía estrictas normas y costumbres en el pueblo. Cuando tenía cuarenta años, la rigidez de mis vendajes había pasado de mis lotos dorados a mi corazón, y éste se aferraba con tanta fuerza a injusticias y agravios del pasado que no me permitía perdonar a los que quería y me querían.

Mi única rebelión llegó con el *nu shu*, la escritura secreta de las mujeres. Rompí por primera vez la tradición cuando Flor de Nieve —mi *laotong*, mi «alma gemela», mi compañera de escritura secreta— me envió el abanico que ahora está encima de la mesa, y volví a romperla después de conocerla. Pero, además de ser la *laotong* de Flor de Nieve, yo estaba decidida a ser una esposa honorable, una nuera digna de elogio y una madre escrupulosa. En los malos tiempos mi corazón era duro como el jade. Tenía un poder oculto que me permitía resistir tragedias y desgracias. Pero aquí estoy —la típica viuda, sentada en silencio, como dicta la tradición—, y ahora entiendo que estuve ciega muchos años.

Con excepción de tres meses terribles del quinto año del reinado del emperador Xianfeng, he pasado toda mi vida en las habitaciones del piso de arriba, reservadas a las mujeres. Sí, iba al templo, viajé en diversas ocasiones a mi pueblo natal y hasta visitaba a Flor de Nieve, pero sé muy poco del reino exterior. He oído a los hombres hablar de impuestos, sequías y levantamientos, pero esos asuntos son ajenos a mi vida. De lo que yo entiendo es de bordar, tejer y cocinar, de la familia de mi esposo, de mis hijos, nietos y bisnietos, y de *nu shu*. El curso de mi vida ha sido el normal: años de hija, años de cabello recogido, años de arroz y sal y, por último, de recogimiento.

De modo que aquí me tenéis, sola con mis pensamientos frente a este abanico. Cuando lo cojo, me sorprende lo poco que pesa, pues en él están registradas muchas penas y alegrías. Lo abro con una sacudida y el sonido de los pliegues al desdoblarse me recuerda al de los latidos del corazón. Los recuerdos pasan a toda velocidad ante mis ojos. He leído tantas veces, en los últimos cuarenta años, el texto escrito en él que he memorizado las palabras como si fueran una canción infantil.

Recuerdo el día que me lo entregó la casamentera. Me temblaban los dedos cuando lo abrí. Entonces, una sencilla guirnalda de hojas adornaba el borde superior y un solo mensaje se desgranaba por el primer pliegue. En aquella época yo no conocía muchos caracteres de *nu shu*, así que mi tía leyó el mensaje: «Me han dicho que en vuestra casa hay una niña de buen carácter y hábil en las tareas domésticas. Esa niña y yo nacimos el mismo año y el mismo día. ¿No podríamos ser almas gemelas?» Ahora contemplo los delicados trazos que componen esas palabras y no sólo veo a Flor de Nieve cuando era niña, sino también a la mujer en que más tarde se convirtió: una mujer perseverante, franca y de mentalidad abierta.

Mi mirada acaricia los otros pliegues y veo nuestro optimismo, nuestra dicha, nuestra admiración mutua, las promesas que nos hicimos la una a la otra. Veo cómo aquella sencilla guirnalda se convirtió en un complicado dibujo de lirios y capullos de árbol de nieve entrelazados que simbolizaban nuestra unión de *laotong* o almas gemelas. Veo la luna en la esquina superior derecha, iluminándonos. Tendríamos que haber sido como dos largas enredaderas con las raíces entrelazadas, como dos árboles que viven mil años, como un par de patos mandarines emparejados de por vida. En uno de los pliegues, Flor de Nieve escribió: «El cariño no dejará que cortemos nuestros lazos.» Sin embargo, en otro pliegue veo los malentendidos, la pérdida de confianza y el portazo final. Para mí el amor era una posesión tan valiosa que no podía compartirla con nadie más, y acabó separándome de la única persona con quien me identificaba plenamente.

Todavía sigo aprendiendo acerca del amor. Pensaba que entendía no sólo el amor maternal, sino también el amor filial, el amor entre esposo y esposa y el amor entre dos *laotong*. He experimentado las otras clases de amor: la compasión, el respeto y la gratitud. Sin embargo, cuando miro el abanico secreto donde están recogidos los mensajes que Flor de Nieve y yo nos escribimos durante años, comprendo que no valoraba el amor más importante: el que surge de lo más profundo del corazón.

En los últimos años he escrito al dictado muchas autobiografías de mujeres que no llegaron a aprender *nu shu*. He conocido sus penas y sus quejas, sus injusticias y trage-

12

días. He consignado la miserable vida de personas que tuvieron un triste destino. Lo he oído y escrito todo. Si bien es cierto que sé muchas historias de mujeres, también lo es que no sé casi nada acerca de las de los hombres, excepto que suelen incluir a un granjero que lucha contra los elementos, a un soldado que combate en la guerra o a un hombre solitario que emprende una búsqueda interior. Cuando reflexiono sobre mi vida, me doy cuenta de que tiene elementos comunes a las historias de las mujeres, pero también a las de los hombres. Soy una persona humilde con las quejas típicas de toda mujer, pero mi verdadera naturaleza y la persona que debería haber sido libraron una batalla interna parecida a las que libran los hombres.

Escribo estas páginas para los que residen en el más allá. Peonía, la esposa de mi nieto, ha prometido encargarse de que las quemen tras mi muerte, para que mi historia llegue hasta ellos antes que mi espíritu. Quiero que mis palabras expliquen mis actos a mis antepasados y a mi esposo, pero sobre todo a Flor de Nieve, antes de que me reúna de nuevo con ellos.

Años de hija

Primera infancia

Me llamo Lirio Blanco. Vine al mundo el quinto día del sexto mes del tercer año del reinado del emperador Daoguang. Puwei, mi pueblo natal, está en Yongming, el condado de la Luz Eterna. La mayoría de su población desciende de la etnia yao. Gracias a los recitadores que visitaban Puwei cuando yo era pequeña, supe que los yao se establecieron en esta zona hace mil doscientos años, durante la dinastía Tang, pero que la mayoría de las familias llegaron un siglo más tarde huyendo de los ejércitos mongoles que invadieron el norte. Aunque los habitantes de nuestra región nunca han sido ricos, pocas veces hemos sido tan pobres como para que las mujeres tuvieran que trabajar en el campo.

Éramos miembros de la rama familiar Yi, uno de los primeros clanes yao que llegaron a la región y el más extendido en el distrito. Mi padre y mi tío arrendaban siete *mou* de tierra a un rico terrateniente que vivía lejos, en el oeste de la provincia, y cultivaban arroz, algodón, taro y hortalizas. Mi casa natal tenía dos plantas y estaba orientada hacia el sur, como todas las de la región. En el piso de arriba había una habitación donde se reunían las mujeres y dormían las muchachas solteras de la familia. Las alcobas de cada unidad familiar y una habitación especial para los animales flanqueaban la sala principal de la planta baja, de cuya viga central colgaban cestos de huevos o naranjas y ristras de pimientos para protegerlos de los ratones, las gallinas y los cerdos. Había una mesa y unos taburetes arrimados a una pared. Una chimenea donde mi madre y mi tía preparaban la comida ocupaba un rincón de la pared de enfrente. En la sala principal no había ventanas, de modo que en los meses de calor dejábamos abierta la puerta que daba al callejón para que entrara luz y aire. Las demás habitaciones eran pequeñas, el suelo era de tierra apisonada y, como ya he comentado, nuestros animales vivían con nosotros.

Nunca me he detenido a pensar si de pequeña fui feliz o me lo pasaba bien. Era una niña mediocre que vivía con una familia mediocre en un pueblo mediocre. Ignoraba que pudiera haber otra forma de vivir. Pero recuerdo el día que empecé a fijarme en lo que me rodeaba y a reflexionar sobre ello. Acababa de cumplir cinco años y tenía la sensación de haber traspasado un gran umbral. Desperté antes del amanecer con una especie de comezón en el cerebro. Aquella pequeña irritación aguzó mi percepción de todo cuanto vi y experimenté aquel día.

Estaba acostada entre Hermana Mayor y Hermana Tercera. Miré hacia el otro lado de la habitación, donde estaba la cama de mi prima. Luna Hermosa, que tenía la misma edad que yo, todavía no se había despertado, de modo que me quedé quieta esperando a que mis hermanas se movieran. Estaba de cara a Hermana Mayor, que me llevaba cuatro años. Aunque dormíamos en el mismo lecho, no llegué a conocerla bien hasta que me vendaron los pies y entré en la habitación de las mujeres. Me alegré de no estar de cara a Hermana Tercera, porque, como era un año menor que yo, la consideraba tan insignificante que no merecía siquiera que pensara en ella. Creo que mis hermanas tampoco me adoraban, pero la indiferencia con que nos tratábamos no era más que una máscara que nos poníamos para ocultar nuestros verdaderos deseos. Todas ansiábamos que madre se fijara en nosotras. Todas competíamos por la atención de padre. Todas confiábamos en pasar cada día un rato con Hermano Mayor, pues por ser el primer hijo varón era la persona más valiosa de la familia. En cambio, yo no sentía esa clase de celos con Luna Hermosa. Éramos buenas amigas y nos alegrábamos de que nuestras vidas fueran a estar unidas hasta que ambas nos casáramos y marcháramos de aquella casa.

Las cuatro nos parecíamos mucho. Teníamos el cabello negro y corto, éramos muy delgadas y de estatura similar. Nuestros rasgos distintivos eran escasos. Hermana Mayor tenía un lunar encima del labio superior. Hermana Tercera siempre llevaba el cabello recogido en moñetes, porque no le gustaba que mi madre se lo peinara. Luna Hermosa tenía el rostro pequeño y redondo, y yo tenía las piernas robustas, porque me gustaba correr, y los brazos fuertes, porque solía llevar en ellos a mi hermano pequeño.

—¡Niñas! —exclamó mi madre desde el pie de la escalera.

Aquello bastó para despertar a las demás y para que todas nos levantáramos. Hermana Mayor se vistió a toda prisa y se dirigió al piso de abajo. Luna Hermosa y yo tardamos un poco más porque, además de vestirnos nosotras, teníamos que vestir a Hermana Tercera. Luego fuimos juntas a la planta baja, donde mi tía barría, mi tío cantaba una canción matutina, mi madre —con Hermano Segundo cargado a la espalda— vertía el agua en la tetera para calentarla y Hermana Mayor cortaba cebolletas para preparar las gachas de arroz que llamamos *congee*. Mi hermana me lanzó una mirada serena que yo interpreté como que ya se había ganado la aprobación de la familia esa mañana y, por tanto, estaba a salvo para el resto del día. Disimulé mi envidia, sin entender que la satisfacción que creí percibir en ella era en realidad triste resignación, un sentimiento que se apoderaría de mi hermana cuando se casara y se marchara de casa.

19

—¡Luna Hermosa! ¡Lirio Blanco! ¡Venid!

Mi tía nos saludaba así todas las mañanas. Corrimos hacia ella. Besó a Luna Hermosa y me dio unas cariñosas palmadas en el trasero. Luego se acercó mi tío, que aupó a Luna Hermosa y la besó. Después de dejarla en el suelo me guiñó un ojo y me pellizcó la mejilla.

¿Conocéis ese refrán que reza que los guapos se casan con guapos y los inteligentes, con inteligentes? Aquella mañana llegué a la conclusión de que mi tío y mi tía formaban una pareja perfecta porque ambos eran feos. Mi tío, el hermano menor de mi padre, era patizambo y calvo, y tenía la cara mofletuda y brillante. Mi tía era regordeta y sus dientes parecían rocas de bordes irregulares asomando de una cueva calcárea. No tenía los pies muy pequeños; debían de medir unos catorce centímetros de largo, el doble de lo que acabarían midiendo los míos. Según las malas lenguas del pueblo, por esa razón mi tía —una mujer robusta y de caderas anchas— no había tenido hijos varones. Yo nunca había oído esa clase de reproches en nuestra casa, ni siquiera en boca de mi tío. Para mí formaban un matrimonio ideal: él era una cariñosa rata y ella un responsable buey. Cada día contagiaban felicidad a quienes se reunían con ellos alrededor del hogar.

Mi madre todavía no parecía haberse dado cuenta de mi presencia en la habitación. Siempre pasaba lo mismo, pero ese día percibí y sentí su indiferencia. La melancolía que se apoderó de mí barrió la alegría que acababa de sentir con mis tíos y me aturdió por un momento. Luego, con la misma rapidez, ese sentimiento desapareció, porque Hermano Mayor, que tenía seis años más que yo, me llamó para que lo ayudara a realizar sus tareas matutinas. Como nací en el año del caballo me encanta estar al aire libre, pero había algo aún más importante: tendría a Hermano Mayor para mí sola. Sabía que podía considerarme afortunada y que mis hermanas me guardarían rencor, pero me traía sin cuidado. Cuando Hermano Mayor me hablaba o me sonreía, yo dejaba de sentirme invisible.

Salimos corriendo de la casa. Hermano Mayor sacó agua del pozo y llenamos varios cubos que llevamos dentro; luego volvimos fuera en busca de leña. Hicimos un montón y Hermano Mayor me puso en los brazos las ramas más delgadas; él cargó con el resto y emprendimos el regreso a casa. Cuando entramos, entregué los leños a mi madre, con la esperanza de que me dedicara algún elogio. Al fin y al cabo, para una niña pequeña no es tan fácil acarrear un cubo de agua o una pila de leña. Sin embargo, ella no dijo nada.

Incluso ahora, después de tantos años, me cuesta pensar en mi madre y en lo que comprendí aquel día. Me di cuenta con toda claridad de que yo no tenía ninguna importancia para ella. Era su segunda hija y, como todas las niñas, carecía de valor; además, nada garantizaba que fuera a superar la primera infancia y, por tanto, no tenía sentido que ella perdiera el tiempo conmigo. Me miraba como todas las madres miran a sus hijas: como a un visitante que está de paso. Yo no era más que otra boca que alimentar y otro cuerpo que vestir hasta que me fuera a vivir a la casa de mi esposo. Sólo tenía cinco años y ya entendía que no merecía la atención de mi madre, pero aun así la anhelaba. Deseaba que me mirara y hablara del mismo modo que a Hermano Mayor, pero incluso en aquel momento, cuando sentí por primera vez ese deseo con acuciante intensidad, fui lo bastante inteligente para saber que no le gustaría que la interrumpiera mientras estaba atareada; a menudo me regañaba por hablar en voz demasiado alta o agitaba una mano cuando me interponía en su camino. En lugar de interrumpirla, juré que sería como Hermana Mayor y ayudaría en casa con toda la discreción y todo el cuidado de que fuera capaz.

Mi abuela apareció con paso vacilante. Tenía la cara arrugada como una pasa y la espalda tan encorvada que nuestros ojos quedaban a la misma altura.

—Ayuda a tu abuela —me ordenó mi madre—. Pregúntale si necesita algo.

Pese a la promesa que acababa de hacer, vacilé. Por la mañana mi abuela tenía las encías pastosas y le apestaba el aliento, y todos la evitábamos. Me acerqué con sigilo a ella, conteniendo la respiración, pero me ahuyentó agitando la mano con impaciencia. Me aparté tan deprisa que choqué con mi padre, la persona más importante de la casa.

Él no me regañó ni dijo nada a nadie. Si no me equivocaba, no abriría la boca hasta el anochecer. Se sentó y esperó a que le sirvieran. Observé a mi madre, que le sirvió el té sin pronunciar palabra. Yo sabía que no era conveniente que ella se fijara en mí mientras realizaba sus tareas matutinas, pero era especialmente peligroso molestarla cuando atendía a mi padre. Él casi nunca le pegaba y jamás tuvo concubinas, pero la cautela con que ella lo trataba nos alertaba de que debíamos poner mucha atención en lo que hacíamos.

Mi tía dejó los cuencos en la mesa y sirvió el *congee*, mientras mi madre arrullaba al bebé. Una vez terminamos de comer, mi padre y mi tío se marcharon a los campos, y mi madre, mi tía, mi abuela y Hermana Mayor subieron a la habitación de las mujeres. Yo quería ir con mi madre y las demás, pero aún no tenía edad para ello. Por si fuera poco, cuando volvimos a salir tuve que compartir a Hermano Mayor con mi hermano pequeño y con Hermana Tercera.

Yo cargaba con el bebé a la espalda mientras cortábamos hierba y buscábamos raíces para nuestro cerdo. Hermana Tercera nos seguía como podía. Era muy graciosa y tenía muy malas pulgas. Se comportaba como una niña mimada, cuando los únicos que tenían derecho a ser mimados eran nuestros hermanos varones. Ella se creía la más querida de la familia, aunque no había nada que lo indicara así.

Tras terminar nuestras tareas fuimos los cuatro a explorar el pueblo y recorrimos los callejones que discurrían entre las casas hasta que encontramos a unas niñas saltando a la cuerda. Mi hermano se detuvo y cogió al bebé en brazos para que yo jugara con ellas. Luego volvimos a casa, comimos un poco de arroz con verduras y Hermano Mayor se marchó con los hombres. Yo fui con Hermana Tercera y mi hermanito al piso de arriba. Mi madre volvió a arrullar al bebé, y luego él y mi hermana menor durmieron la siesta. Ya a esa edad me gustaba estar en la habitación de las mujeres con mi abuela, mi tía, mi hermana, mi prima y, sobre todo, mi madre. Mi madre y mi abuela tejían; Luna Hermosa y yo hacíamos ovillos de hilo; mi tía, sentada con un pincel y tinta, escribía aplicadamente sus caracteres secretos, mientras Hermana Mayor esperaba la visita de sus cuatro hermanas de juramento.

No tardamos en oír el sonido de cuatro pares de lotos dorados que subían con sigilo por la escalera. Hermana Mayor saludó a cada niña con un abrazo y las cinco se apiñaron en un rincón. No les gustaba que yo interviniera en sus conversaciones; aun así, me dedicaba a observarlas, consciente de que al cabo de dos años tendría mi propia hermandad. Todas eran de Puwei, de modo que podían verse con frecuencia, no sólo en días especiales de reunión como la Fiesta de la Brisa o la Fiesta de los Pájaros. Aquella hermandad se había formado cuando las niñas cumplieron siete años. Para consolidar la relación, sus padres habían aportado veinticinco *jin* de arroz, que estaban almacenados en nuestra casa. Más tarde, a medida que cada una se casara, se vendería su porción de arroz para que sus hermanas de juramento pudieran comprarle regalos. La última parte se vendería con motivo de la boda de la última hermana de juramento. Eso marcaría el final de la hermandad, pues todas las niñas habrían contraído matrimonio y se habrían marchado a aldeas lejanas, donde estarían demasiado ocupadas cuidando de sus hijos y obedeciendo a sus suegras para tener tiempo que dedicar a sus antiguas amistades.

Hermana Mayor nunca intentaba acaparar la atención, ni siquiera cuando estaba con sus amigas. Se sentaba con ellas y bordaban mientras se contaban historias divertidas. Cuando su charla y sus risas se volvían demasiado bulliciosas, mi madre las mandaba callar con gesto severo, y yo no entendía por qué no aplicaba el mismo rasero cuando eran las comadres de mi abuela las que venían de visita. Cuando sus hijos se hicieron mayores, a mi abuela la habían invitado a unirse a un nuevo grupo de cinco hermanas de juramento de Puwei. Sólo dos de ellas, además de mi abuela, seguían vivas; eran viudas y la visitaban como mínimo una vez por semana. Se hacían reír unas a otras y se contaban chistes picantes que nosotras, las niñas, no entendíamos. En esas ocasiones mi madre, que temía a su suegra, no se atrevía a llamarles la atención. O quizá estaba demasiado ocupada.

A mi madre se le acabó el hilo y se levantó para ir por más. Se quedó quieta un momento, con la mirada perdida y expresión pensativa. Sentí el deseo casi irrefrenable de correr hacia ella, lanzarme a sus brazos y exclamar: «¡Mírame, mírame, mírame!», pero me contuve. Mi abuela materna no le había vendado bien los pies y, en lugar de lotos dorados, tenía unos feos muñones y debía ayudarse de un bastón para andar. Sin él, tenía que extender los brazos para mantener el equilibrio. De pie estaba tan insegura que a nadie se le habría ocurrido abrazarla ni besarla.

—¿No crees que Luna Hermosa y Lirio Blanco deberían ir fuera? —preguntó mi tía, rescatando a mi madre de su ensimismamiento—. Podrían ayudar a Hermano Mayor en sus tareas.

—Él no necesita su ayuda.

—Ya lo sé —repuso mi tía—, pero hace un día muy bonito...

—No —la interrumpió mi madre, inflexible—. No me gusta que las niñas se paseen por el pueblo cuando deberían estar aprendiendo las labores domésticas.

Pero en esta cuestión mi tía era muy perseverante. Quería que exploráramos los callejones, que paseáramos por las afueras del pueblo y miráramos más allá, pues sabía que al cabo de no mucho tiempo sólo veríamos lo que se atisbaba desde la ventana con celosía de la habitación de las mujeres.

—Sólo les quedan unos meses —argumentó. No dijo que pronto tendríamos los pies vendados, los huesos rotos, la carne corroída—. Déjalas correr mientras pueden.

Mi madre estaba agotada. Tenía cinco hijos, de los que tres no pasaban de los cinco años. Toda la responsabilidad de la casa recaía sobre ella; se encargaba de la limpieza, la colada, las reparaciones, de preparar todas nuestras comidas y de controlar las deudas de la familia. Su posición era superior a la de mí tía, pero no podía discutir a diario para imponer lo que consideraba un comportamiento correcto.

—Está bien —concedió con un suspiro de resignación—. Que salgan.

Cogí de la mano a Luna Hermosa y nos pusimos a dar brincos. Mi tía nos hizo salir rápidamente, antes de que mi madre cambiara de opinión, mientras Hermana Mayor y sus hermanas de juramento nos miraban con expresión de nostalgia. Mi prima y yo bajamos corriendo por la escalera y salimos fuera. El atardecer era la hora del día que más me gustaba; corría un aire tibio y perfumado y se oía el canto de las cigarras. Nos escabullimos por el callejón hasta que encontramos a Hermano Mayor, que llevaba el carabao de la familia al río. Iba montado sobre su ancho lomo, con una pierna doblada debajo del trasero, mientras la otra se balanceaba sobre el flanco del animal. Luna Hermosa y yo los seguimos en fila india por el laberinto de estrechos callejones del pueblo, cuya caótica disposición nos protegía de fantasmas y bandidos. No vimos ningún adulto —los hombres trabajaban en los campos y las mujeres permanecían en las habitaciones de arriba de sus casas, detrás de las celosías—, pero sí a otros niños y también a los animales del pueblo: gallinas, patos, orondas cerdas y cochinillos que chillaban a la cola de sus madres.

Dejamos el pueblo y enfilamos un estrecho y elevado camino pavimentado con guijarros. Era lo bastante ancho para que pasaran por él personas y palanquines, pero demasiado angosto para los carros tirados por bueyes o ponis. Seguimos hasta el río Xiao y nos paramos ante el puente colgante que lo cruzaba. Más allá de éste se abrían vastas extensiones de cultivos. El cielo era de un azul tan intenso como las plumas del martín pescador. A lo lejos se veían otros pueblos, lugares a los que entonces no podía imaginar que algún día viajaría. Bajamos hasta la orilla, donde el viento hacía susurrar los juncos. Me senté en una roca, me quité los zapatos y caminé por el bajío. Han transcurrido setenta y cinco años y todavía recuerdo la sensación del barro entre los dedos de los pies, la caricia del agua, el frío en la piel. Luna Hermosa y yo gozábamos de una libertad que nunca volveríamos a tener. Sin embargo, de aquel día recuerdo claramente otra cosa. Apenas despertar, había visto a mi familia desde una perspectiva nueva que me había llenado de emociones extrañas: melancolía, tristeza, celos y un sentimiento de injusticia respecto a muchas cosas que, de pronto, me parecían arbitrarias. Dejé que el agua se llevara todo eso.

Aquella noche, después de cenar, nos sentamos fuera. Disfrutamos del fresco aire nocturno y contemplamos a mi padre y mi tío, que fumaban sus largas pipas. Todos estábamos cansados. Mi madre arrullaba al bebé por última vez para que se durmiera. Las tareas domésticas, que para ella todavía no habían terminado, la habían dejado agotada; le pasé un brazo por los hombros para reconfortarla.

—Hace demasiado calor —dijo, y apartó mi brazo con delicadeza.

Mi padre debió de advertir mi decepción, porque me sentó en su regazo. Aunque no me dijo nada, sentí que yo tenía valor para él. Por un momento fui como una perla en su mano.

El vendado

Los preparativos para el vendado de mis pies duraron mucho más de lo que se suponía. En las ciudades, a las niñas de las familias acomodadas les vendan los pies a los tres años. En algunas provincias lejanas sólo se los vendan por un tiempo, para que resulten más atractivas a sus futuros maridos. Esas niñas pueden tener hasta trece años. No se les rompen los huesos, los vendajes siempre están flojos y, después de casarse, se los quitan para trabajar en los campos junto a sus esposos. Y a las niñas más pobres no les vendan los pies, y ya sabemos cómo acaban: las venden como criadas o se convierten en «falsas nueras», niñas de pies grandes, procedentes de familias desgraciadas, que son entregadas a otras familias para que las críen hasta la edad de concebir hijos. Pero en nuestro mediocre condado, a las niñas de familias como la mía empiezan a vendarles los pies a los seis años y el proceso no se considera terminado hasta dos años más tarde.

Mientras yo correteaba con mi hermano por el pueblo, mi madre ya había comenzado a confeccionar las largas tiras de tela azul con que me vendaría los pies. Hizo mi primer par de zapatos con sus propias manos, pero todavía puso más cuidado en bordar los zapatos en miniatura que colocaría en el altar de Guanyin, la diosa que escucha los lamentos de las mujeres. Esos zapatos bordados, que sólo medían tres centímetros y medio de largo y estaban confeccionados con una pieza especial de seda roja que conservaba de su ajuar, fueron el primer indicio que tuve de que pudiera importarle algo a mi madre.

Cuando Luna Hermosa y yo cumplimos seis años, mi madre y mi tía mandaron llamar al adivino, que se encargaría de elegir una fecha auspiciosa para empezar el vendado. Dicen que el otoño es la época del año más propicia para eso, pero sólo porque se acerca el invierno y el frío ayuda a anestesiar los pies. ¿Que si estaba emocionada? No. Estaba asustada. Era demasiado pequeña para recordar los primeros días del vendado de mi hermana mayor, pero ¿qué vecino del pueblo no había oído los gritos de la hija de los Wu?

Mi madre recibió al adivino Hu en el piso de abajo, le sirvió té y le ofreció un cuenco de semillas de sandía. El propósito de sus atenciones era favorecer una lectura propicia. El adivino empezó conmigo. Analizó mi fecha de nacimiento y sopesó las posibilidades. Luego dijo:

—Necesito ver a la niña con mis propios ojos.

Eso no era lo habitual y mi madre fue a buscarme con gesto de preocupación. Me condujo a la sala y me colocó delante del adivino. Para realizar su examen, éste me hincó los dedos en los hombros, lo que me mantuvo quieta y asustada al mismo tiempo.

—Ojos... Orejas... Esa boca... —Levantó la cabeza para mirar a mi madre—. Esta niña no es como las demás.

Mi madre aspiró aire entre los dientes apretados. Aquél era el peor anuncio que podía haber hecho el adivino.

—Este caso requiere otra opinión —añadió el hombre—. Propongo que consultemos a una casamentera. ¿Estás de acuerdo?

Otra persona quizá hubiera sospechado que intentaba estafarla y que estaba confabulado con la casamentera del pueblo, pero mi madre no vaciló ni un instante. Tanto miedo tenía —o tan convencida estaba— que ni siquiera pidió permiso a mi padre para gastar ese dinero.

—Vuelve tan pronto como puedas —contestó—. Estaremos esperando.

El adivino se marchó, dejándonos a todos muy desconcertados. Esa noche, mi madre habló muy poco. De hecho, ni siquiera me miró. Mi tía tampoco bromeó como solía. Mi abuela se retiró temprano, pero yo la oí rezar. Mi padre y mi tío fueron a dar un largo paseo. Hasta mis hermanos debieron de percibir el desasosiego que reinaba en la casa, porque se portaron mejor que de costumbre.

Al día siguiente las mujeres se levantaron temprano. Prepararon pasteles y té de crisantemo y sacaron platos especiales de los armarios. Mi padre no fue a trabajar al campo, sino que se quedó en casa para recibir a las visitas. Todo este despilfarro delataba la gravedad de la situación. Y, por si fuera poco, el adivino no se presentó con la señora Gao, la casamentera del pueblo, sino con la señora Wang, la casamentera de Tongkou, la población más importante del condado.

Dejadme decir una cosa: la casamentera del pueblo ni siquiera había pisado todavía nuestro hogar. En teoría aún faltaba un par de años para que viniera a visitarnos e hiciera de intermediaria de Hermano Mayor, cuando buscara esposa, y de Hermana Mayor, cuando otras familias buscaran novias para sus hijos. Así pues, cuando el palanquín de la señora Wang se detuvo delante de nuestra casa, no hubo muestras de júbilo. Por la ventana de la habitación de las mujeres vi que algunos vecinos se acercaban a curiosear. Mi padre se postró y se puso a hacer reverencias, tocando el suelo con la frente una y otra vez en señal de respeto. Sentí lástima por él. Se angustiaba mucho por todo, un rasgo típico de los nacidos el año del conejo. Era el responsable de todos los miembros de mi familia, pero aquella situación lo superaba. Mi tío no paraba de moverse, pasando el peso del cuerpo de un pie a otro, mientras mi tía, por lo general alegre y cordial, estaba paralizada a su lado. Desde mi privilegiado puesto de observación en el piso superior me percaté, al ver aquellos semblantes, de que sucedía algo muy grave.

Cuando hubieron entrado en la casa, me acerqué con sigilo al hueco de la escalera para oír lo que decían. La señora Wang se puso cómoda. Sirvieron el té y los dulces. Apenas se oía la voz de mi padre mientras cumplía con las normas de cortesía. Pero la señora Wang no había ido a aquella humilde casa para hablar de cosas intrascendentes. Lo que quería era verme. Así pues, me llamaron, tal como el día anterior. Bajé por la escalera y entré en la sala con todo el garbo de que es capaz una niña de seis años que todavía tiene pies grandes y torpes.

Miré a los mayores de mi familia. Aunque hay momentos especiales en que la distancia del tiempo deja los recuerdos en sombras, conservo muy clara la imagen de sus caras aquel día. Mi abuela estaba sentada mirándose las manos, que tenía entrelazadas; su piel era tan frágil y delgada que vi latirle una vena en la sien. Mi padre, que ya tenía bastantes problemas, había enmudecido por la ansiedad. Mi tía y mi tío estaban plantados en el umbral, sin atreverse a participar en lo que iba a ocurrir y, al mismo tiempo, sin querer perdérselo. Con todo, lo que mejor recuerdo es la cara de mi madre. Como a toda hija, me parecía una mujer guapa, pero aquel día percibí su verdadera naturaleza por primera vez. Yo sabía que había nacido en el año del mono, pero no me había dado cuenta de hasta qué punto era astuta y sagaz, rasgos típicos de ese signo. Algo descarnado latía bajo sus prominentes pómulos. Algo maquinador se ocultaba detrás de sus oscuros ojos... Ni siquiera ahora sabría describirlo. Diría que algo parecido a la ambición masculina resplandecía a través de su piel.

Me mandaron colocarme de pie delante de la señora Wang. Su chaqueta de seda me pareció muy bonita, pero los niños no tienen gusto ni criterio. Hoy diría que era chillona y poco apropiada para una viuda, mas las casamenteras no son como las demás mujeres. Se dedican a negociar con los hombres; establecen el precio de las novias, regatean por las dotes y hacen de intermediarias. La risa de la señora Wang era demasiado estridente y sus palabras demasiado melifluas. Me ordenó acercarme a ella, me colocó entre sus rodillas y me miró fijamente. En aquel instante dejé de ser invisible.

La señora Wang fue más minuciosa que el adivino. Me pellizcó el lóbulo de las orejas. Me puso los índices sobre los párpados inferiores y tiró de la piel hacia abajo, luego me ordenó que mirara arriba, abajo, a izquierda y derecha. Me cogió las mejillas y me volvió la cabeza a uno y otro lado. Me dio fuertes apretones en los brazos, desde los hombros hasta las muñecas. A continuación me palpó las caderas. ¡Yo sólo tenía seis años! A esa edad todavía no puede saberse nada de la fertilidad. Aun así lo hizo, y nadie intentó impedírselo. Después hizo algo todavía más sorprendente: se levantó de la silla y me ordenó que ocupara su lugar. Eso habría sido de muy mala educación por mi parte, así que miré a mis padres en busca de consejo, pero estaban inmóviles como un par de ovejas. Mi padre había palidecido y casi le oía pensar: «¿Por qué no la arrojamos al río cuando nació?»

La señora Wang no se había convertido en la casamentera más importante del condado a base de esperar a que las ovejas tomaran decisiones, de modo que me aupó y me sentó en la silla. Acto seguido se arrodilló ante mí y me quitó los zapatos y calcetines. De nuevo se hizo el silencio. Al igual que antes mi cara, ahora me movió los pies en todas direcciones. Luego pasó la uña del pulgar por el puente de ambos.

Entonces miró al adivino con un gesto de asentimiento. Se incorporó y con un brusco movimiento del dedo índice me ordenó que me levantara de su asiento. Cuando se hubo sentado, el adivino carraspeó y dijo:

—Vuestra hija nos obsequia con una circunstancia especial. Ayer noté algo en ella, y la señora Wang, que aporta su pericia y experiencia, coincide conmigo. Vuestra hija tiene la cara larga y delgada como una semilla de arroz, y el lóbulo de las orejas carnoso, lo que denota generosidad. Pero lo más importante son sus pies. Tienen el puente muy alto, pero todavía no están completamente desarrollados. Eso significa, madre, que deberías esperar un año más para empezar a vendárselos. —Levantó una mano para impedir que lo interrumpieran, como si alguien fuera a atreverse, y añadió—: Ya sé que en nuestro pueblo no es costumbre hacerlo cuando las niñas tienen siete años, pero creo que si miras a tu hija verás que...

El adivino Hu titubeó. Mi abuela le acercó un cuenco de mandarinas para ayudarlo a ordenar sus pensamientos. Él cogió una, la peló y arrojó la mondadura al suelo. Con un gajo delante de la boca, continuó:

—A los seis años los huesos todavía son en gran parte agua y, por lo tanto, maleables. Pero vuestra hija está poco desarrollada para su edad, incluso tratándose de nuestro pueblo, que ha pasado años difíciles. Quizá las otras niñas de la familia también lo estén. Eso no debe avergonzaros.

Hasta ese momento yo nunca había pensado que en mi familia pudiera haber algo diferente, y aún menos en mí.

El adivino se metió el gajo de mandarina en la boca, lo masticó concienzudamente y prosiguió:

—Pero vuestra hija no sólo llama la atención por su escaso desarrollo a causa de una alimentación pobre. Como ya he dicho, sus pies tienen un puente particularmente pronunciado, y eso significa que si hacemos ciertas concesiones ahora, más adelante podría tener los pies más perfectos de nuestro condado.

Hay gente que no cree en los adivinos. Hay quien piensa que se limitan a dar consejos de sentido común. Al fin y al cabo, el otoño es la mejor época para iniciar el vendado de los pies, la primavera es la mejor época para dar a luz y una bonita colina con una brisa suave tiene el *feng shui* idóneo para una tumba. Con todo, aquel adivino vio algo en mí que cambió el curso de mi vida. Sin embargo, en aquel momento no hubo celebraciones. En la habitación reinaba un silencio inquietante. Y yo seguía con la impresión de que pasaba algo terrible.

La señora Wang rompió el silencio.

—La niña es muy hermosa, desde luego, pero los lotos dorados son más importantes que un rostro agraciado. Una cara bonita es un don del cielo, pero unos pies diminutos pueden mejorar la posición social. Creo que en eso estaremos todos de acuerdo. Lo que ocurra después tiene que decidirlo el padre. —Miró directamente a mi padre, pero las palabras que salieron de sus labios iban dirigidas a mi madre—: No es nada malo buscar un buen enlace para una hija. Una familia de posición elevada os aportaría mejores contactos, pagaría más por la novia y os proporcionaría protección política y económica a largo plazo. Aunque aprecio mucho la hospitalidad y la generosidad de que habéis hecho gala hoy —añadió, destacando lo exiguo de nuestro hogar con un lánguido movimiento de la mano—, el destino, encarnado en vuestra hija, os ofrece una oportunidad. Si la madre hace bien su trabajo, esta niña insignificante podría casarse con el hijo de una familia de Tongkou.

¡Tongkou!

—Dices cosas maravillosas —respondió mi padre con cautela—, pero la nuestra es una familia modesta. No podemos pagar tus honorarios.

—Padre —repuso la señora Wang con dulzura—, si los pies de tu hija acaban como imagino, estoy segura de que la familia del novio me gratificará generosamente. Tú también recibirás bienes de ellos, pues pagarán un magnífico precio por la novia. Como ves, tanto tú como yo nos beneficiaremos de este acuerdo.

Mi padre guardó silencio. Nunca hablaba de lo que ocurría en los campos ni expresaba sus sentimientos. Me vino a la memoria un invierno que, tras un año de sequía, nos había sorprendido con pocas reservas de alimentos. Mi padre se fue de caza a las montañas, pero hasta los animales habían muerto de hambre; no tuvo más remedio que regresar a casa con unas raíces amargas, con las que mi madre y mi abuela prepararon un caldo. Quizá ahora estaba recordando la vergüenza que había pasado aquel año e imaginando cuánto pagaría mi futuro esposo por mí y qué podría hacer mi madre con ese dinero.

—Además —prosiguió la casamentera—, creo que vuestra hija también está capacitada para tener una *laotong*.

Yo conocía esa palabra y su significado. Un contrato de dos *laotong* no tenía nada que ver con una hermandad. Implicaba la participación de dos niñas de poblaciones diferentes y duraba toda la vida, mientras que una hermandad la componían varias niñas y se disolvía en el momento de la boda. Yo nunca había conocido ninguna *laotong* ni me había planteado que pudiera llegar a tenerla. Cuando eran pequeñas, mi madre y mi tía habían tenido hermanas de juramento en sus pueblos natales. Hermana Mayor también integraba una hermandad, y mi abuela tenía amigas viudas del pueblo de su esposo que se habían convertido en hermanas de juramento. Yo daba por hecho que, a su debido momento, también las tendría. Pero una *laotong* era algo muy especial. Debería haberme emocionado, pero estaba perpleja, como el resto de los presentes. Aquél no era un tema que debiera abordarse delante de los hombres. La situación era tan extraordinaria que mi padre se atolondró y dijo:

—Ninguna mujer de nuestra familia ha tenido jamás una *laotong*.

—Tu familia no ha tenido muchas cosas hasta ahora —observó la señora Wang, al tiempo que se levantaba de la silla—. Háblalo con tu familia, pero recuerda que oportunidades como ésta no llaman a la puerta todos los días. Volveré a visitaros.

La casamentera y el adivino se marcharon tras prometer que regresarían para vigilar mi evolución. Mi madre y yo fuimos al piso de arriba. En cuanto entramos en la habitación de las mujeres, ella se volvió y me miró con la misma expresión que yo acababa de verle en la sala principal. Acto seguido, sin darme tiempo a decir nada, me dio un violento bofetón y preguntó:

—¿Te das cuenta de los problemas que va a causar esto a tu padre?

Eran palabras crueles, pero yo sabía que la bofetada era para que tuviéramos buena suerte y para ahuyentar los malos espíritus. Después de todo, nada garantizaba que mis pies fueran a convertirse en lotos dorados. Cabía la posibilidad de que mi madre cometiera algún error, como había hecho la suya al vendérselos a ella. Mi madre lo había hecho muy bien con Hermana Mayor, pero podía pasar cualquier cosa. En lugar de convertirme en un bien muy preciado, podía acabar tambaleándome sobre unos feos muñones y extendiendo los brazos para mantener el equilibrio, igual que ella.

Me ardía la mejilla, pero me sentí feliz. Aquella bofetada era la primera muestra de afecto que recibía de mi madre, y tuve que reprimir una sonrisa.

No me dirigió la palabra durante el resto del día. Bajó y se puso a hablar con mi tía, mi tío, mi padre y mi abuela. Mi tío era un hombre bondadoso, pero por ser el segundo varón de la familia carecía de autoridad en nuestro hogar. Mi tía sabía los beneficios que podría reportarnos aquella situación, pero, como mujer sin hijos varones, casada con un segundo hijo varón, era el miembro de la familia con menos autoridad. Mi madre tampoco ocupaba una posición elevada, pero de su expresión mientras hablaba la casamentera yo adivinaba qué estaba pensando. Mi padre y mi abuela eran los que tomaban las decisiones que afectaban a la familia, aunque ambos se dejaban influir. El anuncio de la casamentera, pese a ser un buen augurio para mí, significaba que mi padre tendría que trabajar de firme a fin de reunir una dote apropiada para una boda de mayor categoría. Si no aceptaba la decisión de la casamentera, perdería prestigio no sólo en el pueblo sino en todo el condado.

No sé si decidieron mi destino aquel mismo día, pero para mí nada volvió a ser igual. El futuro de Luna Hermosa también cambió con el mío. Yo era unos meses mayor que mi prima, pero se decidió que empezarían a vendarnos los pies el mismo día que a Hermana Tercera. Aunque yo seguía realizando mis tareas fuera, nunca volví al río con mi hermano. No volví a sentir la caricia de la fría corriente en la piel. Hasta aquel día mi madre nunca me había pegado, pero a partir de entonces lo hizo en numerosas ocasiones. Lo peor fue que mi padre no volvió a mirarme con ternura. Ya no me sentaba en su regazo por la noche, mientras fumaba su pipa. En un abrir y cerrar de ojos, de ser una niña sin ningún valor me había convertido en alguien que podía resultar útil a la familia.

Guardaron las vendas y los zapatitos especiales que mi madre había confeccionado para colocar en el altar de Guanyin, y también las vendas y los zapatos que habían hecho para Luna Hermosa. La señora Wang empezó a visitarnos con cierta regularidad. Venía en su propio palanquín, me examinaba de arriba abajo y me interrogaba acerca de mi aprendizaje de las tareas domésticas. No puedo decir que fuera amable conmigo, ni mucho menos. Yo no era más que un medio para obtener un beneficio.

· · ·

Al año siguiente empezó en serio mi educación en la habitación de las mujeres, aunque yo ya sabía muchas cosas. Sabía que los hombres casi nunca entraban allí; era una pieza reservada para nosotras, donde podíamos hacer nuestro trabajo y compartir nuestros pensamientos. Sabía que pasaría casi toda mi vida en una habitación como aquélla. También sabía que la diferencia entre *nei* —el reino interior del hogar— y *wai* —el reino exterior de los hombres— constituía el núcleo de la sociedad confuciana. Tanto si eres rico como si eres pobre, emperador o esclavo, la esfera doméstica pertenece a las mujeres y la esfera exterior a los hombres. Las mujeres no deben salir de sus cámaras interiores ni siquiera mediante la imaginación. Entendía asimismo los dos ideales confucianos que gobernaban nuestra vida. El primero lo formaban las Tres Obediencias: «Cuando seas niña, obedece a tu padre; cuando seas esposa, obedece a tu esposo; cuando seas viuda, obedece a tu hijo.» El segundo correspondía a las Cuatro Virtudes, que definen el comportamiento, la forma de hablar, el porte y la ocupación de las mujeres: «Sé sobria, comedida, sosegada y recta en tu actitud; sé serena y agradable en tus palabras; sé contenida y exquisita en tus movimientos; sé perfecta en la artesanía y el bordado.» Si las niñas no se apartan de esos principios, se convierten en mujeres virtuosas.

Mis estudios se ampliaron para incorporar las artes prácticas. Aprendí a enhebrar una aguja, a elegir el color del hilo y a dar puntadas pequeñas y parejas. Eso era importante, porque Luna Hermosa, Hermana Tercera y yo empezamos a trabajar en los zapatos que llevaríamos durante los dos años que duraba el proceso de vendado. Necesitábamos zapatos para el día, unos escarpines especiales para dormir y varios pares de calcetines ceñidos. Trabajábamos de forma cronológica, comenzando por el calzado que nos quedaba bien en ese momento, para luego pasar a tallas cada vez menores.

Lo más importante fue que mi tía empezó a enseñarme *nu shu*. Yo no acababa de comprender por qué se interesaba tanto en mí. Creía, tonta de mí, que lo hacía porque si yo trabajaba con diligencia enseñaría a Luna Hermosa a ser diligente. Y si mi prima era diligente quizá consiguiera una boda mejor que la de su madre. Sin embargo, lo que mi tía pretendía era introducir en nuestra vida la escritura secreta para que Luna Hermosa y yo la compartiéramos el resto de nuestros días. Tampoco me percataba de que aquello era motivo de conflicto entre mi tía, por una parte, y mi madre y mi abuela, que no sabían *nu shu*, por la otra. Mi padre y mi tío tampoco conocían la escritura de los hombres.

Por aquel entonces yo todavía no había visto la escritura de los hombres, de modo que no tenía nada con que comparar el *nu shu*. En cambio, ahora puedo decir que la escritura de los hombres es enérgica, con cada carácter cómodamente contenido en un cuadrado, mientras que nuestro *nu shu* recuerda a las huellas de un mosquito o de un pájaro en la arena. A diferencia de la escritura de los hombres, los caracteres de *nu shu* no representan palabras, sino que son fonéticos. De ahí que uno determinado pueda representar todas las palabras que tienen el mismo sonido, pero generalmente el contexto aclara el significado. Sin embargo, hemos de tener mucho cuidado para interpretar correctamente el significado de cada carácter. Muchas mujeres —como mi madre y mi abuela— nunca aprendieron la escritura, pero saben canciones e historias recogidas en *nu shu*, muchas de las cuales tienen un ritmo breve y marcado.

Mi tía me enseñó las normas del *nu shu*. Se puede utilizar para escribir cartas, canciones, autobiografías, lecciones de obligaciones femeninas, oraciones a la diosa y, por supuesto, cuentos populares. Se puede escribir con pincel y tinta sobre papel o un abanico; se puede bordar en un pañuelo o tejer en un trozo de tela. Se puede y debe cantar ante un público formado por otras mujeres y niñas, pero también se puede leer y atesorar en solitario. Pero las dos reglas más importantes son éstas: los hombres no deben conocer su existencia ni tener relación alguna con él.

Luna Hermosa y yo seguimos aprendiendo nuevas técnicas hasta mi séptimo aniversario, cuando regresó el adivino. Esa vez, tenía que encontrar una fecha para que tres niñas —Luna Hermosa, Hermana Tercera y yo— empezáramos a vendarnos los pies. Carraspeó y titubeó. Consultó nuestros ocho caracteres y, tras darle muchas vueltas, escogió una fecha típica en nuestra región —el vigésimo cuarto día del octavo mes lunar—, cuando aquellas a quienes van a vendar los pies rezan oraciones y realizan sus últimas ofrendas a la Doncella de los Pies Diminutos, la diosa que vela para que todo el proceso se desarrolle sin incidentes.

Mi madre y mi tía reanudaron los preparativos del vendado y empezaron a confeccionar más vendas. Nos daban pastelitos de alubias rojas con objeto de que nuestros huesos se ablandaran hasta adquirir la consistencia de un pastelito. A medida que se acercaba el inicio del vendado, muchas vecinas del pueblo vinieron a visitarnos a la habitación del piso de arriba. Las hermanas de juramento de Hermana Mayor nos desearon suerte, nos llevaron más dulces y nos felicitaron porque oficialmente ya éramos mujeres. En nuestra habitación reinaba un ambiente de júbilo y celebración. Todo el mundo estaba alegre; cantábamos, reíamos, charlábamos. Ahora sé que había muchas cosas que nadie decía. (Nadie me explicó, por ejemplo, que podía morir. Cuando fui a vivir a casa de mi esposo, mi suegra me contó que una de cada diez niñas fallecía a causa del vendado de los pies, no sólo en nuestro condado sino en toda China.)

Yo únicamente sabía que aquel proceso facilitaría mi boda y, por lo tanto, me ayudaría a alcanzar el máximo logro de toda mujer: un hijo. Con ese fin, mi propósito era conseguir unos pies perfectamente vendados con siete características bien definidas: tenían que ser pequeños, estrechos, rectos, puntiagudos y arqueados, y sin embargo de piel perfumada y suave. De todos esos requisitos, el más importante es la longitud. Siete centímetros —aproximadamente la longitud de un pulgar— es la medida ideal. A continuación viene la forma. Un pie perfecto debe tener la forma de un capullo de loto. Ha de tener el talón redondeado y carnoso, la punta aguzada, y todo el peso del cuerpo debe recaer únicamente sobre el dedo gordo. Eso significa que los dedos y el puente deben romperse y doblarse hasta llegar a tocar el talón. Por último, la hendidura formada por la punta del pie y el talón debe ser lo bastante profunda para esconder entre sus pliegues una moneda grande colocada de canto. Si yo podía conseguir todo eso, obtendría la felicidad como recompensa.

La mañana del vigésimo cuarto día del octavo mes lunar, ofrecimos bolas de arroz de consistencia glutinosa a la Doncella de los Pies Diminutos, mientras nuestras madres colocaban los zapatos en miniatura que habían confeccionado ante una pequeña estatua de Guanyin. Después ambas cogieron alumbre, astringente, tijeras, unos cortaúñas especiales, agujas e hilo. Sacaron las largas vendas que habían preparado; cada una tenía cinco centímetros de ancho, tres metros de largo y estaba ligeramente almidonada. A continuación todas las mujeres de la casa fueron a la habitación del piso superior. Hermana Mayor fue la última en llegar; llevaba un cubo de agua hervida, donde habían echado raíz de morera, almendras molidas, orina, hierbas y raíces.

Como era la mayor de las tres, empezaron por mí. Yo estaba decidida a demostrar lo valiente que podía ser. Mi madre me lavó los pies y los frotó con alumbre, para contraer el tejido y reducir la inevitable secreción de sangre y pus. Me cortó las uñas al máximo. Entretanto pusieron las vendas en remojo para que, al secarse sobre mi piel, se tensaran aún más. A continuación mi madre cogió la punta de una venda, me la puso sobre el empeine y la pasó por encima de los cuatro dedos pequeños del pie, que se doblaron hacia la planta. Desde allí me envolvió el talón. Otra vuelta alrededor del tobillo ayudó a asegurar las dos primeras vueltas. La idea era conseguir que los dedos y el talón se tocaran, creando la hendidura, pero dejando libre el dedo gordo para que al andar me apoyara en él. Mi madre repitió esos pasos hasta acabar la venda; mi tía y mi abuela no dejaban de mirar para asegurarse de que no se formaban arrugas en la tela. Por último, mi madre cosió con puntadas muy apretadas el extremo de la venda para que ésta no se aflojara y yo no pudiera sacar el pie.

Repitió el proceso con mi otro pie, y entonces mi tía empezó a vendar a Luna Hermosa. Mientras tanto, Hermana Tercera dijo que tenía sed y bajó a beber agua. Cuando hubieron terminado con los pies de Luna Hermosa, mi madre llamó a Hermana Tercera, pero ésta no contestó. Una hora antes, me habrían dicho que fuera a buscarla, pero durante los dos años siguientes no se me permitiría bajar por la escalera. Mi madre y mi tía registraron toda la casa y luego salieron. Ojalá hubiese podido correr hasta la celosía y mirar fuera, pero ya me dolían los pies porque los huesos empezaban a soportar una fuerte presión y las vendas, muy apretadas, impedían la circulación de la sangre. Miré a Luna Hermosa y vi que estaba tan pálida como indicaba su nombre. Dos hilos de lágrimas resbalaban por sus mejillas.

Oímos a mi madre y mi tía llamando a voces: «¡Hermana Tercera, Hermana Tercera!»

Mi abuela y Hermana Mayor se acercaron a la celosía y miraron.

—*Aiya* —murmuró mi abuela.

Hermana Mayor volvió la cabeza hacia nosotras.

—Madre y tía están en casa de los vecinos. ¿No oís gritar a Hermana Tercera?

Luna Hermosa y yo negamos con la cabeza.

—Madre la lleva a rastras por el callejón —nos informó Hermana Mayor.

Entonces oímos a Hermana Tercera exclamar:

—¡No! ¡No quiero ir! ¡No quiero que me vendéis!

Mi madre la regañó a voz en grito:

—Eres una inútil. Una vergüenza para nuestros antepasados. —Eran palabras crueles, pero no inusitadas; en nuestro pueblo las oíamos casi a diario.

Metieron a Hermana Tercera en la habitación de un empujón. Cayó al suelo, pero enseguida se incorporó, corrió hasta un rincón y se quedó allí agachada.

—Vamos a vendarte. No tienes elección —declaró mi madre.

Hermana Tercera, nerviosa, miraba en busca de un lugar donde esconderse. Estaba atrapada y nada podría impedir lo inevitable. Madre y tía avanzaron hacia ella, que hizo un último intento por escabullirse de sus brazos, pero Hermana Mayor la agarró. Hermana Tercera sólo tenía seis años, pero se resistió con uñas y dientes. Hermana Mayor, mi tía y mi abuela la sujetaban, mientras mi madre le ceñía a toda prisa los vendajes. Hermana Tercera no paraba de chillar. Varias veces consiguió liberar un brazo, pero enseguida volvían a sujetárselo. Por un segundo mi madre dejó escapar el pie de Hermana Tercera, que agitó la pierna, de modo que la larga venda ondeó en el aire como la cinta de un acróbata. Luna Hermosa y yo estábamos horrorizadas; los miembros de nuestra familia no debían comportarse así. Sin embargo, lo único que podíamos hacer era permanecer sentadas y mirar con los ojos como platos, porque unas punzadas cada vez más fuertes empezaban a subirnos por las pantorrillas. Finalmente, mi madre terminó su trabajo. Soltó de golpe los pies de Hermana Tercera, se levantó, la miró con desagrado y le espetó una sola palabra:

—¡Inútil!

Los minutos siguientes se me antojaron eternos. Mi madre me miró primero a mí, porque era la mayor, y ordenó:

—¡Levántate!

Era una orden de imposible cumplimiento, ya que sentía un dolor punzante en los pies. Hasta unos minutos antes estaba muy segura de mi valor, pero ya no logré contener las lágrimas.

Mi tía dio unos golpecitos en el hombro de Luna Hermosa y ordenó:

—Levántate y camina.

Hermana Tercera seguía tumbada en el suelo, llorando.

Mi madre me levantó de la silla. La palabra «dolor» no sirve para describir lo que sentí. Tenía los dedos doblados bajo la planta de los pies, de modo que el peso de mi cuerpo descansaba por completo en esos apéndices. Intenté inclinarme hacia atrás y apoyarme en los talones, pero mi madre, al darse cuenta, me golpeó y exclamó:

—¡Camina!

Obedecí como pude. Mientras avanzaba arrastrando los pies hacia la ventana, mi madre se agachó y levantó del suelo a Hermana Tercera, la llevó a rastras hasta Hermana Mayor y dijo: «Que recorra la habitación diez veces.» Entonces comprendí lo que me esperaba, aunque era algo casi inimaginable. Viendo lo que ocurría, mi tía, por ser la persona de rango inferior de la familia, agarró bruscamente a su hija de la mano, tiró de ella y la levantó de la silla. Las lágrimas me resbalaban mientras mi madre, llevándome de la mano, me hacía recorrer la habitación de las mujeres una y otra vez. Me oía a mí misma gimotear. Hermana Tercera no paraba de bramar e intentaba soltarse de Hermana Mayor. Mi abuela, cuyo deber, por ser la persona más importante de la casa, consistía únicamente en supervisar aquellas actividades, agarró a Hermana Tercera por el otro brazo. Flanqueada por dos personas más fuertes que ella, Hermana Tercera no tuvo más remedio que obedecer, aunque no paraba de protestar. Sólo Luna Hermosa ocultaba sus sentimientos, demostrando ser una buena hija, aunque también ella ocupara una posición muy modesta en la familia.

Después de las diez vueltas, mi madre, mi tía y mi abuela nos dejaron solas. Estábamos las tres casi paralizadas por el sufrimiento físico y, sin embargo, el tormento no había hecho más que empezar. No pudimos comer nada. Aunque teníamos el estómago vacío, vomitamos nuestro sufrimiento. Por fin toda la familia se fue a dormir. Cuando nos tumbamos, sentimos un gran alivio. El simple hecho de tener los pies a la misma altura que el resto del cuerpo calmaba el dolor. Sin embargo, con el paso de las horas nos asaltó una nueva clase de suplicio: los pies nos ardían como si los hubiéramos puesto entre las ascuas del brasero. Unos extraños maullidos escapaban de nuestra boca. La pobre Hermana Mayor, que tuvo que compartir la habitación con nosotras, hizo cuanto pudo por reconfortarnos contándonos cuentos infantiles y nos recordó con suma dulzura que todas las niñas de cierta posición social de China debían soportar lo que estábamos soportando nosotras para convertirse en mujeres, esposas y madres de bien.

Aquella noche, ninguna de las tres logró dormir. Si el día anterior lo habíamos pasado mal, el siguiente fue peor. Intentamos arrancarnos las vendas, pero sólo Hermana Tercera consiguió liberar un pie. Mi madre le pegó en los brazos y las piernas, volvió a vendarle el pie y la obligó a dar diez vueltas más por la habitación como castigo. Una y otra vez la zarandeaba bruscamente y le preguntaba: «¿Quieres convertirte en una falsa nuera? Todavía estás a tiempo. Si quieres, puedes acabar así.»

Llevábamos toda la vida oyendo aquella amenaza, pero ninguna había visto jamás a una falsa nuera. Puwei era un pueblo demasiado pobre para que sus habitantes acogieran a una niña de pies grandes, testaruda y no deseada, pero tampoco habíamos visto nunca ningún fantasma de zorro y creíamos ciegamente en ellos. Así pues, las amenazas de mi madre surtieron efecto y Hermana Tercera cedió, aunque por poco tiempo.

El cuarto día metimos los pies, todavía vendados, en un cubo de agua caliente. Luego nos quitaron las vendas y mi madre y mi tía nos examinaron las uñas, nos limaron las callosidades, nos arrancaron la piel muerta, nos aplicaron más alumbre y perfume para disimular el olor de la carne en descomposición y nos pusieron vendas limpias, aún más apretadas. Cada día lo mismo. Cada cuatro días lo mismo. Cada dos semanas, un par de zapatos nuevos, cada vez más pequeños. Las vecinas nos visitaban y nos llevaban pastelillos de alubias rojas para que nuestros huesos se ablandaran más deprisa, o pimientos secos para que nuestros pies adoptaran su forma, delgada y puntiaguda. Las hermanas de juramento de Hermana Mayor nos ofrecían pequeños regalos que las habían ayudado a ellas durante su vendado. «Muerde el extremo de mi pincel de caligrafía. La punta es fina y delgada. De ese modo también tus pies se volverán finos y delgados.» O bien: «Come estas castañas de agua. Harán que tu carne se encoja.»

La habitación de arriba se convirtió en una sala de castigo. En lugar de realizar nuestras tareas habituales, nos dedicábamos a cruzarla una y otra vez. Todos los días, mi madre y mi tía añadían más vueltas. Todos los días, mi abuela se prestaba a ayudarlas. Cuando se cansaba, se tendía en una cama y dirigía nuestras actividades desde allí. Cuando empezó a hacer frío, subió más colchas para arroparse. A medida que los días se acortaban y oscurecía antes, sus palabras también se volvían más cortas y oscuras, hasta que dejó de hablar y se limitaba a observar a Hermana Tercera, instándola con la mirada a terminar su recorrido.

El dolor no se atenuaba. ¿Cómo iba a atenuarse? En cualquier caso, aprendimos la lección más importante para toda mujer: debíamos obedecer por nuestro propio bien. Ya en aquellas primeras semanas empezó a formarse una imagen de lo que seríamos las tres cuando alcanzáramos la edad adulta. Luna Hermosa sería estoica y hermosa en cualquier circunstancia. Hermana Tercera sería una esposa quejica, amargada por la suerte que le había tocado, y no sabría agradecer los dones recibidos. En cuanto a mí, que se suponía era especial, aceptaba mi destino sin rechistar.

Un día, mientras daba una vuelta por la habitación, oí un crujido. Se me había roto un dedo del pie. Pensé que el sonido era algo interno de mi cuerpo, pero fue tan fuerte que lo oyeron todas las que estaban allí. Mi madre me clavó la mirada.

—¡Muévete! —dijo—. ¡Por fin adelantamos algo!

Seguí caminando, pese a que me temblaba todo el cuerpo. Al anochecer ya se me habían roto los ocho dedos que tenían que romperse, pero seguían obligándome a andar. Notaba los dedos quebrados con cada paso que daba, porque bailaban dentro de los zapatos. El espacio recién creado donde antes había habido una articulación se había convertido en un gelatinoso infinito de tortura. El frío del invierno no había empezado a anestesiar las atroces sensaciones que atenazaban mi cuerpo. Aun así mi madre no estaba satisfecha con mi docilidad. Aquella noche, mandó a Hermano Mayor traer un junco cortado de la orilla del río. Durante los dos días siguientes me golpeó con él en la parte posterior de las piernas para que no parara. El día que me cambiaron los vendajes, sumergí los pies en el agua como de costumbre, pero esa vez el masaje para dar forma a los huesos fue más espantoso que nunca. Mi madre tiró de mis dedos rotos y los dobló hasta pegarlos por completo a la planta de los pies. En ningún otro momento percibí tan claramente el amor de mi madre.

—Una verdadera dama debe eliminar la fealdad de su vida —repetía una y otra vez para inculcármelo bien—. La belleza sólo se consigue a través del dolor. La paz sólo se encuentra a través del sufrimiento. Yo te vendo los pies, pero tú obtendrás la recompensa.

Los dedos de Luna Hermosa se rompieron unos días más tarde, pero los huesos de Hermana Tercera no se quebraban. Mi madre envió a Hermano Mayor a recoger piedrecitas para envolverlas contra aquellos dedos rebeldes a fin de aplicar más presión. Ya he dicho que mi hermana pequeña se resistía desde el principio, pero tras aquella medida sus gritos se hicieron aún más desgarradores, aunque pareciera imposible. Luna Hermosa y yo pensábamos que su reacción era una manera de pedir que le prestaran más atención. Al fin y al cabo, mi madre dedicaba casi todos sus esfuerzos a mí. Cuando nos quitaban las vendas, veíamos diferencias entre nuestros pies y los de Hermana Tercera. Sí, a través de nuestros vendajes se filtraba sangre y pus, lo cual era normal, pero los fluidos que supuraba el cuerpo de mi hermana pequeña habían adquirido un olor distinto. Además, mientras mi piel y la de Luna Hermosa se habían puesto mustias hasta adoptar la palidez de los muertos, la de Hermana Tercera tenía un rosa intenso, como de flor.

La señora Wang volvió a visitarnos. Examinó el trabajo hecho por mi madre y nos recomendó algunas hierbas que podíamos tomar en infusión para calmar el dolor. Yo no probé el amargo brebaje hasta que empezó a nevar todos los días y se me rompieron los huesos del empeine. Estaba aturdida por el dolor y el efecto de las hierbas, pero me di cuenta de que a Hermana Tercera le ocurría algo extraño. Le ardía la piel, tenía los ojos brillantes y deliraba, y su redondeado rostro adelgazó y empezó a mostrar ángulos afilados. Cuando mi madre y mi tía bajaron a preparar la comida, Hermana Mayor se compadeció de su afligida hermana y le permitió tumbarse en una cama. Luna Hermosa y yo dejamos de pasearnos por la habitación. Como temíamos que nos sorprendieran sentadas, nos quedamos de pie junto a Hermana Tercera. Hermana Mayor le frotaba las piernas para proporcionarle algo de alivio, pero estábamos en lo más crudo del invierno y todas llevábamos puestas nuestras prendas más gruesas. Con nuestra ayuda, Hermana Mayor enrolló hasta la rodilla la pernera del pantalón de Hermana Tercera para masajearle la pantorrilla. Fue entonces cuando vimos las terribles vetas rojas que salían de debajo de las vendas, ascendían por la pierna y desaparecían debajo de los pantalones. Nos miramos un momento y nos apresuramos a examinar la otra pierna. Allí también encontramos las mismas vetas rojas.

Hermana Mayor fue a buscar a mi madre. Para explicar lo que había descubierto tendría que confesar que había incumplido sus obligaciones, así que mi prima y yo supusimos que pronto oiríamos la bofetada que mi madre le daría, pero nos equivocamos. Mi madre y mi tía subieron por la escalera a toda prisa, se detuvieron en el rellano y contemplaron la escena: Hermana Tercera tenía las delgadas piernas al descubierto y miraba el techo; mi prima y yo esperábamos dócilmente nuestro castigo, y mi abuela dormía bajo sus colchas. Tras echar un rápido vistazo, mi tía bajó a hervir agua.

Mi madre fue hasta la cama. No llevaba el bastón, de modo que cruzó la habitación agitando los brazos, como un pájaro con las alas rotas, impedida de ayudar a su hija.

En cuanto mi tía regresó, mi madre empezó a retirar las vendas. Un olor repugnante se extendió por la habitación. A mi tía le dieron arcadas. Pese a que estaba nevando, Hermana Mayor arrancó el papel de arroz que cubría las ventanas para que saliera el hedor. Los pies de Hermana Tercera quedaron por fin al descubierto. El pus verde oscuro y la sangre coagulada formaban una especie de barro fétido. La ayudaron a incorporarse y le metieron los pies, ya sin vendas, en un cubo de agua hirviendo. Mi hermana estaba tan ida que ni siquiera chilló.

Los gritos que Hermana Tercera había proferido en las semanas anteriores adquirieron un nuevo significado. ¿Sabía desde el primer día que iba a pasarle algo malo? ¿Por eso había opuesto tanta resistencia? ¿Acaso mi madre, con las prisas, había cometido algún terrible error? ¿La infección de mi hermana se debía a que se le habían formado arrugas en las vendas? ¿Estaba débil por culpa de una mala alimentación, como la señora Wang aseguraba que era mi caso? ¿Qué había hecho en su vida anterior para merecer semejante castigo?

Mi madre le frotaba los pies para mitigar la infección. De pronto Hermana Tercera se desmayó. El agua se había vuelto turbia con las nocivas secreciones. Mi madre sacó del cubo aquellos pies destrozados y los secó con cuidado.

—Madre —dijo a su suegra—, tú tienes más experiencia que yo. Ayúdame, por favor.

Mi abuela, que seguía arrebujada bajo las colchas, ni siquiera se movió. Mi madre y mi tía no se ponían de acuerdo en qué hacer a continuación.

—Deberíamos dejarle los pies al aire —propuso mi madre.

—Eso es lo peor que podríamos hacer —replicó mi tía—. Ya se le han roto varios huesos. Si no le vendas los pies, nunca le soldarán bien. Quedará lisiada y no podrá casarse.

—Prefiero que siga en este mundo, aunque no se case, a perderla para siempre.

—Entonces no tendrá ningún valor ni objetivo en la vida —razonó mi tía—. Tu amor maternal debería decirte que ése no es futuro para una hija.

Mientras discutían, Hermana Tercera permanecía inmóvil. Le frotaron los pies con alumbre y volvieron a vendárselos.

Al día siguiente seguía nevando y mi hermana había empeorado. Aunque no éramos ricos, mi padre salió en plena tormenta y volvió con el médico del pueblo, que miró a Hermana Tercera y meneó la cabeza. Era la primera vez que yo veía aquel gesto, que significa que no podemos impedir que el alma de un ser querido se marche al mundo de los espíritus. Estamos indefensos ante los designios del más allá. El médico se ofreció a preparar una cataplasma y una infusión, pero era un hombre bueno y sincero. Entendía la situación en que nos encontrábamos.

—Eso es lo único que puedo hacer por vuestra hijita —dijo a mi padre—, pero sería gastar el dinero en una causa perdida.

Sin embargo, aquélla no fue la única mala noticia del día. Mientras hacíamos las reverencias de rigor ante el médico, éste miró alrededor y vio a mi abuela bajo las colchas. Se acercó a ella, le tocó la frente y escuchó los latidos secretos que medían su *chi*. Luego miró a mi padre y dijo:

—Tu honorable madre está muy enferma. ¿Por qué no me lo has dicho?

¿Cómo podía mi padre contestar a la pregunta sin quedar mal ante el médico? Era un buen hijo, pero también un hombre, y aquel asunto pertenecía al reino interior de las mujeres. Con todo, el bienestar de mi abuela era el más importante de sus deberes filiales. Mientras estaba abajo fumando en pipa con su hermano y esperando a que terminara el invierno, en el piso de arriba dos personas habían caído bajo el hechizo de los fantasmas.

Una vez más, la familia al completo se dedicó a hacer cábalas. ¿Habían consagrado demasiado tiempo a unas niñas inútiles y dejado que enfermara la única mujer de valor y estima de la casa? ¿Había derrochado mi abuela sus últimos pasos dando vueltas por la habitación con Hermana Tercera? ¿Había interrumpido mi abuela, cansada de los gritos de Hermana Tercera, su emisión de *chi* para no oír aquel fastidioso ruido? ¿Acaso a los fantasmas que habían ido a cazar a Hermana Tercera les había tentado la posibilidad de llevarse otra víctima?

Durante las últimas semanas sólo habíamos prestado atención a Hermana Tercera, pero a partir de entonces nos volcamos en mi abuela. Mi padre y mi tío únicamente se apartaban de su lado para fumar, comer o hacer sus necesidades. Mi tía se encargaba de las tareas domésticas: preparaba las comidas, lavaba y nos atendía a todos. Nunca vi dormir a mi madre. Como primera nuera, tenía dos objetivos en la vida: engendrar hijos que mantuvieran a la familia y cuidar de la madre de su esposo. Debería haberse preocupado más por la salud de mi abuela, pero había dejado que una ambición propia de los hombres penetrara en su mente al trasladar sus afanes hacia mí y mi afortunado futuro. Con la férrea determinación nacida de su anterior negligencia, realizaba todos los rituales prescritos: presentaba ofrendas especiales a los dioses y a nuestros antepasados, rezaba, cantaba e incluso preparaba sopa con su propia sangre para restituir la energía vital de mi abuela.

Como todos estaban ocupados con mi abuela, a Luna Hermosa y a mí nos encargaron que vigiláramos a Hermana Tercera. Sólo teníamos siete años y no sabíamos qué decir o hacer para consolarla. Su sufrimiento era tremendo, pero no era el peor que yo tendría ocasión de presenciar en el futuro. Mi hermana murió al cabo de cuatro días, tras soportar un tormento y un dolor injustos para una criatura de tan tierna edad. Mi abuela falleció un día después. Nadie la vio sufrir. Se fue enroscando y haciéndose cada vez más pequeña, como una oruga bajo un manto de hojas secas en otoño.

La tierra estaba demasiado dura para cavar una tumba. Las dos hermanas de juramento que le quedaban a mi abuela se ocuparon de ella, entonaron los cantos de duelo, envolvieron su cuerpo en muselina y la vistieron para la vida en el más allá. Era una anciana que había vivido una larga existencia, de modo que su atuendo para la eternidad tenía muchas capas. Hermana Tercera sólo contaba seis años. Su vida había sido tan corta que no había tenido mucha ropa con que calentarse ni muchos amigos con que encontrarse en el más allá. Llevaba puestos su traje de verano y su traje de invierno, y hasta esas prendas las había heredado de Hermana Mayor y de mí. Mi abuela y Hermana Tercera pasaron el resto del invierno bajo un sudario de nieve.

Yo diría que, en el lapso entre la muerte de mi abuela y Hermana Tercera y su entierro, muchas cosas cambiaron en la habitación de las mujeres. Sí, todavía íbamos y veníamos de un extremo al otro. Seguíamos lavándonos los pies cada cuatro días y poniéndonos zapatos más pequeños cada dos semanas. Pero mi madre y mi tía nos observaban con mucha atención. Y siempre les hacíamos caso; nunca ofrecíamos resistencia ni nos quejábamos. Cuando llegaba el momento de lavarnos los pies, nuestros ojos vigilaban el pus y la sangre con tanta atención como los de mi madre y mi tía. Todas las noches, cuando por fin nos dejaban solas, y todas las mañanas, antes de que empezáramos las actividades cotidianas, Hermana Mayor nos examinaba las piernas para asegurarse de que no presentaban signos de infección grave.

Pienso a menudo en los primeros meses de nuestro vendado. Recuerdo que mi madre, mi tía, mi abuela y hasta Hermana Mayor repetían ciertas frases para animarnos. Una de ellas era: «Si te casas con un pollo, te quedas con un pollo; si te casas con un gallo, te quedas con un gallo.» Como solía ocurrirme en aquella época con muchas otras cosas, yo oía esas palabras pero no entendía su significado. El tamaño de mis pies determinaría mis probabilidades de contraer un buen matrimonio. Mis diminutos pies serían ofrecidos a mis futuros suegros como prueba de mi disciplina personal y de mi capacidad para soportar los dolores del parto y cualquier desgracia que pudiera sobrevenirme. Mis diminutos pies demostrarían a todo el mundo la obediencia que guardaba a mi familia natal, y sobre todo a mi madre, lo cual también causaría una buena impresión en mi futura suegra. Los zapatos que bordaba simbolizarían para mis futuros suegros mi habilidad para la costura y, por extensión, para el resto de las tareas domésticas. Y aunque en aquella época yo no lo sabía, mis pies serían algo que fascinaría a mi esposo durante los momentos más íntimos y privados entre un hombre y una mujer. Su deseo de verlos y tenerlos en las manos no disminuyó nunca en los años que vivimos juntos, ni siquiera después de que yo hubiera parido cinco hijos, ni siquiera después de que el resto de mi cuerpo hubiera dejado de ser un estímulo para el trato carnal.

El abanico

Pasaron seis meses desde que nos vendaron los pies por primera vez, dos meses desde la muerte de mi abuela y Hermana Tercera. La nieve se fundió, la tierra se ablandó y prepararon a mi abuela y a Hermana Tercera para el entierro. En la vida de los yao (o, mejor dicho, en la de todos los chinos) son tres los acontecimientos en que se gasta más dinero: el nacimiento, la boda y la muerte. Todos queremos tener un buen nacimiento y una buena boda; todos queremos tener una buena muerte y un buen entierro. Pero el destino y las cuestiones prácticas influyen en esos tres acontecimientos como en ningún otro. Mi abuela era la matriarca de la familia y había llevado una vida ejemplar; mi hermana pequeña no había hecho nada en la vida. Mi padre y mi tío reunieron todo el dinero que tenían y encargaron a un fabricante de ataúdes de Shangjiangxu que construyera uno bueno para la abuela. Después hicieron una caja pequeña para Hermana Tercera. Las hermanas de juramento de mi abuela acudieron y por fin se celebraron los funerales.

Me di cuenta, una vez más, de lo pobres que éramos. Si hubiéramos tenido más dinero, mi padre quizá habría construido un arco de viuda en honor de la abuela. Quizá habría pedido al adivino que buscara un lugar propicio con los mejores elementos de *feng shui* para su sepultura, o alquilado un palanquín para transportar hasta la tumba a su hija y su sobrina, que todavía no podían caminar demasiado. Pero no podíamos permitirnos nada de eso. Mi madre me llevó a cuestas, y mi tía se ocupó de Luna Hermosa. Nuestro sencillo cortejo se dirigió a un lugar no muy alejado de la casa, todavía dentro de los límites de los terrenos arrendados. Mi padre y mi tío no pararon de hacer reverencias, tocando el suelo con la frente tres veces seguidas en cada ocasión. Mi madre se tumbó en el túmulo funerario y suplicó perdón. Quemamos unos pocos billetes, pero a los dolientes que acudieron sólo les ofrecimos unos dulces.

Pese a que mi abuela no sabía leer *nu shu*, conservaba los libros del tercer día que le habían regalado con motivo de su boda, muchos años atrás. Sus dos comadres los pusieron con unos pocos tesoros más junto a su tumba y los quemaron para que las palabras escritas en ellos la acompañaran hasta el más allá. Cantaron juntas: «Esperamos que encuentres a nuestras otras hermanas de juramento. Las tres seréis muy felices. No os olvidéis de nosotras. Las fibras que nos unen no se cortarán aunque se corte la raíz del loto. Ésa es la fuerza y la longevidad de nuestra relación.» De Hermana Tercera no dijeron nada. Ni siquiera Hermano Mayor tenía ningún mensaje para ella. Como Hermana Tercera no tenía su propio libro, mi tía, Hermana Mayor, Luna Hermosa y yo escribimos mensajes en *nu shu* para presentársela a nuestros antepasados y luego los quemamos.

El período de duelo por mi abuela, que duraría tres años, no había hecho más que empezar, pero la vida continuaba. Yo ya había superado la etapa más dolorosa del vendado de los pies. Mi madre no tenía que pegarme tanto y el dolor ya no era tan agudo. Lo mejor que Luna Hermosa y yo podíamos hacer era sentarnos y dejar que nuestros pies adoptaran su nueva forma. A primera hora de la mañana practicábamos juntas nuevas labores de costura bajo la supervisión de Hermana Mayor; a última hora de la mañana mi madre me enseñaba a hilar algodón; a primera hora de la tarde nos dedicábamos a tejer. Luna Hermosa y su madre seguían las mismas lecciones, pero en orden inverso. A última hora de la tarde estudiábamos *nu shu*; mi tía nos enseñaba palabras sencillas con paciencia y buen humor.

Como ya no tenía que vigilar los vendajes de Hermana Tercera, Hermana Mayor, que tenía once años, reanudó su aprendizaje de las tareas domésticas. La señora Gao, la casamentera del pueblo, venía regularmente para negociar la Elección de Pretendiente, la primera de las cinco etapas del ritual de la boda de Hermano Mayor y Hermana Mayor. Había encontrado para Hermano Mayor una muchacha de una familia parecida a la nuestra en su pueblo natal, Gaojia. Esto representaba una ventaja para la futura esposa, porque la señora Gao tenía negocios en los dos pueblos y podría llevarle cartas escritas en *nu shu* con regularidad. Además, mi tía también era originaria de Gaojia, de modo que a partir de entonces podría comunicarse fácilmente con su familia. Estaba tan contenta que no paraba de sonreír exhibiendo sus dientes irregulares, entre los cuales se entreveía la gran cavidad de su boca.

Hermana Mayor, cuya serenidad y belleza todo el mundo reconocía, se casaría con el hijo de una familia mejor que la nuestra que vivía en la lejana Getan. Nos entristecía la perspectiva de no verla tan a menudo como nos habría gustado, pero gozaríamos de su compañía otros seis años antes del matrimonio, y luego otros dos o tres antes de que nos dejara para siempre. En nuestro condado, como es bien sabido, seguimos una tradición llamada *buluo fujia*, según la cual la mujer no se instala definitivamente en la casa del esposo hasta que se queda embarazada.

La señora Gao no se parecía en nada a la señora Wang. El adjetivo que mejor la definía era «vulgar». La señora Wang vestía ropa de seda, y la señora Gao, de algodón hilado a mano. Las palabras de la señora Wang eran escurridizas y brillantes como la grasa de oca, mientras que los sentimientos de la señora Gao eran tan rasposos como los ladridos de un perro callejero. Subía a la habitación de las mujeres, se sentaba en un taburete y exigía que le mostraran los pies de todas las niñas de la familia Yi. Hermana Mayor y Luna Hermosa obedecían, por supuesto. Y, pese a que mi destino estaba en manos de la señora Wang, mi madre insistía en que yo también se los enseñara. ¡Y qué comentarios hacía la señora Gao! «La hendidura es tan profunda como los pliegues internos de la niña. Hará feliz a su esposo.» O bien: «La forma en que el talón se curva hacia abajo formando un saco, mientras el dedo gordo apunta hacia arriba, recordará a su esposo su propio miembro viril. Ese afortunado se pasará el día pensando en juegos eróticos.» Yo entonces ignoraba el significado de aquellas palabras. Cuando empecé a entenderlas, me avergonzaba que alguien dijera esas cosas delante de mi madre y mi tía. Pero ellas reían con la casamentera. Las tres niñas acabamos riendo también, aunque, como ya he dicho, aquellas palabras y su significado estaban muy lejos de nuestra experiencia y comprensión.

Aquel año, en el octavo día del cuarto mes lunar, las hermanas de juramento de Hermana Mayor se reunieron en casa con ocasión del día de las Peleas de Toros. Las cinco niñas empezaban a demostrar lo bien que dirigirían su futuro hogar arrendando el arroz que sus familias les habían dado para formar la hermandad y utilizando las ganancias para costear sus celebraciones. Cada niña trajo un plato de su casa: sopa de fideos de arroz, remolacha con huevos en conserva, pies de cerdo con salsa de pimiento, judías en conserva y pasteles de arroz. Además prepararon varios platos juntas: formaban bolas de masa y las cocían al vapor; luego las sumergían en un aliño de salsa de soja, zumo de limón y aceite de pimiento. Comían, reían y recitaban historias de *nu shu*, como «El cuento de Sangu», que narra las peripecias de la hija de un hombre rico que permanece junto a su pobre esposo, soportando innumerables penurias, hasta que ambos son recompensados por su fidelidad convirtiéndose en mandarines; o «La carpa encantada», en la que un pez se transforma en una hermosa doncella que se enamora de un funcionario de alto rango, pero acaba recuperando su forma original.

Su cuento preferido era «La historia de la mujer que tenía tres hermanos». Las niñas no lo sabían entero y no pidieron a mi madre que dirigiera las preguntas y respuestas, aunque ella había memorizado casi todo el texto. En cambio, suplicaron a mi tía que las guiara a lo largo del relato. Luna Hermosa y yo nos unimos a sus ruegos, porque el cuento —fascinante y verídico, trágico y cómico al mismo tiempo— era una buena manera de practicar los cantos relacionados con nuestra escritura secreta.

La historia se la había regalado a mi tía, bordada en un pañuelo, una de sus hermanas de juramento. Mi tía sacó el trozo de tela y lo desdobló con cuidado. Luna Hermosa y yo nos sentamos a su lado para ir leyendo los caracteres bordados mientras ella recitaba.

—Érase una vez una mujer que tenía tres hermanos —comenzó mi tía—. Todos tenían esposa, pero ella no estaba casada. Pese a que era virtuosa y trabajadora, sus hermanos no querían ofrecer una dote. ¡Qué desgraciada se sentía! ¿Qué podía hacer?

Mi madre contestó:

—Está tan triste que sale al jardín y se ahorca en un árbol.

Luna Hermosa, mis dos hermanas, las hermanas de juramento y yo entonamos a coro:

—El hermano mayor recorre el jardín y finge no verla. El hermano mediano recorre el jardín y finge no ver que su hermana está muerta. El hermano pequeño la ve, rompe a llorar y se lleva el cadáver a la casa.

Desde el otro lado de la habitación, mi madre levantó la cabeza y me sorprendió observándola. Entonces sonrió, satisfecha quizá de que no me hubiera dejado ninguna palabra.

Mi tía continuó con la historia:

—Érase una vez una mujer que tenía tres hermanos. Cuando murió, nadie quiso ocuparse de su cadáver. Pese a que había sido virtuosa y trabajadora, sus hermanos no cuidaron de ella. ¡Qué crueldad! ¿Qué ocurrirá?

—La desatienden cuando está muerta igual que cuando estaba viva, hasta que su cadáver empieza a oler mal —dijo mi madre.

Una vez más, las niñas recitamos las frases que sabíamos de memoria:

—El hermano mayor da un trozo de tela para tapar su cadáver. El hermano mediano da dos trozos de tela. El hermano pequeño la envuelve con toda la ropa que encuentra para que no pase frío en el más allá.

—Érase una vez una mujer que tenía tres hermanos —prosiguió mi tía—. Ya está vestida para el más allá, pero sus hermanos no quieren gastar dinero en un ataúd. Ella era virtuosa y trabajadora, pero sus hermanos son tacaños. ¡Qué injusticia! ¿Encontrará algún día descanso la mujer?

—Sola, completamente sola —entonó mi madre—, errará convertida en fantasma.

Mi tía nos guiaba señalando con un dedo los caracteres y nosotras intentábamos seguirla, aunque nos costaba reconocerlos todos.

—El hermano mayor dice: «No hace falta que la enterremos en un ataúd. Ya está bien como está.» El hermano mediano dice: «Podríamos enterrarla en esa caja vieja que hay en el cobertizo.» El hermano menor dice: «Éste es todo el dinero que tengo. Con él compraré un ataúd.»

Cuando nos acercamos al final, el ritmo de la historia cambió. Mi tía cantó:

—Érase una vez una mujer que tenía tres hermanos. Esto es lo que han hecho, pero ¿qué será de la hermana ahora? El hermano mayor es malo; el hermano mediano, cruel; pero el amor podría prender en el hermano menor.

Las hermanas de juramento dejaron que Luna Hermosa y yo termináramos el cuento.

—El hermano mayor dice: «Enterrémosla aquí, junto al camino de los carabaos.» (Donde la pisotearían eternamente.) El hermano mediano dice: «Enterrémosla bajo el puente.» (Donde el agua se la llevaría.) El hermano menor, el único que tiene buen corazón, dice: «La enterraremos detrás de la casa para que todos la recuerden.» Al final la hermana, que había tenido una vida desgraciada, halló gran felicidad en el más allá.

Me encantaba esa historia. Era divertido recitarla con mi madre y las demás, pero después de la muerte de mi abuela y mi hermana entendía mejor los mensajes que encerraba. El relato me enseñaba que una muchacha —o una mujer— podía tener un valor diferente para cada persona. También ofrecía instrucciones prácticas sobre cómo atender a los difuntos: cómo tratar el cadáver, qué prendas ponerle para que emprendiera el viaje a la eternidad, dónde enterrarlo. Mi familia había hecho todo lo posible por seguir esas normas, y yo también lo haría cuando me convirtiera en esposa y madre.

La señora Wang regresó al día siguiente del de las Peleas de Toros. Yo detestaba sus visitas, porque siempre creaban una atmósfera de desasosiego en casa. Todos, como es lógico, estaban contentos con la perspectiva de que Hermana Mayor celebrara una buena boda. Y también estaban encantados, por supuesto, de que Hermano Mayor se casara y de que nuestro hogar acogiera a la primera nuera. Pero los dos funerales todavía eran recientes. Esos acontecimientos (los dos entierros y las dos bodas inminentes), además de despertar intensas emociones, acarreaban un gasto considerable. La presión a que me veía sometida para conseguir un buen esposo se acentuaba, pues mi matrimonio adquiría un significado añadido: de él dependía nuestra supervivencia.

La señora Wang subió a la habitación de las mujeres y, muy educada, felicitó a Hermana Mayor por su bordado y elogió su buen carácter. A continuación se sentó en un taburete, de espaldas a la celosía, sin mirar hacia donde estaba yo. Mi madre, que empezaba a asumir su privilegiada posición en la familia, indicó por señas a mi tía que fuera a buscar té. Mientras esperábamos, la señora Wang habló del tiempo, de los preparativos de una feria en el templo, de un cargamento de mercancías que habían llegado por el río desde Guilin. Cuando se hubo servido el té, la señora Wang entró en materia.

—Estimada madre —comenzó—, ya hemos hablado en otras ocasiones de las posibilidades que se le plantean a tu hija. Un matrimonio con el hijo de una buena familia de Tongkou parece asegurado. —Se inclinó y le confió—: Ya hay una familia interesada. Dentro de muy pocos años os visitaré a ti y a tu esposo para el rito de la Elección de Pretendiente. —Volvió a enderezarse y carraspeó—. Pero hoy he venido a proponer otra clase de unión. Como quizá recuerdes, el día que nos conocimos vi en Lirio Blanco la posibilidad de convertirse en *laotong*. —Esperó a que mi madre asimilara sus palabras antes de continuar—. Tongkou está a cuarenta y cinco minutos a pie. Casi todas las familias de allí son del clan Lu. En ese clan hay una muchacha que podría ser *laotong* de Lirio Blanco. Se llama Flor de Nieve.

La primera pregunta que formuló mi madre nos demostró a mí y a las demás mujeres presentes no sólo que no había olvidado lo que la señora Wang había apuntado el día de su primera visita, sino también que desde entonces había estado cavilando y evaluando esa posibilidad.

—¿Y los ocho caracteres? —La dulzura de su voz no logró disimular su determinación—. No veo motivo para una unión a menos que los ocho caracteres estén en plena armonía.

—Madre, no habría venido si los ocho caracteres no estuvieran bien alineados —respondió la señora Wang, imperturbable—. Lirio Blanco y Flor de Nieve nacieron en el año del caballo, en el mismo mes y, si es cierto lo que me han dicho sus madres, también el mismo día y a la misma hora. Lirio Blanco y Flor de Nieve tienen el mismo número de hermanos y hermanas, y ambas son el tercer vástago...

—Pero...

La señora Wang levantó una mano para cortar a mi madre.

—Responderé a tu pregunta antes de que la formules: sí, la tercera hija de la familia Lu también reposa con sus antepasados. Las circunstancias de esas tragedias no vienen al caso, pues a nadie le gusta pensar en la pérdida de un retoño, aunque se trate de una niña. —La miró con severidad, como desafiándola a hablar. Cuando mi madre desvió la vista, la señora Wang agregó—: Lirio Blanco y Flor de Nieve tienen idéntica estatura e igual belleza y, más importante aún, les vendaron los pies el mismo día. El bisabuelo de Flor de Nieve era *jinshi*, de modo que su posición social y económica no es pareja a la vuestra. —No hacía falta que explicara que si esa familia tenía un funcionario imperial del más alto nivel entre sus antepasados debía de estar muy bien relacionada y ser muy adinerada—. A la madre de Flor de Nieve no parece importarle esa diferencia, dado que las dos niñas tienen muchas otras cosas en común.

Mi madre, como buen mono, asintió en silencio mientras asimilaba toda la información; yo, en cambio, me moría de ganas de saltar de la silla, ir corriendo a la orilla del río y ponerme a gritar de entusiasmo. Miré a mi tía con la esperanza de verla esbozar una sonrisa, pero advertí que apretaba los labios para ocultar su emoción. Todo su cuerpo —excepto los dedos, que no paraban de moverse y parecían un puñado de crías de anguila— era la viva imagen de la serenidad, la buena educación y el decoro. Entendía mejor que ninguna de nosotras la importancia de aquella reunión. Miré con disimulo a Luna Hermosa y Hermana Mayor, y en sus ojos brillaba la alegría que sentían por mí. No veía la hora de que llegara el anochecer para hablar con ellas cuando el resto de la familia se hubiera acostado.

—Pese a que suelo hacer esta propuesta el día de la Fiesta de Otoño, cuando las niñas tienen ocho o nueve años —aclaró la señora Wang—, en este caso intuyo que una unión inmediata resultaría especialmente beneficiosa para tu hija. La niña es perfecta en muchos aspectos, pero su aprendizaje doméstico podría mejorar y necesita mucho refinamiento para encajar en una familia de posición más elevada.

—Mi hija deja mucho que desear —convino mi madre con indiferencia—. Es testaruda y desobediente. No estoy segura de que esto sea buena idea. Es mejor ser una uva imperfecta en el racimo de una hermandad que decepcionar a una sola muchacha de buena familia.

La felicidad que me embargaba desapareció en un instante y dejó paso a un negro abismo. Conocía bien a mi madre, pero no era lo bastante mayor para entender que sus amargas palabras formaban parte de la negociación, ni sabía que, cuando mi padre y la casamentera se sentaran a hablar de mi matrimonio, expresarían sentimientos parecidos. El hecho de presentarme como algo de escaso valor protegía a mis padres en caso de que la familia de mi esposo o de mi *laotong* tuvieran en el futuro alguna queja de mí. Por otra parte, contribuía a reducir el pago que tenían que hacer a la casamentera, así como el importe de mi dote.

La señora Wang no se inmutó.

—Es natural que pienses así. Yo también tengo mis dudas. Pero por hoy ya hemos hablado suficiente. —Hizo una pausa, como si deliberara, aunque todas sabíamos que había planeado y practicado meticulosamente cada uno de sus actos y sus palabras. Metió una mano dentro de la manga, sacó un abanico y me pidió que me acercara. Al dármelo, la señora Wang habló a mi madre por encima de mi cabeza—. Necesitas tiempo para decidir el destino de tu hija.

Abrí el abanico, que hizo un ruidito seco, y observé las palabras que recorrían un pliegue y la guirnalda de hojas que adornaban el borde superior.

Mi madre, adoptando una expresión severa, preguntó:

—¿Por qué le das esto a mi hija, si todavía no hemos hablado de tus honorarios?

La señora Wang rechazó ese comentario con un gesto de la mano, como si fuera un mal olor.

—Haremos lo mismo que con la boda. No cobraré nada a la familia Yi. Ya me pagará la familia de la otra niña. Si ahora incremento el valor de tu hija convirtiéndola en *laotong*, la familia del novio me pagará más por ella. Estoy satisfecha con este arreglo.

Se levantó y avanzó unos pasos hacia la escalera. Entonces se volvió, puso una mano en el hombro de mi tía y, dirigiéndose a todas las presentes, anunció:

—Hay algo más que todas deberíais plantearos. Esta mujer ha hecho un buen trabajo con su hija, y me he fijado en que Luna Hermosa y Lirio Blanco son muy buenas amigas. Si nos ponemos de acuerdo respecto a esta relación de *laotong* para Lirio Blanco, que ayudaría a acrecentar sus posibilidades de casarse con alguien de Tongkou, creo que sería conveniente buscar esposo también allí a Luna Hermosa.

La propuesta nos pilló desprevenidas. Olvidando el decoro, me volví hacia mi prima, que estaba tan emocionada como yo.

La señora Wang levantó una mano y trazó un arco en forma de luna en cuarto creciente.

—Claro que puede que ya os hayáis comprometido con la señora Gao. No quisiera inmiscuirme en sus asuntos... locales —añadió, y con eso quería decir «inferiores».

Aquello dejaba claro, para empezar, que mi madre no podía competir con la experiencia negociadora de la señora Wang, que en ese momento se dirigió directamente a ella:

—Considero que esto es una decisión de mujeres, una de las pocas que puedes tomar respecto a la vida de tu hija, y quizá también a la de tu sobrina. Sin embargo, el padre también debe estar de acuerdo para que podamos seguir adelante. Madre, antes de marcharme te daré un último consejo: aprovecha tus encantos femeninos para defender tus intereses.

Mientras mi madre y mi tía acompañaban a la casamentera hasta el palanquín, Hermana Mayor, Luna Hermosa y yo, muy emocionadas, nos quedamos de pie en medio de la habitación, abrazándonos y comentando lo ocurrido. ¿Cómo era posible que me sucedieran cosas tan maravillosas? ¿Se casaría también Luna Hermosa con alguien de Tongkou? ¿De verdad pasaríamos juntas el resto de nuestra vida? Hermana Mayor, que tenía motivos para lamentar su destino, expresó sus más sinceros deseos de que todo cuanto había propuesto la casamentera se hiciera realidad, consciente de que la familia se beneficiaría de ello.

Éramos muy jóvenes y estábamos locas de alegría, pero sabíamos cómo teníamos que comportarnos. Luna Hermosa y yo volvimos a sentarnos para dar descanso a nuestros pies. Hermana Mayor ladeó la cabeza hacia el abanico que yo todavía tenía en la mano.

—¿Qué pone?

—No sé leerlo todo. Ayúdame.

Abrí el abanico. Hermana Mayor y Luna Hermosa miraron por encima de mis hombros. Examinamos juntas los caracteres y reconocimos algunos: «niña», «buen carácter», «tareas domésticas», «hogar», «tú», «yo».

Mi tía, sabedora de que era la única que podía ayudarme, fue la primera en volver a la habitación de las mujeres. Señaló los caracteres uno a uno con un dedo. Yo memoricé de inmediato las palabras: «Me han dicho que en vuestra casa hay una niña de buen carácter y hábil en las tareas domésticas. Esa niña y yo nacimos el mismo año y el mismo día. ¿No podríamos ser almas gemelas?»

Antes de que yo respondiera a aquella niña, Flor de Nieve, mi familia debía analizar y sopesar muchos detalles. Aunque Hermana Mayor, Luna Hermosa y yo no podíamos influir en decisiones como ésa, pasamos horas escuchando desde la habitación del piso de arriba cómo mi madre y mi tía evaluaban las hipotéticas consecuencias de que yo tuviera una *laotong*. Mi madre era muy perspicaz, pero mi tía procedía de una familia más culta que la nuestra y sus conocimientos eran más profundos. Con todo, como era la mujer de rango inferior de la casa, debía hablar con prudencia, sobre todo teniendo en cuenta que mi madre controlaba por completo su vida.

—Una unión con una *laotong* es tan importante como un buen matrimonio —afirmaba mi tía para iniciar la conversación. Repetía muchos de los argumentos de la casamentera, pero siempre volvía al único elemento que consideraba verdaderamente relevante—: La relación con una *laotong* se establece por decisión propia, con el objetivo de lograr una camaradería emocional y una fidelidad eterna. En cambio, la boda no se celebra por decisión propia y sólo tiene un objetivo: engendrar hijos varones.

Al oír esa referencia a los hijos, mi madre intentaba consolar a su cuñada.

—Tú tienes a Luna Hermosa. Es una niña muy buena y todos están muy contentos con ella...

—Y me dejará para siempre cuando se case y se marche a otro pueblo. En cambio, tus dos hijos vivirán contigo el resto de tu vida.

Las dos mujeres llegaban todos los días a ese mismo punto de la conversación, y todos los días mi madre trataba de encauzarla hacia aspectos más prácticos.

—Si Lirio Blanco se convierte en *laotong*, no tendrá hermandad. Todas las mujeres de nuestra familia... —«la han tenido», pensaba decir mi madre, pero mi tía terminaba la frase de otro modo.

—... pueden actuar como hermanas de juramento en las ocasiones en que sea preciso. Si crees que necesitamos a más muchachas cuando llegue el momento de Sentarse y Cantar en la Habitación de Arriba antes de la boda de Lirio Blanco, puedes invitar a las hijas solteras de nuestros vecinos para que la ayuden.

—Esas niñas no la conocerán bien —objetaba mi madre.

—Pero su *laotong* sí. Cuando esas dos niñas se casen y se marchen de la casa natal, se conocerán mutuamente mejor de lo que tú o yo conocemos a nuestros esposos. —Mi tía hacía una pausa al llegar a este punto—. A Lirio Blanco se le presenta la oportunidad de seguir un camino diferente del que tomamos tú o yo para llegar hasta aquí —añadía—. La relación con una *laotong* incrementará su valor y demostrará a los habitantes de Tongkou que merece una buena boda con alguno de ellos. Y, como la unión de dos *laotong* es para siempre y no se interrumpe cuando las muchachas contraen matrimonio, se fortalecerán los lazos con la gente de Tongkou y tu esposo (y todos nosotros) estará más protegido. Todo eso contribuirá a asegurar la posición de Lirio Blanco en la habitación de arriba de la casa de su futuro esposo. No será una lisiada, sino una mujer con unos lotos dorados perfectos, que ya habrá demostrado lealtad, fidelidad y capacidad para escribir en nuestra caligrafía secreta, pues durante años habrá sido la *laotong* de una niña del pueblo de su marido.

Esta conversación, con innumerables variaciones, tenía lugar todos los días, y yo la escuchaba siempre. Lo que no lograba oír era cómo mi madre trasladaba todo esto a mi padre por la noche, en la cama. Mi unión con Flor de Nieve le resultaría cara a mi padre —el continuo intercambio de regalos entre las *laotong* y sus familias, compartir nuestra comida y el agua con ella durante sus visitas a nuestra casa y los gastos de mis viajes a Tongkou—, y él no tenía dinero. Pero, como había dicho la señora Wang, era tarea de mi madre convencerlo de que aquella unión nos convenía. Mi tía también colaboraba susurrando cosas al oído de mi tío, pues el futuro de Luna Hermosa estaba ligado al mío. Quien diga que las mujeres no pueden influir en las decisiones de los hombres comete un enorme y estúpido error.

Al final mi familia escogió la opción que yo deseaba. Después hubo que decidir cómo contestaría a Flor de Nieve. Mi madre me ayudó a acabar un par de zapatos que yo estaba bordando para enviárselos como primer regalo, pero no sabía aconsejarme respecto a la respuesta escrita. Normalmente el mensaje de respuesta se mandaba en otro abanico, que pasaría a formar parte de lo que podríamos considerar el intercambio de regalos de «boda». Pero a mí se me había ocurrido algo que rompía con la

69

tradición. Cuando vi la guirnalda entretejida de Flor de Nieve en la parte superior del abanico, pensé en el viejo dicho: «Jacintos y papayas, largas enredaderas y profundas raíces. Las palmeras que crecen tras los muros del jardín, con profundas raíces, duran mil años.» Para mí esas palabras resumían cómo deseaba que fuera nuestra relación: profunda, entrelazada, eterna. Quería que aquel abanico fuera el símbolo de ello. Sólo tenía siete años y medio, pero ya intuía en qué se convertiría aquel abanico con todos sus mensajes secretos.

Cuando estuve convencida de que quería enviar mi respuesta en el mismo abanico que me había regalado Flor de Nieve, pedí a mi tía que me ayudara a componer la respuesta correcta en *nu shu*. Estuvimos varios días dando vueltas a las frases. Si quería ser original con mi regalo, debía ser todo lo convencional que fuera posible con mi mensaje secreto. Mi tía escribió el texto que habíamos escogido y yo lo copié hasta que mi caligrafía me pareció aceptable. Cuando quedé satisfecha, molí una barrita de tinta en el tintero de piedra y mezclé el polvo con agua hasta conseguir un negro intenso. Cogí un pincel, lo coloqué recto asiéndolo con el pulgar, el índice y el dedo corazón, y lo mojé en la tinta. Empecé pintando una diminuta flor del árbol de nieve en medio de la guirnalda de hojas que había en la parte superior del abanico. Para escribir mi mensaje elegí el pliegue contiguo al que contenía la hermosa caligrafía de Flor de Nieve. Tras una introducción tradicional escribí las frases de rigor para una ocasión como aquélla:

Te escribo. Escúchame, por favor. Aunque soy pobre e indigna, aunque no estoy a la altura de la alcurnia de tu familia, hoy te escribo para decirte que el destino ha querido unirnos. Tus palabras llenan mi corazón. Somos un par de patos mandarines. Somos un puente

sobre el río. Todo el mundo envidiará nuestra acerta-
da unión. Sí, mi corazón está decidido a ir contigo.

Yo no sentía todo aquello, desde luego. ¿Cómo podíamos concebir el amor verdadero, la amistad o el compromiso eterno si sólo teníamos siete años? Ni siquiera nos conocíamos y, aun en caso contrario, no teníamos ni idea de qué significaban aquellos sentimientos. Sólo eran palabras que escribíamos con la esperanza de que algún día se hicieran realidad.

Puse el abanico y el par de zapatos que había confeccionado sobre un trozo de tela. Como ya no tenía nada en que ocupar las manos, un sinfín de preocupaciones asaltaba mi mente. ¿No era yo demasiado humilde para la familia de Flor de Nieve? ¿Al ver mi caligrafía se darían cuenta de que no estaba a su altura? ¿Pensarían que había roto la tradición y que eso era señal de mala educación? ¿Interrumpirían la relación? Esos perturbadores pensamientos —mi madre los llamaba «fantasmas de zorro de la mente»— me atormentaban, y sin embargo lo único que podía hacer era esperar, seguir trabajando en la habitación de las mujeres y descansar los pies para que los huesos, al soldarse, adquirieran la forma adecuada.

Cuando la señora Wang vio lo que yo había hecho con el abanico, apretó los labios en señal de desaprobación, pero tras un silencio asintió en un gesto de complicidad y dijo:

—No cabe duda de que será una unión perfecta. Las dos niñas no sólo coinciden en los ocho caracteres, sino que además comparten el espíritu del caballo. Esto puede ser... interesante. —Pronunció la última palabra con tono casi interrogativo, y eso avivó la curiosidad que me inspiraba Flor de Nieve—. El siguiente paso es completar los trámites oficiales. Propongo llevar a las dos niñas a la feria del templo de Gupo, en Shexia, para redactar el contrato. Madre, yo me encargaré del transporte de ambas. No tendrán que caminar mucho.

Dicho esto, la señora Wang cogió las cuatro puntas del trozo de tela, envolvió con él el abanico y los zapatos y se los llevó para entregárselos a mi futura *laotong*.

Flor de Nieve

Durante los días siguientes apenas podía quedarme sentada para que se me curaran los pies, como debía hacer, pues
no paraba de pensar que estaba a punto de conocer a Flor
de Nieve. Hasta mi madre y mi tía estaban nerviosas, y me
daban consejos acerca de lo que Flor de Nieve y yo podíamos escribir en nuestro contrato, aunque ninguna de las
dos había visto uno jamás. Cuando el palanquín de la señora Wang llegó a nuestra puerta, yo ya me había aseado
y vestido con la ropa sencilla que llevábamos las muchachas del campo. Mi madre me bajó en brazos y me llevó
fuera. Diez años más tarde, cuando me casara, también
me esperaría un palanquín; la nueva vida que se abriría
ante mí me asustaría y estaría triste por dejar atrás todo lo
conocido. Sin embargo, en aquella ocasión estaba entu-
siasmada y muy nerviosa. ¿Qué impresión causaría a Flor
de Nieve?

La señora Wang mantuvo abierta la puerta del palanquín; mi madre me dejó en el suelo y yo subí al reducido
cubículo. Flor de Nieve era mucho más hermosa de lo que
había imaginado. Sus ojos eran dos perfectas almendras.
Tenía el cutis muy claro, lo cual indicaba que no había pasado tanto tiempo como yo al aire libre durante su primera
infancia. A su lado colgaba una cortina roja, y una luz rosada bañaba su negro cabello. Llevaba una túnica de seda

azul celeste con nubes bordadas. Por los bajos de su pantalón asomaban los zapatos que yo le había regalado. No dijo nada, quizá porque estaba tan nerviosa como yo. Me sonrió y yo le devolví la sonrisa.

Sólo había un asiento, de modo que tuvimos que apretujarnos las tres en él. Para que el palanquín estuviera equilibrado, la señora Wang se sentó en el medio. Los porteadores nos levantaron y enseguida cruzaron trotando el puente por el que se salía de Puwei. Era la primera vez que iba en palanquín. Los cuatro porteadores intentaban correr de modo que el balanceo fuera mínimo, pero con las cortinas echadas, el calor, mi nerviosismo y aquel extraño movimiento rítmico pronto empecé a marearme. Además, nunca me había alejado de mi casa, así que, aunque hubiera podido mirar por la ventanilla, no habría sabido dónde estaba ni cuánto camino quedaba por recorrer. Había oído hablar de la feria del templo de Gupo, por descontado. Las mujeres acudían allí cada año el décimo día del quinto mes para pedir hijos varones a la diosa. Se decía que en esa feria se congregaban miles de personas, idea que a mí me resultaba incomprensible. Cuando empecé a oír ruidos diferentes al otro lado de la cortina —los cascabeles de los carros tirados por caballos, los gritos de nuestros porteadores indicando a la gente «¡Apartaos del camino!», y las voces de los vendedores ambulantes que animaban a los clientes a comprar varillas de incienso, velas y otras ofrendas para poner en el templo—, supe que habíamos llegado a nuestro destino.

El palanquín se detuvo y los porteadores lo bajaron con un movimiento brusco. La señora Wang se inclinó hacia mí, abrió la portezuela, nos ordenó que nos quedáramos donde estábamos y se apeó. Cerré los ojos, agradecida de que hubiéramos dejado de movernos, y me concentré en calmar mi estómago. En ese momento una voz se hizo eco de mis pensamientos.

—Menos mal que nos hemos parado. Creía que iba a vomitar. ¿Qué habrías pensado de mí entonces?

Abrí los ojos y miré a Flor de Nieve. Su blanco cutis había adquirido el mismo tono verdoso que debía de tener el mío, pero su mirada era de sincera curiosidad. Alzó los hombros hasta pegarlos a las orejas en un gesto de complicidad y esbozó una sonrisa que significaba, como yo no tardaría en comprender, que se le había ocurrido algo que nos causaría problemas. A continuación dio unas palmadas en el cojín y dijo:

—Vamos a ver qué pasa ahí fuera.

La clave de la afinidad de nuestros ocho caracteres era que ambas habíamos nacido en el año del caballo y, por tanto, probablemente teníamos espíritu aventurero. Flor de Nieve volvió a mirarme evaluando el alcance de mi valor, que, he de admitirlo, no era mucho. Respiré hondo y me senté a su lado; ella retiró la cortina. Entonces pude poner caras a las voces que había oído, pero por lo demás mis ojos captaron imágenes asombrosas. Los yao habían montado puestos decorados con piezas de tela de colores mucho más llamativos que los que jamás habían empleado mi madre o mi tía. Un grupo de músicos ataviados con trajes extravagantes pasó a nuestro lado, camino de un espectáculo de ópera. Un hombre caminaba cerca de allí con un cerdo atado de una correa. Nunca se me había ocurrido pensar que alguien pudiera llevar su cerdo a una feria para venderlo. Cada pocos segundos otro palanquín nos esquivaba; dedujimos que en ellos iban mujeres que acudían a hacer una ofrenda a Gupo. Había muchas por la calle —hermanas de juramento que al casarse se habían marchado de su pueblo y se reunían allí con motivo de la feria—; llevaban sus mejores faldas y unos tocados con complejos bordados. Caminaban juntas sobre sus lotos dorados, meneando las caderas. Había infinidad de imágenes hermosas que absorber, y todas se veían realzadas por un olor increíblemente dulce que llegaba hasta el palanquín, seducía mi olfato y calmaba mi estómago.

—¿Habías estado antes aquí? —preguntó Flor de Nieve. Negué con la cabeza, y ella continuó—: Yo he venido varias veces con mi madre. Nos lo pasamos muy bien. Visitamos el templo. ¿Crees que hoy iremos al templo? Yo creo que no, tendríamos que caminar demasiado, pero espero que pasemos por el puesto de taro. Mi madre siempre me lleva allí. ¿No lo hueles? El viejo Zuo, el dueño del puesto, hace los mejores dulces del condado. —¿Cómo podía ser que Flor de Nieve hubiera estado allí muchas veces?—. Lo hace así: fríe unos dados de taro hasta que quedan blandos por dentro pero duros y crujientes por fuera. Entonces derrite azúcar en un gran *wok* puesto al fuego. ¿Has probado el azúcar, Lirio Blanco? Es lo mejor del mundo. Una vez que se pone marrón, echa el taro frito y lo remueve hasta que queda bien recubierto. Después coloca los dados en una bandeja y la lleva a tu mesa, junto con un cuenco de agua fría. No te imaginas lo caliente que está el taro recubierto de azúcar derretido. Si intentaras comértelo así, te harías un agujero en la lengua; por eso hay que coger un trozo con los palillos y sumergirlo en el agua. ¡Crac, crac, crac! Ése es el ruido que hace el azúcar cuando se endurece. Cuando le hincas el diente, notas el crujido de la capa de azúcar, lo crocante del taro frito y por último el interior blando. Mi tía tendría que llevarnos allí, ¿no estás de acuerdo?

—¿Tu tía?

—¡Pero si hablas! Creía que sólo sabías escribir palabras bonitas.

—Quizá no hable tanto como tú —repuse con voz queda, un tanto dolida. Ella era la bisnieta de un funcionario imperial y mucho más culta que la hija de un vulgar campesino.

Flor de Nieve me cogió una mano. La suya tenía un tacto seco y caliente, señal de que tenía el *chi* muy alto.

—No te preocupes. No me importa que hables poco. Yo siempre me meto en líos por hablar demasiado, porque no pienso las cosas antes de decirlas. En cambio, tú serás una esposa ideal, pues siempre elegirás tus palabras con cuidado.

¿Lo entendéis? Allí mismo, el primer día, nos comprendimos la una a la otra, pero ¿impediría eso que cometiéramos errores en el futuro?

La señora Wang abrió la portezuela del palanquín.

—Venid, niñas. Está todo arreglado. Sólo tendréis que dar diez pasos para llegar a vuestro destino. Si os hiciera andar más, rompería la promesa que he hecho a vuestras madres.

Estábamos cerca de un puesto de artículos de papel decorado con cintas rojas, pareados de la buena fortuna, símbolos de doble felicidad carmesíes y dorados e imágenes pintadas de la diosa Gupo. Delante había una mesa donde se amontonaban diversas mercancías de colores chillones. A ambos lados del puesto, que estaba protegido del barullo de la calle por tres largas mesas colocadas en los costados, se abrían sendos pasillos por donde entraban los clientes. En el centro había una mesita con tinta, pinceles y dos sillas. La señora Wang nos indicó que escogiéramos un trozo de papel donde escribir nuestro contrato. Como cualquier niña de mi edad, yo estaba acostumbrada a decidir ciertas cosas (qué hortaliza cogería del cuenco después de que mi padre, mi tío, Hermano Mayor y los otros miembros de la familia hubieran metido sus palillos en él, por ejemplo), pero en ese momento me sentí incapaz de decidirme; mis manos querían tocar todas las mercancías, mientras Flor de Nieve, que sólo tenía siete años y medio, utilizaba el sentido crítico, con lo que daba muestras de mayor madurez.

La señora Wang dijo:

—Recordad, niñas, que hoy lo pago todo yo. Esto sólo es una decisión. Tendréis que tomar otras, así que no os entretengáis demasiado.

—Sí, tiíta —repuso Flor de Nieve hablando por las dos. A continuación me preguntó—: ¿Cuál te gusta?

Señalé una hoja de papel grande que, por su tamaño, parecía la más apropiada, dada la importancia de la ocasión.

Flor de Nieve pasó el índice por el borde dorado.

—El oro es de mala calidad —sentenció. Acto seguido levantó la hoja y la examinó a contraluz—. El papel es delgado y transparente como un ala de insecto. ¿No ves cómo lo atraviesa la luz del sol? —Dejó la hoja en la mesa y me miró con esa franqueza que la caracterizaba—. Necesitamos algo que demuestre eternamente el valor y la perdurabilidad de nuestra relación.

Yo apenas entendía sus palabras; Flor de Nieve hablaba un dialecto ligeramente distinto del de Puwei, pero ésa no era la única razón. Yo era ordinaria y estúpida; ella era refinada y ya superaba los conocimientos de mi madre e incluso los de mi tía.

Me empujó hacia el interior del puesto y me susurró:

—Lo mejor siempre lo guardan ahí detrás.

Y añadió con naturalidad:

—¿Qué te parece éste, alma gemela?

Era la primera vez que alguien me pedía que mirara algo y expresara mi opinión, y lo hice. Pese a mi escaso refinamiento, me di cuenta de la diferencia entre la hoja que yo había elegido y la que me estaba enseñando Flor de Nieve, más pequeña y con unos adornos menos chabacanos.

—Examínala —dijo.

Cogí la hoja, cuyo peso noté de inmediato, y la miré a contraluz, como había hecho ella con la otra. El papel era tan grueso que sólo lo atravesaba un pálido resplandor rojizo.

No hizo falta que dijéramos nada, era evidente que estábamos de acuerdo, así que tendimos la hoja al comerciante. La señora Wang pagó por ella y para que redactáramos nuestro contrato en la mesa que había en el centro del puesto. Flor de Nieve y yo nos sentamos una frente a la otra.

—¿Cuántas niñas crees que se habrán sentado en estas sillas para redactar sus contratos? —preguntó Flor de Nieve—. Hemos de redactar el mejor contrato que se haya escrito jamás. —Frunció un poco el entrecejo y me consultó—: ¿Qué crees que deberíamos poner?

Pensé en lo que me habían aconsejado mi madre y mi tía.

—Somos niñas —contesté—, y debemos obedecer las normas...

—Sí, sí, lo de siempre —me interrumpió Flor de Nieve con cierta impaciencia—, pero ¿no quieres que esto hable de nosotras dos?

Yo me sentía muy insegura, mientras que ella parecía saber muchas cosas. Había estado allí en otras ocasiones, mientras que yo nunca había salido de mi pueblo. Ella sabía lo que había que escribir en nuestro contrato, y yo sólo podía confiar en lo que mi tía y mi madre imaginaban que debíamos poner en él. Todas las propuestas que yo formulaba sonaban como preguntas.

—¿Seremos *laotong* para siempre? ¿Siempre seremos sinceras? ¿Haremos las tareas domésticas juntas en la habitación de arriba?

Flor de Nieve me observó con la misma franqueza con que lo había hecho en el palanquín, y yo no supe qué estaba pensando. ¿Había dicho algo inoportuno? ¿Lo había expresado de un modo incorrecto?

Al cabo de un instante cogió un pincel y lo mojó en la tinta. Aquel día, Flor de Nieve había descubierto todos mis defectos; por otra parte, ya sabía, por nuestro abanico, que mi caligrafía no era tan perfecta como la suya. Sin embargo, cuando empezó a escribir, comprobé que había aceptado mis propuestas. Mis sentimientos se enroscaban en su hermosa caligrafía, expresando un único pensamiento compartido por ambas.

Creímos que los sentimientos manifestados en aquella hoja de papel durarían para siempre, pero no podíamos prever las complicaciones que nos esperaban. Sin embargo, recuerdo casi todas las palabras. ¿Cómo no iba a recordarlas? Esas palabras quedaron grabadas en mi corazón.

> *Nosotras, la señorita Flor de Nieve de Tongkou y la señorita Lirio Blanco de Puwei, seremos sinceras la una con la otra. Nos consolaremos con palabras amables. Aliviaremos nuestros corazones. Susurraremos y bordaremos en la habitación de las mujeres. Practicaremos las Tres Obediencias y las Cuatro Virtudes. Seguiremos los preceptos del confucianismo recogidos en las Enseñanzas para mujeres y nos comportaremos como verdaderas damas. Hoy, nosotras, la señorita Flor de Nieve y la señorita Lirio Blanco, hemos hablado con sinceridad. Hemos sellado nuestro vínculo. Durante diez mil* li *seremos como dos arroyos que confluyen en un solo río. Durante diez mil años seremos como dos flores del mismo jardín. Nunca nos alejaremos, nunca habrá ni una sola palabra cruel entre nosotras. Seremos almas gemelas hasta el día de nuestra muerte. Nuestros corazones están contentos.*

La señora Wang nos contemplaba con solemnidad mientras firmamos en *nu shu* al pie de la hoja.

—Estoy satisfecha con esta unión de *laotong* —anunció—. Como ocurre en el matrimonio entre un hombre y una mujer, los buenos se emparejan con buenos, los hermosos con hermosos y los inteligentes con inteligentes. Pero, a diferencia de lo que ocurre en el matrimonio, esta relación conservará un carácter exclusivo. —Soltó una risotada y añadió—: Nada de concubinas. ¿Entendéis lo que quiero decir, niñas? Se trata de una unión de dos corazones que ni la distancia, las discrepancias, la soledad o las diferencias de posición social podrán romper; tampoco podréis permitir que otras niñas (ni más adelante otras mujeres) se interpongan entre vosotras.

Volvimos sobre nuestros pasos hasta el palanquín. Durante muchos meses caminar había sido una agonía, pero en ese momento me sentía como Yao Niang, la primera mujer que se vendó los pies. Cuando Yao Niang bailó sobre un loto dorado, parecía flotar en una nube. Una inmensa felicidad amortiguaba cada paso que yo daba.

Los porteadores nos llevaron hasta el centro de la feria. En esa ocasión, cuando nos apeamos, nos encontramos en pleno mercado. Vi los muros rojos, las tallas decorativas doradas y el tejado de tejas verdes del templo en lo alto de una cuesta no muy pronunciada. La señora Wang nos entregó una moneda a cada una y nos dijo que compráramos algo para celebrar ese día. Yo nunca había tenido ocasión de elegir nada para mí ni la responsabilidad de gastar dinero. En una mano tenía la moneda; en la otra, la mano de Flor de Nieve. Traté de pensar qué podría querer mi amiga, pero alrededor había tantas cosas hermosas que me sentí aturullada.

Por fortuna Flor de Nieve volvió a tomar las riendas.

—¡Ya sé qué podemos comprarnos! —exclamó. Dio un par de pasos rápidos, como si fuera a echar a correr; entonces renqueó y se detuvo—. A veces no me acuerdo de los pies —añadió con una mueca de dolor.

Al parecer, los míos se habían curado un poco más deprisa que los suyos, y lamenté no poder explorar todo lo que nos habría gustado.

—Iremos despacio —propuse—. No es necesario que lo veamos todo hoy…

—… porque vendremos aquí todos los años durante el resto de nuestra vida —terminó Flor de Nieve, y me dio un apretón en la mano.

Debía de dar gusto vernos: dos *laotong* el día de su primera excursión, que intentaban andar como antes de que les vendaran los pies y a las que sólo la euforia impedía caerse, y una anciana ataviada con un traje chabacano que les indicaba a voces: «¡Si no os portáis bien, nos vamos a casa ahora mismo!» Por suerte no tuvimos que ir muy lejos. Flor de Nieve me hizo entrar de un empujón en un puesto donde vendían artículos de costura.

—Somos dos niñas en nuestros años de hija —dijo Flor de Nieve, al tiempo que su mirada recorría un arco iris de hilos—. Hasta que nos casemos y abandonemos nuestra casa natal, estaremos en la habitación de las mujeres, nos visitaremos, bordaremos juntas y cuchichearemos. Si compramos bien, tendremos material para compartir durante años.

En el puesto de artículos de costura advertimos que teníamos las mismas ideas. Nos gustaban los mismos colores, pero elegimos además unos cuantos hilos que, pese a no entusiasmarnos, nos convenían para crear los detalles de una hoja o la sombra de una flor. Pagamos con nuestras monedas y regresamos al palanquín con las compras en la mano. Una vez en su interior, Flor de Nieve suplicó a la señora Wang que le concediera otro capricho.

—Por favor, tiíta, llévanos al puesto del vendedor de taro. ¡Por favor, tiíta, por favor!

Suponiendo que Flor de Nieve empleaba ese tratamiento para ablandar la severidad de la señora Wang, y envalentonada una vez más por el coraje de mi *laotong*, me uní a sus ruegos.

—¡Por favor, tiíta, por favor! —imploré.

La señora Wang no podía negarse, con una niña a cada lado tirándole de una manga y suplicando otro capricho, algo que sólo les estaba permitido a los primogénitos varones.

Al final cedió, no sin advertirnos que aquello no podía repetirse.

—Sólo soy una pobre viuda, y si gasto mi dinero en dos niñas inútiles mi reputación se verá perjudicada. ¿Acaso queréis ver cómo me hundo en la pobreza? ¿Queréis verme morir sola? —Dijo estas palabras con su brusquedad habitual, pero en realidad todo estaba listo para nosotras cuando llegamos al puesto. Habían preparado una mesita, con tres pequeños barriles por asientos.

El propietario sacó un pollo vivo y lo sostuvo en alto.

—Siempre elijo lo mejor para ti, señora Wang —dijo el viejo Zuo.

Al cabo de unos minutos apareció con una cazuela que tenía en la base un compartimiento para el carbón. En el recipiente borbotaba un caldo hecho con jengibre, cebolletas y el pollo que habíamos visto poco antes, troceado; además, puso en la mesa un cuenco con salsa de jengibre, ajo, cebolletas y aceite. Completaba la comida una fuente de guisantes salteados con dientes de ajo enteros. Comimos con fruición, pescando deliciosos trozos de pollo con los palillos, masticando con deleite y escupiendo los huesos en el suelo. Pese a que todo estaba riquísimo, yo reservé un hueco para el plato de taro que Flor de Nieve había mencionado antes. Y comprobé que era verdad cuanto me había contado: el azúcar caliente crujía al entrar en contacto con el agua y el taro se rompía en mi boca revelando diferentes y deliciosas texturas.

Cogí la tetera, como hacía en mi casa, y serví el té para las tres. Cuando la dejé en la mesa, Flor de Nieve suspiró y me lanzó una mirada de reprobación. Había vuelto a hacer algo mal, pero no sabía qué. Flor de Nieve puso una mano sobre la mía y la guió hacia la tetera, y juntas la hicimos girar hasta que el pico dejó de apuntar a la señora Wang.

—Es de mala educación dirigir el pico hacia alguien —me explicó Flor de Nieve con gentileza.

Debería haber sentido vergüenza, pero sólo sentí admiración por la buena crianza de mi *laotong*.

Cuando regresamos al palanquín, los porteadores dormían bajo las varas. La señora Wang los despertó con sus palmadas y su potente voz, y no tardamos en ponernos en marcha. Esa vez, la casamentera dejó que nos sentáramos juntas, aunque de ese modo el palanquín no estuviera equilibrado y a los porteadores les resultara más trabajoso avanzar. Cuando recuerdo aquel día, me doy cuenta de que éramos jovencísimas: dos niñitas que reían por cualquier cosa, que elegían hilo para bordar, que se cogían de la mano, que lanzaban miradas furtivas detrás de la cortina cuando la señora Wang se quedaba dormida y que veían pasar el mundo por la ventanilla. Estábamos tan absortas que esa vez ninguna de las dos se sintió mareada por el zarandeo del palanquín.

Ése fue nuestro primer viaje a Shexia y al templo de Gupo. La señora Wang volvió a llevarnos al año siguiente e hicimos nuestras primeras ofrendas en el templo. Nos acompañó allí casi todos los años hasta que terminó nuestra etapa de hija. Después de casarnos seguimos encontrándonos en Shexia siempre que las circunstancias lo permitían; hacíamos ofrendas en el templo para tener hijos varones, íbamos a comprar hilo para continuar nuestras labores, rememorábamos nuestra primera visita y nos deteníamos a comer taro caramelizado en el puesto del viejo Zuo antes de emprender el viaje de regreso.

Llegamos a Puwei al anochecer. Ese día yo no sólo había entablado una nueva amistad fuera de mi familia, sino que además había firmado un contrato por el que me convertía en la *laotong* de otra niña. No quería que ese día tan especial terminara, pero sabía que acabaría en cuanto entrara en mi casa. Imaginaba el momento en que bajaría del palanquín y me quedaría mirando cómo los porteadores se llevaban a Flor de Nieve por el callejón, mientras ella deslizaba una mano entre las ondeantes cortinas para despedirse antes de doblar la esquina. Entonces descubrí que mi felicidad iba a prolongarse un poco más.

Nos paramos y bajé del palanquín. La señora Wang ordenó a Flor de Nieve que se apeara también.

—Adiós, niñas. Dentro de unos días vendré a recoger a Flor de Nieve. —Se asomó por la portezuela del palanquín, pellizcó las mejillas de mi *laotong* y añadió—: Pórtate bien. No protestes. Aprende con los ojos y los oídos. Haz que tu madre se enorgullezca de ti.

¿Cómo podría explicar lo que sentí cuando nos quedamos las dos ante la puerta de mi casa natal? Nunca había sido tan feliz, pero sabía qué me esperaba dentro. Pese a que yo tenía mucho aprecio a mi familia y mi hogar, sabía que Flor de Nieve estaba acostumbrada a algo mejor. Y ella no había traído ropa ni artículos de tocador.

Mi madre salió a recibirnos. Me dio un beso, rodeó con un brazo a Flor de Nieve y la guió hacia el interior de la casa. Durante mi ausencia, mi madre, mi tía y Hermana Mayor habían trabajado de firme para ordenar la sala principal. Habían retirado todos los trastos y la ropa y guardado los platos. El suelo de tierra apisonada estaba recién barrido y lo habían rociado con agua para asentarlo más y refrescarlo.

Flor de Nieve conoció a todos mis familiares, incluido Hermano Mayor. Cuando sirvieron la cena, limpió sus palillos metiéndolos en su taza de té; aparte de ese pequeño detalle, que denotaba un refinamiento al que nosotros no estábamos acostumbrados, hizo cuanto pudo para ocultar sus sentimientos. Sin embargo, yo empezaba a conocerla y comprendí que estaba poniendo al mal tiempo buena cara.

Para mí era evidente que mi alma gemela se sentía horrorizada por cómo vivíamos mi familia y yo.

Había sido un largo día y estábamos muy cansadas. Cuando llegó la hora de acostarse, volvió a invadirme la aprensión, pero las mujeres de mi familia también habían trabajado de firme en el piso de arriba. Habían aireado la ropa de cama y organizado en pulcros montones todo el revoltijo de artículos relacionados con nuestras actividades cotidianas. Mi madre nos ofreció un cuenco de agua fresca para lavarnos y dos mudas de ropa, una mía y una de Hermana Mayor —todo recién lavado—, que Flor de Nieve podría ponerse mientras fuera nuestra invitada. Dejé que ella se aseara primero, pero apenas se mojó los dedos, sospechando, creo, que el agua no estaba lo bastante limpia. Sostuvo la camisa de dormir a cierta distancia de su cuerpo, examinándola como si fuera un pescado podrido en lugar de la prenda de vestir más nueva de Hermana Mayor. Miró alrededor, vio que la estábamos observando y, sin decir palabra, se desvistió y se puso la camisa de dormir. Nos metimos en la cama. Esa noche, como ocurriría en el futuro siempre que Flor de Nieve se quedara en mi casa, Hermana Mayor durmió con Luna Hermosa.

Mi madre nos deseó buenas noches a las dos. Luego se inclinó, me besó y me susurró al oído:

—La señora Wang nos ha dicho lo que teníamos que hacer. Sé feliz, pequeña, sé feliz.

De modo que allí estábamos, acostadas una al lado de la otra y arropadas sólo con una delgada colcha de algodón. Éramos muy pequeñas. Pese a lo cansadas que estábamos, no podíamos parar de cuchichear. Flor de Nieve me interrogó acerca de mi familia. Yo también le hice preguntas sobre la suya. Le conté cómo había muerto Hermana Tercera. Ella me explicó que su hermana pequeña había muerto de un catarro. Me hizo preguntas acerca de nuestro pueblo y le conté que Puwei significaba «aldea de gran hermosura» en el dialecto local. Ella me dijo que Tongkou significaba «aldea de la boca de madera» y que, cuando fuera allí a visitarla, comprendería por qué se llamaba así.

La luz de la luna se colaba por la celosía e iluminaba su rostro. Hermana Mayor y Luna Hermosa se quedaron dormidas, pero nosotras seguimos charlando. Hablar del vendado de los pies se considera impropio de una dama, y las mujeres saben que esa clase de conversaciones no hace más que inflamar las pasiones de los hombres. Pero nosotras éramos niñas y el proceso de vendado todavía no había terminado, de modo que no era un recuerdo, como lo es ahora para mí, sino un suplicio que formaba parte de nuestra vida. Flor de Nieve me contó que se había escondido de su madre y había suplicado a su padre que se apiadara de ella. Él había estado a punto de ceder, lo cual la habría condenado a vivir como una vieja criada en el hogar de sus padres o a servir en otra casa.

—Sin embargo, cuando mi padre empezó a fumar su pipa —prosiguió—, olvidó la promesa que me había hecho. Mientras estaba distraído, mi madre y mi tía me subieron a la habitación de las mujeres y me ataron a una silla. Por eso llevo un año de retraso en el vendado, igual que tú.

—Eso no significaba que, una vez decidido su destino, ella lo aceptara. Al contrario, los primeros meses se había rebelado y en una ocasión incluso se arrancó los vendajes casi por completo—. Pero mi madre me vendó de nuevo y me ató aún más fuerte a la silla.

—No puedes oponerte a tu destino —observé—. Estamos predestinados.

—Eso dice mi madre. Sólo me desataba para obligarme a caminar hasta que se me rompieran los huesos y para que pudiera utilizar el orinal. Yo no dejaba de mirar por la celosía. Observaba los pájaros que pasaban volando. Seguía la trayectoria de las nubes que viajaban por el cielo. Contemplaba la luna y la veía crecer y menguar. Pasaban tantas cosas al otro lado de mi ventana que casi me olvidaba de lo que estaba pasando dentro de la habitación.

¡Cómo me asustaban esos sentimientos! Flor de Nieve tenía las ansias de independencia propias de los nacidos en el año del caballo, sólo que su caballo tenía unas alas que la llevaban volando hasta muy lejos, mientras que el mío era lento y pesado. No obstante, la sensación que noté en la boca del estómago —una sensación de transgresión y rebeldía— me produjo un estremecimiento de emoción que con el tiempo acabaría convirtiéndose en un profundo anhelo.

Flor de Nieve se arrimó más a mí, hasta que nuestras caras quedaron muy juntas. Me puso una mano en la mejilla y dijo:

—Me alegro de que seamos almas gemelas. —Cerró los ojos y se durmió.

Tumbada junto a ella, contemplé su rostro iluminado por la luna; mientras sentía el delicado peso de su manita en mi mejilla y oía cómo su respiración se tornaba más profunda, me pregunté cómo podía conseguir que mi *laotong* me quisiera como yo ansiaba que me quisieran.

Amor

Se espera que las mujeres amen a sus hijos tan pronto éstos salen de su vientre, pero ¿qué madre no se ha sentido decepcionada al ver por primera vez a su hija o no ha experimentado la oscura melancolía que se apodera de la mente, incluso sosteniendo en brazos a un valioso varón, si éste no hace otra cosa que llorar y su suegra la mira como si tuviera la leche agria? Puede que amemos a nuestras hijas de todo corazón, pero debemos enseñarles a soportar el dolor. Amamos a nuestros hijos más que a nada, pero nunca podremos formar parte de su mundo, el reino exterior de los hombres. Se espera que amemos a nuestro esposo desde el día del rito de la Elección de Pretendiente, aunque no vayamos a ver su rostro hasta pasados seis años. Nos enseñan a amar a nuestra familia política, pero, cuando entramos en ella, somos unas extrañas sin más privilegios que los criados. Nos ordenan que amemos y honremos a los antepasados de nuestros esposos, y nosotras cumplimos con nuestras obligaciones, aunque en el fondo estemos agradecidas a los antepasados de nuestra familia natal. Amamos a nuestros padres porque cuidan de nosotras, pero ellos nos consideran ramas inútiles del árbol familiar. Consumimos los recursos de nuestra familia. Una familia nos cría para entregarnos a otra familia. Pese a ser felices en el seno de nuestra familia natal, todas sabemos que la separación es inevitable. Así pues, la amamos, pero sabemos que ese amor terminará con una triste separación. Todas estas clases de amor surgen del deber, el respeto y la gratitud, y las mujeres de mi condado saben que son fuente de tristeza, desazón y crueldad.

En cambio, el amor entre dos almas gemelas es diferente. Como decía la señora Wang, las niñas no están obligadas a ser *laotong*, sino que establecen ese vínculo de forma voluntaria. Ni Flor de Nieve ni yo sentíamos todo cuanto habíamos expresado en las primeras anotaciones que hicimos en nuestro abanico, pero, cuando nos miramos por primera vez en el palanquín, noté que nos unía algo especial, como una chispa para encender un fuego o una semilla para cultivar arroz. Sin embargo, una sola chispa no basta para calentar una habitación, y una sola semilla no basta para obtener una cosecha copiosa. El amor verdadero, el amor profundo, debe crecer. Como entonces yo todavía no entendía el amor apasionado, pensaba en los arrozales que veía en mis paseos diarios hasta el río con mi hermano, cuando todavía conservaba todos los dientes de leche. Quizá pudiera hacer crecer nuestro amor como los campesinos hacían crecer sus cosechas: mediante el trabajo duro, una voluntad férrea y las bendiciones de la naturaleza. Es curioso que todavía hoy lo recuerde. *Waaa!* Sabía muy poco de la vida, pero sabía lo suficiente para pensar como un campesino.

Así pues, preparaba mi terreno —pidiendo a mi padre un trozo de papel o a Hermana Mayor un pedacito de alguna prenda de su ajuar— para plantar en él. Mis semillas eran los caracteres de *nu shu* que componía. La señora Wang se convirtió en mi acequia de riego. Cuando la casamentera venía a mi casa para ver los progresos de mis pies, yo le daba mi misiva —en forma de una carta, un trozo de tela o un pañuelo bordado— y ella se la entregaba a Flor de Nieve.

Ninguna planta puede crecer sin sol, y eso es lo único que el campesino no puede controlar. Acabé por creer que Flor de Nieve desempeñaba ese papel. Para mí, el sol adoptaba la forma de sus respuestas a mis cartas. Cuando recibía un mensaje de Flor de Nieve, todas nos reuníamos para descifrar su significado, pues ella ya empezaba a emplear imágenes y palabras que ponían a prueba los conocimientos de *nu shu* de mi tía.

Yo escribía cosas típicas de una niña: «Estoy bien. ¿Cómo estás tú?» Ella respondía: «Hay dos pájaros posados en las ramas altas de un árbol. Juntos echan a volar por el cielo.» Yo escribía: «Hoy mamá me ha enseñado a preparar pasta de arroz envuelta en una hoja de taro.» Flor de Nieve contestaba: «Hoy he mirado por la celosía de mi habitación. He pensado en el fénix que sale en busca de un compañero, y entonces me he acordado de ti.» Yo escribía: «Ya han elegido una fecha propicia para la boda de Hermana Mayor.» Ella respondía: «Ahora tu hermana está en la segunda etapa de las ceremonias de la boda. Por fortuna, pasará unos cuantos años más contigo.» Yo escribía: «Quiero aprenderlo todo. Tú eres muy inteligente. ¿Podrías enseñarme?» Ella contestaba: «Yo también aprendo de ti. Eso es lo que nos convierte en un par de patos mandarines que anidan juntos.» Yo escribía: «Mis ideas no son profundas y mi escritura es torpe, pero me gustaría tenerte aquí para poder decirnos cosas al oído por la noche.» Su respuesta era: «Dos ruiseñores cantan en la oscuridad.»

Sus palabras me asustaban y estimulaban al mismo tiempo. Flor de Nieve era inteligente y mucho más instruida que yo, pero no era eso lo que me daba miedo. En todos sus mensajes hablaba de pájaros, de volar, de un mundo lejano. Ya entonces se rebelaba contra lo que se le ofrecía. Yo quería agarrarme a sus alas y elevarme, por muy intimidada que me sintiera.

Con excepción del abanico, que fue su primer regalo, Flor de Nieve nunca me envió nada sin que yo le hubiera mandado algo antes, pero eso no me importaba. Yo estaba mimándola. La regaba con mis cartas y ella siempre me recompensaba con un nuevo brote o un nuevo capullo. Pero había un obstáculo que desbarataba mis planes: yo estaba deseando que me invitara a su casa, pero esa invitación no llegaba.

Un día, la señora Wang nos visitó y trajo el abanico. Yo no lo abrí de golpe. Desplegué sólo los tres primeros pliegues, revelando el primer mensaje de Flor de Nieve, mi respuesta y un nuevo texto, que rezaba:

Si tu familia está de acuerdo, me gustaría ir a verte el undécimo mes. Nos sentaremos juntas, enhebraremos nuestras agujas, escogeremos los hilos de colores y cuchichearemos.

Flor de Nieve había dibujado otra delicada flor en la guirnalda de hojas.

Llegó el día elegido. Yo esperaba junto a la celosía a que el palanquín doblara la esquina. Cuando se detuvo delante de nuestra puerta, tuve ganas de bajar corriendo y salir a la calle para recibir a mi *laotong*, pero eso era imposible. Mi madre salió y se abrió la portezuela del palanquín, del que se apeó Flor de Nieve. Llevaba la misma túnica azul celeste con nubes bordadas. Con el tiempo deduje que ésa era su prenda de viaje y que se la ponía cada vez que nos visitaba para no avergonzar a mi familia luciendo ropas más lujosas.

No traía comida ni ropa; era lo habitual. La señora Wang le hizo la misma advertencia que la vez anterior: debía portarse bien, no protestar y aprender con los ojos y los oídos, para que su madre se enorgulleciera de ella. Flor de Nieve dijo: «Sí, tiíta», pero yo advertí que no le prestaba atención y que escudriñaba la celosía intentando atisbar mi cara tras ella.

Mi madre la acompañó al piso de arriba. Apenas mi alma gemela puso los pies en la habitación de las mujeres, empezó a hablar y ya no paró. Parloteaba, susurraba, bromeaba, hacía confidencias, consolaba, admiraba. No era la niña que me turbaba con sus ansias de echar a volar. Sólo quería jugar, divertirse, reír y hablar, hablar, hablar. Hablar de cosas de crías pequeñas.

Como yo le había dicho que quería ser su pupila, Flor de Nieve empezó ese mismo día a instruirme en los preceptos de las *Enseñanzas para mujeres*; me dijo, por ejemplo, que no debía enseñar los dientes al sonreír ni alzar la voz cuando hablaba con un hombre. Pero ella también había manifestado en sus mensajes que quería aprender de mí, y me pidió que le enseñara a preparar aquellos pegajosos pastelillos de arroz. Además, me hizo preguntas extrañas: cómo se sacaba agua del pozo y cómo se daba de comer a los cerdos. Yo me reí, porque todas las niñas saben hacer esas cosas, y Flor de Nieve me juró que ella nunca las hacía. Deduje que se burlaba de mí, pero insistió en que nadie le había enseñado a hacer esas cosas. Entonces las otras mujeres empezaron a aguijonearme.

—¡Tal vez eres tú la que no sabe sacar agua del pozo! —dijo Hermana Mayor.

—Tal vez no te acuerdas de cómo se da de comer a un cerdo —añadió mi tía—. Todo eso se te olvidó cuando te deshiciste de tus viejos zapatos.

Súbitamente enfadada, me levanté de un brinco, puse los brazos en jarras y las fulminé con la mirada, pero cuando vi su expresión risueña mi rabia desapareció y me entraron ganas de hacerlas reír aún más.

Empecé a ir de un lado para otro con paso inseguro, porque mis pies aún no estaban del todo curados, explicando lo que había que hacer para sacar agua del pozo y llevarla hasta la casa, y luego me agaché como si recogiera hierbas y las mezclara con las sobras de la cocina. Luna Hermosa reía a carcajadas y estuvo a punto de orinarse encima. Hasta Hermana Mayor, tan seria y enfrascada en la preparación de su ajuar, reía con disimulo. Flor de Nieve estaba exultante y daba palmas con verdadero regocijo. Veréis, ella tenía esa habilidad: entraba en la habitación de las mujeres y, con unas sencillas palabras, me movía a hacer cosas que a mí jamás se me habría ocurrido hacer. Y esa habitación, que para mí era un lugar de secretos, sufrimiento y duelo, se convertía gracias a ella en un oasis de alegría y diversión.

Pese a que Flor de Nieve me había indicado que debía hablar en voz baja cuando me dirigiera a un hombre, ella se dedicó a charlar con mi padre y mi tío durante la cena, y también a ellos los hizo reír. Hermano Menor subía y bajaba de sus rodillas como si fuera un mono y el regazo de ella, un nido construido en un árbol. Flor de Nieve rebosaba de vida. Dondequiera que fuese, siempre cautivaba a todos y los hacía felices. Era mejor que nosotros —de eso nos dábamos cuenta—, pero convertía esa diferencia en una aventura para nuestra familia. Para nosotros era como un pájaro exótico que había escapado de su jaula y correteaba por un patio lleno de vulgares gallinas. Nosotros nos divertíamos, pero ella también.

Llegó la hora de lavarse antes de ir a la cama. Recordé la turbación que había sentido la primera vez que Flor de Nieve durmió en nuestra casa. Le indiqué que se lavara ella primero, pero no quiso. Si yo me lavaba antes, el agua no estaría limpia cuando la usara ella. Entonces propuso: «Nos lavaremos la cara a la vez», y yo comprendí que mi labor de campesina y mi perseverancia habían dado el fruto deseado. Nos inclinamos juntas sobre la vasija, ahuecamos las manos y nos echamos agua a la cara. Flor de Nieve me dio un golpecito con el codo. Miré en la vasija y vi nuestras caras reflejadas en la ondulante superficie. El agua resbalaba por su piel, igual que por la mía. Ella rió y me salpicó un poco. Cuando compartimos aquella agua supe que mi *laotong* también me quería.

Aprendizaje

En los tres años siguientes Flor de Nieve me visitó cada dos meses. Ya no llevaba la túnica azul celeste con las nubes bordadas, sino otra de seda azul lavanda con un ribete blanco, una combinación de colores inusual para una niña. Tan pronto entraba en la habitación del piso de arriba, se la quitaba y se ponía las prendas que le había confeccionado mi madre. De esa forma éramos almas gemelas por dentro y también por fuera.

Yo no había ido todavía a su pueblo natal, Tongkou. No preguntaba por qué, y tampoco oía a los adultos de mi casa hablar de lo extraño del caso. Hasta que un día, cuando tenía nueve años, oí a mi madre interrogar a la señora Wang acerca de esa circunstancia. Estaban de pie en el umbral, y su conversación me llegaba a través de la celosía.

—Mi esposo protesta porque siempre somos nosotros los que alimentamos a Flor de Nieve —explicó mi madre en voz baja para que nadie la oyera—. Y cuando viene a visitarnos hay que sacar más agua de la cuenta para beber, cocinar y lavar. Quiere saber cuándo irá Lirio Blanco a Tongkou, como dicta la tradición.

—La tradición dicta que los ocho caracteres estén en armonía —le recordó la señora Wang—, pero tú y yo sabemos que hay uno muy importante que no encaja. Flor de Nieve ha llegado a una familia que está por debajo de la suya. —Hizo una pausa y añadió—: No recuerdo que te quejaras de esto la primera vez que me dirigí a ti.

—Sí, pero...

—Ya veo que no entiendes cómo funcionan las cosas —continuó la casamentera, indignada—. Te dije que esperaba conseguir un esposo para Lirio Blanco en Tongkou, pero el matrimonio nunca podría tener lugar si por casualidad el novio viera a tu hija antes del día de la boda. Además, la familia de Flor de Nieve sufre a causa de las diferencias sociales de las niñas. Deberías agradecer que no hayan exigido que pongamos fin a la relación de *laotong*. Desde luego, nunca es demasiado tarde para rectificar, si eso es lo que de verdad desea tu esposo. Lo único que pasará será que yo tendré más problemas.

Mi madre no tuvo más remedio que decir:

—Señora Wang, he hablado sin pensar. Entra, por favor. ¿Te apetece un poco de té?

Ese día percibí la vergüenza y el miedo que sentía mi madre. No podía poner en peligro ningún aspecto de la relación, aunque ésta significara una carga añadida para nuestra familia.

Supongo que os preguntaréis cómo me sentí al oír que la familia de Flor de Nieve no me consideraba digna de su hija. No me importó, porque sabía que no era merecedora del cariño de Flor de Nieve. Me esforzaba mucho todos los días para conseguir que me quisiera del mismo modo que yo a ella. Me compadecía —o, mejor dicho, me avergonzaba— de mi madre, porque había quedado muy mal con la señora Wang, pero la verdad es que me traían sin cuidado las preocupaciones de mi padre, el malestar de mi madre, la testarudez de la señora Wang y el peculiar diseño de mi relación con Flor de Nieve, porque, aunque hubiera podido visitar Tongkou sin que me viera mi futuro esposo, tenía la impresión de que no necesitaba ir allí para saber más cosas sobre la vida de mi *laotong*. Ella me había hablado largo y tendido de su pueblo, de su familia y su hermoso hogar, y yo consideraba que ya tenía suficiente información. Pero el asunto no terminó ahí.

La señora Wang y la señora Gao siempre se peleaban por cuestiones territoriales. Ésta, que era la casamentera de las familias de Puwei, había negociado una buena boda para Hermana Mayor y encontrado una muchacha adecuada en otro pueblo para Hermano Mayor. Y también esperaba concertar mi boda y la de Luna Hermosa. Sin embargo, la señora Wang, que tenía sus propias ideas acerca de mi destino, no sólo había alterado mi vida y la de Luna Hermosa, sino también la de la señora Gao, que iba a perder los beneficios de esas dos bodas. Y, como decimos nosotros, una mujer mezquina siempre busca venganza.

La señora Gao viajó a Tongkou para ofrecer sus servicios a la familia de Flor de Nieve. La señora Wang no tardó mucho en enterarse. Pese a que ese conflicto no tenía nada que ver con nosotros, la confrontación se produjo en casa un día que la señora Wang vino a recoger a Flor de Nieve y encontró a la señora Gao en la sala principal comiendo semillas de calabaza y hablando con mi padre sobre la ceremonia de Elección de Fecha de la boda de Hermana Mayor. Delante de él no se habló de aquello, pues habría sido sumamente grosero. La señora Gao habría podido evitar la pelea si se hubiera marchado tras terminar su trabajo, pero subió a la habitación de las mujeres, se dejó caer en una silla y se puso a alardear de su experiencia como casamentera. Era como un dedo hurgando en una herida. Al final la señora Wang no pudo aguantarse más.

—Sólo una perra en celo estaría tan loca como para ir a mi pueblo e intentar robarme a una de mis sobrinas —espetó.

—Tú no eres la dueña de Tongkou, tiíta —replicó la señora Gao con desparpajo—. Si lo fueras, no vendrías a meter las narices en Puwei. Sabes muy bien que Lirio

Blanco y Luna Hermosa deberían ser mías, pero ¿me ves a mí llorar como una criatura por eso?

—Yo encontraré buenos esposos a las niñas. Y también a Flor de Nieve. Tú no podrías hacerlo mejor.

—No estés tan segura. No lo hiciste tan bien con su hermana mayor. Yo estoy más preparada, dadas las circunstancias de Flor de Nieve.

¿He mencionado que Flor de Nieve estaba en la habitación oyendo ese diálogo? Las casamenteras hablaban de ella y su hermana como dos comerciantes regateando sin escrúpulos por unos sacos de arroz barato. La niña estaba de pie al lado de la señora Wang, preparada para volver a su casa. Sostenía un trozo de tela que había bordado y lo retorcía con los dedos, tensando los hilos. Mantenía la cabeza agachada, pero tenía las mejillas y las orejas coloradas. En ese momento la discusión podría haber subido de tono, pero la señora Wang levantó una mano surcada de venas y la colocó con suavidad en la cintura de Flor de Nieve. Hasta entonces yo no sabía que la señora Wang fuera capaz de sentir lástima ni de capitular.

—Yo no hablo con mujeres de tu calaña —soltó con aspereza—. Vamos, Flor de Nieve. Nos espera un largo viaje hasta casa.

Habríamos borrado ese episodio de nuestra mente, de no haber sido porque a partir de entonces las dos casamenteras estuvieron como el perro y el gato. Cuando la señora Gao se enteraba de que el palanquín de la señora Wang había llegado a Puwei, se ponía una de sus extravagantes túnicas, se pintaba las mejillas con carmín y venía a fisgar a nuestra casa como... bueno, como una perra en celo.

Cuando Flor de Nieve y yo cumplimos once años, nuestros pies ya estaban curados del todo. Yo los tenía fuertes y perfectos; sólo medían siete centímetros. Los de Flor de

Nieve eran un poco más grandes, y los de Luna Hermosa aún más, pero tenían una forma exquisita. Mi prima, además, dominaba a la perfección las tareas domésticas, lo que la convertía en una muchacha muy valiosa. Como ya habíamos superado la etapa del vendado, la señora Wang negoció la ceremonia de Elección de Pretendiente para la boda de las tres. Nos buscaron futuros esposos cuyos ocho caracteres encajaran con los nuestros y se decidieron las fechas de los compromisos.

Tal como la señora Wang había vaticinado, la perfección de mis lotos dorados me aseguró un compromiso matrimonial afortunado. Negoció mi boda con el hijo de la mejor familia Lu de Tongkou. El tío de mi esposo era un poderoso funcionario que había recibido muchas tierras del emperador en pago por sus servicios. Tío Lu, pues así se llamaba, no tenía descendencia. Vivía en la capital y había delegado en su hermano la supervisión de sus propiedades. Como mi suegro era el jefe del pueblo —se encargaba de arrendar tierras a los campesinos y de cobrar las rentas—, todo el mundo daba por hecho que mi esposo lo sucedería en ese puesto. Luna Hermosa iba a casarse con el hijo de una familia Lu inferior que vivía cerca. Su prometido era el hijo de un campesino que trabajaba cuatro veces más *mou* que mi padre y mi tío. Para nosotros eso era mucho, pero no era nada comparado con lo que mi futuro suegro controlaba por encargo de su hermano.

—Luna Hermosa, Lirio Blanco —dijo la señora Wang—, vosotras sois como hermanas. Ahora seréis como mi hermana y yo. Nosotras también nos casamos en Tongkou. Aunque ambas hemos sufrido desgracias, es una suerte que hayamos pasado toda la vida juntas. —La verdad es que a Luna Hermosa y a mí nos hacía muy felices la perspectiva de compartir nuestros años de arroz y sal como esposas y madres, y nuestros años de recogimiento como viudas.

Flor de Nieve iba a contraer matrimonio con el hijo de una familia de Jintian, «pueblo de campos abiertos». La señora Wang nos aseguró que Jintian estaba tan cerca de Tongkou que Luna Hermosa y yo podríamos verlo desde nuestras celosías; quizá hasta distinguiéramos la ventana de Flor de Nieve. No nos habló mucho de la familia con cuyo hijo iba a casarse mi *laotong*; sólo nos dijo que su prometido había nacido en el año del gallo. Eso nos preocupó, porque todo el mundo sabe que ésa no es una combinación ideal, pues el gallo siempre quiere subirse a la grupa del caballo.

—No os preocupéis, niñas —nos tranquilizó la señora Wang—. El adivino ha estudiado los cinco elementos: agua, fuego, metal, tierra y madera. Os aseguro que éste no es un caso en que el agua y el fuego tengan que convivir. Todo saldrá bien —declaró, y nosotras la creímos.

Las familias de nuestros novios nos entregaron los primeros regalos: dinero, dulces y carne. Mis tíos recibieron una pierna de cerdo, mientras que mis padres recibieron un cerdo asado entero, que repartimos entre nuestros parientes de Puwei. Nuestros padres enviaron a las familias de los novios los regalos correspondientes: huevos y arroz, que simbolizaban nuestra fertilidad. El siguiente paso era que nuestros futuros suegros celebraran el rito de Elección de Fecha de las bodas.

Imaginaos lo felices que nos sentíamos. Nuestro futuro estaba decidido. Nuestras nuevas familias tenían mejor posición social que las nuestras. Todavía éramos lo bastante jóvenes para creer que nuestro buen corazón nos permitiría superar cualquier dificultad que surgiera con nuestras suegras. Estábamos ocupadas con nuestros trabajos manuales. Pero lo que más nos alegraba era estar juntas.

Mi tía seguía enseñándonos *nu shu*, pero también lo aprendíamos de Flor de Nieve, que traía nuevos caracteres siempre que nos visitaba. Algunos los obtenía espiando a su hermano cuando estudiaba, pues muchos caracteres de *nu shu* no son otra cosa que caracteres de la caligrafía de los hombres puestos en cursiva; pero otros se los había enseñado su madre, muy versada en la escritura secreta de las mujeres. Pasábamos horas practicándolos, dibujándonos los trazos con los dedos unas a otras sobre la palma de la mano. Mi tía siempre nos advertía de que tuviéramos cuidado con los signos, pues al utilizar caracteres fonéticos, en lugar de los pictográficos de la escritura masculina, el significado de las palabras podía perderse o alterarse.

—Cada término debe situarse en su contexto —nos recordaba todos los días al finalizar la lección—. Un error en la lectura podría desencadenar grandes tragedias. —Tras esta advertencia, mi tía solía recompensarnos con la romántica historia de la mujer que había inventado nuestra escritura secreta.

»Hace mucho tiempo, durante la dinastía Song, hace quizá más de mil años —contaba—, el emperador Song Zhezong recorrió todo su reino en busca de una nueva concubina. Viajó hasta muy lejos y finalmente llegó a nuestro condado, donde oyó hablar de un campesino llamado Hu, un hombre con cierta cultura y sentido común que vivía en el pueblo de Jintian (sí, en Jintian, donde vivirá nuestra querida Flor de Nieve cuando se case). El señor Hu tenía un hijo que era funcionario, un joven de buena posición que había obtenido unos excelentes resultados en los exámenes imperiales; pero la persona que más intrigaba al emperador era la hija mayor del campesino. Se llamaba Yuxiu. La muchacha no era una rama carente de todo valor, pues su padre se había encargado de su educación. Sabía recitar poesía clásica y había aprendido la escritura de los hombres. También sabía cantar y bailar, y sus bordados eran hermosos y delicados. Todo eso convenció al emperador de que la muchacha sería una buena concubina real. Visitó al señor Hu, negoció para obtener a su inteligente hija y poco después Yuxiu emprendió el viaje a la capital. ¿Un final feliz? En cierto modo. El señor Hu recibió muchos regalos y a Yuxiu se le garantizó una vida distinguida rodeada de jade y seda. Pero os aseguro, niñas, que ni siquiera una persona tan inteligente y cultivada como Yuxiu podía evitar el triste momento de la separación de su familia. Su madre y sus hermanas lloraban desconsoladas, pero nadie estaba tan triste como Yuxiu.

Nosotras nos habíamos aprendido muy bien esa parte de la historia. La separación de Yuxiu de su familia sólo era el principio de sus tribulaciones. Pese a sus muchas virtudes, no podía complacer eternamente al emperador. Éste se cansó de su rostro hermoso y redondeado, de sus ojos almendrados, de sus labios como cerezas, y las habilidades de Yuxiu, que parecían magníficas en el condado de Yongming, eran insignificantes comparadas con las de otras damas de la corte. Pobre Yuxiu. No estaba a la altura de las intrigas palaciegas. A las otras esposas y concubinas no les interesaba aquella muchacha del campo. Yuxiu estaba sola y triste, pero no tenía forma de comunicarse con su madre y sus hermanas sin que se enteraran los demás. Con una sola palabra imprudente por su parte, la decapitarían o la arrojarían a un pozo del palacio, condenada al silencio eterno.

—Día y noche, Yuxiu guardaba para sí sus emociones —proseguía mi tía—. Las malvadas mujeres de la corte y los eunucos la observaban mientras bordaba o practicaba caligrafía en silencio. Siempre se reían de su trabajo. «Qué mal lo hace», decían. «Mirad cómo ese mono de campo intenta copiar la escritura de los hombres.» Sus labios sólo pronunciaban palabras crueles, pero Yuxiu no intentaba copiar la caligrafía de los hombres. Lo que hacía era cambiarla, inclinarla, feminizarla, y de ese modo creó unos caracteres nuevos que muy poco o nada tenían que ver con la caligrafía de los hombres. Sin que nadie lo supiera, estaba inventando un código secreto para poder comunicarse con su madre y sus hermanas.

Flor de Nieve y yo siempre preguntábamos cómo habían podido descifrar el código secreto la madre y las hermanas de Yuxiu, y un día mi tía incluyó la respuesta en la historia.

—Quizá un eunuco compasivo les hizo llegar una carta de Yuxiu en la que la muchacha se lo explicaba. O quizá sus hermanas no sabían qué decía la nota, la dejaron por allí y, al ver el texto al sesgo, interpretaron correctamente los caracteres en cursiva. Con el tiempo las mujeres de esa familia inventaron nuevos caracteres fonéticos, que aprendieron a interpretar por el contexto, igual que hacéis ahora vosotras, niñas. Pero ésos son detalles que sólo interesan a los hombres —nos regañó con expresión severa, recordándonos que esas cuestiones no eran asunto nuestro—. Lo que nos enseña la historia de la vida de Yuxiu es que encontró una manera de compartir lo que le estaba ocurriendo detrás de su fachada de felicidad y que su regalo ha pasado a través de incontables generaciones hasta llegar a nosotras.

Nos quedamos calladas, pensando en la infortunada concubina. Luego mi tía empezó a cantar, y las tres nos unimos a ella, mientras mi madre escuchaba. Era una canción triste, que, según se decía, había salido de los labios de Hu Yuxiu. Nuestras voces se hacían eco de su pena:

Mis lágrimas empapan las palabras que escribo,
una rebelión invisible que ningún hombre puede ver.
Que la historia de nuestra vida se convierta en arte.
Oh, madre, oh, hermanas, escuchadme, escuchadme.

Las últimas notas salieron flotando por la celosía y se perdieron en el callejón.

—Recordad, niñas —dijo mi tía—, que no todos los hombres son emperadores, pero todas las niñas se casan y se marchan de la casa de sus padres. Yuxiu inventó el *nu shu* para que las mujeres de nuestra tierra mantuvieran los lazos que las unen a sus familias.

Cogimos nuestras agujas y empezamos a bordar. Al día siguiente mi tía volvería a contarnos la historia.

El año que Flor de Nieve y yo cumplimos los trece, estudiamos toda suerte de disciplinas, pero no por eso dejamos de ayudar en las tareas domésticas. Las mujeres de su familia le habían enseñado de manera impecable las artes más refinadas, pero habían fracasado estrepitosamente con las artes domésticas, de modo que ella me seguía de cerca mientras yo realizaba mis faenas. Nos levantábamos al amanecer y encendíamos el fuego de la cocina. Después de fregar los platos dábamos de comer al cerdo. A mediodía salíamos a recoger hortalizas frescas del huerto; luego preparábamos la comida. Antes esas tareas las hacían mi madre y mi tía, pero ahora ellas se limitaban a supervisarnos. Las tardes las pasábamos en la habitación de las mujeres. Al anochecer ayudábamos a preparar y servir la cena.

Cada minuto del día incluía alguna lección. Las niñas de mi casa —y cuento entre ellas a Flor de Nieve— intentábamos ser alumnas aplicadas. Luna Hermosa destacaba en el hilado, tarea para la que nosotras dos no teníamos paciencia. A mí me gustaba cocinar, pero no me interesaba tanto tejer, coser o confeccionar zapatos. A ninguna nos gustaba limpiar, pero Flor de Nieve era la que peor lo hacía. Mi madre y mi tía nos regañaban a mi prima o a mí si no limpiábamos bien el suelo o no quitábamos toda la suciedad de las túnicas de nuestros padres. Yo creía que se mostraban más indulgentes con Flor de Nieve porque sabían que algún día dispondría de criadas y nunca tendría que hacer esas faenas. Yo lo veía de otro modo: ella nunca aprendería a limpiar porque era como si flotara por encima de los aspectos prácticos de la vida.

También aprendíamos cosas de los hombres de mi familia, aunque mi padre y mi tío nunca nos enseñaban nada directamente, pues se habría considerado indecoroso. Lo que quiero decir es que yo aprendía cosas acerca de los hombres observando la conducta de Flor de Nieve y cómo mi padre y mi tío reaccionaban ante ella. El *congee* es uno de los platos más fáciles de cocinar (sólo hay que echar arroz en abundante agua y remover sin parar), así que dejábamos que Flor de Nieve lo preparara para el desayuno. Ella no tardó en fijarse en que a mi padre le gustaban las cebolletas, y siempre añadía un puñado más en su cuenco. A la hora de cenar, mi madre y mi tía siempre dejaban los platos encima de la mesa para que mi padre y mi tío se sirvieran; Flor de Nieve, en cambio, bordeaba la mesa, con la cabeza gacha, ofreciendo uno a uno los platos, primero a mi padre, luego a mi tío y a continuación a Hermano Mayor y Hermano Segundo. Siempre mantenía una distancia decorosa, pero al mismo tiempo irradiaba elegancia. Me di cuenta de que, cuando se les prestaban esas pequeñas atenciones, ellos no se llenaban la boca de comida, no escupían en el suelo ni se rascaban la barriga. En lugar de eso, sonreían a Flor de Nieve y hablaban con ella.

Yo no me contentaba con aprender a manejarme en la habitación del piso de arriba y en las salas de la planta baja, ni siquiera con estudiar el *nu shu*. Quería saber más acerca de mi futuro. Afortunadamente a Flor de Nieve le encantaba hablar y nos contaba muchas cosas acerca de Tongkou. Ya había realizado numerosos viajes entre ambos pueblos y conocía bien la ruta. «Cuando vayas a vivir con tu esposo —me explicaba—, cruzarás el río y pasarás por muchos arrozales hasta llegar a las colinas bajas que se ven desde los límites de Puwei. Tongkou está al pie de esas colinas. Ellas nunca se tambalearán, y nosotros tampoco, o al menos eso afirma mi padre. En Tongkou estamos a salvo de los terremotos, el hambre y los merodeadores. Tiene un *feng shui* perfecto.»

Mientras escuchaba a Flor de Nieve, Tongkou crecía en mi imaginación, pero eso no era nada comparado con lo que sentía cuando me hablaba de mi esposo y mis futuros suegros. Ni Luna Hermosa ni yo habíamos presenciado las negociaciones de la señora Wang con nuestros padres, pero ya sabíamos lo fundamental: que todos los habitantes de Tongkou eran Lu y que las familias de nuestros futuros esposos eran prósperas. Eso era lo que más interesaba a nuestros padres, pero nosotras queríamos saber más acerca de nuestros esposos, nuestras suegras y las demás mujeres con que conviviríamos en las habitaciones de arriba. Sólo Flor de Nieve podía responder a nuestras preguntas.

—Tienes suerte, Lirio Blanco —me reveló un día Flor de Nieve—. He visto a ese chico Lu. Es primo segundo mío. Tiene el pelo negro azulado, como la noche. Es amable con las muchachas. Una vez compartió un pastel de luna conmigo. No tenía ninguna obligación de hacerlo.

—Y me contó que mi futuro esposo había nacido en el año del tigre, un signo tan enérgico como el mío, lo cual nos hacía compatibles. Luego abordó cosas que a mí me convenía saber para adaptarme a la familia Lu—: Es una casa donde hay mucho trabajo —me explicó—. Como jefe del pueblo, el señor Lu recibe numerosos visitantes de Tongkou y de aldeas vecinas. Además, en la casa vive mucha gente. No tienen hijas, pero las nueras irán a vivir con la familia. Tú serás la primera nuera. Tu rango será muy elevado desde el principio. Si eres la primera en dar a luz un hijo varón, conservarás tu privilegiada posición para siempre. Eso no significa que no vayas a tener los mismos problemas que Yuxiu, la concubina del emperador. La señora Lu ha dado cuatro hijos varones a su esposo y, aun así, él tiene tres concubinas. Debe tenerlas, porque es el jefe. Ellas son un signo de poder.

Eso debería haberme preocupado. A fin de cuentas, si el padre tenía concubinas, probablemente el hijo también las tendría. Pero yo era tan joven e inocente que eso ni siquiera se me ocurrió. Y aunque se me hubiera ocurrido, no habría sido consciente de los conflictos que podía provocar. Mi mundo todavía se reducía a mis padres y mis tíos; todo parecía muy sencillo.

Flor de Nieve se volvió hacia Luna Hermosa, quien, como siempre, escuchaba con atención y esperaba en silencio a que nosotras la incluyéramos en la conversación.

—Luna Hermosa, me alegro por ti. Conozco muy bien a esa familia Lu. Tu futuro esposo, como ya sabes, nació en el año del jabalí. Es una persona tenaz, galante y considerada, y tú, que eres de carácter dócil, lo adorarás. Formaréis una pareja muy bien avenida.

—¿Y mi suegra? —preguntó Luna Hermosa con timidez.

—La señora Lu visita a mi madre todos los días. Tiene muy buen corazón; no tengo palabras para describir su bondad.

De pronto las lágrimas anegaron los ojos de Flor de Nieve. A Luna Hermosa y a mí nos extrañó tanto que nos echamos a reír creyendo que hacía teatro. Mi *laotong* parpadeó rápidamente.

—¡Me ha entrado un fantasma en los ojos! —exclamó, y se puso a reír con nosotras. Luego añadió—: Luna Hermosa, serás muy feliz. Te querrán de todo corazón. Y lo mejor es que todos los días podrás ir caminando hasta la casa de Lirio Blanco, porque viviréis muy cerca. —Se volvió hacia mí y prosiguió—: Tu suegra es una mujer muy tradicional. Sigue todas las normas de las mujeres, cuida mucho sus palabras, va muy bien vestida y, cuando se presentan invitados, siempre hay té caliente preparado. —Como Flor de Nieve me había enseñado a hacer esas cosas, yo no temía cometer errores—. En esa casa hay más sirvientas de las que jamás ha tenido mi familia —agregó—. No tendrás que cocinar, salvo cuando prepares algún plato especial a la señora Lu. Y tampoco tendrás que amamantar a tu hijo si no quieres.

No di crédito a sus últimas palabras y pensé que estaba loca.

Entonces le pedí que me hablara del padre de mi esposo. Reflexionó un momento y contestó:

—El maestro Lu es generoso y compasivo, pero también muy astuto; por eso es el jefe. Todos lo respetan. Y también respetarán a su hijo y a su nuera. —Me miró con sus penetrantes ojos y repitió—: Tienes mucha suerte.

Con las descripciones que hacía Flor de Nieve, ¿cómo no iba a imaginarme viviendo en Tongkou con mi adorable esposo y con unos hijos perfectos?

Mi conocimiento del mundo ya no se reducía a mi pueblo. Flor de Nieve y yo habíamos ido cinco veces a Shexia. Todos los años subíamos las escaleras del templo de Gupo, dejábamos nuestras ofrendas en el altar y encendíamos incienso. Luego íbamos al mercado, donde comprábamos hilo para bordar y papel. Antes de marcharnos visitábamos al anciano Zou para deleitarnos con su taro caramelizado. Por el camino, aprovechando que la señora Wang dormía, nos asomábamos por la ventanilla del palanquín. Veíamos pequeños senderos que arrancaban del camino principal y llevaban a otros pueblos. También había ríos y canales. Nuestros porteadores nos explicaron que esas aguas permitían a nuestro condado comunicarse con el resto de la nación. En la habitación de las mujeres sólo veíamos cuatro paredes, pero los hombres de nuestro condado no estaban tan aislados. Si querían, podían llegar casi a cualquier lugar en barco.

Durante todo ese tiempo la señora Wang y la señora Gao entraban y salían de nuestra casa como un par de gallinas afanosas. ¿Acaso creíais que, una vez concertados nuestros compromisos, esas dos nos iban a dejar tranquilas? Tenían que vigilar, esperar, conspirar y engatusar para proteger y asegurar sus inversiones. Había que controlar muchos detalles para que nada saliera mal. Como es lógico, les preocupaba que hubiera cuatro bodas en una sola casa; no sabían si mi padre pagaría el precio prometido por la esposa de Hermano Mayor, si las tres niñas aportarían una dote adecuada ni, sobre todo, si las familias abonarían los honorarios de las casamenteras. Pero en el decimotercer verano de mi vida la rivalidad entre las dos mujeres se agravó.

Todo empezó de la manera más tonta. Estábamos en la habitación de arriba y la señora Gao empezó a quejarse de que muchas familias del pueblo no le pagaban los honorarios acordados, e insinuó que la nuestra era una de ellas.

—Ha habido un levantamiento de campesinos en las montañas que nos está poniendo las cosas muy difíciles a todos —expuso la señora Gao—. No entran ni salen productos. Nadie tiene dinero en efectivo. He oído decir que algunas niñas han tenido que anular sus compromisos matrimoniales porque sus familias ya no pueden reunir la dote. Ahora se convertirán en falsas nueras.

Nosotros ya sabíamos que en nuestro condado las cosas se habían puesto difíciles, pero lo que la señora Gao dijo a continuación nos sorprendió a todos:

—Ni siquiera la pequeña Flor de Nieve está a salvo. Todavía estoy a tiempo de buscarle otro pretendiente más apropiado.

Me alegré de que Flor de Nieve no estuviera allí para oír aquella insinuación.

—Estás hablando de una familia que se cuenta entre las mejores del condado —repuso la señora Wang, cuya voz no sonaba como el aceite, sino como dos piedras entrechocando.

—Querrás decir que se contaba, tiíta. Ese hombre es demasiado aficionado al juego y las concubinas.

—Sólo ha hecho lo que corresponde a un hombre de su posición. En cualquier caso, hay que perdonarte tu ignorancia. Tú no sabes lo que significa tener categoría.

—¡Ja! No me hagas reír. Mientes con gran descaro. Todo el condado sabe lo que le está pasando a esa familia. Añade las revueltas de las montañas a las malas cosechas y la negligencia y... ¿Qué se puede esperar de un hombre débil, sino que se aficione a la pipa y...?

Mi madre se levantó de pronto.

—Señora Gao, estoy agradecida por todo lo que has hecho por mis hijos, pero ellas son niñas y no tienen por qué oír esta conversación. Te acompañaré a la puerta, porque seguro que tienes otras visitas que hacer.

Mi madre casi la levantó de la silla y la arrastró hasta la escalera. En cuanto salieron, mi tía sirvió té a la señora Wang, que se había quedado muy callada, enfrascada en sus pensamientos y con la mirada perdida. Entonces parpadeó tres veces seguidas, miró en derredor y me llamó. Yo tenía trece años y la casamentera todavía me daba miedo. Había aprendido a dirigirme a ella llamándola «tiíta», pero para mí seguía siendo la imponente señora Wang. Cuando me acerqué, me sujetó entre los muslos y me cogió los brazos, como había hecho el primer día que vino a nuestra casa.

—Ni se te ocurra contar a Flor de Nieve lo que acabas de oír. ¡Nunca! Ella es una muchacha inocente. No quiero que esa asquerosa le pudra la mente.

—Sí, tiíta.

Me zarandeó con fuerza e insistió:

—¡Nunca!

—Lo prometo.

Entonces yo no entendía ni la mitad de lo que habían dicho. Y, aunque lo hubiera entendido, ¿por qué iba a repetir esas crueles murmuraciones a Flor de Nieve? Yo la quería. Jamás se me habría ocurrido importunarla con los venenosos comentarios de la señora Gao.

Sólo añadiré esto: mi madre debió de decir algo a mi padre, porque la señora Gao no volvió a entrar en nuestra casa. El resto de las negociaciones con ella se realizaron en taburetes que colocábamos delante de la puerta. Eso demuestra lo mucho que mis padres apreciaban a Flor de Nieve. Ella era mi *laotong*, pero mis padres la querían como a una hija.

Llegó el décimo mes de mi decimotercer año. Al otro lado de la celosía, el blanco del abrasador cielo estival fue dejando paso al azul intenso del otoño. Sólo faltaba un mes para la boda de Hermana Mayor. La familia del novio hizo entrega de la última ronda de regalos. Las hermanas de juramento de Hermana Mayor vendieron uno de sus veinticinco *jin* de arroz y compraron presentes con el dinero obtenido. Las niñas acudieron a nuestra casa para el rito de Sentarse y Cantar en la Habitación de Arriba. Otras mujeres del pueblo vinieron para charlar, ofrecer consejos y lamentarse. Durante veintiocho días cantamos canciones y contamos historias. Las hermanas de juramento ayudaron a Hermana Mayor a coser su última colcha y a envolver los zapatos que había confeccionado para los miembros de su nueva familia. Todas trabajábamos juntas en los libros del tercer día que regalaríamos a Hermana Mayor; servirían para presentarla ante las mujeres de su nueva familia, de modo que nos esforzábamos por dar con las palabras adecuadas para describirla, resaltando al máximo sus virtudes.

Tres días antes de que Hermana Mayor se marchara a su nuevo hogar, celebramos el Día de los Lamentos. Mi madre se sentó en el cuarto peldaño de la escalera que conducía a la habitación de las mujeres, con los pies apoyados en el tercero, y entonó un lamento.

—Hija Mayor, eras una perla en mi mano —cantó—. Mis ojos se llenan de lágrimas. Dos riachuelos resbalan por mis mejillas. Pronto quedará un espacio vacío.

Hermana Mayor, sus hermanas de juramento y las otras mujeres del pueblo rompieron a llorar al oír el triste lamento de mi madre. *Ku, ku, ku*, gemían.

A continuación cantó mi tía, siguiendo el ritmo que había marcado mi madre. Como siempre, intentaba ser optimista en medio de la desgracia.

—Soy fea y no muy inteligente, pero siempre he procurado tener buen humor. He amado a mi esposo y él me ha amado a mí. Somos un par de patos mandarines feos y no muy inteligentes. Lo hemos pasado muy bien en la cama. Espero que tú también lo pases bien.

Cuando me llegó el turno, murmuré:

—Hermana Mayor, mi corazón llora al perderte. Si hubiéramos sido hijos varones, no tendríamos que separarnos. Seguiríamos siempre juntos, como nuestro padre y nuestro tío, o como Hermano Mayor y Hermano Segundo. Nuestra familia está triste. La habitación del piso de arriba estará vacía sin ti.

Como quería hacerle el mejor regalo posible, le canté lo que me había enseñado Flor de Nieve:

—Todo el mundo necesita ropa, por muy fresco que sea el verano y por muy templado que sea el invierno, así que confecciona ropa para los demás sin necesidad de que te lo pidan. Aunque la mesa esté bien abastecida, deja que tus suegros coman primero. Trabaja sin descanso y recuerda tres cosas: sé buena y respetuosa con tus suegros; sé buena con tu esposo y cose siempre para él, y sé buena con tus hijos y un ejemplo de decoro para ellos. Si lo haces, tu nueva familia te tratará bien. Mantente serena en esa hermosa casa.

A continuación cantaron las hermanas de juramento. Adoraban a Hermana Mayor, que era amable e inteligente. Cuando se casara la última hermana de juramento, disolverían su valiosa hermandad. Ya sólo tendrían recuerdos de cuando tejían y bordaban juntas. Sólo tendrían las palabras anotadas en sus libros del tercer día para consolarse en años venideros. Juraron que, cuando muriera una de ellas, las otras irían al funeral y quemarían sus escritos para que las palabras viajaran con ella hasta el más allá. Aunque las hermanas de juramento estaban desconsoladas por su partida, esperaban que fuera feliz.

Cuando hubieron cantado todas y se hubieron derramado abundantes lágrimas, Flor de Nieve anunció:

—No te voy a cantar. Lo que haré será compartir contigo el modo que hemos encontrado tu hermana y yo para mantenerte siempre con nosotras. —Sacó nuestro abanico de la manga de su túnica, lo abrió y leyó el sencillo pareado que ambas habíamos escrito—: «Hermana Mayor y buena amiga, tranquila y cariñosa. Eres un feliz recuerdo para nosotras.» —A continuación señaló la florecita rosa que había pintado en la guirnalda, cada vez más larga, del borde superior del abanico y que a partir de entonces representaría a Hermana Mayor.

Al día siguiente recogimos hojas de bambú y llenamos baldes de agua. Cuando llegó la nueva familia de Hermana Mayor, les lanzamos las hojas, que simbolizaban que el amor de los novios se mantendría siempre fresco, como el bambú; luego los rociamos con agua, símbolo de la pureza de la novia. Esas bromas iban acompañadas de risas y gritos de júbilo.

Pasaron las horas entre banquetes y lamentos. Se exhibió el ajuar para que todos admiraran la calidad de las labores de Hermana Mayor. La novia estaba hermosa, aunque no podía contener las lágrimas. A la mañana siguiente subió al palanquín que la conduciría hasta la casa de su nueva familia. Volvimos a lanzar agua, mientras vociferábamos: «¡Casar a una hija es como tirar agua!» Fuimos todos a pie hasta la linde del pueblo y vimos cómo el cortejo cruzaba el puente y salía de Puwei. Tres días más tarde, enviamos al nuevo pueblo de Hermana Mayor pastelillos de arroz, regalos y todos nuestros libros del tercer día, que las mujeres leerían en voz alta en la habitación de arriba. Un día después, tal como marcaba la tradición, Hermano Mayor subió al carro de mi familia, fue a recoger a Hermana Mayor y la trajo a casa. Exceptuando unas cuantas visitas conyugales, repartidas a lo largo del año, Hermana Mayor seguiría viviendo con nosotros hasta el final de su primer embarazo.

De todos los acontecimientos de la boda de Hermana Mayor, lo que mejor recuerdo es su regreso tras una visita nupcial a la casa de su esposo, la primavera siguiente. Normalmente Hermana Mayor era una persona muy serena (se sentaba en su taburete, en un rincón, y trabajaba en silencio en su labor; nunca provocaba discusiones y siempre se mostraba obediente), pero ese día se arrodilló en el suelo y, con la cara hundida en el regazo de mi madre, le contó sus penas entre sollozos. Su suegra la maltrataba y criticaba y no paraba de quejarse. Su esposo era ignorante y burdo. Sus suegros pretendían que sacara agua del pozo y lavara la ropa de toda la familia. ¿No veía que tenía los nudillos en carne viva de las faenas del día anterior? Le escatimaban la comida y hablaban mal de nuestra familia porque no les enviábamos suficientes provisiones cuando ella iba de visita.

Luna Hermosa, Flor de Nieve y yo nos apiñamos y chascamos la lengua en señal de conmiseración; nos compadecíamos de Hermana Mayor, pero creíamos que a nosotras nunca nos pasaría lo que a ella. Mi madre le acariciaba el cabello y le daba palmaditas en la temblorosa espalda. Yo creía que le diría que no se preocupara, que esos problemas eran pasajeros, pero mi madre no despegó los labios. Con gesto de impotencia, buscaba a mi tía con la mirada, con la esperanza de que ella pudiera ofrecerle consejo.

—Tengo treinta y ocho años —dijo mi tía, no con pena sino con resignación—. La suerte no me ha acompañado. Tengo una buena familia, pero mis pies y mi cara marcaron mi destino. Cualquier mujer, aunque no sea muy inteligente ni muy hermosa, puede encontrar esposo, porque hasta los hombres más tarados pueden engendrar un hijo. Ellos sólo necesitan un recipiente. Mi padre me casó con la mejor familia que encontró dispuesta a acogerme. ¿Crees que no lloré entonces como tú lloras ahora? Pero el destino aún fue más cruel conmigo. No concebí ningún hijo varón. Me convertí en una carga para mis suegros. Ojalá tuviera un hijo varón y una vida feliz. Me gustaría que mi hija no se casara, porque así la tendría a ella para aliviar mis penas. Pero la vida de las mujeres es así. No puedes escapar de tu destino. Estás predestinada.

Los sentimientos expresados por mi tía, que era la única de la familia que siempre tenía a punto un comentario gracioso, que siempre hablaba de lo felices que eran mi tío y ella en la cama, que siempre nos guiaba en nuestro aprendizaje con paciencia y alegría, provocaron una conmoción. Luna Hermosa me cogió una mano y me la apretó. Sus ojos se llenaron de lágrimas al reconocer aquella verdad, que hasta ese momento nadie había pronunciado en la habitación de las mujeres. Nunca habíamos pensado en lo dura que había sido la vida para mi tía, pero entonces repasé los años pasados y comprendí que mi tía siempre había puesto al mal tiempo buena cara.

Huelga decir que sus palabras no consolaron a Hermana Mayor. Sollozaba aún con más fuerza y se tapaba los oídos con las manos. Mi madre tenía que hablar, pero, cuando lo hizo, las palabras que salieron de su boca procedían de lo más profundo del yin: lo negativo, lo oscuro y lo femenino.

—Te has casado —dijo con una extraña indiferencia—. Te has ido a vivir a otro pueblo. Tu suegra es cruel. Tu esposo no te quiere. Nos gustaría que no te marcharas nunca, pero todas las hijas abandonan la casa natal tarde o temprano. Todo el mundo está de acuerdo. Todo el mundo lo acepta. Puedes llorar y suplicar que te dejemos venir a casa, podemos lamentarnos de que ya no estés con nosotros, pero no tenemos alternativa. Hay un dicho que lo explica muy bien: «Si una hija no se casa, no vale nada; si el fuego no arrasa la montaña, la tierra no será fértil.»

Años de cabello recogido

La Fiesta de la Brisa

Flor de Nieve y yo cumplimos quince años. Nuestro peinado representaba un fénix, símbolo de que pronto nos casaríamos. Trabajábamos con ahínco en la elaboración de nuestros ajuares. Hablábamos con voz queda. Caminábamos con gracia con nuestros lotos dorados. Dominábamos el *nu shu* y, cuando no estábamos juntas, nos escribíamos casi a diario. Ya teníamos la menstruación. Ayudábamos en la casa barriendo, recogiendo hortalizas del huerto, cocinando, lavando los platos y la ropa, tejiendo y cosiendo. Se nos consideraba mujeres, pero sin las responsabilidades de las mujeres casadas. Todavía gozábamos de libertad para visitarnos cuando queríamos y para pasar las horas en la habitación de arriba, donde cuchicheábamos y bordábamos con las cabezas muy juntas. Nos unía ese amor con que yo soñaba de pequeña.

Ese año, Flor de Nieve vino a pasar con nosotros la Fiesta de la Brisa, que se celebra durante la época más calurosa del año, cuando las reservas de la anterior cosecha se están agotando y todavía no se ha recogido la nueva. Las nueras, que son las mujeres de rango inferior de la casa, viajan a su hogar natal y pasan allí varios días o incluso semanas. Lo llamamos la Fiesta de la Brisa, pero en realidad son varios días en que las familias se libran de tener que alimentar a sus nueras.

Hermana Mayor acababa de instalarse definitivamente en la casa de su esposo. Estaba a punto de nacer su primer hijo y era allí donde le correspondía estar. Mi madre había ido a visitar a su familia y se había llevado a Hermano Segundo. Mi tía también había ido a su casa natal, y Luna Hermosa estaba con sus hermanas de juramento, en el mismo Puwei. La esposa de Hermano Mayor y su hija estaban «capturando la brisa» con su familia natal. Mi padre, mi tío y Hermano Mayor se las apañaban muy bien solos. De vez en cuando nos pedían a Flor de Nieve y a mí que les lleváramos té caliente, tabaco y rodajas de sandía, pero, aparte de eso, no teníamos gran cosa que hacer. Así pues, pasamos tres días y tres noches de la semana de la Fiesta de la Brisa solas en la habitación de arriba.

La primera noche, nos tumbamos juntas con los vendajes en los pies, las zapatillas de dormir, la ropa interior y los camisones. Pusimos la cama bajo la celosía, con la esperanza de «capturar la brisa», pero no corría ni pizca de aire y nos estábamos asando de calor. La luna pronto estaría llena. Su luz, que se colaba por la ventana, iluminaba nuestros rostros, bañados en sudor, y nos causaba mayor sensación de bochorno. La segunda noche, que fue aún más calurosa, Flor de Nieve propuso que nos quitáramos la camisa de dormir.

—Estamos solas —dijo—. Nadie se enterará.

Eso nos alivió un poco, pero aún teníamos calor.

La tercera noche que pasamos solas, la luna estaba llena y un resplandor azulado bañaba la habitación de arriba. Tras asegurarnos de que los hombres dormían, nos quitamos la ropa, incluso la interior. Sólo nos dejamos puestos los vendajes y las zapatillas de dormir. El aire nos acariciaba la piel, pero no era una brisa fresca y seguimos con tanto calor como si estuviéramos completamente vestidas.

—Con esto no basta —dijo Flor de Nieve, como si me hubiera leído el pensamiento.

Se incorporó y cogió nuestro abanico. Lo abrió despacio y empezó a abanicarme. Pese a que el aire estaba caliente, me proporcionaba una sensación muy placentera. Sin embargo, Flor de Nieve frunció el entrecejo. Cerró el abanico y lo dejó. Entonces escudriñó mi rostro un instante, y luego dejó que su mirada descendiera por mi cuello y mis pechos hasta posarse en mi vientre. No me avergonzó que me mirara de ese modo, porque era mi *laotong*, mi alma gemela. No había nada de qué avergonzarse.

Levanté la cabeza y vi que se llevaba el índice a los labios, entre los que asomó la punta de su lengua, rosada y brillante a la luz de la luna llena. Con un gesto delicadísimo deslizó la yema del dedo por la húmeda superficie. Luego llevó el dedo hasta mi vientre. Trazó una línea hacia la izquierda, después otra en la dirección opuesta, y a continuación dibujó algo parecido a dos cruces. El frío de la saliva me puso carne de gallina. Cerré los ojos y dejé que esa sensación se extendiera por mi cuerpo, hasta que de pronto la humedad desapareció. Cuando abrí los ojos, Flor de Nieve me miraba fijamente.

—¿Qué? —No esperó a que yo contestara—. Es un carácter —explicó—. A ver si sabes cuál.

Entonces comprendí qué había hecho. Había escrito un carácter de *nu shu* en mi vientre. Llevábamos años haciendo algo parecido: trazábamos caracteres en el suelo con un palo, o nos los dibujábamos la una a la otra con el dedo en la palma de la mano o en la espalda.

—Lo haré otra vez —dijo—, pero presta atención.

Volvió a lamerse el dedo con un fluido movimiento y, cuando rozó de nuevo mi piel, no pude evitar cerrar los ojos. Noté como si mi cuerpo se volviera más pesado y me faltara el aliento. Un trazo hacia la izquierda que formaba una media luna, otra media luna debajo, mirando hacia el otro lado, dos trazos a la derecha para crear la primera cruz, y otros dos a la izquierda para dibujar la segunda. Una vez más, mantuve los párpados cerrados hasta que dejé de sentir aquel frescor pasajero. Cuando los abrí, Flor de Nieve me observaba con curiosidad.

—Cama —dije.

—Muy bien —susurró—. Cierra los ojos. Voy a escribir otro.

Esta vez lo escribió más apretujado y más pequeño, justo al lado del hueso derecho de mi cadera. Lo reconocí de inmediato: era un verbo que significaba «iluminar».

Cuando lo dije, ella acercó su cara a la mía y me susurró al oído:

—Perfecto.

El siguiente carácter se arremolinó en mi vientre, junto al otro hueso de la cadera.

—Luz de luna —dije, y abrí los ojos—. La luz de la luna ilumina mi cama.

Flor de Nieve sonrió al ver que había reconocido el primer verso del poema de la dinastía Tang que ella misma me había enseñado; entonces permutamos las posiciones. Tal como ella había hecho conmigo, me entretuve contemplando su cuerpo: la finura del cuello, sus pequeños senos, la lisa extensión de su vientre, tentadora como un pedazo de seda por bordar; los huesos de la cadera, que sobresalían angulosos; un triángulo idéntico al mío, y dos delgadas piernas que se estrechaban hasta desaparecer en las zapatillas de dormir de seda roja.

No olvidéis que yo todavía no me había casado. Aún no sabía nada acerca de la vida de los esposos. Más tarde comprendería que para una mujer no hay nada más íntimo que sus zapatillas de dormir y que para un hombre no hay nada más erótico que ver la blanca piel de una mujer desnuda realzada por el rojo intenso de esas zapatillas, pero os aseguro que esa noche mi mirada se detuvo en ellas. Eran las zapatillas de verano de Flor de Nieve, en las que mi *laotong* había bordado los Cinco Venenos: el ciempiés, el sapo, el escorpión, la serpiente y el lagarto. Ésos eran los símbolos tradicionales para contrarrestar los males del verano: el cólera, la peste, la fiebre tifoidea, la malaria y el tifus. Sus puntadas eran perfectas, y también era perfecto todo su cuerpo.

Me lamí el dedo y contemplé su blanca piel. Cuando le acaricié el vientre por encima del ombligo con el dedo húmedo, noté cómo ella inspiraba. Sus pechos ascendieron, su estómago se hundió y se le puso carne de gallina.

—Yo —dijo. Había acertado. Escribí el siguiente carácter debajo de su ombligo—. Creer —dijo. Entonces la imité y escribí junto al hueso derecho de su cadera—. Ligera. —A continuación junto al hueso izquierdo—: Nieve.

Ella conocía el poema, así que las palabras no tenían ningún misterio; la gracia consistía en las sensaciones que producía escribirlas y leerlas. Hasta ese momento yo había trazado los caracteres en los mismos sitios que ella; ahora tenía que encontrar otro lugar. Elegí ese punto blando donde se juntan las costillas encima del estómago, consciente de que era una zona sensible al tacto, al miedo, al amor. Flor de Nieve se estremeció al notar la yema de mi dedo cuando escribí «temprano».

Sólo faltaban dos palabras para terminar el verso. Yo sabía qué quería hacer, pero vacilé. Volví a deslizar la yema del dedo por la punta de la lengua. Entonces, envalentonada por el calor, la luz de la luna y el tacto de su piel, escribí con el dedo húmedo en uno de sus pechos. Flor de Nieve separó los labios y emitió un débil gemido. No dijo qué carácter era, y yo no se lo pedí. Antes de dibujar el último carácter del verso me tumbé de costado junto a ella para ver mejor cómo reaccionaba su piel. Me lamí el dedo, tracé el carácter y observé cómo su pezón se tensaba y fruncía. Nos quedamos inmóviles un momento. Después, sin abrir los ojos, Flor de Nieve susurró el verso completo:

«Yo creo que es la ligera nevada de una mañana de principios de invierno.»

Mi *laotong* se puso de costado y me miró. Me tocó una mejilla con ternura, como hacía todas las noches desde que empezáramos a dormir juntas, años atrás. Su rostro resplandecía a la luz de la luna. Entonces deslizó la mano por mi cuello y por mi pecho hasta llegar a las caderas.

—Quedan dos versos —dijo.

Se incorporó y yo me tumbé boca arriba. Yo creía que nunca había soportado tanto calor como en las noches pasadas, pero entonces, desnuda a la luz de la luna, sentí arder en mi interior un fuego mucho más abrasador que cualquier castigo que los dioses pudieran imponernos con los ciclos de las estaciones.

Cuando comprendí dónde pensaba escribir Flor de Nieve el primer carácter, hice un esfuerzo y me concentré. Se había colocado a mis pies, los había levantado y apoyado sobre su regazo. Empezó a escribir en la cara interna del tobillo izquierdo, justo encima del borde de mi zapatilla de dormir roja. Cuando terminó, repitió la operación en el tobillo derecho. A continuación fue pasando de una extremidad a otra, escribiendo siempre justo por encima de los vendajes. Yo notaba un cosquilleo de placer en los pies, esas partes de mi cuerpo que me habían provocado tanto dolor y sufrimiento, y de los que recogía tanto orgullo y tanta belleza. Flor de Nieve y yo éramos almas gemelas desde hacía ocho años, pero nunca habíamos compartido una intimidad semejante. Éste fue el verso que escribió: «Miro hacia arriba y contemplo la luna llena en el cielo nocturno.»

Estaba deseando que mi *laotong* experimentara el mismo placer que yo acababa de sentir. Levanté sus lotos dorados y me los puse sobre los muslos. Elegí el sitio que había encontrado más exquisito: el hueco entre el hueso del tobillo y el tendón que arranca de allí y asciende por la parte de atrás de la pantorrilla. Escribí un carácter que puede significar «inclinarse», «doblegarse» o «postrarse». En el otro tobillo escribí la palabra «Yo».

Le solté los pies y escribí un carácter en la pantorrilla. Después elegí un punto en la cara interna del muslo izquierdo, un poco más arriba de la rodilla. Dibujé los dos últimos caracteres en la parte más alta de los muslos. Me incliné y me concentré en dibujarlos a la perfección. Soplé sobre los trazos, consciente de la sensación que con eso iba a causar, y observé cómo se agitaba el vello que crecía entre sus piernas.

Después recitamos juntas el poema entero:

La luz de la luna ilumina mi cama.
Yo creo que es la ligera nevada de una mañana de principios
*   de invierno.*
Miro hacia arriba y contemplo la luna llena en
*   el cielo nocturno.*
Me inclino. Echo de menos mi hogar.

Como es bien sabido, el poema habla de un funcionario que siente nostalgia de su hogar; pero aquella noche, y siempre a partir de entonces, yo creí que hablaba de nosotras. Flor de Nieve era mi hogar, y yo el suyo.

Luna Hermosa

Al día siguiente regresó Luna Hermosa y nos pusimos a trabajar de nuevo. Hacía varios meses que nuestros respectivos suegros habían elegido la fecha de nuestras bodas, y ya habían hecho entrega de los primeros regalos a la familia de las novias: más carne de cerdo y dulces, así como cajas de madera para ir colocando todos los elementos de nuestro ajuar. Por último enviaron la tela, que era lo más importante.

Ya he explicado que mi madre y mi tía tejían para nuestra familia, y por aquel entonces Luna Hermosa y yo ya éramos también dos expertas tejedoras. Participábamos en un proceso artesanal: mi padre y mi tío cultivaban el algodón y las mujeres de la familia lo limpiaban; nuestra posición económica no nos permitía derrochar las materias primas, así que empleábamos con moderación la cera de abeja con que dibujábamos los estampados y los tintes con que teníamos la tela de azul.

Aparte de con los tejidos que fabricábamos con nuestras propias manos, yo sólo podía comparar la tela nupcial que había recibido con la de las túnicas, los pantalones y los tocados de Flor de Nieve, confeccionados con hermosos tejidos y adornados con sofisticados dibujos para formar un elegante vestuario. De las prendas que llevaba Flor de Nieve en esa época, mi favorita era un traje de color añil. El complicado estampado y el corte de la túnica no podían compararse siquiera con los atuendos de las mujeres casadas de Puwei. Sin embargo, Flor de Nieve lo llevó con toda naturalidad hasta que empezó a desteñirse y deshilacharse. Lo que intento decir es que yo me inspiraba en la tela y su corte. Quería hacerme ropa de diario que no desentonara en Tongkou.

El algodón que enviaron mis suegros en concepto de pago por la novia cambió por completo mi forma de pensar. Era suave, sin semillas, con elaborados dibujos, y estaba teñido con el añil intenso que tanto apreciaba el pueblo yao. Al recibir ese regalo comprendí que todavía me quedaba mucho por aprender y hacer. Con todo, esa tela de algodón no era nada comparada con las sedas que me mandaron más tarde, de excelente calidad y perfectamente teñidas. Rojo para la boda, pero también para los aniversarios, las celebraciones de Año Nuevo y otras fiestas. Morado y verde, apropiados para una joven esposa. Un gris azulado como el cielo antes de una tormenta y un verde azulado como el estanque del pueblo en verano para mis años de madurez y, por último, de viudedad. Negro y azul oscuro para los hombres de mi nueva familia. Había sedas sencillas y otras cuya trama dibujaba signos de la doble felicidad, peonías o nubes.

No podía disponer a mi antojo de esos rollos de seda y algodón que me habían enviado mis suegros. Tenía que emplearlos para preparar mi ajuar, igual que Luna Hermosa y Flor de Nieve tenían que utilizar sus regalos para preparar los suyos. Debíamos confeccionar suficientes colchas, fundas de almohada, zapatos y prendas de vestir para toda una vida, pues las mujeres yao creen que no deben aceptar nada de su familia política. ¡Ay, las colchas! Voy a hablaros de las colchas. Su confección resulta aburrida y agotadora. Sin embargo, existe la creencia de que cuantas más aporte una mujer al hogar de sus suegros, más hijos varones engendrará; por eso hacíamos el mayor número posible.

En cambio, nos encantaba hacer zapatos. Confeccionábamos zapatos para nuestros maridos, nuestras suegras, nuestros suegros y cualquier otra persona que viviera en nuestro nuevo hogar, incluidos hermanos, hermanas, cuñadas y niños. (Yo tuve suerte, porque mi esposo era el primogénito de la familia y sólo tenía tres hermanos más jóvenes. Los zapatos de los hombres eran muy sencillos y no daban ningún trabajo. Luna Hermosa, en cambio, tenía que soportar una carga mucho más pesada. En su nuevo hogar vivían el hijo, sus padres, cinco hermanas, una tía, un tío y sus tres hijos.) Además teníamos que hacer dieciséis pares para nosotras: cuatro pares para cada una de las cuatro estaciones. De todas nuestras labores, los zapatos serían los más examinados, pero eso no nos preocupaba, porque poníamos muchísimo cuidado en la confección de cada par, desde la suela hasta la última puntada del bordado. Los zapatos nos permitían demostrar nuestras habilidades técnicas y artísticas, y además transmitían un mensaje alegre y optimista. En nuestro dialecto, la palabra «zapato» se pronuncia igual que la palabra «niño». Igual que con las colchas, se suponía que cuantos más hiciéramos, más hijos tendríamos. La diferencia es que su confección requiere delicadeza, mientras que coser colchas es una dura tarea. Como las tres niñas trabajábamos juntas, competíamos de forma amistosa para crear los diseños más espléndidos en la parte exterior de cada par de zapatos, y para que el interior fuera sólido y resistente.

Nuestras futuras familias nos habían enviado patrones de sus pies. No conocíamos a nuestros esposos y, por lo tanto, ignorábamos si eran altos o tenían la cara picada de viruela, pero sí sabíamos qué tamaño tenían sus pies. Éramos jóvenes (y románticas, como todas las niñas a esa edad) e imaginábamos toda clase de cosas acerca de nuestros esposos a partir de esos patrones. Algunas resultaron ciertas, pero la mayoría no.

Con ayuda de los patrones, cortábamos trozos de tela de algodón y los pegábamos formando tres capas. Cuando habíamos hecho varias suelas, las dejábamos secar en el alféizar de la ventana. Durante la semana de la Fiesta de la Brisa se secaban muy deprisa. Una vez secas, cogíamos esas piezas de varias capas, juntábamos tres y las cosíamos para confeccionar una suela gruesa y fuerte. Muchas mujeres las cosen con puntadas sencillas que recuerdan a las semillas de arroz, pero nosotras queríamos impresionar a nuestras nuevas familias, así que las cosíamos creando diferentes dibujos: una mariposa con las alas desplegadas para los zapatos del esposo, un crisantemo en flor para los de la suegra, un grillo en una rama para los del suegro. ¡Y todo ese trabajo sólo para las suelas! Pensad que para nosotras esos zapatos eran mensajes destinados a nuestra futura familia, que esperábamos nos acogiera bien cuando llegara el momento.

Como ya he dicho, aquel año hizo un calor insoportable durante la Fiesta de la Brisa, que duraba una semana, y en la habitación de arriba nos asfixiábamos. Abajo se estaba un poquito mejor. Bebíamos té con la esperanza de refrescarnos, pero sufríamos aunque lleváramos puestas nuestras túnicas de verano y nuestros pantalones más ligeros. Para aliviarnos evocábamos sensaciones refrescantes. Yo hablaba de cuánto me gustaba sumergir los pies en el río. Luna Hermosa recordaba sus carreras por los campos, a finales de otoño, cuando el aire frío te cortaba las mejillas. Flor de Nieve nos contó que en una ocasión había viajado al norte con su padre y había sentido el gélido viento que llegaba de Mongolia. Pero nada de eso nos confortaba. Era un tormento.

Mi padre y mi tío se compadecían de nosotras. Sabían mejor que nadie lo cruel que era aquel calor, pues trabajaban todos los días bajo un sol abrasador. Pero éramos pobres. No teníamos un patio interior donde pasar las horas, ni una parcela adonde pudieran llevarnos los porteadores para estar a la sombra de un árbol, ni ningún otro sitio donde estar al abrigo de las miradas de los desconocidos. Así pues, mi padre cogió tela de mi madre y, con la ayuda de mi tío, levantó una suerte de pabellón en la fachada norte de la casa. Pusieron unas colchas de invierno en el suelo para que nos sentáramos.

—Los hombres pasan todo el día en el campo, de modo que no os verán —dijo mi padre—. Hasta que cambie el tiempo, podéis trabajar aquí. Pero no se lo digáis a vuestras madres.

Luna Hermosa estaba acostumbrada a ir a pie a casa de sus hermanas de juramento para hacer sus labores con ellas, pero yo no salía a las calles de Puwei desde mi primera infancia. Sí, había cruzado el umbral para subir al palanquín de la señora Wang y recogido hortalizas en el huerto, pero, aparte de eso, sólo me permitían mirar por la celosía y ver desde allí el callejón que discurría junto a nuestro hogar. Hacía mucho tiempo que no participaba en la vida del pueblo.

Así pues, nos sentimos muy felices en aquel pabellón; el calor seguía, pero estábamos cómodas y distendidas. Sentadas a la sombra «capturando la brisa», bordábamos zapatos o les dábamos los últimos retoques. Luna Hermosa confeccionaba con esmero sus zapatillas de boda de seda roja, en las que hacía brotar flores de loto rosadas y blancas, que simbolizaban su pureza y fertilidad. Flor de Nieve acababa de terminar un par de zapatos de seda azul celeste con nubes bordadas para su suegra; reposaban a nuestro lado, en la colcha, minúsculos y elegantes, y eran un discreto recordatorio de la calidad que debían tener todos nuestros proyectos. Verlos me producía una gran alegría, pues me recordaban la túnica que Flor de Nieve llevaba el día que nos conocimos. Pero los sentimientos nostálgicos no parecían interesar a mi alma gemela, que se había puesto a trabajar en otro par de zapatos de seda morada con reborde blanco. Los caracteres que representaban las palabras «morado» y «blanco», escritos uno al lado del otro, significaban «muchos hijos». Flor de Nieve solía inspirarse en el cielo para elegir los adornos de sus bordados, y en ese par, que era para ella, había pájaros y otras criaturas voladoras. Yo estaba terminando unos zapatos para mi suegra. Sus pies eran un poco más grandes que los míos, y me enorgullecía pensar que, a juzgar por el tamaño de los míos, ella tendría que considerarme digna de su hijo. Todavía no la conocía, de modo que ignoraba sus preferencias, pero con el calor que hacía aquellos días yo sólo pensaba en cosas refrescantes. Mi dibujo, que cubría todo el zapato, representaba un paisaje con mujeres descansando bajo los sauces junto a un arroyo. La escena era una fantasía, pero también lo eran las aves míticas que adornaban los zapatos de Flor de Nieve.

Formábamos un bonito cuadro sentadas en aquellas colchas, con las piernas dobladas bajo el cuerpo: tres alegres doncellas destinadas a buenas familias, trabajando en la elaboración de sus ajuares y haciendo gala de excelentes modales cuando alguna vecina las visitaba. Los niños se paraban a hablar con nosotras cuando salían a recoger leña o llevaban al río el carabao de su familia. Las niñas encargadas de vigilar a sus hermanos pequeños nos dejaban cogerlos en brazos. Imaginábamos cómo sería cuidar de nuestros propios hijos. Las ancianas viudas, cuya reputación no peligraba, venían a vernos para chismorrear, examinar nuestros bordados y admirar la palidez de nuestro cutis.

El quinto día nos visitó la señora Gao. Acababa de regresar del poblado de Getan, donde estaba negociando una unión. Había aprovechado el viaje para entregar a Hermana Mayor unas cartas que le habíamos escrito y para recoger la que ella nos enviaba. No sentíamos el menor afecto por la señora Gao, pero nos habían enseñado a respetar a nuestros mayores. Le ofrecimos té, pero rehusó. Como a nosotras no podía sacarnos dinero, me entregó la carta y volvió a subir al palanquín. Esperamos a que hubiera doblado la esquina y entonces cogí mi aguja de bordar para rasgar el sello de pasta de arroz. Debido a lo que ocurrió más tarde ese mismo día, y a que Hermana Mayor usaba muchas frases formularias del *nu shu*, creo que puedo reconstruir el texto de aquella carta:

Familia:

Hoy cojo un pincel y mi corazón vuela hasta mi hogar.
Escribo a mi familia: saludos a mis queridos padres,
    a mi tía y a mi tío.
Cuando pienso en el pasado, no puedo reprimir
    las lágrimas.
Todavía me entristece haber dejado mi hogar.
Mi hijo está a punto de nacer y paso mucho calor.
Mis suegros son despreciables.
Hago todas las labores domésticas.
Con este calor no se puede vivir.
Hermana, prima, cuidad de nuestros padres.
La única esperanza de las mujeres es que nuestros
    padres vivan muchos años.
Así siempre tendremos un lugar al que regresar
    y donde pasar las fiestas.
En nuestra casa natal siempre habrá gente que nos
    quiere.
Por favor, sed buenas con nuestros padres.

Vuestra hija, hermana y prima

Cuando acabé de leerla, cerré los ojos y pensé: «Qué triste está Hermana Mayor y qué contenta estoy yo.» Me alegraba de que siguiéramos la costumbre de no instalarnos en la casa de nuestro esposo hasta poco antes del nacimiento de nuestro primer hijo. Todavía faltaban dos años para mi boda y tres, seguramente, para que me fuera a vivir con mis suegros.

Una especie de sollozo interrumpió mis pensamientos. Abrí los ojos y miré a Flor de Nieve, que con expresión de desconcierto miraba fijamente hacia su derecha. Me volví hacia Luna Hermosa, que se frotaba el cuello, al tiempo que aspiraba grandes bocanadas de aire.

—¿Qué pasa? —pregunté.

Luna Hermosa respiraba con dificultad, produciendo un angustioso sonido —«uuuu, uuuu, uuuu»— que jamás olvidaré.

Me miró con sus preciosos ojos. Dejó de frotarse con la mano y se apretó el cuello. No hizo ademán de levantarse; continuaba sentada con las piernas dobladas debajo del cuerpo. Seguía pareciendo una muchacha sentada a la sombra en una tarde calurosa, con la labor en el regazo, pero yo me percaté de que el cuello empezaba a hinchársele.

—Ve a pedir ayuda, Flor de Nieve —la apremié—. Busca a mi padre, busca a mi tío. ¡Deprisa!

Con el rabillo del ojo vi cómo Flor de Nieve intentaba correr con sus diminutos pies. Su voz, que no estaba acostumbrada a que la forzaran, sonó temblorosa y chillona cuando exclamó:

—¡Socorro! ¡Socorro!

Me arrastré por la colcha hasta Luna Hermosa y vi que una abeja agonizaba sobre su labor. El aguijón debía de haberse quedado clavado en el cuello de mi prima. Le cogí una mano. Ella abrió la boca y vi que tenía la lengua hinchada.

—¿Qué puedo hacer? —pregunté—. ¿Quieres que intente extraer el aguijón?

Ambas sabíamos que era demasiado tarde para eso.

—¿Quieres agua? —pregunté.

Luna Hermosa no podía contestar. Respiraba sólo por la nariz y cada vez le costaba más inspirar.

Oí a Flor de Nieve gritar por el pueblo:

—¡Padre! ¡Tío! ¡Hermano Mayor! ¡Que alguien nos ayude!

Los niños que solían visitarnos acudieron con presteza y se reunieron alrededor de nuestra colcha, observando boquiabiertos cómo a Luna Hermosa se le hinchaban el cuello, la lengua, los párpados y las manos. Su piel pasó de la palidez de la luna que evocaba su nombre al rosa, el rojo, el morado y el azul. Parecía un personaje de una historia de fantasmas. Llegaron algunas viudas de Puwei y al ver a mi prima menearon la cabeza, compungidas.

Luna Hermosa me miró a los ojos. Se le había hinchado tanto la mano que yo le sujetaba que sus dedos parecían salchichas sobre mi palma; la piel estaba tan tensa y brillante que parecía a punto de desgarrarse. Apreté contra mi pecho su monstruosa mano.

—Escúchame, Luna Hermosa —supliqué—. Tu padre vendrá enseguida. Espéralo. Él te quiere mucho. Todos te queremos, Luna Hermosa. ¿Me oyes?

Las ancianas rompieron a llorar. Los niños se abrazaban unos a otros. La vida en nuestro pueblo era difícil. ¿Quién no había visto morir a alguien? Pero no era habitual ver tanto valor, tanta serenidad, tanta nobleza en los últimos momentos.

—Has sido una buena prima —proseguí—. Siempre te he querido. Siempre te querré.

Luna Hermosa volvió a tomar aliento, y esta vez su respiración sonó como el lento chirrido de una bisagra. Ya apenas entraba aire en sus pulmones.

—Luna Hermosa, Luna Hermosa...

Cesó el espeluznante sonido. Los ojos de mi prima no eran más que dos estrechas rendijas en un rostro brutalmente crispado, pero ella no dejaba de mirarme, consciente de lo que ocurría. Había oído cuanto yo le había dicho. En sus últimos momentos, cuando ya no entraba ni salía aire de sus pulmones, sentí que Luna Hermosa me transmitía muchos mensajes. «Dile a mi madre que la quiero», «Dile a mi padre que lo quiero», «Diles a tus padres que les agradezco todo cuanto han hecho por mí», «No dejes que sufran por mí». Entonces inclinó la cabeza.

Nadie se movió. Todo se quedó tan inmóvil como el paisaje que yo había bordado en mis zapatos. Sólo los sollozos y los gemidos indicaban que estaba ocurriendo una desgracia.

Mi tío entró corriendo en el callejón y se abrió paso a empujones entre la gente hasta llegar a donde estábamos sentadas Luna Hermosa y yo. Mi prima parecía tan serena que mi tío abrigó esperanzas, pero mi rostro y el de los que nos rodeaban lo desengañaron. Entonces soltó un grito desgarrador y cayó de rodillas. Y al ver cuán distorsionada tenía la cara, soltó un aullido estremecedor. Los niños más pequeños huyeron, asustados. Mi tío sudaba porque venía de trabajar en los campos y por la carrera hasta la casa, y yo percibía su olor corporal. Las lágrimas le resbalaban por la nariz, las mejillas y la barbilla y desaparecían en su sudada túnica.

Entonces llegó mi padre, que se arrodilló junto a su hermano. Unos segundos más tarde, Hermano Mayor se abrió paso entre la muchedumbre, jadeando. Llevaba a Flor de Nieve a cuestas.

Mi tío empezó a hablar a su hija.

—Despierta, pequeña. Despierta. Voy a buscar a tu madre. Ella te necesita. Despierta. Despierta.

Mi padre lo agarró por el brazo y dijo:

—Es inútil.

La postura en que se había sentado mi tío era muy parecida a la de Luna Hermosa: la cabeza inclinada, las piernas dobladas debajo del cuerpo, las manos sobre el regazo; todo era igual, salvo las lágrimas que derramaban sus ojos y el implacable dolor que hacía estremecer su cuerpo.

Mi padre preguntó:

—¿Quieres cogerla tú o prefieres que lo haga yo?

Mi tío negó con la cabeza. Sin pronunciar palabra, sacó una pierna de debajo del cuerpo y plantó el pie en el suelo para incorporarse; a continuación levantó a Luna Hermosa y la llevó a la casa. Los demás estábamos tan conmocionados que apenas podíamos pensar. Sólo Flor de Nieve reaccionó; se encaminó presurosa hacia la mesa de la sala principal y retiró las tazas de té que habíamos puesto para cuando los hombres regresaran del campo. Mi tío tendió sobre ella a Luna Hermosa y entonces los demás pudieron ver los estragos que el veneno de la abeja había hecho en el rostro y el cuerpo de mi prima. Yo no paraba de pensar: «Sólo han sido cinco minutos.»

Flor de Nieve tomó de nuevo las riendas y dijo:

—Perdonad, pero tenéis que ir a buscar a los otros.

Cuando mi tío comprendió que eso significaba que había que decir a mi tía que Luna Hermosa había muerto, sus sollozos arreciaron. Yo no quería ni pensar en mi tía. Luna Hermosa siempre había sido su única fuente de verdadera felicidad. Estaba tan conmocionada por lo que le había pasado a mi prima que todavía no había tenido ocasión de sentir nada. De pronto noté que las fuerzas me abandonaban y las lágrimas anegaban mis ojos. Flor de Nieve me rodeó con un brazo y me guió hasta una silla, sin dejar de dar instrucciones.

—Hermano Mayor, ve corriendo al pueblo natal de tu tía —ordenó—. Tengo unas monedas. Utilízalas para alquilar un palanquín para ella. Luego ve al pueblo natal de tu madre y dile que venga. Tendrás que traerla a cuestas, como has hecho conmigo. Quizá Hermano Segundo pueda ayudarte. Date prisa. Tu tía la necesitará.

Los demás aguardamos. Mi tío se sentó en un taburete junto a la mesa y lloró a mares sobre la túnica de Luna Hermosa, de modo que las manchas se extendían por la tela como nubes de lluvia. Padre intentaba consolarlo, pero era inútil; nada podía consolarlo. Quien diga que los yao no quieren a sus hijas miente. Es verdad que carecemos de valor. Es verdad que nos crían con el único propósito de entregarnos a otra familia. Sin embargo, muchas veces nos aman y nos cuidan, pese a que nuestras familias natales se esfuercen por no encariñarse con nosotras. Si no, ¿por qué encontramos tan a menudo frases como «Yo era una perla en la palma de la mano de mi padre» en nuestra escritura secreta? Puede que los padres intentemos no encariñarnos en exceso con nuestras hijas. Yo intenté no encariñarme con la mía, pero fue en vano. Ella mamaba de mis pechos como habían hecho mis hijos varones, lloraba en mis brazos, y me honró convirtiéndose en una mujer buena e inteligente que dominaba el *nu shu*. Mi tío había perdido para siempre a su perla.

Observando el rostro de Luna Hermosa recordé cuánto nos habíamos querido. Nos habían vendado los pies al mismo tiempo. Nos habían encontrado esposo en el mismo pueblo. Nuestras vidas estaban felizmente entretejidas, y ahora nos separábamos para siempre.

Flor de Nieve iba de un lado para otro. Preparó té, pero nadie lo bebió. Recorrió toda la casa en busca de prendas blancas de luto y nos las entregó. Se quedó junto a la puerta para recibir a la gente que se había enterado de la noticia. La señora Wang llegó en su palanquín y Flor de Nieve la hizo entrar. Yo pensé que la casamentera se lamentaría por haber perdido sus honorarios, pero lo que hizo fue preguntar cómo podía ayudarnos. El futuro de Luna Hermosa había estado en sus manos y se sentía obligada a asistirla en su último viaje. Cuando vio el rostro deformado de Luna Hermosa y sus monstruosos y escalofriantes dedos, se tapó la boca con una mano. Hacía mucho calor y en la casa no había ningún lugar fresco donde poner a mi prima. El cadáver no tardaría en empezar a corromperse.

—¿Cuándo llegará su madre? —preguntó la señora Wang.

Nadie lo sabía.

—Flor de Nieve, tápale la cara con muselina y vístela con las prendas de la eternidad. Deprisa. No conviene que una madre vea a su hija en este estado. —Flor de Nieve se dispuso a subir por la escalera, pero la señora Wang la retuvo por la manga—. Iré a Tongkou y te traeré la ropa de luto. No salgas de esta casa hasta que yo te lo diga. —La soltó, echó un último vistazo a Luna Hermosa y luego se marchó.

Cuando mi tía llegó, mi padre, mi tío, mis hermanos y yo nos habíamos puesto unas sencillas prendas de arpillera. Habíamos envuelto a mi prima de la cabeza a los pies con muselina y a continuación la habíamos vestido para su viaje al más allá. Aquel día se derramaron muchas lágrimas en mi casa, pero a mi tía no la vimos llorar. Entró oscilando sobre sus lotos dorados y fue derecha hacia el cadáver de su hija. Le alisó la ropa y le puso una mano sobre el corazón. Se quedó así durante horas.

Mi tía cumplió a rajatabla todos los ritos del funeral. Fue al entierro de rodillas. Quemó billetes y ropa junto a la tumba para que Luna Hermosa los empleara en el más allá. Reunió todos los textos que mi prima había escrito en *nu shu* y también los quemó. Después construyó un pequeño altar en nuestra casa y todos los días hacía ofrendas en él. No lloraba delante de nosotros, pero nunca olvidaré los sonidos que invadían la casa por la noche, cuando mi tía se acostaba. Sus lamentos surgían de lo más profundo de su alma. Los demás no podíamos dormir. No podíamos consolarla. Mis hermanos y yo intentábamos no hacer ningún ruido, volvernos invisibles, pues sabíamos que para ella nuestras voces y caras sólo eran amargos recordatorios de lo que acababa de perder. Por la mañana, cuando los hombres se marchaban al campo, mi tía se retiraba a su habitación y no salía de allí. Se tumbaba de costado, de cara a la pared, y se negaba a comer otra cosa que no fuera el cuenco de arroz que mi madre le llevaba; pasaba el día en silencio hasta que caía la noche, y entonces iniciaba de nuevo aquel espeluznante lamento.

Todo el mundo sabe que, cuando alguien fallece, una parte de su espíritu desciende al más allá y otra parte permanece con la familia; según otra creencia, el espíritu de una muchacha muerta antes de casarse persigue a sus amigas solteras, no para asustarlas sino para llevárselas al más allá, donde le harán compañía. Todas las noches, la infelicidad de Luna Hermosa llegaba hasta nosotras a través de los sobrenaturales lamentos de mi tía, y Flor de Nieve y yo sabíamos que corríamos peligro.

A Flor de Nieve se le ocurrió una idea. «Hemos de construir una torre de flores», dijo una mañana. Una torre de flores era justo lo que necesitábamos para apaciguar al espíritu de Luna Hermosa. Así tendría un sitio donde refugiarse y distraerse. Si ella era feliz, Flor de Nieve y yo estaríamos protegidas.

Las familias ricas acuden a un constructor de torres de flores profesional, pero Flor de Nieve y yo decidimos levantarla con nuestras manos. Diseñamos una pagoda de siete plantas. Pusimos un par de perros *foo* en la entrada. En las paredes interiores pintamos poemas con nuestra escritura secreta. Construimos un piso para bailar y otro para flotar. En el techo de un dormitorio pintamos estrellas y la luna. En otro piso hicimos una habitación de las mujeres, con celosías confeccionadas con ornados recortes de papel que permitían mirar en todas direcciones. Fabricamos una mesa sobre la que pusimos muestras de nuestros hilos favoritos, tinta, papel y un pincel, para que Luna Hermosa bordara o escribiera en *nu shu* a sus nuevas amigas fantasmas. Hicimos criados y bufones con papel de colores y los repartimos por la torre para que en todos los pisos hubiera compañía, distracción y diversiones. Cuando no estábamos trabajando en la torre de flores, componíamos un lamento que cantaríamos para tranquilizar a mi prima. Si la torre de flores era para que Luna Hermosa la disfrutara toda la eternidad, nuestras palabras serían una despedida definitiva del mundo de los vivos.

El día que por fin cambió el tiempo, pedimos permiso para ir a la tumba de Luna Hermosa. No había que andar mucho; Flor de Nieve había tenido que caminar mucho más para llegar a los campos y avisar a mi padre y mi tío cuando murió Luna Hermosa. Nos sentamos junto al túmulo y, al cabo de unos minutos, Flor de Nieve quemó la torre de flores. La vimos arder, imaginando que viajaba hasta el más allá y que Luna Hermosa se paseaba encantada por sus habitaciones. Luego saqué el papel donde habíamos escrito a Luna Hermosa en nuestra escritura secreta y empezamos a cantar:

Luna Hermosa, esperamos que encuentres la paz en
*   tu torre de flores.*
Esperamos que nos olvides, pero nosotras nunca te
*   olvidaremos.*
Te honraremos. Limpiaremos tu tumba el día de la
*   Fiesta de Primavera.*
No dejes que tus pensamientos se desboquen.
Vive en tu torre de flores y sé feliz.

Regresamos a casa y subimos a la habitación de las mujeres. Nos sentamos juntas y escribimos por turnos el lamento en los pliegues de nuestro abanico. Cuando hubimos terminado, añadí a la guirnalda del borde superior una media luna, delgada y discreta como Luna Hermosa.

La torre de flores nos protegía y aplacaba al inquieto fantasma de Luna Hermosa, pero no ayudaba a mis inconsolables tíos. Había que resignarse. Estábamos a merced de poderosos elementos y no podíamos hacer nada para adivinar nuestro destino. Eso se explica mediante el yin y el yang: hay hombres y mujeres, oscuridad y luz, pena y felicidad; todas esas cosas crean un equilibrio. Vivimos un momento de máxima felicidad, como nos ocurrió a Flor de Nieve y a mí al principio de la Fiesta de la Brisa, y de pronto se produce una desgracia como la muerte de Luna Hermosa. Mis tíos, que hasta entonces habían sido felices, se convirtieron de la noche a la mañana en dos desdichados sin descendientes ni motivación en la vida; cuando muriera mi padre, tendrían que confiar en la bondad de Hermano Mayor para que se ocupara de ellos y no los echara de la casa. Mi familia no era muy pudiente y había demasiadas bodas en perspectiva... Eso alteraba el equilibrio del universo, de modo que los dioses lo restablecieron matando a una niña de buen corazón. No hay vida sin muerte. Ése es el verdadero significado del yin y el yang.

La silla de flores

Dos años después de la muerte de Luna Hermosa, empecé a peinarme el cabello —que llevaba recogido desde los quince años— al estilo del dragón, como corresponde a una joven que está a punto de contraer matrimonio. Mis suegros enviaron más telas, dinero para que pudiera tener mi propio monedero y joyas (pendientes, anillos, collares) de plata y jade. Además regalaron a mis padres treinta paquetes de arroz glutinoso —suficiente para alimentar a la familia y los amigos que nos visitarían esos días— y una pieza de magro de cerdo, que mi padre cortó y mis hermanos repartieron entre los vecinos de Puwei para hacerles saber que había empezado oficialmente la celebración de la boda, que duraría un mes. Pero lo que más sorprendió y complació a mi padre —y lo que demostró que el sacrificio que mi familia había hecho por mí había valido la pena— fue la llegada de otro carabao. Con ese solo regalo mi padre se convirtió en uno de los tres hombres más prósperos de nuestro pueblo.

Flor de Nieve vino a pasar con nosotros todo el mes del rito de Sentarse y Cantar en la Habitación de Arriba. Durante esas cuatro últimas semanas, mientras yo terminaba mi ajuar, me ayudó en todo y estrechamos aún más los lazos que nos unían. Ambas teníamos ideas descabelladas acerca de lo que sería el matrimonio, pero creíamos que nada podría compararse con el placer que sentíamos cuando nos abrazábamos: el calor de nuestros cuerpos, la suavidad y el delicado perfume de nuestra piel. Nada podría cambiar el amor que nos profesábamos y no cabía ninguna duda de que en el futuro tendríamos cada vez más cosas que compartir.

Para nosotras el rito de Sentarse y Cantar en la Habitación de Arriba señalaba el principio de un compromiso aún más profundo entre las dos. Tras diez años de amistad, nuestra relación estaba a punto de entrar en una fase nueva y mucho más profunda. Al cabo de dos o tres años, cuando me instalara definitivamente en la casa de mi esposo y Flor de Nieve se marchara al hogar de su esposo en Jintian, nos visitaríamos con frecuencia. Estábamos seguras de que nuestros maridos, que eran hombres adinerados y distinguidos, alquilarían palanquines con ese propósito.

Como yo no tenía hermanas de juramento que me acompañaran durante esas celebraciones, mi madre, mi tía, mi cuñada, Hermana Mayor —que había venido a casa porque volvía a estar embarazada— y unas cuantas muchachas solteras de Puwei subían a la habitación para celebrar mi buena suerte. La señora Wang también acudía de vez en cuando. En ocasiones contábamos nuestras historias favoritas, o una elegía una canción que todas cantábamos a coro. Otras veces cantábamos la historia de nuestra propia vida. Mi madre, que estaba satisfecha con su destino, nos contó «El cuento de la Niña Flor», y mi tía, que todavía estaba de luto, nos hizo llorar a todas entonando un triste canto fúnebre.

Una tarde, mientras yo bordaba el cinturón con que me ceñiría el traje de boda, la señora Wang vino a distraernos con «La historia de la esposa Wang». Se sentó en un taburete al lado de Flor de Nieve, que estaba muy concentrada componiendo mi libro del tercer día y buscando las palabras idóneas para hablarles de mí a mis suegros, y empezaron a decirse cosas al oído. De vez en cuando yo oía a Flor de Nieve decir «Sí, tiíta» o «No, tiíta». Siempre se había mostrado muy cariñosa con la casamentera y yo había intentado seguir su ejemplo con relativo éxito.

Cuando la señora Wang vio que todas estábamos esperando, removió el trasero sobre el taburete para ponerse cómoda y empezó su relato.

—Érase una vez una mujer piadosa con muy pocas perspectivas. —En los últimos años la señora Wang había engordado mucho, y por eso tanto sus relatos como sus movimientos eran más lentos—. Su familia la casó con un carnicero. No podía haber otra unión más baja tratándose de una mujer de creencias budistas. Pese a ser muy piadosa, era ante todo mujer, y tuvo hijos e hijas. Sin embargo, la esposa Wang no comía pescado ni carne. Todos los días recitaba *sutras* durante horas, sobre todo el *sutra* del diamante. Cuando no recitaba, suplicaba a su esposo que no matara más animales. Lo prevenía del mal karma que arrastraría en su siguiente vida si continuaba desempeñando aquel oficio.

La casamentera puso una mano sobre el muslo de Flor de Nieve en un gesto de consuelo. A mí me habría molestado sentir la mano de la anciana en mi pierna, pero Flor de Nieve no la apartó.

—El esposo Wang le decía (y algunos creerán que con razón) que los hombres de su familia eran carniceros desde hacía innumerables generaciones —prosiguió—. «Sigue recitando el *sutra* del diamante», le decía. «En tu próxima vida recibirás tu recompensa. Yo seguiré matando animales. Compraré tierras en esta vida y dejaré que me castiguen en la próxima.»

La esposa Wang sabía que estaba condenada por haberse acostado con su esposo, pero, cuando él puso a prueba sus conocimientos del *sutra* del diamante y descubrió que lo recitaba sin saltarse ni una palabra, le dio una habitación para ella sola a fin de que pudiera ser casta el resto de su vida de casada.

—Entretanto —continuó la señora Wang, cuya mano volvió a moverse hacia Flor de Nieve y se posó suavemente en su nuca—, el rey del más allá envió fantasmas para que vigilaran a las personas virtuosas. Espiaron a la esposa Wang y, tras convencerse de su pureza, la animaron a viajar al más allá para recitar el *sutra* del diamante. Ella sabía qué significaba eso: le estaban pidiendo que muriera. Les suplicó que no la obligaran a abandonar a sus hijos, pero los fantasmas no quisieron oír sus ruegos. La esposa Wang dijo a su marido que tomara otra esposa, y a sus hijos, que fueran buenos y obedecieran a su nueva madre. Y, tras pronunciar esas palabras, cayó al suelo, muerta.

»La esposa Wang padeció mucho antes de que la condujeran ante el rey del más allá. Él, que había comprobado su virtud y devoción observando cómo soportaba todas sus tribulaciones, le pidió, al igual que había hecho el marido de la esposa Wang, que recitara el *sutra* del diamante. Ella se dejó nueve palabras, pero el rey del más allá quedó tan satisfecho con sus esfuerzos (los que había hecho tanto en vida como después de muerta) que la recompensó permitiéndole regresar al mundo de los vivos convertida en recién nacido. Esa vez, la esposa Wang nació como varón en la casa de un erudito funcionario, pero llevaba escrito su verdadero nombre en la planta del pie.

»La esposa Wang había llevado una vida ejemplar, pero sólo había sido una mujer —nos recordó la casamentera—. Ahora que era un hombre, destacaba en todo cuanto hacía. Alcanzó el más alto rango entre los funcionarios imperiales, consiguió riquezas, honores y prestigio. No obstante, echaba de menos a su familia y ansiaba volver a ser una mujer. Al final el emperador le concedió audiencia; ella le contó su historia y le suplicó que la dejara regresar al pueblo natal de su esposo. Tal como había ocurrido con el rey del más allá, el valor y la virtud de la mujer conmovieron al emperador, que, sin embargo, vio algo más en ella: devoción filial. Le concedió una plaza de magistrado en el pueblo natal de su esposo. La esposa Wang llegó allí con sus lujosos ropajes de funcionario imperial. Cuando todos los habitantes salieron a rendirle pleitesía, dejó perpleja a la multitud quitándose los zapatos de varón y revelando su verdadero nombre. Dijo a su esposo, que ya era muy anciano, que quería volver a ser su esposa. El esposo Wang y sus hijos fueron a la tumba de la esposa Wang y la abrieron. El emperador de jade salió de ella y anunció que toda la familia Wang podía abandonar este mundo y alcanzar el nirvana, y eso fue lo que hicieron.

Pensé que la señora Wang había contado esa historia para hablarme de mi futuro. Mi esposo Lu y su familia, por muy queridos y respetados que fueran en el condado, quizá hicieran cosas que pudieran considerarse ofensivas o incluso impuras. Además, era propio de la naturaleza de un hombre nacido bajo el signo del tigre ser fogoso, enérgico e impulsivo. Pudiera ser que mi esposo se rebelara contra la sociedad o se burlara de las tradiciones. (He de admitir que eso no es tan grave como ser carnicero; aun así, eran conductas que podían resultar peligrosas.) Yo, como mujer nacida bajo el signo del caballo, podría ayudar a mi esposo a corregir esas conductas negativas. Una mujer caballo nunca debe tener miedo de tomar el mando y apartar a su compañero de los problemas. Para mí, ése era el verdadero mensaje de «La historia de la esposa Wang». Ella no había conseguido que su esposo hiciera lo que ella le pedía, pero, gracias a su devoción y sus buenas obras, no sólo lo había salvado de la condena que le habrían acarreado sus actos impuros, sino que además había ayudado a toda su familia a alcanzar el nirvana. Es uno de los pocos relatos didácticos con final feliz que nos contaron, y aquel día de últimos de otoño, un mes antes de mi boda, me hizo sentir feliz.

Por lo demás, yo experimentaba sentimientos encontrados durante el rito de Sentarse y Cantar. Me entristecía saber que iba a alejarme de mi familia, pero, tal como había hecho con el vendado de los pies, procuraba ver más allá; no me quedaba con aquel pedacito de vida que podía ver por la celosía, sino que contemplaba un paisaje como los que Flor de Nieve y yo veíamos por la ventanilla del palanquín de la señora Wang. Estaba convencida de que me esperaba un futuro nuevo y mejor. Quizá era una actitud innata en mí; si pueden, los caballos recorren el mundo. Me complacía la idea de vivir en otro sitio. Como es lógico, me gustaría poder afirmar que Flor de Nieve y yo seguíamos nuestra naturaleza de caballo exactamente como la definen los horóscopos, pero los caballos (y las personas) no siempre obedecen. Decimos una cosa y hacemos otra. Sentimos de una forma; luego nuestros corazones se abren en otra dirección. Vemos una cosa, pero no comprendemos que las anteojeras limitan nuestra visión. Avanzamos por una vereda que nos gusta, pero entonces vemos un camino, un callejón, un río que nos tienta...

Así es como me sentía, y pensaba que Flor de Nieve debía de sentir lo mismo que yo, pero mi *laotong* era un misterio para mí. Su boda se celebraría un mes después de la mía, pero no parecía ni emocionada ni triste. Estaba muy apagada, incluso cuando cantaba, sin equivocarse, la letra de nuestras canciones o trabajaba con diligencia en el libro del tercer día que estaba componiendo para mí. Pensé que quizá la ponía más nerviosa que a mí la perspectiva de la noche de bodas.

—Eso no me asusta —dijo, mientras doblábamos y envolvíamos mis colchas.

—A mí tampoco —aseguré, pero ninguna de las dos lo decía con mucha convicción.

En mis años de hija, cuando todavía me dejaban jugar en la calle, había visto muchos animales aparearse. Sabía que tendría que hacer algo parecido, pero no entendía cómo iba a pasar ni qué se esperaba de mí, y Flor de Nieve, que generalmente sabía mucho más que yo, no podía ayudarme. Ambas esperábamos que nuestras madres, hermanas mayores, mi tía o incluso la casamentera, nos explicaran cómo realizar aquella tarea, igual que nos habían enseñado a hacer tantas otras.

Como a ambas nos resultaba violento abordar ese tema, intenté conducir la conversación hacia los planes que teníamos para las semanas siguientes. En lugar de regresar con mi familia después de mi boda, iría a casa de Flor de Nieve para acompañarla durante el mes del rito de Sentarse y Cantar. Tenía que ayudarla con los preparativos de la boda, como ella me había ayudado a mí. Hacía diez años que deseaba ir allí y, en cierto modo, eso me hacía más ilusión que conocer a mi esposo, porque había oído hablar mucho acerca de la casa y la familia de Flor de Nieve, mientras que apenas sabía nada del hombre con el que iba a casarme. Sin embargo, pese a estar muy emocionada (¡por fin iba a ver la casa de Flor de Nieve!), ella sólo me daba detalles muy vagos.

—Te llevará alguien de tu familia política —dijo mi alma gemela.

—¿Crees que mi suegra participará en el rito de Sentarse y Cantar de tu boda? —pregunté. Eso me habría complacido, porque así mi suegra me vería con mi *laotong*.

—La señora Lu está demasiado ocupada. Tiene muchas obligaciones, y tú también las tendrás algún día.

—Pero conoceré a tu madre, a tu hermana mayor y... ¿A quién más invitaréis?

Suponía que mi madre y mi tía participarían en los rituales de su boda. Flor de Nieve era casi un miembro más de nuestra familia y yo creía que querría tenerlas a su lado durante esos días.

—Vendrá tía Wang —contestó.

Seguramente la casamentera haría varias apariciones durante el rito de Sentarse y Cantar de mi *laotong*, tal como había hecho con el mío. Para la señora Wang nuestra boda suponía la culminación de largos años de duro trabajo; cuando abandonáramos el hogar paterno, ella recibiría sus honorarios. Era lógico que no quisiera desperdiciar ni una sola oportunidad de demostrar a las otras mujeres —madres de potenciales clientes— los espléndidos resultados que había obtenido.

—No sé si mi madre ha invitado a alguien además. No sé qué ha planeado —continuó mi *laotong*—. Todo será una sorpresa.

Nos quedamos calladas mientras cada una doblaba otra colcha. La miré y me pareció advertir cierta tensión en sus facciones. Por primera vez en muchos años volvió a invadirme la inseguridad. ¿Y si Flor de Nieve seguía considerando que no era digna de ella? ¿La avergonzaba que las mujeres de Tongkou conocieran a mi madre y mi tía? Entonces recordé que estábamos hablando de su rito de Sentarse y Cantar. Todo se haría exactamente como su madre decidiera.

Le aparté un mechón de la cara y se lo puse detrás de la oreja.

—Estoy impaciente por conocer a tu familia. Vamos a pasarlo muy bien.

Todavía estaba tensa cuando dijo:

—No quisiera que te llevaras una decepción. Te he hablado tanto de mi madre, de mi padre...

—Y de Tongkou, y de tu casa...

—Seguro que nada te resultará tan bonito como lo has imaginado.

Me reí.

—Es una tontería que te preocupes. Todo lo que he imaginado proviene de los hermosos cuadros que tú has dibujado con tus palabras.

· · ·

Tres días antes de mi boda empecé las ceremonias relacionadas con el Día de la Pena y las Preocupaciones. Mi madre se sentó en el cuarto peldaño de la escalera que conducía a la habitación de arriba, las mujeres de nuestro pueblo vinieron a presenciar los lamentos y todos exclamaron *ku, ku, ku* entre sollozos. Cuando mi madre y yo hubimos terminado de llorar y cantarnos una a otra, repetí el rito con mi padre, mis tíos y mis hermanos. Es cierto que era valiente y pensaba sin temor en mi nueva vida, pero mi cuerpo y mi alma estaban debilitados por el hambre, pues la novia no puede comer durante los diez últimos días de las ceremonias de la boda. ¿Observamos esta tradición para que nos entristezca aún más dejar a nuestra familia, para estar más complacientes cuando llegamos a la casa de nuestro esposo, o para que éste nos encuentre más puras? ¿Cómo voy a saberlo? Lo único que sé es que mi madre, como la mayoría de las madres, escondió unos huevos duros para mí en la habitación de las mujeres; sin embargo, no me proporcionaban mucha fuerza, y mis emociones se debilitaban con cada nuevo evento.

A la mañana siguiente me despertaron los nervios, pero Flor de Nieve estaba a mi lado, y con sus suaves dedos en mi mejilla intentó tranquilizarme. Ese día iban a presentarme a mis suegros y yo tenía tanto miedo que no habría podido comer aunque hubiese estado permitido. Me ayudó a ponerme el traje nupcial que yo misma había confeccionado: una túnica corta sin cuello, ceñida con un cinturón, y unos pantalones largos. Luego deslizó en mi muñeca los brazaletes de plata que me había enviado la familia de mi esposo y me ayudó a ponerme los otros regalos: los pendientes, el collar y las horquillas. Los brazaletes hacían un ruido metálico y los dijes de plata que yo había cosido en mi túnica tintineaban armoniosamente. Calzaba los zapatos rojos de boda y lucía un ornado tocado con cuentas perladas y alhajas de plata que temblaban cuando caminaba, movía la cabeza o no podía contener mis sentimientos. De la parte delantera del tocado colgaban unas borlas rojas que formaban un velo y me impedían ver. Para no perder el decoro debía mantener la vista fija en el suelo.

Flor de Nieve me guió hasta la planta baja. Que no viera no significaba que infinidad de emociones no me recorrieran el cuerpo. Oí los irregulares pasos de mi madre, a mi tía y mi tío hablar en voz baja, y a mi padre arrastrar la silla al levantarse. Fuimos juntos hasta el templo de Puwei, donde agradecí a mis antepasados la vida que había tenido. Flor de Nieve no se separó ni un momento de mí; me conducía por los callejones, me susurraba palabras de ánimo al oído y me recordaba que debía apresurar el paso, si podía, porque mis suegros no tardarían en llegar.

De vuelta en casa, subimos a la habitación de las mujeres. Para tranquilizarme, mi *laotong* me cogió las manos e intentó describirme lo que debía de estar haciendo en esos momentos mi nueva familia.

—Cierra los ojos y trata de imaginarlo. —Se inclinó hacia mí, de modo que las borlas de mi tocado se agitaban con cada palabra que pronunciaba—. El señor y la señora Lu, sin duda elegantemente vestidos, han partido hacia Puwei con sus amigos y parientes. Los acompaña una banda de músicos para anunciar a todos cuantos encuentren por el camino que hoy van a realizar una buena adquisición. —Bajó la voz para añadir—: ¿Dónde está el novio? Él te espera en Tongkou. ¡Sólo faltan dos días para que lo veas!

De pronto oímos música. Estaban llegando. Flor de Nieve y yo nos acercamos a la celosía. Me aparté las borlas de la cara y miré. Todavía no veíamos la banda ni el cortejo, pero sí a un emisario que entraba en el callejón; se paró ante la puerta y entregó a mi padre una carta escrita en papel rojo, donde se declaraba que mi nueva familia había venido a buscarme.

En ese momento la banda dobló la esquina, seguida de un gran grupo de desconocidos. Cuando llegaron a nuestra casa, empezó el clásico tumulto. La gente lanzó agua y hojas de bambú a la banda, y se oyeron las risas y bromas de rigor. Me llamaron para que bajara. Una vez más, Flor de Nieve me cogió de la mano y me guió. Las mujeres cantaban: «Criar a una niña y casarla es como construir un buen camino para que otros lo utilicen.»

Salimos, y la señora Wang presentó a los padres de ambas familias. Yo tenía que mostrarme tan recatada como pudiera en ese momento, en que mis suegros me veían por primera vez, así que ni siquiera podía pedir en voz baja a Flor de Nieve que me describiera qué aspecto tenían ni preguntarle qué creía que pensaban de mí. A continuación, mis padres encabezaron el cortejo hacia el templo de los antepasados, donde mi familia ofrecería el primero de numerosos banquetes. Flor de Nieve y otras niñas de mi pueblo se sentaron alrededor de mí. Se sirvieron platos especiales y bebidas alcohólicas. A los comensales se les pusieron las mejillas coloradas. Los hombres y las ancianas me lanzaban pullas. Durante todo el convite yo canté lamentos y las mujeres me respondieron a coro. Llevaba siete días sin probar bocado y el olor de la comida me mareó.

Al día siguiente, el de los Grandes Cantos, se celebró un almuerzo. Se expusieron todos mis trabajos y mis libros nupciales del tercer día, y Flor de Nieve, las mujeres y yo cantamos otra vez. Mi madre y mi tía me condujeron a la mesa principal. Tan pronto me senté, mi suegra me puso delante un cuenco de sopa que ella misma había preparado y que simbolizaba la bondad de mi nueva familia. Yo habría dado cualquier cosa por haber podido probar aunque sólo fuera un sorbito de aquel caldo.

El velo me impedía ver la cara de mi suegra, pero, cuando miré hacia abajo entre las borlas y vi unos lotos dorados que parecían tan pequeños como los míos, me asaltó el pánico. Mi suegra no calzaba los zapatos que yo había confeccionado para ella. Y comprendí el porqué: el bordado de los que llevaba era mucho mejor que cualquiera de los míos. Me sentí muy desdichada. Seguro que mis padres estaban avergonzados, y mis suegros, desilusionados.

En ese terrible momento Flor de Nieve se acercó y me cogió del brazo. La tradición dictaba que yo debía abandonar la fiesta, así que me condujo fuera del templo y me acompañó a casa. Me ayudó a subir por la escalera, me quitó el tocado y el resto del traje nupcial y me puso una camisa y las zapatillas de dormir. Yo no despegué los labios. La perfección de los zapatos de mi suegra me atormentaba, pero no me atrevía a hacer ningún comentario, ni siquiera ante Flor de Nieve. No quería que ella también se avergonzara de mí.

Esa noche, mi familia regresó muy tarde a casa. Si alguien pensaba darme algún consejo sobre el acto carnal, tenía que ser entonces. Mi madre entró en la habitación y Flor de Nieve salió. Mi madre parecía preocupada, y por un instante pensé que iba a decirme que mis suegros querían deshacer la unión. Dejó el bastón sobre la cama y se sentó a mi lado.

—Siempre te he dicho que una verdadera dama no permite que la indignidad entre en su vida —dijo—, y que la belleza sólo se alcanza a través del dolor.

Asentí con pudor, pero por dentro casi gritaba de terror. Mi madre había pronunciado aquella frase una y otra vez durante el vendado de mis pies. ¿Tan malo era lo del acto carnal?

—Espero que recuerdes, Lirio Blanco, que no siempre podemos evitar la indignidad. Tienes que ser valiente.

Te has comprometido de por vida. Sé la dama que te hemos enseñado a ser.

Entonces se levantó, se apoyó en el bastón y salió renqueando de la habitación. ¡Sus palabras no me habían ayudado en absoluto! Mi buen ánimo, mi audacia y mi fuerza me abandonaron del todo. En verdad, me sentía como una novia: asustada, triste y aterrada ante la idea de abandonar a mi familia.

Cuando Flor de Nieve volvió a entrar y me vio pálida de miedo, ocupó el lugar que mi madre acababa de dejar en la cama e intentó consolarme.

—Llevas diez años preparándote para este momento —dijo con ternura—. Obedeces las normas recogidas en las *Enseñanzas para mujeres*. Tus palabras son dulces, pero tu corazón es fuerte. Te peinas con recato. No te pintas los labios con carmín ni te aplicas polvos. Sabes hilar lana y algodón, tejer, coser y bordar. Sabes cocinar, limpiar, lavar, tener siempre a punto té caliente y encender el fuego en el hogar. Te ocupas de tus pies como es debido. Todas las noches, antes de acostarte, te quitas las vendas viejas. Te lavas los pies con esmero y utilizas la cantidad justa de perfume antes de vendártelos con vendas limpias.

—¿Y el... acto carnal?

—¿Qué pasa con eso? Tus tíos han sido muy felices en la cama. Tus padres han tenido suficiente trato carnal para concebir muchos hijos. No puede ser tan duro como limpiar y bordar.

Me sentí un poco mejor, pero Flor de Nieve no había terminado. Me ayudó a meterme en la cama, se acurrucó a mi lado y siguió elogiándome.

—Serás una buena madre, porque eres cariñosa —me susurró al oído—, y al mismo tiempo serás una buena maestra. ¿Cómo lo sé? Mira cuántas cosas me has enseñado. —Hizo una breve pausa para que mi mente y mi cuerpo asimilaran sus palabras, y luego continuó con un tono más natural—: Además, me he fijado en cómo te miraban los Lu ayer y hoy.

Me aparté de sus brazos para mirarla.

—Cuéntame. Cuéntamelo todo.

—¿Te acuerdas de cuando la señora Lu te llevó la sopa?

Claro que me acordaba. Eso había sido el principio de lo que yo imaginaba sería una vida entera de humillación.

—Temblabas de pies a cabeza —continuó Flor de Nieve—. ¿Cómo lo hiciste? Todos los presentes se dieron cuenta. Todos comentaron tu fragilidad combinada con tu circunspección. Mientras permanecías sentada con la cabeza agachada, demostrando que eres una doncella perfecta, la señora Lu desvió la mirada hacia su esposo. Sonrió satisfecha y él le devolvió la sonrisa. Verás, la señora Lu es muy estricta, pero tiene buen corazón.

—Pero si...

—¡Y cómo te examinaban los pies todos los miembros del clan Lu! Oh, Lirio Blanco, estoy segura de que en mi pueblo todos se alegran de saber que un día te convertirás en la nueva señora Lu. Ahora procura dormir. Te aguardan muchos largos días.

Nos tumbamos frente a frente. Flor de Nieve me puso una mano en la mejilla, como solía hacer.

—Cierra los ojos —susurró, y yo la obedecí.

Al día siguiente mis suegros llegaron a Puwei lo bastante temprano para recogerme y regresar a Tongkou conmigo antes del anochecer. Cuando oí la banda en las afueras del pueblo, se me aceleró el corazón. No pude evitar que las lágrimas brotaran de mis ojos. Mi madre, mi tía, Hermana Mayor y Flor de Nieve lloraban mientras me acompañaban abajo. Los emisarios del novio llegaron ante la puerta de mi casa. Mis hermanos ayudaron a cargar mi ajuar en los palanquines. Yo volvía a llevar puesto el tocado, de modo que no pude ver a nadie, pero oía las voces de mis familiares mientras recitábamos los últimos cantos tradicionales.

—Una mujer no adquiere ningún valor hasta que se marcha de su pueblo —cantó mi madre.

—Adiós, mamá —contesté—. Gracias por criar a una hija inútil.

—Adiós, hija —susurró mi padre.

Al oír su voz derramé aún más lágrimas. Me aferré a la barandilla de la escalera que conducía a la habitación del piso de arriba. De pronto no quería marcharme.

—Las mujeres nacemos para abandonar nuestro pueblo natal —cantó mi tía—. Eres como un pájaro que entra en una nube para nunca regresar.

—Gracias, tía, por hacerme reír. Gracias por mostrarme el verdadero significado del dolor. Gracias por compartir tu talento conmigo.

Oí los sollozos de mi tía. No podía dejar que sufriera sola. Mis lágrimas se unieron a las suyas.

Miré hacia abajo y vi las curtidas manos de mi tío sobre las mías, desasiendo mis dedos de la barandilla.

—La silla de flores te espera —anunció con voz quebrada por la emoción.

—Tío...

Entonces oí las voces de mis hermanos, que se despedían de mí. Quería verlos, librarme de esas borlas rojas que me tapaban la cara.

—Hermano Mayor, gracias por la bondad que siempre me has demostrado —entoné—. Hermano Segundo, gracias por dejar que cuidara de ti cuando eras un crío de pañales. Hermana Mayor, gracias por tu paciencia.

Fuera, la banda se puso a tocar más fuerte. Extendí los brazos. Mis padres me cogieron de las manos y me ayudaron a traspasar el umbral. Las borlas oscilaron ante mi rostro y alcancé a ver mi palanquín, cubierto de flores y seda roja. Mi *hua jiao*, la silla de flores, era preciosa.

Acudió a mi mente todo cuanto me habían contado desde que se concertó mi compromiso matrimonial, seis años atrás: iba a casarme con un tigre, la mejor unión para mí según nuestros horóscopos; mi esposo era un hombre sano, inteligente e instruido; su familia era respetada, rica y generosa. En efecto, así lo indicaban la calidad y cantidad de los regalos que había recibido mi familia, y ahora volvía a comprobarlo con la silla de flores. Solté las manos de mis padres.

Avancé dos pasos a ciegas y me paré. No veía por dónde iba. Extendí de nuevo los brazos, con la esperanza de que Flor de Nieve los cogiera. Ella acudió en mi ayuda, como siempre. Entrelazó sus dedos con los míos y me guió hasta el palanquín. Abrió la portezuela. Oí llantos alrededor. Mi madre y mi tía cantaban una canción triste, la que siempre entonaban las mujeres para despedirse de sus hijas. Flor de Nieve se inclinó hacia mí y me susurró al oído, para que nadie la oyera:

—Recuerda: siempre seremos almas gemelas. —A continuación se sacó algo de la manga y me lo escondió dentro de la túnica—. He hecho esto para ti —añadió—. Léelo por el camino hasta Tongkou. Nos veremos allí.

Subí al palanquín. Los porteadores me levantaron y echaron a andar. Mi madre, mi tía, mi padre, Flor de Nieve y varias amigas de Puwei nos siguieron a mí y a mi escolta hasta la linde del pueblo dedicándome palabras de ánimo. Sola en el palanquín, rompí a llorar.

Os preguntaréis por qué estaba tan afligida si iba a volver al hogar paterno al cabo de tres días. La explicación es sencilla: la expresión que utilizamos para «casarse» es *buluo fujia*, que significa «no caer inmediatamente en la casa del esposo». La partícula *luo* significa «caer», como caen las hojas en otoño o como caer muerto. Y en nuestro dialecto local la palabra «esposa» se pronuncia igual que «huésped». Durante el resto de mi vida yo no sería más que un huésped en la casa de mi esposo, no de la clase de huésped al que se agasaja con manjares, regalos y cariño o con blandas camas, sino de esos que siempre se contemplan como extraños y sospechosos.

Metí una mano en la túnica y saqué el paquete que Flor de Nieve había dejado. Era nuestro abanico, envuelto con un trozo de tela. Lo abrí, ansiosa por leer las alegres palabras que mi *laotong* habría escrito en él. Recorrí los pliegues con la mirada hasta encontrar su mensaje: «Dos pájaros vuelan libres, sus corazones laten como uno solo. El sol brilla en sus alas, bañándolos con un calor curativo. Abajo la tierra se extiende hasta el infinito.» En la guirnalda que había en el borde superior, dos pajaritos volaban juntos: mi esposo y yo. Me gustó que Flor de Nieve hubiera representado a mi esposo en nuestro objeto más preciado.

A continuación extendí sobre mi regazo el pañuelo con que Flor de Nieve había envuelto el abanico. Mirando hacia abajo, mientras las borlas oscilaban con el movimiento de los porteadores, vi que mi *laotong* había bordado una carta para mí en nuestra escritura secreta para celebrar aquel momento tan especial.

Empezaba con la introducción tradicional de una carta dirigida a una novia:

Te escribo y siento que me clavan puñales en el corazón. Prometimos que nunca nos separaríamos, que nunca habría ni una sola palabra cruel entre nosotras.

Esas palabras estaban extraídas de nuestro contrato y sonreí al recordarlas.

*Pensaba que estaríamos juntas toda la vida.
Nunca creí que este día llegaría. Es triste que nos
haya tocado ser niñas en esta vida, pero ése es nuestro
destino. Lirio Blanco, hemos sido como un par de patos mandarines. Ahora todo va a cambiar. En los
próximos días descubrirás muchas cosas de mí. He estado muy inquieta y consternada. He llorado con el
corazón y con la boca pensando que ya no me querrás.
Por favor, ten presente que, pienses lo que pienses de
mí, mi opinión sobre ti nunca cambiará.*

Flor de Nieve

¿Podéis imaginar cómo me sentía? Flor de Nieve había estado muy callada en las últimas semanas porque temía que yo dejara de quererla. ¿Cómo había podido pensar
tal cosa? Sentada en mi silla de flores, camino de la casa de
mi esposo, sabía que nada podría cambiar nunca lo que yo
sentía por Flor de Nieve. De pronto me invadió una espantosa aprensión y me entraron ganas de pedir a los porteadores que me llevaran a casa para ahuyentar los temores
de mi *laotong*.

Entonces llegamos a la entrada principal de Tongkou.
Oí el chisporroteo y los estallidos de los petardos; los
miembros de la banda tocaban sus instrumentos. Empezaron a descargar mi ajuar. Había que llevarlo todo a mi nuevo hogar para que mi esposo se pusiera el traje de boda que
yo había confeccionado para él. De repente oí un sonido
terrible, pero que me resultaba familiar: acababan de dego-
llar a un pollo. Alguien esparció su sangre por el suelo, junto a mi silla de flores, para ahuyentar los malos espíritus
que pudieran haber llegado conmigo.

Por fin se abrió la portezuela del palanquín y me ayudó a bajar una mujer, que debía ser la más importante del
pueblo. En realidad la mujer más importante de Tongkou
era mi suegra, pero en aquel caso la sustituía la que tenía

más hijos varones. Me condujo hasta mi nuevo hogar, donde traspuse el umbral y me presentaron a mis suegros. Me arrodillé ante ellos y toqué el suelo con la frente tres veces.

—Os obedeceré —dije—. Trabajaré para vosotros.

A continuación les serví el té. Después me acompañaron a la cámara nupcial, donde me dejaron sola, con la puerta abierta. Estaba a punto de conocer a mi esposo. Esperaba ese momento desde la primera vez que la señora Wang había ido a mi casa para examinar mis pies; aun así, estaba muy aturullada, nerviosa y desorientada. Aquel hombre era un completo desconocido, de modo que era lógico que sintiera curiosidad por saber cómo era. Sería el padre de mis hijos, así que me producía ansiedad pensar qué íbamos a hacer para engendrarlos. Y acababa de leer una misteriosa carta de mi alma gemela y estaba muy preocupada por ella.

Oí cómo movían una mesa para bloquear la puerta. Incliné un poco la cabeza, las borlas se separaron y vi cómo mis suegros amontonaban mis colchas de boda sobre la mesa y ponían dos copas de vino en lo alto del montón; una llevaba atado un hilo verde, la otra uno rojo, y los dos hilos estaban, a su vez, atados el uno al otro.

Mi esposo entró en la antesala, y todos aplaudieron y vitorearon. Esa vez no intenté mirar entre las borlas. Quería mostrarme muy convencional en ese primer encuentro. Desde su lado de la mesa mi esposo tiró del hilo rojo; yo, desde mi lado, tiré del verde. Entonces él saltó por encima de las colchas y entró en la habitación. Con ese acto quedamos oficialmente casados.

¿Qué pensé de mi esposo la primera vez que estuvimos juntos? Al olerlo comprendí que se había lavado concienzudamente. Los zapatos que yo le había confeccionado quedaban muy bonitos en sus pies y sus pantalones rojos de boda tenían la longitud exacta. Pero fue sólo un instante, porque enseguida se inició el rito de Bromear y Chillar en la Cámara Nupcial. Los amigos de mi esposo irrumpieron en ella, tambaleándose y balbuceando porque habían bebido demasiado. Nos dieron cacahuetes y dátiles para que tuviéramos muchos hijos, y dulces para que tuviéramos una dulce vida. Pero a mí no me ponían las golosinas en la mano, como hacían con mi esposo. ¡Nada de eso! Las ataban a una cuerda y las agitaban delante de mi boca. Me hacían saltar para cogerlas, pero asegurándose de que no lo lograra. Entretanto no paraban de bromear. Imaginaréis qué clase de bromas eran. Decían que esa noche mi esposo sería fuerte como un toro, y que yo sería tan sumisa como un cordero, y que mis pechos parecían dos melocotones a punto de reventar las costuras de mi túnica, y que mi esposo tendría tantas semillas como una granada, y que si utilizábamos determinada postura seguro que engendrábamos un varón. Es lo que se hace en todas partes: la primera noche que los esposos pasan juntos, se permite toda suerte de comentarios soeces. Yo les seguía la corriente, pese a que cada vez estaba más nerviosa.

Llevaba varias horas en Tongkou. Ya era noche cerrada. En la calle los vecinos bebían, comían, bailaban y se divertían. Volvieron a lanzar petardos para anunciar que todos debían regresar a sus casas. Por fin la señora Wang cerró la puerta de la cámara nupcial y mi esposo y yo nos quedamos a solas.

—Hola —dijo.

—Hola —dije.

—¿Has comido?

—No puedo comer nada hasta dentro de dos días.

—Aquí tienes cacahuetes y dátiles —repuso—. Si quieres comértelos, no se lo diré a nadie.

Negué con la cabeza, y las pequeñas cuentas de mi tocado se agitaron y los dijes de plata tintinearon. Las borlas se separaron y vi que mi esposo miraba hacia abajo. Me estaba mirando los pies. Me ruboricé. Contuve la respiración con la esperanza de que las borlas se quedaran quietas y así él no pudiera ver las emociones reflejadas en mis mejillas. No me moví, y él tampoco. Estaba segura de que seguía examinándome. Lo único que podía hacer era esperar.

Finalmente mi esposo comentó:

—Me han dicho que eres muy hermosa. ¿Es verdad?

—Ayúdame a quitarme el tocado y juzga tú mismo.

Pronuncié esas palabras con más aspereza de la que pretendía, pero mi esposo se limitó a reír. Un instante después dejó el tocado en una mesita. Entonces se dio la vuelta y me miró. Sólo estábamos a un metro el uno del otro. Escudriñó mi rostro, y yo escudriñé el suyo sin disimulo. Lo que la señora Wang y Flor de Nieve me habían dicho acerca de él era verdad. No tenía marcas de viruela ni cicatrices de ninguna clase. No tenía la piel tan curtida como mi padre o mi tío, lo cual indicaba que no pasaba muchas horas trabajando en los campos de su familia. Tenía los pómulos marcados y su barbilla denotaba seguridad, pero no insolencia. Un rebelde mechón de cabello le caía sobre la frente y le daba un aire despreocupado. Sus ojos chispeaban y revelaban buen humor.

Avanzó un paso, me cogió las manos y dijo:

—Me parece que tú y yo podemos ser felices.

¿Acaso podía esperar mejores palabras una muchacha de diecisiete años de la etnia yao? Al igual que mi esposo, yo adivinaba un esplendoroso futuro para nosotros. Esa noche, él siguió todas las tradiciones; me quitó los zapatos de boda y me puso las zapatillas rojas de dormir. Yo estaba tan acostumbrada a las suaves caricias de Flor de Nieve que no sabría describir cómo me sentí cuando me cogió los pies; sólo puedo decir que encontré ese acto mucho más íntimo que lo que vino después. Yo no sabía qué estaba haciendo, pero él tampoco. Sólo intenté imaginar qué habría hecho Flor de Nieve si hubiera sido ella, no yo, la que hubiera estado debajo de aquel hombre.

・ ・ ・

El segundo día de la boda me levanté temprano. Dejé a mi esposo durmiendo y salí de la cámara nupcial. Estaba muy angustiada desde que había leído la carta de Flor de Nieve, pero no podía hacer nada: ni durante la boda, ni la noche anterior ni ahora. Debía tratar de seguir los ritos hasta que volviera a ver a mi *laotong*, pero resultaba muy difícil porque estaba hambrienta, agotada y dolorida. Tenía los pies cansados, porque en los días pasados había caminado mucho. También me dolía en otro sitio, pero intenté olvidarme de todo eso mientras iba hacia la cocina, donde había una criada de unos diez años acuclillada, al parecer esperándome. Era mi criada particular; nadie me había hablado de eso. En Puwei nadie tenía sirvientes, pero me di cuenta de que aquella niña lo era porque no le habían vendado los pies. Se llamaba Yonggang, que significa «valiente y fuerte como el hierro». (Pronto comprobaría que la niña hacía honor a su nombre.) Ya había encendido el fuego en un brasero y llevado agua a la cocina; lo único que yo debía hacer era calentarla y llevársela a mis suegros para que se lavaran la cara. También preparé té para todos los habitantes de la casa y, cuando fueron a la cocina, se lo serví sin derramar ni una sola gota.

Al cabo de unas horas mis suegros enviaron más carne de cerdo y dulces a mi familia. Los Lu celebraron un gran banquete en el templo de los antepasados, otro festín en el que no me estaba permitido comer. Mi esposo y yo nos inclinamos ante el Cielo y la Tierra, ante mis suegros y ante los antepasados de la familia Lu. Luego recorrimos el templo inclinando la cabeza ante todas las personas que eran mayores que nosotros. Ellas, a su vez, nos dieron dinero envuelto en papel rojo. Después... volvimos a la cámara nupcial.

El siguiente día, el tercero de la boda, es el que todas las novias esperan, porque es entonces cuando se leen los libros nupciales del tercer día que han compuesto su familia y sus amigas. Pero yo sólo pensaba en Flor de Nieve y que por fin la vería en aquella celebración.

Llegaron Hermana Mayor y la esposa de Hermano Mayor portando los libros y comida que por fin pude comer. Muchas mujeres de Tongkou se unieron a las de la familia de mi esposo para leer aquellos textos, pero no aparecieron ni Flor de Nieve ni su madre. Yo no lo entendía. Me sentía muy dolida... y me asustaba la ausencia de mi alma gemela. Estaba en el que se considera el más alegre de los ritos nupciales, pero no podía disfrutarlo.

Mis *sanzhaoshu* contenían los consabidos versos acerca de la tristeza de mi familia ahora que no viviría con ella. Al mismo tiempo, ensalzaban mis virtudes y repetían frases como: «Nos gustaría convencer a esa noble familia de que espere unos cuantos años antes de llevarte.» O bien: «Es triste que ahora estemos separadas.» Además, rogaban a mis suegros que fueran indulgentes y me enseñaran las costumbres de su familia con paciencia. El *sanzhaoshu* de Flor de Nieve también era tal como yo esperaba, e incorporaba el amor que ella sentía por los pájaros. Empezaba así: «El fénix se une a la gallina dorada, una unión celestial.» Hasta mi *laotong* había escrito frases estereotipadas.

La verdad

En circunstancias normales el cuarto día después de la boda yo habría regresado a Puwei, con mi familia, pero tenía planeado desde hacía tiempo ir primero a casa de Flor de Nieve para pasar con ella el mes del rito de Sentarse y Cantar en la Habitación de Arriba. Ahora que estaba a punto de volver a verla, estaba más nerviosa que nunca. Estrené uno de mis trajes de diario: una túnica de seda verde claro y unos pantalones con un bordado de tallos de bambú. Quería causar buena impresión no sólo a cualquiera con quien me cruzara por Tongkou, sino también a la familia de Flor de Nieve, sobre la que tanto había oído hablar en los últimos años. Yonggang, la criada, me guió por los callejones de Tongkou. La niña llevaba en una cesta mi ropa, mi hilo de bordar, mi tela y el libro del tercer día que yo había compuesto para Flor de Nieve. Era una suerte que Yonggang me hiciera de guía, y sin embargo su compañía me molestaba. La criada era una de las muchas novedades a las que tendría que acostumbrarme.

Tongkou era mucho mayor y próspero que Puwei. Los callejones estaban limpios y no había gallinas, patos ni cerdos correteando a su antojo. Nos detuvimos ante una casa que era tal como Flor de Nieve la había descrito: de dos plantas, tranquila y elegante. Yo acababa de llegar a ese pueblo y no conocía sus costumbres, pero algo funcionaba exactamente igual que en Puwei: no gritamos desde la calle ni llamamos a la puerta para anunciar nuestra llegada, sino que Yonggang se limitó a abrirla y entró en la casa de Flor de Nieve.

La seguí y de inmediato me asaltó un extraño hedor, en el que un repugnante olor dulzón se mezclaba con el de excrementos y carne podrida. No sabía de dónde procedía, pero me pareció humano. Se me revolvió el estómago, pero aún me trastornó más lo que vieron mis ojos.

La sala principal era mucho más amplia que la de mi casa natal, pero con bastantes menos muebles. Vi una mesa, pero ninguna silla; vi una balaustrada tallada que conducía a la habitación de las mujeres. Aparte de esos pocos elementos —de una calidad muy superior a la de cualquier mueble de mi hogar—, no había nada. Ni siquiera chimenea. Estábamos a finales de otoño y hacía frío. Además, la habitación se veía sucia y con restos de comida por el suelo. Había varias puertas que debían de conducir a los dormitorios.

El interior de la vivienda no sólo no era lo que cualquier transeúnte habría esperado encontrar tras ver la fachada, sino que no se parecía en nada a como Flor de Nieve me lo había descrito. Sin duda me había equivocado de casa.

Cerca del techo había varias ventanas, todas cegadas, excepto una por la que entraba un solo haz de luz que atravesaba la oscuridad. Cuando mi vista se acostumbró a la penumbra, vi a una mujer acuclillada junto a una palangana. Llevaba la ropa sucia y raída, como una modesta campesina. Cuando nuestras miradas se encontraron, se apresuró a desviar la vista. Cabizbaja, se levantó y se colocó bajo el haz de luz. Tenía un hermoso cutis, pálido y terso como la porcelana. Juntó los dedos de las manos e hizo una inclinación.

—Bienvenida, Lirio Blanco, bienvenida. —Hablaba en voz baja, pero no por deferencia a mi recién adquirida

168

posición, sino más bien con miedo—. Espera aquí. Voy a buscar a Flor de Nieve.

Me quedé pasmada. Así pues, no me había equivocado, me encontraba en la casa de mi *laotong*. ¿Cómo era posible? Cuando la mujer cruzó la sala en dirección a la escalera, vi que sus lotos dorados eran casi tan pequeños como los míos, algo asombroso tratándose de una sirvienta.

Agucé el oído. Oí a la mujer hablar con alguien en el piso de arriba y, a continuación, algo a lo que me costó dar crédito: la voz de Flor de Nieve, con tono obstinado y discutidor. Me sentía cada vez más consternada. Por lo demás, en la casa reinaba un silencio inquietante. Y en medio de ese silencio noté que me acechaba algo parecido a un espíritu maligno del más allá. Todo mi cuerpo reaccionó para defenderse de esa sensación. Se me puso carne de gallina. Temblaba dentro de mi traje de seda verde claro, que me había puesto para impresionar a los padres de Flor de Nieve, pero que no me protegía del húmedo viento que entraba por la ventana ni del miedo que me producía hallarme en un lugar tan extraño, oscuro, hediondo y aterrador.

Flor de Nieve apareció en lo alto de la escalera.

—Sube —dijo.

Me quedé paralizada, tratando de asimilar lo que veían mis ojos. De pronto algo me tocó la manga y di un respingo.

—No creo que a mi amo le guste que te deje aquí —dijo Yonggang con gesto de preocupación.

—Tu amo sabe dónde estoy —repuse sin pensar.

—Lirio Blanco. —La voz de Flor de Nieve traslucía una triste desesperación que jamás había percibido en ella.

En ese momento acudió a mi mente un recuerdo reciente. Mi madre me había dicho que, como mujer, no siempre podría evitar la indignidad y que tenía que ser valiente. «Te has comprometido de por vida —me había dicho—. Sé la dama que te hemos enseñado a ser.» Comprendí que no se refería al trato carnal con mi esposo, sino a esto. Flor de Nieve era mi alma gemela para toda la vida. Yo le profesaba un amor mayor y más profundo que el que jamás sentiría por mi esposo. Ése era el verdadero significado de la relación de dos *laotong*.

Di un paso y Yonggang emitió un débil gemido. Yo no sabía qué hacer, porque nunca había tenido criadas. Le di unas palmaditas en el hombro, vacilante.

—Vete. —Adopté el tono que suponía utilizaban las señoras, aunque no sabía exactamente cómo era—. No pasa nada.

—Si por algún motivo tienes que marcharte, sal a la calle y pide ayuda —me aconsejó Yonggang, que estaba muy preocupada—. Aquí todo el mundo conoce a mi amo y a la señora Lu. Cualquiera te acompañará hasta la casa de tus suegros.

Le quité la cesta de las manos. Como seguía sin moverse, le indiqué por señas que se marchara. Ella dejó escapar un suspiro de resignación, hizo una pequeña reverencia, caminó de espaldas hasta la puerta, se dio la vuelta y salió.

Subí por la escalera, sujetando la cesta con una mano. Cuando me acerqué a Flor de Nieve, vi que las lágrimas resbalaban por sus mejillas. Mi *laotong*, al igual que la otra mujer, llevaba prendas acolchadas de color gris, gastadas y remendadas. Me paré un escalón antes del rellano.

—Nada ha cambiado —dije—. Somos almas gemelas.

Ella me dio la mano, me ayudó a subir el último peldaño y me condujo a la habitación de las mujeres. En otros tiempos aquella estancia también debía de haber sido muy bonita. Parecía tres veces más amplia que la equivalente de mi casa natal. En lugar de una celosía con barrotes verticales, cubría la ventana una pantalla de madera delicadamente tallada. Por lo demás, la habitación estaba casi vacía;

sólo había una rueca y una cama. La hermosa mujer a la que yo había visto abajo estaba sentada con elegancia en el borde de la cama, con las manos pulcramente entrelazadas sobre el regazo.

—Lirio Blanco —dijo Flor de Nieve—, te presento a mi madre.

Crucé la estancia, junté las manos y me incliné ante la mujer que había traído al mundo a mi *laotong*.

—Te ruego que disculpes nuestra pobreza —dijo la madre de Flor de Nieve—. Sólo puedo ofrecerte té. —Se levantó y añadió—: Tenéis mucho que contaros. —Dicho esto, abandonó la habitación con la sublime elegancia que proporciona un vendado de pies perfecto.

Cuatro días atrás, cuando salí de mi casa natal, yo había llorado de pena, alegría y miedo, todo a la vez. Ahora, sentada con Flor de Nieve en la cama de aquella habitación, vi en sus mejillas lágrimas de remordimiento, culpabilidad, vergüenza y turbación. Deseaba gritarle: «¡Cuéntame!», pero esperé a que ella hablara y me dijera la verdad, consciente de que cada palabra que saliera de sus labios le haría perder el poco prestigio que todavía conservaba.

—Mucho antes de que nos conociéramos —dijo por fin—, mi familia era una de las mejores del condado. Como ves —añadió señalando la estancia—, esta casa fue hermosa en otros tiempos. Éramos una familia muy próspera. Mi bisabuelo, el funcionario imperial, recibió muchos *mou* del emperador.

Yo la escuchaba atentamente, y mi mente no paraba.

—Cuando murió el emperador, mi bisabuelo cayó en desgracia y decidió retirarse aquí. Llevaba una vida tranquila. Cuando falleció, mi abuelo ocupó su lugar. Tenía muchos trabajadores y muchas criadas. También tenía tres concubinas, pero sólo le dieron hijas. Mi abuela tuvo por fin un hijo varón y se aseguró su lugar en la familia. Casaron a ese hijo con mi madre. Dicen que mi madre era como

Hu Yuxiu, aquella mujer tan inteligente y adorable que sedujo a un emperador. Mi padre no era funcionario imperial, pero había estudiado los clásicos. Decían que un día sería el jefe de Tongkou, y mi madre así lo creía. También había quien vaticinaba un futuro diferente. Mis abuelos reconocían en mi padre la debilidad propia de los varones que crecen en una casa llena de hermanas y con demasiadas concubinas, mientras mi tía sospechaba que era cobarde y propenso a los vicios.

Flor de Nieve tenía la mirada perdida mientras rememoraba el pasado.

—Mis abuelos murieron dos años después de mi nacimiento —continuó—. Mi familia lo tenía todo: ropa lujosa, comida en abundancia, criados. Mi padre me llevaba de viaje; mi madre me llevaba al templo de Gupo. De niña vi y aprendí muchas cosas. Pero mi padre tenía que ocuparse de las tres concubinas de mi abuelo y casar a sus cuatro hermanas y a sus cinco hermanastras, las hijas de las concubinas. Además tenía que proporcionar trabajo, alimento y cobijo a los trabajadores del campo y a las criadas. Concertó la boda de sus hermanas y sus hermanastras. Intentó demostrar a todos que era un hombre importante. Cada vez hacía regalos más caros a las familias de los novios. Empezó a vender campos al gran terrateniente del oeste de nuestra provincia para comprar más seda y más cerdos con que obsequiar a los novios. Mi madre es una mujer muy hermosa, ya lo has visto, pero por dentro es como era yo antes de conocerte: mimada e ignorante de las tareas de las mujeres, con excepción del bordado y el *nu shu*. Y entonces mi padre... —Vaciló un momento, y soltó de corrido—: Mi padre se aficionó a la pipa.

Recordé el día que la señora Gao nos había incomodado hablando de la familia de Flor de Nieve. Había mencionado el juego y las concubinas, pero también había comentado que el padre se había aficionado a la pipa. Entonces yo

172

tenía nueve años y pensé que se refería a que fumaba demasiado tabaco. Ahora comprendí no sólo que el padre de mi *laotong* había caído en las garras del opio, sino que todas las mujeres que se encontraban en la habitación de arriba aquel día, salvo yo, sabían muy bien de qué hablaba la señora Gao. Mi madre lo sabía, mi tía lo sabía, la señora Wang lo sabía. Todas lo sabían y se habían puesto de acuerdo para que yo no me enterara.

—¿Tu padre todavía vive? —pregunté tímidamente. Lo lógico era pensar que si hubiera fallecido, mi alma gemela me lo habría dicho, pero, puesto que me había contado tantas mentiras, también podía haberme engañado en eso.

Ella asintió con la cabeza.

—¿Está abajo? —inquirí, pensando en el extraño y desagradable olor que impregnaba la sala principal.

No respondió. Se limitó a arquear las cejas, y yo interpreté ese gesto como una afirmación.

—La situación empeoró con la hambruna —prosiguió—. ¿Lo recuerdas? Tú y yo todavía no nos conocíamos, pero hubo una mala cosecha, seguida de un invierno extremadamente crudo.

¿Cómo podría haberlo olvidado? En aquella época, en mi casa sólo comimos gachas de arroz con nabos secos. Mi madre administraba las provisiones con prudencia, mi padre y mi tío apenas probaban bocado, y todos habíamos sobrevivido.

—Mi padre no estaba preparado para algo así —admitió Flor de Nieve—. Fumaba su pipa y se olvidaba de nosotros. Un día, sus concubinas se marcharon. Quizá regresaron a sus hogares natales. O murieron en la nieve. No se supo más de ellas. Cuando llegó la primavera, sólo mis padres, mis dos hermanos, mis dos hermanas y yo vivíamos en la casa. De puertas afuera todavía llevábamos una vida elegante, pero en realidad los acreedores empezaban a visitarnos con regularidad. Mi padre vendió más campos. Al final sólo nos quedó la casa. Pero a él le importaba más su pipa que su familia. Antes de empeñar los muebles (no te imaginas lo bonitos que eran, Lirio Blanco), se le ocurrió venderme a mí.

—¿Como criada? ¡No!

—Peor aún. Como falsa nuera.

Aquello era, a mi juicio, la pesadilla más espantosa de toda niña: que no le vendaran los pies, que la criaran unos desconocidos tan inmorales que no les importaba no tener una nuera auténtica, y que la trataran peor que a una criada. Yo era bastante mayor para comprender que las falsas nueras se convertían en meros objetos que cualquier varón de la casa podía utilizar para satisfacer sus apetitos sexuales.

—Fue la hermana de mi madre quien nos salvó —prosiguió—. Cuando tú y yo nos hicimos *laotong*, buscó una unión pasable para mi hermana mayor. Mi hermana ya nunca viene aquí. Después mi tía colocó a mi hermano mayor de aprendiz en Shangjiangxu. Ahora mi hermano pequeño trabaja en los campos para la familia de tu esposo. Mi hermana pequeña murió, ya lo sabes...

A mí no me interesaba la vida de unas personas a las que no conocía y sobre las que sólo había oído contar mentiras.

—Y a ti ¿qué te pasó?

—Mi tía cambió mi futuro con tijeras, tela y alumbre. Mi padre se opuso, pero ya conoces a tía Wang. ¿Quién se atreve a decirle que no una vez que ha tomado una decisión?

—¿Tía Wang? ¿Te refieres a nuestra tía Wang, la casamentera?

—Es la hermana de mi madre.

Me llevé los dedos a las sienes. El día que conocí a Flor de Nieve y fuimos juntas al templo de Gupo, ella se había dirigido a la casamentera llamándola tiíta. Yo pensé que lo hacía por cortesía y respeto, y con el tiempo me acostumbré a llamarla también así. Ahora me sentí muy necia.

—No me lo habías dicho.

—¿Lo de tía Wang? Eso es lo único que creía que sabías.

«Lo único que creía que sabías.» Intenté asimilar esas palabras.

—Tía Wang había adivinado cómo era mi padre —continuó Flor de Nieve—. Sabía que era un hombre débil. A mí también me conocía bien. Sabía que no me gustaba obedecer, que no prestaba atención, que era una inútil en el arte de las labores domésticas, pero que mi madre podía enseñarme a bordar, a vestirme, a comportarme delante de un hombre, a dominar nuestra escritura secreta. Mi tía no es una mujer como las demás; es una casamentera y por tanto tiene mentalidad de comerciante. Comprendía lo que nos esperaba a mi familia y a mí. Empezó a buscarme una *laotong* con objeto de que esa relación difundiera por el condado la idea de que yo era una muchacha educada, fiel, obediente...

—Y digna de una buena boda —concluí. Eso también podía aplicarse a mí.

—Buscó por todo el condado, viajó hasta mucho más allá de su territorio, hasta que el adivino le habló de ti. Cuando te conoció, decidió unir mi destino al tuyo.

—No lo entiendo.

Flor de Nieve sonrió con tristeza.

—Tú ibas hacia arriba; yo, hacia abajo. Cuando nos conocimos, yo no sabía nada. Se suponía que tenía que aprender de ti.

—Pero si fuiste tú quien me lo enseñó todo a mí. Siempre has bordado mejor que yo. Y dominabas el *nu shu* a la perfección. Me enseñaste a vivir en una familia distinguida...

—Y tú me enseñaste a sacar agua del pozo, lavar la ropa, cocinar y limpiar la casa. He intentado enseñar a mi madre, pero ella está anclada en el pasado.

Yo ya había comprendido que la madre de Flor de Nieve se resistía a olvidar un pasado que nunca podría recuperar, pero tras oír a mi *laotong* contar la historia de su familia pensé que también ella veía las cosas a través del feliz velo de la memoria. Había convivido con mi alma gemela muchos años y sabía que ella concebía el reino interior de las mujeres como un lugar hermoso y libre de preocupaciones. Quizá Flor de Nieve pensaba que se obraría algún milagro y que las cosas volverían a ser como antes.

—Aprendí de ti todo cuanto necesitaba saber para afrontar mi nueva vida —prosiguió—, aunque nunca he limpiado tan bien como tú.

Cierto, nunca me había superado en eso. Yo siempre había pensado que ése era su recurso para no ver la modestia con que vivíamos, pero entonces me di cuenta de que para ella era más fácil deslizarse por el aire, por encima de las nubes, que admitir la indignidad que tenía ante los ojos.

—Pero tu casa es mucho más grande y difícil de limpiar que la mía, y tú sólo eras una niña en tus años de cabello recogido —argumenté para hacerla sentir mejor—. Tú tenías...

—Una madre que no podía ayudarme, un padre adicto al opio y unos hermanos y hermanas que se marchaban uno tras otro.

—Pero vas a casarte...

De pronto me acordé del último día que la señora Gao entró en mi casa, cuando fue a la habitación de arriba y yo presencié su discusión con la señora Wang. ¿Qué había dicho del compromiso matrimonial de Flor de Nieve? Intenté recordar lo que sabía acerca del acuerdo, pero Flor de Nieve casi nunca hablaba de su futuro esposo ni nos enseñaba los regalos que le enviaba su futura familia política. Sí, habíamos visto algunas piezas de seda y algodón en que estaba trabajando, pero ella siempre decía que no eran nada especial, sólo prendas de diario que bordaba para sí.

En mi mente empezó a formarse una idea aterradora: Flor de Nieve iba a casarse con el hijo de una familia muy humilde. Sólo faltaba por saber cuán humilde era.

Creo que ella adivinó mis pensamientos, porque dijo:

—Mi tía hizo cuanto pudo por mí. Mi futuro esposo no es un campesino.

El comentario me dolió un poco, porque mi padre era un campesino.

—Entonces, ¿qué es? ¿Comerciante? —Era un oficio deshonroso, sí, pero quizá con esa unión la vida de Flor de Nieve podría mejorar.

—Me casaré con un hombre de Jintian, como dijo tía Wang, pero la familia de mi esposo... —Vaciló otra vez y por fin dijo—: Son carniceros.

Waaa! ¡No podía haber un matrimonio peor! El esposo de Flor de Nieve debía de tener dinero, pero se ganaba el sustento con una actividad impura y repugnante. Recordé todo lo que habíamos hecho durante el último mes, mientras preparábamos mi boda. Sobre todo recordé que la señora Wang había permanecido al lado de Flor de Nieve, ofreciéndole consuelo y apaciguándola. Entonces me vino a la memoria el día en que la casamentera nos contó «La historia de la esposa Wang» y comprendí, con gran pesar, que esa historia no iba dirigida a mí, sino a Flor de Nieve.

No sabía qué decir. Había oído retazos de la verdad desde los nueve años, pero había decidido no creerla ni admitirla. Ahora pensaba: «¿Acaso no es mi deber procurar que mi *laotong* sea feliz? ¿Conseguir que olvide esos problemas? ¿Hacerle creer que todo irá bien?»

La abracé.

—Al menos nunca pasarás hambre —dije, aunque con el tiempo descubriría que en esto me equivocaba—. A una mujer pueden ocurrirle cosas mucho peores —añadí, pues no lograba imaginar nada peor.

Apoyó la cara sobre mi hombro y rompió a llorar. Al cabo de un rato me apartó con brusquedad. Tenía los ojos anegados en lágrimas, pero no vi tristeza en ellos, sino una intensa rabia.

—¡No quiero que me compadezcas!

No era compasión lo que yo sentía, sino tristeza y desconcierto. La carta que mi alma gemela me había escrito me había impedido disfrutar de mi boda. Su ausencia durante el rito de la lectura de los libros del tercer día me había herido profundamente. Y ahora, esto. Bajo la perplejidad fermentaba la sensación de que Flor de Nieve me había traicionado. Habíamos pasado muchas noches juntas, y sin embargo nunca me había contado la verdad. ¿Por qué? ¿Acaso porque en el fondo era incapaz de aceptar su destino? ¿Porque, como siempre se evadía de todo, creía que podría evadirse de la realidad? ¿Acaso creía de verdad que nuestros pies dejarían de tocar el suelo y nuestros corazones volarían como los pájaros? ¿O quizá me había ocultado la verdad con la intención de guardar las apariencias, creyendo que este día nunca llegaría?

Tal vez debí enfadarme con ella por haberme mentido, pero no era enojo lo que sentía. Creía que me había correspondido un futuro especial y eso me había vuelto tan egocéntrica que me había impedido ver lo que tenía delante. ¿Acaso no había sido fallo mío, como *laotong*, no plantearle las preguntas pertinentes acerca de su pasado y su futuro?

Yo sólo tenía diecisiete años. Había pasado los diez últimos sin salir apenas de la habitación, rodeada de mujeres que veían un futuro concreto para mí. Lo mismo podía decirse de los hombres de la casa. Sin embargo, de todas esas personas —mi madre, mi tía, mi padre, mi tío, la señora Gao, la señora Wang e incluso Flor de Nieve—, la única a quien podía culpar era mi madre. La señora Wang quizá la engañara al principio, pero más adelante mi madre había descubierto la verdad y decidido ocultármela. Lo que yo pensaba de ella se mezclaba con la súbita revelación de que sus esporádicas muestras de afecto, que ahora veía como parte del engaño, no habían sido más que una forma de mantenerme en el buen camino para lograr una boda que beneficiara a toda mi familia.

Me sentía absolutamente confundida, y creo que mi confusión fue uno de los factores que desencadenaron los sucesos posteriores. No entendía lo que me ocurría. No sabía qué era lo que de verdad importaba. No era más que una niña ignorante que creía saber algo porque se había casado. No sabía cómo resolver la situación, así que lo enterré todo en lo más hondo de mí. Pero mis sentimientos no desaparecieron, no podían desaparecer. Era como si hubiera comido carne de un cerdo enfermo y ésta hubiera empezado a envenenarme poco a poco.

Todavía no me había convertido en la señora Lu a la que hoy día todos respetan por su elegancia, compasión y poder. Sin embargo, tan pronto entré en la casa de Flor de Nieve sentí algo nuevo en mi interior. Pensad otra vez en ese trozo de carne de cerdo enfermo y entenderéis a qué me refiero. Tenía que fingir que no estaba enferma ni infectada, de modo que me apliqué con tesón a esa tarea. Quería honrar a la familia de mi esposo siendo caritativa y bondadosa con las personas que se hallaban en peor situación. No sabía cómo hacerlo, por supuesto, porque eso no estaba en mi naturaleza.

Flor de Nieve debía casarse al cabo de un mes, de modo que ayudé a ella y a su madre a limpiar la casa. Quería que estuviera presentable cuando llegaran los emisarios del novio, pero no había forma de hacer desaparecer el hedor que impregnaba las habitaciones. Aquel repugnante olor dulzón procedía del opio que fumaba el padre de Flor de Nieve. Y los otros malos olores, como ya habréis deducido, los despedían sus excrementos. Ni quemando incienso o vinagre, ni abriendo las ventanas incluso en aquellos fríos meses, lográbamos disimular la inmundicia de aquel hombre y de sus hábitos.

Pronto aprendí cómo era la vida en aquella casa, con dos mujeres aterrorizadas por un hombre que no salía de su habitación de la planta baja. Las oía hablar en voz baja y encogerse de miedo cuando él las llamaba. También vi a aquel hombre, tumbado sobre su propia suciedad. Pese a ser pobre, era arrogante e irascible como un niño malcriado. En otros tiempos debía de maltratar a su esposa e hija, pero ahora no era más que un drogadicto aturdido, al que era mejor dejar solo con su vicio.

Intenté ocultar mis emociones. En aquella casa ya se habían vertido suficientes lágrimas; sólo faltaba que yo me pusiera a llorar. Pedí a Flor de Nieve que me enseñara los regalos que le había enviado la familia del carnicero. Pensaba que quizá no sería tan mala al fin y al cabo. Había visto las piezas de seda en que trabajaba mi *laotong*. Debía de ser una familia más o menos próspera, aunque fuera espiritualmente impura.

Abrió un baúl de madera y fue depositando con delicadeza todas sus labores sobre la cama. Vi los zapatos de seda azul celeste con las nubes bordadas que había terminado el día que murió Luna Hermosa. Vi una túnica que tenía esa misma seda en la parte delantera. A continuación sacó cinco pares de zapatos de tallas diferentes confeccionados con la misma tela, pero con otros bordados. De pronto comprendí que Flor de Nieve había hecho todo aquello con la túnica que llevaba el día que nos conocimos.

Examiné otras prendas del ajuar. Allí estaba la tela azul lavanda con ribete blanco del traje de viaje que llevaba cuando tenía nueve años; con ella había confeccionado camisas y zapatos. También vi el tejido añil y blanco, mi favorito, del que había cortado tiras que luego había cosido a túnicas, tocados, cinturones y adornos para las colchas. Flor de Nieve había recibido poquísimos regalos de su familia política, pero había aprovechado la tela de sus prendas viejas para confeccionar un insólito ajuar.

—Serás una excelente esposa —dije, admirada de lo que mi alma gemela había conseguido hacer.

Ella rió por primera vez. Yo siempre había adorado el sonido de su risa, aguda y seductora. Reí con ella, porque todo aquello... superaba cualquier cosa que hubiera podido imaginar, superaba todo lo bueno y lo malo del universo. La situación en que se encontraba era terrible y trágica, extraña y sorprendente a la vez.

—Tus cosas...

—Ni siquiera son mías —aclaró Flor de Nieve después de respirar hondo—. Mi madre me hacía ropa con lo que quedaba de su ajuar para que la llevara cuando iba a visitarte. Ahora he vuelto a utilizarla para presentarme ante mi esposo y mis suegros.

¡Claro! Entonces recordé haber pensado que cierto bordado era demasiado sofisticado para ser obra de una niña tan pequeña, o haber cortado algún hilo suelto de su puño cuando ella no miraba. ¡Qué ingenua había sido! Me ruboricé, me llevé las manos a las mejillas y reí aún con más ganas.

—¿Crees que mi suegra lo notará? —preguntó Flor de Nieve.

—Si yo no lo noté, no creo que... —La risa no me dejó terminar la frase.

Quizá sólo las niñas y las mujeres le vean la gracia. Se nos considera completamente inútiles. Aunque nuestra familia natal nos quiera, somos una carga para ella. Cuando nos casamos, nos presentamos ante un hombre al que jamás hemos visto, nos acostamos con él y nos sometemos a las exigencias de nuestras suegras. Si tenemos suerte, engendramos hijos varones y aseguramos nuestra posición en la casa de nuestro esposo. Si no, nos enfrentamos al desprecio de nuestra suegra, a las burlas de las concubinas de nuestro marido y a la cara de decepción de nuestras hijas. Recurrimos a artimañas femeninas —de las que las niñas de diecisiete años no saben casi nada—, pero eso es lo único que podemos hacer para alterar nuestro destino. Vivimos para satisfacer los caprichos y placeres de los demás, y por eso lo que habían hecho Flor de Nieve y su madre era casi inconcebible. Habían recuperado la tela que en su día la familia de Flor de Nieve enviara a su madre como regalo de boda, la tela con que ésta había confeccionado el ajuar de una elegante doncella y que más tarde había utilizado de nuevo para vestir a su hermosa hija; ahora habían vuelto a retocarla para anunciar las virtudes de una joven que iba a casarse con un impuro carnicero. Todo aquello era obra de mujeres —obra que los hombres consideran meramente decorativa— y se servían de ella para cambiar el curso de sus vidas.

No obstante, hacía falta mucho más. Flor de Nieve tenía que presentarse en su nuevo hogar con ropa suficiente para vestirse durante muchos años y de momento tenía muy pocas prendas. Me puse a pensar qué podíamos hacer en el mes que nos quedaba.

Cuando llegó la señora Wang para el rito de Sentarse y Cantar en la Habitación de Arriba de Flor de Nieve, me la llevé a un rincón y le supliqué que fuera a mi casa natal.

—Necesito ciertas cosas… —dije.

Aquella mujer siempre había sido muy crítica conmigo. Además, había mentido, no a mi familia sino a mí. Nunca me había inspirado mucha simpatía, pero hizo lo que le pedí porque, al fin y al cabo, ahora yo gozaba de una posición superior a la suya. Volvió de mi casa al cabo de varias horas con dos cestas; una contenía mis golosinas de boda, unos trozos de carne de cerdo que mis suegros me habían regalado y hortalizas del huerto, y la otra, la tela que yo tenía pensado cortar cuando regresara al hogar paterno. Nunca olvidaré cómo se comió aquella carne la madre de Flor de Nieve. Le habían enseñado a comportarse como una dama y, pese a lo hambrienta que estaba, no se lanzó sobre la comida como habría hecho cualquiera de mi familia, sino que desprendía pequeños trozos de carne con los palillos y se los llevaba con delicadeza a la boca. Su contención y compostura me enseñaron algo que siempre he tenido presente: aunque esté desesperada, debo conducirme en todo momento como una mujer educada.

Todavía no había terminado con la señora Wang.

—Necesitamos muchachas para el rito de Sentarse y Cantar —dije—. ¿Puedes traer a la hermana mayor de Flor de Nieve?

—No. Sus suegros no la dejarán volver a esta casa.

Traté de digerirlo. Jamás había oído que semejante cosa fuera posible.

—Pues necesitamos muchachas —insistí.

—No vendrá nadie, Lirio Blanco —me confió la señora Wang—. Mi cuñado tiene muy mala reputación. Ninguna familia permitirá que una niña soltera traspase este umbral. Quizá tu madre y tu tía, que ya conocen la situación...

—¡No!

Todavía no estaba preparada para verlas, y a Flor de Nieve no le serviría de nada su compasión. Lo que necesitaba mi *laotong* era la compañía de muchachas desconocidas.

Yo tenía algunas monedas que me habían regalado por mi boda. Deslicé unas pocas en la mano de la señora Wang y dije:

—No vuelvas hasta que hayas encontrado a tres muchachas. Paga a sus padres la cantidad que consideres oportuna. Diles que yo me hago responsable de sus hijas.

Estaba convencida de que, como esposa de la mejor familia de Tongkou, podría conseguir lo que quisiera, y sin embargo lo que estaba haciendo era muy arriesgado, porque mis suegros no tenían ni idea de que utilizaba su posición de ese modo. No obstante, la señora Wang evaluó la situación. Ella necesitaba seguir haciendo negocios en Tongkou y estaba a punto de cosechar los frutos de haberme introducido en la familia Lu. No quería poner en peligro su posición, pero ya se había saltado muchas normas para beneficiar a su sobrina. Al final resolvió mentalmente la ecuación, asintió con la cabeza y se marchó.

Al día siguiente regresó con tres crías, hijas de unos campesinos que trabajaban para mi suegro. Dicho de otro modo: eran niñas como yo, pero que no habían disfrutado de mis ventajas.

Fue un mes agotador. Enseñé a cantar a las niñas. Las ayudé a buscar palabras bonitas para describir a Flor de Nieve —a quien no conocían de nada— en sus libros del tercer día. Si no sabían un carácter, yo se lo escribía. Si se dedicaban a perder el tiempo cuando debían confeccionar las colchas, las llevaba aparte y les susurraba que sus padres las castigarían si no realizaban bien las tareas para las que las habían contratado.

¿Recordáis cómo se sentía mi hermana mayor durante los ritos nupciales? Estaba muy triste por tener que marcharse de su casa natal, pero todos consideraban que iba a hacer una buena boda. Las canciones que entonó no eran ni demasiado trágicas ni demasiado alegres, y reflejaban lo que iba ser su futuro. Por mi parte, había tenido sentimientos encontrados acerca de mi matrimonio. También estaba triste por tener que abandonar mi casa natal, pero al mismo tiempo me sentía emocionada porque mi vida iba a cambiar para mejor. En mis canciones había elogiado a mis padres por haberme criado y les había dado las gracias por lo mucho que habían trabajado por mí. El futuro de Flor de Nieve, en cambio, se vislumbraba sombrío. Era algo que nadie podía negar ni cambiar, de modo que nuestras canciones estaban impregnadas de melancolía.

—Madre —cantó Flor de Nieve un día—, padre no me plantó en una colina soleada. Viviré para siempre en la sombra.

Y su madre contestó:

—Ciertamente, es como plantar una flor hermosa en un muladar.

Las tres niñas y yo no podíamos sino estar de acuerdo, y alzamos nuestras voces al unísono para repetir ambas frases. Así es como hacíamos las cosas: con sentimiento, pero a la manera tradicional.

Hacía cada vez más frío. Un día, vino el hermano menor de Flor de Nieve y tapó las celosías con papel, aunque eso no impidió que la humedad siguiera entrando en la casa. Teníamos los dedos rígidos y enrojecidos a causa del frío. Las tres niñas campesinas no se atrevían a quejarse. Como no podíamos continuar de aquella manera, propuse que nos trasladáramos a la cocina, donde podríamos calentarnos junto al brasero. La señora Wang y la madre de Flor de Nieve se plegaron a mi deseo, demostrando una vez más que yo tenía poder.

El libro del tercer día que había escrito para Flor de Nieve tiempo atrás estaba lleno de espléndidas predicciones acerca de su futuro, pero aquellas frases ya no eran pertinentes. Empecé de nuevo. Corté un trozo de tela añil para confeccionar las tapas, entre las que coloqué varias hojas de papel de arroz que cosí con hilo blanco. En las esquinas de la primera hoja pegué recortes de papel rojo. En las primeras páginas escribiría mi canción de despedida; en las siguientes presentaría a mi *laotong* a su nueva familia, y las últimas las dejaría en blanco para que ella escribiera lo que quisiera y guardara las muestras de sus bordados. Molí tinta en el tintero de piedra y cogí el pincel. Dibujé los trazos de nuestra escritura secreta con gran esmero. No debía permitir que mi mano, tan temblorosa a causa de las emociones de aquellos días, estropeara los sentimientos que pretendía expresar.

Transcurridos los treinta días, empezó el Día de los Lamentos. Flor de Nieve se quedó en el piso de arriba. Su madre se sentó en el cuarto peldaño de la escalera que conducía a la habitación de las mujeres. Nosotras ya teníamos preparadas las canciones. Pese a la amenaza de la ira del padre de Flor de Nieve ante cualquier ruido, elevé la voz para cantar mis sentimientos y mis consejos.

—Una buena mujer no debe aborrecer los defectos de su esposo —canté, recordando «La historia de la esposa Wang»—. Ayuda a mejorar a tu familia. Sirve y obedece a tu marido.

La madre y la tía de Flor de Nieve cantaron:

—Para ser buenas hijas, debemos obedecer. —Al oír sus voces nadie habría puesto en duda la devoción y el afecto que se profesaban—. Debemos recogernos en la habitación de arriba, ser castas, mostrarnos recatadas y perfeccionar las artes de las mujeres. Para ser buenas hijas, debemos abandonar el hogar. Ése es nuestro destino. Cuando nos vamos a la casa de nuestro esposo, se abren ante nosotras nuevos mundos, a veces mejores y a veces peores.

—Disfrutamos juntas de los felices años de hija —recordé a Flor de Nieve—. Pasó el tiempo y nunca nos separamos. Ahora seguiremos juntas. —Evocando los primeros mensajes intercambiados en nuestro abanico y lo escrito en nuestro contrato de *laotong*, añadí—: Seguiremos habládonos al oído. Seguiremos eligiendo nuestros colores, enhebrando nuestras agujas y bordando juntas.

Flor de Nieve apareció en lo alto de la escalera y su voz llegó hasta mí.

—Creía que volaríamos juntas como dos aves fénix, eternamente. Ahora soy como una criatura muerta que yace en el fondo de un estanque. Dices que seguiremos juntas, como antes. Te creo. Sin embargo, el umbral de mi casa nunca podrá compararse con el tuyo.

Bajó despacio por la escalera y se sentó junto a su madre. Creíamos que la veríamos llorar, pero no derramó ni una lágrima. Entrelazó un brazo en el de su madre y escuchó con educación cómo las niñas del pueblo entonaban sus lamentos. La observé sin entender su aparente falta de emoción, cuando hasta yo, que había estado muy contenta porque iba a hacer una buena boda, había llorado en aquella ceremonia. ¿Acaso abrigaba sentimientos encontrados, como me había ocurrido a mí? Sin duda echaría de menos a su madre, pero ¿echaría de menos a aquel despreciable padre o añoraría despertar cada mañana en una casa vacía que le recordaba la desgracia de su familia? Casarse con un carnicero era terrible, pero ¿era peor que la vida que había llevado hasta entonces? Además, Flor de Nieve había nacido bajo el signo del caballo, como yo. Sus ansias de libertad y aventuras eran tan fuertes como las mías. Sin embargo, aunque éramos almas gemelas, nacidas bajo el signo del caballo, yo siempre tenía los pies en el suelo y era realista, fiel y obediente, mientras que su caballo tenía alas que querían elevarla por el aire y luchar contra cualquier cosa que pudiera frenarla, pese a tener una mente que perseguía la belleza y el refinamiento.

Dos días más tarde, llegó la silla de flores de mi *laotong*. Tampoco esta vez lloró ni se rebeló contra lo inevitable. Se entretuvo un momento con el pequeño grupo de mujeres que se habían congregado y luego subió al palanquín, escasamente decorado. Las tres niñas a las que yo había contratado ni siquiera esperaron a que hubiera doblado la esquina para marcharse. La madre de Flor de Nieve entró en la casa y yo me quedé sola con la señora Wang.

—Pensarás que soy una vieja despreciable —dijo ésta—, pero debes saber que nunca mentí a tu madre ni a tu tía. Pocas veces se le presenta a una mujer la oportunidad de cambiar su destino o el de otra persona, pero...

Levanté una mano para impedir que enumerara sus excusas, porque lo que yo necesitaba saber era otra cosa.

—Durante los años que fuiste a mi casa para examinarme los pies...

—¿Quieres saber si es verdad que eras especial?

Asentí. Ella me miró con fijeza.

—No es fácil encontrar una *laotong* —admitió—. Tenía a varios adivinos recorriendo el condado en busca de alguien a quien pudiera unir con mi sobrina. Por supuesto, habría preferido a alguien de una familia más próspera, pero el adivino Hu te encontró a ti. Tus ocho caracteres encajan con los de mi sobrina. Aunque no hubiera sido así, él habría venido igualmente a mí porque, sí, tus pies eran muy especiales. Tu suerte estaba destinada a cambiar, tanto si te convertías en la *laotong* de mi sobrina como si no. Ahora espero que su destino haya cambiado también gracias a su relación contigo. Dije muchas mentiras para que Flor de Nieve tuviera una vida mejor. Nunca te pediré perdón por eso.

Contemplé el pintarrajeado rostro de la señora Wang mientras sopesaba sus palabras. Quería odiarla, pero no podía. Ella había hecho todo lo posible por la persona a quien yo más quería en el mundo.

· · ·

Como la hermana mayor de Flor de Nieve no podía entregar los libros del tercer día, fui yo en su lugar. Mi familia natal me envió un palanquín y no tardé en llegar a Jintian. No había adornos ni estridentes sonidos de una banda nupcial que hicieran sospechar que ese día sucedía algo especial en el pueblo. Me bajé del palanquín en un callejón de tierra, delante de una casa con el tejado bajo y un montón de leña arrimado a la pared. A la derecha de la puerta había algo que parecía un gigantesco *wok* empotrado en una plataforma de ladrillos.

A mi llegada debería haberse celebrado un banquete. No lo hubo. Las mujeres más importantes del pueblo deberían haber salido a recibirme. Lo hicieron, pero la tosquedad de su dialecto, pese a que sólo estaban a unos pocos *li* de Tongkou, concordaba con el desagradable carácter de la gente de Jintian.

Cuando llegó el momento de leer los *sanzhaoshu*, me condujeron a la sala principal. A primera vista la casa se parecía a aquella donde yo había nacido. De la viga central colgaban pimientos puestos a secar. Las paredes eran de ladrillo basto y no estaban pintadas. Yo confiaba en que el parecido con mi hogar se reflejara también en sus moradores. Aquel día no conocí al esposo de Flor de Nieve, pero sí a su suegra, y he de decir que era una mujer muy malcarada. Tenía los ojos muy juntos y los labios delgados que caracterizan a las personas de mentalidad cerrada y espíritu mezquino.

Flor de Nieve entró en la sala, se sentó en un taburete junto a sus libros del tercer día y esperó en silencio. Yo tenía la impresión de que había cambiado al casarme, pero ella estaba igual que siempre. Las mujeres de Jintian se apiñaron alrededor de los *sanzhaoshu* y empezaron a toquetearlos con sus sucias manos. Hablaban entre sí de las puntadas de los bordes y de los recortes de papel, pero ninguna hizo ni un solo comentario acerca de la calidad de la caligrafía ni de los sentimientos expresados. Al cabo de unos minutos tomaron asiento.

La suegra de Flor de Nieve se dirigió hacia un banco. No le habían vendado los pies tan mal como a mi madre, pero tenía unos andares extraños, que revelaban su baja extracción social aún mejor que los sonidos guturales que salían de su boca. Se sentó, miró con desdén a su nueva nuera y a continuación posó su severa mirada en mí.

—Tengo entendido que te has casado con el hijo de la familia Lu. Tienes mucha suerte. —Sus palabras eran educadas, pero por la forma en que las pronunció parecía que yo me hubiera bañado en estiércol—. Dicen que mi nuera y tú domináis el *nu shu*. Las mujeres de nuestro pueblo no practican ese pasatiempo. Sabemos leerlo, pero nos gusta más oírlo.

No la creí. Esa mujer era como mi madre: no sabía *nu shu*. Recorrí la habitación con la mirada evaluando a las otras mujeres. No habían hecho ningún comentario sobre la caligrafía porque seguramente no sabían nada de ella.

—No necesitamos ocultar nuestros pensamientos en unos garabatos escritos sobre papel —prosiguió la suegra de Flor de Nieve—. Todas estas vecinas saben cómo pienso. —La frase fue recibida con unas risitas nerviosas. La mujer levantó tres dedos para mandar callar a sus amigas—. Nos haría gracia oírte leer los sanzhaoshu de mi nuera. Será interesante saber lo que una muchacha venida de una casa importante de Tongkou tiene que decir acerca de mi nuera.

Todas las palabras que pronunciaba eran despectivas. Yo reaccioné como lo haría cualquier muchacha de diecisiete años. Cogí el libro del tercer día que había escrito la madre de Flor de Nieve y lo abrí. Recordé su refinada voz e intenté imitarla cuando leí:

—«Presento esta carta a tu noble familia tres días después de tu boda. Soy tu madre y llevamos tres días separadas. La desgracia golpeó a nuestra familia, y ahora tú te has casado y te has ido a un pueblo difícil donde la vida es dura.» —A continuación, siguiendo la tradición de los libros del tercer día, la madre de Flor de Nieve se dirigía a la nueva familia de su hija—. «Espero que seáis compasivos con el modesto ajuar de mi hija. Todas sus prendas son sencillas. No os burléis de ella, por favor.» —El texto continuaba refiriendo la mala suerte que había tenido la familia de Flor de Nieve, su pérdida de posición social y la pobreza en que vivían, pero mis ojos pasaron por encima de los caracteres escritos como si no existieran, e improvisé—: A una mujer honrada como nuestra Flor de Nieve le corresponde una buena casa. Merece una familia decente.

Dejé el libro. La habitación estaba en silencio. Entonces cogí mi libro del tercer día y lo abrí. Busqué con la mirada a la suegra de mi *laotong*. Quería que supiera que mi alma gemela siempre tendría en mí a una protectora. Luego, mirando a Flor de Nieve, canté:

—«Somos dos niñas que se han casado y se han marchado de su casa natal, pero nuestros corazones siempre permanecerán unidos. Tú bajas y yo subo. Tu familia sacrifica animales. La mía es la mejor del condado. Estás tan cerca de mí como mi propio corazón. Nuestros futuros están unidos. Somos como un puente sobre un ancho río. Caminamos juntas.» —Quería que la suegra de Flor de Nieve me oyera y entendiera mis palabras, pero ella me miraba con desconfianza, los delgados labios apretados en una mueca de desagrado.

Cuando hube terminado de leer, añadí estas palabras:

—No expreses tu tristeza cuando otras personas puedan verte. No dejes que tus ojos viertan lágrimas. No des a la gente maleducada motivos para reírse de ti ni de tu familia. Obedece las normas. Borra las arrugas de tu frente. Seremos almas gemelas para siempre.

Flor de Nieve y yo no tuvimos ocasión de hablar. Me condujeron a mi palanquín y regresé a mi casa natal. Cuando me quedé sola, saqué nuestro abanico de su envoltorio y lo abrí. Ya había tres pliegues llenos de frases que conmemoraban momentos que para nosotras habían sido especiales. Era lógico, porque habíamos vivido más de una tercera parte de lo que en nuestro condado se consideraba una larga vida. Repasé todos aquellos momentos. Cuánta felicidad. Cuánta tristeza. Cuánta intimidad.

Busqué la última anotación de Flor de Nieve, concerniente a mi boda con el hijo de la familia Lu. Preparé tinta y saqué mi pincel más fino. Debajo de las frases con que ella me deseaba buena suerte, dibujé con sumo cuidado nuevos trazos: «Un fénix vuela por encima de un gallo. Siente el viento contra su cuerpo. Nada lo atará a la tierra.» Solo entonces, tras haber escrito esas palabras, me permití por fin pensar en la realidad del destino de mi *laotong*. En la guirnalda del borde superior pinté una flor marchita de la que goteaban pequeñas lágrimas. Esperé a que se secara la tinta.

Entonces cerré el abanico.

El templo de Gupo

Cuando regresé a mi casa natal, mis padres se alegraron de verme. Y aún se alegraron más al ver los dulces enviados por mis suegros. Pero, si he de ser sincera, yo no me alegré de verlos a ellos. Me habían mentido durante diez años y en mi interior hervían emociones despreciables. Ya no era la niña pequeña cuyos sentimientos desagradables se llevaba el agua del río. Quería acusar a mi familia, pero por mi propio bien debía observar las normas de la devoción filial. Así pues, me rebelaba con discreción, aislándome emocional y físicamente.

Al principio mi familia no pareció reparar en mi cambio de actitud. Ellos se comportaban como siempre y yo hacía cuanto podía para rechazar sus tentativas de acercamiento. Mi madre quiso examinarme las partes íntimas, pero me negué alegando vergüenza. Mi tía me preguntó cómo lo había pasado en la cama con mi esposo, pero le di la espalda fingiendo timidez. Mi padre intentó cogerme la mano, pero le insinué que esas muestras de cariño no eran apropiadas para una mujer casada. Hermano Mayor buscaba mi compañía para compartir conmigo risas e historias, pero le dije que para eso ya tenía a su esposa. Hermano Segundo me miraba y guardaba las distancias; yo me limitaba a indicarle con recato que cuando se casara lo entendería. Sólo mi tío, con su mirada de desconcierto y su nerviosismo, me inspiraba cierta simpatía, pero tampoco le dije nada. Hacía mis labores. Trabajaba en silencio en la habitación de arriba. Me mostraba educada. Me mordía la lengua, porque todos ellos, excepto mi hermano menor, eran mayores que yo. Pese a ser una mujer casada, no estaba en posición de acusarlos de nada.

Sin embargo, no podía seguir actuando así mucho tiempo sin despertar sospechas. Para mi madre, mi comportamiento, pese a ser cortés en todo momento, era inaceptable. En aquella pequeña casa convivían varias personas y no estaba bien que yo llenara tanto espacio de lo que ella consideraba mi mezquindad.

Llevaba cinco días en mi casa natal cuando mi madre pidió a mi tía que bajara a buscar té. En cuanto nos quedamos solas, vino hacia mí, apoyó el bastón contra la mesa a la que yo estaba sentada, me agarró por el brazo y me hincó las uñas en la carne.

—¿Qué te pasa? ¿Te crees mejor que el resto de nosotros? —susurró con rabia—. ¿Te crees superior porque te has acostado con el hijo de un cacique?

Levanté la cabeza y la miré a los ojos. Nunca le había faltado al respeto, pero esa vez no disimulé la ira que sentía. Me sostuvo la mirada, creyendo que la dureza de su expresión me amilanaría, pero yo no me arredré. Entonces, con un rápido movimiento, me soltó el brazo, tomó impulso y me dio una fuerte bofetada. Volví la cabeza y luego la miré de nuevo a los ojos, y mi madre se sintió aún más ofendida.

—Deshonras esta casa con tu comportamiento —afirmó—. Eres una vergüenza.

—Una vergüenza —musité, a sabiendas de que mi madre se enfurecería aún más.

Entonces la agarré por el brazo y tiré de ella hacia abajo para que su cara y la mía quedaran a la misma altura. Su bastón cayó al suelo con estrépito.

—¿Estás bien, hermana? —preguntó mi tía desde el piso de abajo.

—Sí, trae el té cuando esté listo —respondió mi madre adoptando un tono desenfadado.

Las emociones que rugían en mi interior hacían que me temblara todo el cuerpo. Mi madre se dio cuenta y sonrió. Le clavé las uñas en el brazo, tal como ella me había hecho a mí. Bajé la voz para decir:

—Eres una mentirosa. Me habéis engañado. ¿Creíais que no descubriría la verdad acerca de Flor de Nieve?

—No te dijimos nada por piedad hacia ella —gimió—. Queremos mucho a Flor de Nieve. Ella era feliz aquí. ¿Por qué habríamos tenido que cambiar la opinión que tenías de ella?

—Si hubiera sabido la verdad, nada habría cambiado. Flor de Nieve es mi *laotong*.

Mi madre compuso un gesto porfiado y cambió de táctica.

—Todo cuanto hicimos fue por tu propio bien.

Le hinqué las uñas aún más fuerte.

—Querrás decir por vuestro propio bien.

Yo era consciente del dolor físico que le estaba causando, pero mi madre no dio muestras de ello, sino que adoptó una expresión amable y suplicante. Yo sabía que intentaría justificarse, pero jamás habría podido imaginar la excusa que me presentó.

—Tu relación con Flor de Nieve y la perfección de tus pies os garantizaban una buena boda a ti y a tu prima. Luna Hermosa merecía ser feliz.

Me indignó que desviara la conversación del tema que a mí me preocupaba, pero mantuve la compostura.

—Luna Hermosa murió hace dos años —dije con voz ronca—. Flor de Nieve vino a esta casa hace diez años. Y tú nunca encontraste el momento de hablarme de sus circunstancias.

—Luna Hermosa…

—¡No estamos hablando de Luna Hermosa!

—Tú la llevaste fuera. Si no lo hubieras hecho, ella seguiría con vida. Destrozaste el corazón a tu tía.

Debería haber supuesto que mi madre, como buen mono, tergiversaría los hechos. Aun así, la acusación era demasiado cruel. Pero ¿qué podía hacer yo? Era una buena hija. Dependía de mi familia hasta que quedara encinta y me marchara definitivamente a la casa de mi esposo. ¿Cómo una muchacha nacida bajo el signo del caballo iba a ganar la batalla contra un artero mono?

Mi madre debió de darse cuenta de que tenía ventaja, porque añadió:

—Si fueras una hija decente, me agradecerías…

—¿Qué debería agradecerte?

—Te he dado la vida que yo no pude tener por culpa de estos pies —afirmó señalando sus deformes extremidades—. Te vendé los pies y ahora has recibido la recompensa.

Sus palabras me transportaron a las largas horas de sufrimiento, cuando ella solía repetirme una versión de aquella promesa. Me di cuenta, horrorizada, de que durante aquellos espantosos días mi madre no me había demostrado su amor maternal. En realidad, el dolor que me había infligido tenía que ver con su egoísmo, sus deseos y sus necesidades.

Sentía una rabia y una decepción insoportables.

—Nunca volveré a esperar de ti la menor muestra de bondad —le espeté, y le solté el brazo con una mueca de asco—. Pero recuerda esto: me educaste para que algún día llegara a tener poder para controlar lo que ocurre en esta familia. Seré una mujer buena y caritativa, pero no creas que olvidaré lo que me has hecho.

Mi madre se agachó, recogió su bastón y se apoyó en él.

—Me compadezco de la familia Lu. El día que te marches de esta casa será el más feliz de mi vida. Hasta entonces, no vuelvas a comportarte como una estúpida.

—¿O si no qué? ¿No me darás de comer?

Mi madre me miró como si yo fuera una desconocida. Luego dio media vuelta y fue renqueando hasta su silla. Cuando llegó mi tía con el té, no dijimos nada.

Así fue como quedaron las cosas. Yo me mostré más amable con los demás: mis hermanos, mi tía, mi tío y mi padre. Quería borrar por completo a mi madre de mi vida, pero mis circunstancias me lo impedían. Tenía que permanecer en mi casa natal hasta que me quedara embarazada y estuviera a punto de dar a luz. E incluso cuando me instalara en el hogar de mi esposo, la tradición me obligaría a volver con mi familia varias veces al año. Con todo, intentaba mantener una distancia emocional con mi madre (aunque pasábamos muchos días en la misma habitación) comportándome como si hubiera madurado y ya no necesitara su cariño. Era la primera vez que lo hacía —en apariencia cumplía las tradiciones y las normas, liberaba mis emociones brevemente y luego me aferraba a mi resentimiento como un pulpo a una roca—, y la verdad es que funcionaba. Mi familia aceptó mi conducta, y yo seguí pareciendo una buena hija. Más tarde volvería a hacer algo similar, aunque por motivos muy diferentes y con resultados desastrosos.

Tenía más estima que nunca a Flor de Nieve. Nos escribíamos a menudo y la señora Wang hacía de correo. A mí me preocupaban sus circunstancias (si su suegra era amable con ella, cómo la trataba su esposo en la cama y si la situación había empeorado en su casa natal), y ella temía que yo no la quisiera como antes. Nos habría gustado vernos, pero ya no teníamos el pretexto de trabajar en nuestros ajuares para reunirnos y sólo se nos permitía salir para las visitas conyugales.

Yo pasaba cuatro o cinco noches al año en la casa de mi esposo. Cada vez que me marchaba del hogar paterno, las mujeres de mi familia lloraban por mí. Siempre me llevaba comida, pues mis suegros no me alimentarían hasta que fuera a vivir definitivamente con ellos. Cada vez que iba a Tongkou, me animaba el trato que allí recibía. Cuando volvía a mi casa natal, las emociones de mi familia eran agridulces, porque cada noche que pasaba lejos de ellos me hacía parecer más valiosa y les recordaba que pronto los abandonaría para siempre.

Con cada viaje me volvía más atrevida. Miraba por la ventanilla del palanquín hasta que llegué a conocer bien el trayecto. El camino solía estar lleno de barro y baches. Estaba bordeado de arrozales y algún que otro campo de taro. En las afueras de Tongkou, un pino se retorcía sobre el sendero, como si saludara a los viajeros. Un poco más allá, a la izquierda, estaba el estanque del pueblo. El río Xiao serpenteaba detrás de mí. Enfrente, tal como había descrito Flor de Nieve, Tongkou se acurrucaba en los brazos de las colinas.

Cuando los porteadores me dejaban ante la entrada principal de Tongkou, los adoquines que yo pisaba formaban un intrincado dibujo que imitaba las escamas de los peces. Esa zona tenía forma de herradura, con el pabellón donde se descascarillaba el arroz a la derecha y un establo a la izquierda. Los pilares de la puerta, decorados con tallas pintadas, sostenían un ornado tejado con aleros que se elevaban hacia el cielo. En las paredes había frescos que representaban escenas de la vida de los inmortales. El umbral era alto, para indicar a los visitantes que Tongkou era el pueblo más importante del condado. Un par de bloques de ónice adornados con peces saltarines flanqueaban la puerta y ayudaban a desmontar a los visitantes que llegaban a caballo.

Detrás del umbral estaba el patio principal de Tongkou, amplio y acogedor, cubierto por una cúpula de ocho lados, tallada y pintada, que tenía un *feng shui* perfecto. Si traspasaba la puerta secundaria que había a la derecha, llegaba al salón principal de Tongkou, que se utilizaba para recibir a los visitantes comunes y para celebrar pequeñas reuniones. Más allá estaba el templo de los antepasados, que servía para acoger a los emisarios y a los funcionarios imperiales, así como para las celebraciones importantes, como las bodas. Los edificios más humildes, algunos de madera, se apiñaban detrás.

La casa de mis suegros se alzaba al otro lado de la puerta secundaria de la derecha. Todas las viviendas de esa zona eran majestuosas, pero la de mis suegros era particularmente bonita. Incluso ahora me alegro de vivir aquí. Es de ladrillo, de dos plantas, con la fachada enyesada. Bajo los aleros exteriores hay pinturas de hermosas doncellas y apuestos hombres estudiando, tocando instrumentos, practicando caligrafía, repasando las cuentas. Ésas son las cosas que siempre se han hecho en esta casa, de modo que esas pinturas ofrecen a los transeúntes información sobre el carácter de sus moradores y sobre cómo emplean su tiempo. Las paredes interiores están revestidas de las nobles maderas de nuestras colinas, y las habitaciones, ricamente ornamentadas con columnas, celosías y barandillas labradas.

Cuando llegué por primera vez, la sala principal estaba prácticamente igual que ahora: los muebles eran elegantes; el suelo, de madera; el aire entraba por las altas ventanas, y la escalera subía por la pared oriental hasta un balcón de madera decorado con una cenefa de rombos. En aquella época mis suegros dormían en la habitación más amplia de la parte trasera, en la planta baja. Cada uno de mis cuñados tenía su propia habitación alrededor de la sala principal. Al cabo de un tiempo sus esposas vinieron a vivir con ellos. Si no les daban hijos varones, acababan trasladándose a otras dependencias y las concubinas o las falsas nueras ocupaban su lugar en la cama de mis cuñados.

Durante mis visitas dedicaba las noches a tener trato carnal con mi esposo. Debíamos concebir un hijo varón y nos esforzábamos para lograrlo. Aparte de eso, apenas nos veíamos —él pasaba el día con su padre, y yo, con su madre—, pero con el tiempo acabamos conociéndonos mejor y eso hacía que nuestros empeños nocturnos resultaran más llevaderos.

Como ocurre en la mayoría de los matrimonios, la persona con la que era más importante que yo estableciera una relación era mi suegra. Enseguida comprobé que la señora Lu era una mujer muy convencional, tal como me había dicho Flor de Nieve. Me observaba con atención mientras yo realizaba las mismas tareas que hacía en mi casa natal: preparar el té y el desayuno, lavar la ropa de vestir y las sábanas, preparar la comida, coser, bordar y tejer por la tarde, y por último preparar la cena. Mi suegra me corregía y me daba órdenes continuamente. «Corta el melón en dados más pequeños —me decía mientras yo preparaba la sopa de melón—. Eso parece la comida de los cerdos.» O bien: «Tengo la menstruación y he manchado las sábanas. Frótalas bien hasta que queden limpias.» Cuando veía la comida que yo había traído de mi casa, la olfateaba y decía: «La próxima vez, trae algo que no huela tanto. Los olores de tu comida quitan el apetito a mi esposo y a mis hijos.» Cuando terminaba la visita, me enviaban de nuevo a mi casa natal sin darme las gracias ni decirme adiós.

Eso resume más o menos cómo era la vida que llevaba: ni muy mala ni muy buena, sino normal. La señora Lu era comprensiva; yo era obediente y me esforzaba por aprender. Dicho de otro modo, ambas sabíamos qué se esperaba de nosotras y hacíamos todo lo posible por cumplir con nuestras obligaciones. Por ejemplo, a los dos días del primer Año Nuevo después de mi boda, mi suegra invitó a todas las muchachas solteras de Tongkou y a todas las muchachas que, como yo, se habían casado con hombres del pueblo, y les ofreció té y golosinas. Se mostró educada y elegante. Cuando se marcharon, salimos con ellas. Ese día visitamos cinco casas y conocí a cinco nuevas nueras. Si no hubiera sido la *laotong* de Flor de Nieve, quizá habría escudriñado sus rostros tratando de adivinar cuál de ellas querría formar conmigo una hermandad de mujeres casadas.

La primera vez que Flor de Nieve y yo volvimos a encontrarnos fue el día de nuestra visita anual al templo de Gupo. Creeréis que teníamos mucho que contarnos, pero ambas estábamos muy apagadas. Atribuí su tristeza al arrepentimiento por haberme mentido durante tantos años y a su pobre boda. No obstante, yo también me sentía incómoda. No sabía cómo explicarle mis sentimientos hacia mi madre sin recordarle que ella también me había engañado. Por si aquellos secretos no bastaran para dificultar el diálogo, ahora además teníamos esposos y hacíamos con ellos cosas de las que nos avergonzábamos. Ya era bastante desagradable que nuestros suegros escucharan detrás de la puerta o que nuestras suegras examinaran las sábanas por la mañana. Sin embargo, Flor de Nieve y yo teníamos que hablar de algo, y parecía más seguro conversar acerca de nuestro deber de quedarnos embarazadas que ahondar en aquellos otros asuntos espinosos.

Empezamos a hablar con sutileza de los elementos fundamentales que debían coincidir para que concibiéramos un hijo y sobre si nuestros esposos obedecían o no esos rituales. Todo el mundo sabe que el cuerpo humano es un trasunto en miniatura del universo: los ojos y las orejas son el sol y la luna, el aliento es el aire, la sangre es la lluvia. A su vez, esos elementos desempeñan un importante papel en el desarrollo de una criatura. Por ese motivo los esposos no deben tener trato carnal cuando llueve sobre el tejado, porque el bebé se sentiría atrapado. Tampoco deben hacerlo durante una tormenta, porque el bebé desarrollaría miedos e instintos de destrucción. Y no deben hacerlo cuando el esposo o la esposa están angustiados, porque ese desasosiego pasaría a la siguiente generación.

—Me han dicho que no hay que tener trato carnal cuando estás muy cansada —comentó Flor de Nieve—, pero creo que mi suegra no lo sabe.

Ella estaba extenuada. A mí me pasaba lo mismo durante las visitas conyugales; acababa agotada de tanto trabajar, de ser educada y de sentirme continuamente observada.

—Ésa es la única norma que mi esposo tampoco respeta —reconocí—. ¿Acaso no han oído decir que un pozo agotado no da agua?

Negamos con la cabeza desaprobando el carácter de nuestras suegras, pero también nos preocupaba la posibilidad de que nuestros hijos no fueran sanos o inteligentes.

—Mi tía me ha dicho cuál es el mejor momento para quedarse embarazada —añadí. Aunque todos sus hijos habían nacido muertos excepto Luna Hermosa, nosotras seguíamos confiando en la experiencia de mi tía en esos asuntos—. Debe haber armonía en tu vida.

—Ya lo sé. —Flor de Nieve suspiró—. Cuando las aguas están tranquilas, el pez respira sin esfuerzo; cuando deja de soplar el viento, el árbol se mantiene firme —recitó.

—Necesitamos una noche tranquila con una luna llena y brillante, que representa la redondez del vientre de una embarazada y la pureza de la madre.

—Y un cielo despejado —apuntó Flor de Nieve—, que indica que el universo está sereno y bien dispuesto.

—Y nosotras y nuestros esposos hemos de estar contentos, porque así la flecha podrá volar hacia su objetivo. Dice mi tía que en esas circunstancias hasta el más mortífero de los insectos sale para aparearse.

—Sé qué circunstancias son las que deben darse —repuso Flor de Nieve, y volvió a suspirar—, pero es difícil que todas ellas coincidan en el tiempo.

—Aun así debemos intentarlo.

Así pues, en nuestra primera visita al templo de Gupo después de nuestra boda, Flor de Nieve y yo hicimos ofrendas y rezamos para que sucedieran todas esas cosas. Sin embargo, pese a haber seguido las normas, no nos quedamos embarazadas. ¿Creéis que es fácil quedarse encinta acostándose con un hombre sólo unas cuantas veces al año? En ocasiones mi esposo estaba tan ansioso que su esencia no llegaba a entrar en mí.

Durante nuestra segunda visita al templo después de habernos casado, las oraciones que rezamos fueron más sentidas, y las ofrendas que hicimos, más generosas. Luego, como de costumbre, fuimos a visitar al vendedor de taro, que nos preparó nuestro postre favorito. A ambas nos encantaba aquel plato, pero ese día ninguna se lo comió a gusto. Comparamos nuestras tácticas e intentamos inventar nuevas estrategias para quedarnos embarazadas.

En los meses siguientes hice cuanto pude por complacer a mi suegra cuando visitaba a la familia Lu. En mi casa natal intentaba mostrarme tan agradable como podía. Pero tanto en un sitio como en el otro me lanzaban miradas que yo interpretaba como amonestaciones por mi infecundidad. Un par de meses después la señora Wang me trajo una carta de Flor de Nieve. Esperé a que la casamentera se hubiera marchado y entonces desdoblé la hoja. Mi *laotong* había escrito en *nu shu*:

*Estoy embarazada. Vomito todos los días. Mi madre
dice que eso significa que el bebé está cómodo dentro
de mi cuerpo. Espero que sea un varón. Deseo que lo
mismo te ocurra a ti.*

No podía creer que Flor de Nieve se me hubiera ade-
lantado. Mi posición social era más elevada que la suya y
daba por hecho que me quedaría embarazada antes que
ella. Me sentí tan humillada que no comuniqué la buena
noticia a mi madre ni a mi tía. Sabía cómo reaccionarían:
mi madre me criticaría y mi tía se alegraría demasiado por
Flor de Nieve.

La siguiente vez que visité a mi esposo y tuvimos trato carnal, lo rodeé con las piernas y los brazos y lo retuve
sobre mí hasta que se quedó dormido con el miembro flá-
cido dentro de mí. Permanecí largo rato despierta, respirando acompasadamente, pensando en la luna llena que
brillaba en el cielo y aguzando el oído por si oía moverse
el bambú detrás de nuestra ventana. Por la mañana él se
había apartado de mí y dormía tumbado de costado. Yo
sabía qué debía hacer. Metí una mano bajo la colcha y le
sujeté el miembro hasta que se endureció. Cuando me pareció que mi esposo estaba a punto de abrir los ojos, retiré
la mano y cerré los míos. Dejé que volviera a poseerme y,
cuando se levantó y vistió para iniciar su jornada, yo me
quedé inmóvil. Oímos a su madre en la cocina, empezan-
do a realizar las tareas que me correspondían. Mi esposo
me miró una sola vez, como advirtiéndome de que me
atuviera a las consecuencias si no me levantaba pronto y
me ponía a trabajar. No me gritó ni me pegó, como habrían hecho otros esposos, sino que salió de la habitación
sin despedirse de mí. Un momento después oí las voces
apagadas de mi marido y su madre en la cocina. Nadie
vino a buscarme. Cuando por fin me levanté, me vestí y
entré en la cocina, mi suegra me sonrió feliz y Yonggang

y las otras muchachas intercambiaron miradas de complicidad.

Dos semanas más tarde, cuando volvía a estar en mi cama, en el hogar paterno, me desperté con la sensación de que los fantasmas de zorro sacudían la casa. Conseguí llegar hasta el orinal, medio lleno, y vomité. Mi tía entró en la habitación, se arrodilló a mi lado y me secó el sudor de la cara con el dorso de la mano.

—Ahora sí nos vas a abandonar —dijo, y por primera vez desde hacía mucho tiempo la gran cueva de su boca se abrió y dibujó una amplia sonrisa.

Esa tarde, me senté, cogí tinta y pincel y escribí una carta a mi *laotong*. «Cuando este año nos veamos en el templo de Gupo, ambas estaremos redondas como la luna.»

Como imaginaréis, mi madre fue tan estricta conmigo durante aquellos meses como lo había sido durante el vendado de mis pies. Supongo que sólo pensaba en todo lo que podía salir mal. «No subas por las colinas —me advertía, como si alguna vez me hubiera estado permitido hacerlo—. No pases por un puente estrecho, no te sostengas sobre una sola pierna, no mires los eclipses, no te bañes en agua caliente.» No había ningún peligro de que yo hiciera nada de eso; en cambio, las restricciones en la alimentación eran otro asunto. En nuestro condado estamos orgullosos de nuestros platos, muy condimentados, pero no me dejaban comer nada aderezado con ajo, pimientos o pimienta, porque esos ingredientes podían retrasar la expulsión de la placenta. Tampoco me permitían comer cordero, que podía perjudicar la salud del niño, ni pescado con escamas, porque podía provocar un parto difícil. Me prohibían cualquier alimento que fuera demasiado salado, demasiado amargo, demasiado dulce, demasiado ácido o demasiado picante, de modo que no podía comer judías negras fermentadas, melón amargo, crema de almendras, sopa con especias ni nada que fuera remotamente sabroso. Me alimentaba de sopas insípidas, verduras salteadas con arroz y té. Yo aceptaba esas limitaciones, consciente de que mi valía dependía enteramente del niño que crecía dentro de mí.

Mi esposo y mis suegros estaban encantados, por supuesto, y empezaron a prepararse para mi llegada. Mi hijo nacería a finales del séptimo mes lunar. Yo iría al templo de Gupo con motivo de la fiesta anual para suplicar a la diosa que me concediera un varón, y luego continuaría el viaje hasta Tongkou. Mis suegros estaban de acuerdo en que realizara ese peregrinaje (habrían hecho cualquier cosa por asegurarse un heredero), con la condición de que pasara la noche en una posada y no me cansara en exceso. Vino a recogerme un palanquín que había enviado la familia de mi esposo. Me planté ante el umbral de mi casa natal y acepté las lágrimas y los abrazos de todos. A continuación subí al palanquín y los porteadores se pusieron en marcha. Sabía que en los años venideros regresaría a mi pueblo natal para la Fiesta de la Brisa, la de los Fantasmas, la de los Pájaros y la de la Cata, así como cualquier otra celebración que pudiera haber en mi familia natal. No se trataba de una despedida definitiva, era sólo temporal, como lo había sido para Hermana Mayor.

Flor de Nieve, que estaba más avanzada en su embarazo, ya vivía en Jintian, de modo que pasé a recogerla. Tenía el vientre tan abultado que me extrañó que su nueva familia le permitiera viajar, aunque fuera para rogar a la diosa que le concediera un hijo varón. Era gracioso vernos mientras intentábamos abrazarnos con aquellos vientres enormes y sin parar de reír. Ella estaba más hermosa que nunca y emanaba una sincera felicidad.

Flor de Nieve no paró de hablar durante todo el trayecto; me contó los cambios que había experimentado su cuerpo, cómo disfrutaba cuando el bebé se movía en su interior y lo amables que eran todos con ella desde que se había instalado en la casa de su esposo. Acariciaba un trozo de jade blanco que llevaba colgado del cuello para que el bebé tuviera la piel tan clara como esa piedra y no heredara la tez rojiza de su esposo. Yo también llevaba un colgante de jade, pero no para proteger a mi hijo del color de la piel de mi esposo, sino de la mía, pues, aunque pasaba el día entero dentro de casa, la tenía más oscura que mi *laotong*.

En los años anteriores nuestras visitas al templo habían sido muy breves: hacíamos reverencias ante la diosa y tocábamos el suelo con la frente mientras rezábamos. Esa vez, en cambio, entramos orgullosas, sin disimular nuestra redondez, mirando a las otras futuras madres para ver quién estaba más gorda, quién tenía la barriga alta y quién la tenía baja, y al mismo tiempo procurando controlar nuestra mente y nuestra lengua para no transmitir a nuestro hijo ninguna idea innoble.

Avanzamos hacia el altar, donde había un centenar de pares de zapatos de recién nacido. Ambas habíamos escrito poemas en sendos abanicos que íbamos a ofrecer a la diosa. El mío expresaba mis deseos de tener un hijo varón que prolongara el linaje de los Lu y honrara a sus antepasados. Terminaba con estas palabras: «Diosa, tu bondad es una bendición. Vienen muchas mujeres a suplicarte que les des un hijo varón, pero espero que escuches mis ruegos. Por favor, concédeme mi deseo.» Cuando lo redacté me pareció adecuado, pero ahora imaginé qué habría escrito Flor de Nieve en su abanico. Seguro que estaba lleno de palabras cariñosas y memorables decoraciones. Recé para que la diosa no se dejara impresionar demasiado por la ofrenda de Flor de Nieve. «Por favor, escúchame a mí, escúchame a mí, escúchame a mí», suplicaba para mis adentros.

Mi *laotong* y yo dejamos los abanicos en el altar con la mano derecha, mientras con la izquierda cogíamos uno de los pares de zapatos de niño y los escondíamos en una manga de la túnica. Luego salimos rápidamente del templo, confiando en que no nos pillaran. En el condado de Yongming las mujeres que quieren tener un hijo sano roban un par de zapatos del altar de la diosa. Lo hacen sin ningún reparo, pero fingiendo que no quieren que las descubran. Como sabéis, en nuestro dialecto las palabras «zapato» y «niño» se pronuncian igual. Cuando nacen nuestros hijos, llevamos otro par al altar —eso explica que siempre haya zapatos para robar— y hacemos ofrendas para dar las gracias a la diosa.

Salimos del templo y nos dirigimos a la tienda de hilos. Como hacíamos desde hacía doce años, buscamos colores adecuados para elaborar los bordados que habíamos imaginado. Flor de Nieve me mostró una selección de verdes para que yo los examinara. Había verdes tan brillantes como la primavera, pálidos como la hierba marchita, parduscos como las hojas a finales de verano, intensos como el musgo después de la lluvia, apagados como el momento antes de que los amarillos y los rojos del otoño empiecen a adueñarse del paisaje.

—Mañana —dijo Flor de Nieve—, antes de regresar a casa, nos detendremos junto al río. Nos sentaremos y contemplaremos cómo las nubes pasan por el cielo, oiremos cómo el agua acaricia las piedras y bordaremos y cantaremos juntas. Así nuestros hijos nacerán con un gusto elegante y refinado.

La besé en la mejilla. Cuando no estaba con Flor de Nieve, a veces dejaba que mi mente divagara hacia regiones oscuras, pero en ese momento la amaba como siempre la había amado. ¡Cuánto había echado de menos a mi *laotong*!

La visita al templo de Gupo habría quedado incompleta sin una parada en el puesto de taro. El anciano Zuo sonrió exhibiendo sus encías desdentadas cuando nos vio llegar embarazadas. Nos preparó una comida especial, cuidando de seguir todas las normas que exigía nuestra dieta.

Saboreamos cada bocado. Al final nos sirvió nuestro plato preferido, el taro frito cubierto de azúcar caramelizado. Flor de Nieve y yo éramos como dos niñitas risueñas; no parecíamos dos mujeres casadas a punto de dar a luz.

Esa noche, en la posada, después de ponernos las camisas de dormir, Flor de Nieve y yo nos tumbamos en la cama, cara a cara. Era la última noche que pasaríamos juntas antes de ser madres. Habíamos aprendido muchas lecciones sobre lo que debíamos y no debíamos hacer y sobre cómo esas cosas podían afectar a los bebés que estaban a punto de nacer. Si a mi hijo podía afectarle oír palabras vulgares o sentir el roce del jade blanco sobre mi piel, seguro que también podía percibir en su cuerpecito el amor que yo sentía por mi *laotong*.

Flor de Nieve me puso las manos en el vientre. Yo puse las mías sobre el suyo. Estaba acostumbrada a notar las patadas de mi hijo contra mi piel, sobre todo por la noche. Ahora sentí cómo el bebé de Flor de Nieve se movía dentro de ella. No habríamos podido estar más cerca la una de la otra.

—Me alegro de estar contigo —dijo, y pasó un dedo por el sitio donde mi bebé empujaba con un codo o con una rodilla.

—Yo también me alegro.

—Siento a tu hijo. Es fuerte como su madre.

Sus palabras me hicieron sentir llena de orgullo y de vida. Su dedo se detuvo, y una vez más posó sus tibias manos sobre mi vientre.

—Lo querré tanto como te quiero a ti —agregó. Entonces, como solía hacer desde que éramos niñas, me puso una mano en la mejilla y la dejó descansar allí hasta que ambas nos quedamos dormidas.

Faltaban dos semanas para que yo cumpliera veinte años, mi hijo no tardaría en nacer y la vida real estaba a punto de empezar.

Años de arroz y sal

Hijos

Lirio Blanco:

Te escribo como madre.
Mi hijo nació ayer.
Es un varón de pelo negro.
Es largo y delgado.
Todavía no ha terminado mi período de purificación.
Mi esposo y yo dormiremos separados durante cien días.
Te imagino en tu habitación de arriba.
Espero noticias de tu bebé.
Espero que nazca vivo.
Rezo para que la diosa te proteja de cualquier contra-
tiempo.
Estoy deseando verte y saber que estás bien.
Por favor, ven a la Fiesta del Primer Mes.
Verás lo que he escrito sobre mi hijo en nuestro abanico.

Flor de Nieve

Me alegré mucho de que el hijo de Flor de Nieve hubiera nacido sano y esperaba que siguiera gozando de buena salud, porque en nuestro condado mueren muchos niños en sus primeros días de vida. Las mujeres abrigamos la esperanza de que cinco de nuestros vástagos alcancen la edad adulta. Para que eso suceda, tenemos que quedarnos embarazadas cada año o cada dos años. Muchas de esas criaturas mueren durante el embarazo, en el parto o al poco de nacer. Las niñas, frágiles a causa de la mala alimentación y la negligencia de que son víctimas, nunca superan su vulnerabilidad. Las que no mueren jóvenes (por culpa del vendado de los pies, como le ocurrió a mi hermana; al dar a luz, o de trabajar hasta la extenuación sin una alimentación adecuada) sobreviven a sus seres queridos. Los varones recién nacidos, tan valiosos, también mueren con facilidad, pues su cuerpo es demasiado tierno para haber echado raíces y su alma tienta a los fantasmas del más allá. Cuando crecen y se convierten en hombres, corren el riesgo de sufrir infecciones por heridas, de envenenarse, de tener accidentes en los campos y en los caminos, o de que su corazón no soporte la presión que supone cuidar de toda una familia. Por eso hay tantas viudas. Sea como sea, los cinco primeros años de vida son peligrosos tanto para los niños como para las niñas.

No sólo sufría por el hijo de Flor de Nieve, sino también por el bebé que llevaba en mi vientre. Era duro estar asustada y no tener a nadie que me animara ni consolara. Cuando todavía vivía en mi casa natal, mi madre estaba demasiado ocupada imponiéndome opresivas tradiciones y costumbres para ofrecerme consejos prácticos, y mi tía, que había tenido varios hijos muertos, me evitaba para no transmitirme su mala suerte. Ahora que vivía en la casa de mi esposo, no tenía a nadie. Mis suegros y mi marido se preocupaban por el bienestar del niño, por supuesto, pero a nadie parecía preocuparle que yo pudiera morir en el parto de su heredero.

La carta de Flor de Nieve fue como un buen presagio. Si ella había tenido un buen parto, seguro que mi bebé también sobreviviría. Me infundía fuerza saber que, aunque llevábamos una vida nueva, el amor que nos profesábamos no había disminuido. Ese amor se fortaleció cuando nos embarcamos en nuestros años de arroz y sal. A través de nuestras cartas compartiríamos nuestros sinsabores y triunfos, pero, como en todo lo demás, había que seguir ciertas reglas. Como mujeres casadas que habían «caído» en la casa de su esposo, teníamos que abandonar nuestras costumbres infantiles. Escribíamos cartas llenas de tópicos, con frases y expresiones formularias. En parte eso se debía a que éramos unas forasteras en la casa de nuestro esposo y estábamos ocupadas aprendiendo las costumbres de nuestra nueva familia. Y en parte a que no sabíamos quién podía leer nuestras cartas.

Nuestras palabras tenían que ser circunspectas. No podíamos censurar en exceso la vida que llevábamos, lo cual no resultaba fácil porque, por otra parte, la correspondencia de una mujer casada debía incluir las típicas quejas: que éramos dignas de lástima, impotentes, que trabajábamos hasta el agotamiento, que estábamos tristes y añorábamos nuestro hogar natal. Se suponía que teníamos que hablar con franqueza de nuestros sentimientos sin parecer desagradecidas, despreciables o malas hijas. Una nuera que habla abiertamente de la vida que lleva es una vergüenza tanto para su familia natal como para la de su esposo; como ya sabéis, ésa es la razón por la que no me decidí a escribir mi historia hasta que hubieron muerto todos.

Al principio tuve suerte, porque no tenía motivos para quejarme. Cuando se concertó mi compromiso matrimonial, me enteré de que el tío de mi esposo era un *jinshi*, el cargo más elevado de los funcionarios imperiales. Ahora entendí el dicho que había oído de niña («Si un hombre se convierte en funcionario imperial, todos los perros y gatos de su familia van al cielo»). Tío Lu vivía en la capital y había encargado la administración de sus propiedades al señor Lu, mi suegro, que casi todos los días se marchaba de casa antes del amanecer y recorría los terrenos hablando con los campesinos de las cosechas, supervisando proyectos de riego y reuniéndose con otros mayores de Tongkou. La responsabilidad de todo cuanto sucedía en sus tierras recaía sobre sus hombros. Tío Lu gastaba el dinero sin preocuparse por cómo llegaba a sus cofres. Le iban tan bien las cosas que sus dos hermanos menores vivían en sus propias casas, aunque éstas no eran tan lujosas como la nuestra. A menudo venían a cenar a nuestro hogar con sus familias, y sus esposas acudían casi a diario a la habitación de las mujeres. Dicho de otro modo, todos los miembros de la familia de tío Lu —los perros y los gatos, hasta las cinco criadas de grandes pies que compartían una habitación contigua a la cocina— se beneficiaban de su privilegiada posición.

Tío Lu era el amo y estaba por encima de todos, pero yo tenía asegurado mi lugar porque era la primera nuera y había dado a mi esposo su primer hijo varón. Tan pronto nació mi hijo y la comadrona me lo puso en los brazos, me sentí tan feliz que olvidé los dolores del parto, y tan aliviada que dejaron de preocuparme todas las desgracias que todavía podían sucederle. En la casa todos estaban contentos y me expresaron su gratitud de diversas formas. Mi suegra me preparó una sopa especial con licor, jengibre y cacahuetes para ayudar a que me subiera la leche y a que se me redujera el vientre. Mi suegro me envió a través de sus concubinas un trozo de brocado de seda azul para que confeccionara una túnica a su nieto. Mi esposo se sentó a mi lado y habló conmigo.

Por eso aconsejaba a las jóvenes que se casaban con miembros de la familia Lu, y a otras a las que conocí cuando empecé a enseñar *nu shu*, que se dieran prisa y tuvieran un hijo varón cuanto antes. Los hijos varones son la base de la identidad de toda mujer. Son ellos quienes le confieren dignidad, protección y valor económico. Crean el vínculo que las une a su esposo y a sus antepasados. Ése es el único logro que un hombre no puede alcanzar sin ayuda de su esposa. Sólo ella puede garantizar la perpetuación del linaje familiar, que a su vez es el máximo deber de todos los hijos varones. De ese modo, el hombre cumple con su deber filial, mientras los hijos son la suprema gloria de una mujer. Yo lo había conseguido y estaba eufórica.

Flor de Nieve:

Tengo a mi hijo a mi lado.
Todavía no ha terminado mi período de purificación.
Mi esposo me visita por la mañana.
Parece feliz.
Mi hijo me mira con expresión interrogante.
Estoy deseando verte en la Fiesta del Primer Mes.
Por favor, emplea tus mejores palabras para poner
    a mi hijo en nuestro abanico.
Háblame de tu nueva familia.
No veo mucho a mi esposo. ¿Y tú?
Miro por la celosía y veo tu ventana.
Siempre cantas en mi corazón.
Pienso en ti todos los días.

Lirio Blanco

¿Por qué los llaman años de arroz y sal? Porque los pasamos realizando las tareas cotidianas: bordando, tejiendo, cosiendo, remendando, confeccionando zapatos, cocinando, fregando los platos, limpiando la casa, lavando la ropa, manteniendo encendido el brasero y, por la noche, mostrándonos dispuestas a cohabitar con un hombre al que todavía no conocemos bien. También son días dominados por la ansiedad y los afanes de toda madre primeriza. ¿Por qué llora el niño? ¿Tendrá hambre? ¿Toma suficiente leche? ¿Conseguiré que se duerma? ¿Duerme demasiado?

¿Y qué hay de las fiebres, los sarpullidos, las picaduras de insectos, el calor excesivo, el frío extremo, los cólicos, por no mencionar las enfermedades que asolan el país todos los años llevándose a montones de niños, pese a los esfuerzos de los herboristas y sus ofrendas en los altares de las familias, y pese a las lágrimas de las madres? Además de preocuparnos por el bebé al que damos de mamar, hemos de preocuparnos aún más por la verdadera responsabilidad de toda mujer: tener más hijos y asegurar la siguiente generación y las posteriores. Sin embargo, durante las primeras semanas de la vida de mi hijo yo tenía otra preocupación que no guardaba relación con mis deberes de nuera, esposa o madre.

Cuando pregunté a mi suegra si podía invitar a Flor de Nieve a la Fiesta del Primer Mes de mi hijo, me contestó que no. Ese desaire es algo que la gente de nuestro condado considera un terrible insulto. Me quedé muy abatida y desconcertada por su actitud, pero no podía hacerle cambiar de opinión. Ese día se convirtió en uno de los más importantes y alegres de mi vida, y lo pasé sin la compañía de mi *laotong*. La familia Lu acudió al templo de los antepasados para poner el nombre de mi hijo en la pared con los del resto de los miembros de la familia. Entre los invitados y parientes repartieron huevos rojos —símbolo de una vida llena de celebraciones y momentos felices—. Se sirvió un gran banquete con sopa de nido de pájaro, aves que habían estado seis meses en salazón y pato alimentado con vino y cocido con jengibre, ajo y pimientos rojos y verdes picantes. Yo echaba de menos a Flor de Nieve, y más tarde le escribí para contarle todos los detalles de la fiesta, sin pensar que eso le recordaría el terrible desprecio de que había sido víctima. Al parecer encajó bien el desaire que le habíamos hecho, porque me envió un regalo: una túnica y un gorro con bordados y pequeños dijes para mi hijo.

Cuando mi suegra los vio, dijo: «Una madre debe vigilar siempre a quién deja entrar en su vida. La madre de tu hijo no puede juntarse con la esposa de un carnicero. Las mujeres con amor filial crían hijos con amor filial, y nosotros esperamos que cumplas nuestros deseos.»

Al oírle esas palabras comprendí que mis suegros no sólo no querían que Flor de Nieve viniera a la fiesta, sino que no deseaban que volviera a verla. Yo estaba horrorizada, aterrada, y, como acababa de tener el bebé, no paraba de llorar. No sabía qué hacer. Acabaría rebelándome contra mis suegros por esa cuestión, sin darme cuenta de cuán peligroso podía resultar.

Entretanto, Flor de Nieve y yo nos escribíamos furtivamente casi a diario. Yo creía saberlo todo acerca del *nu shu* y estaba convencida de que los hombres no debían tocarlo ni verlo jamás, pero en la casa de los Lu, donde todos los varones dominaban la escritura de los hombres, me di cuenta de que la escritura secreta de las mujeres no era en realidad tan secreta. Entonces comprendí que los hombres de todo el condado debían de conocer el *nu shu*. ¿Cómo no iban a conocerlo? Lo llevaban bordado en los zapatos. Nos veían tejer nuestros mensajes en piezas de tela. Nos oían cantar nuestras canciones y nos veían exhibir nuestros libros del tercer día. Lo que pasaba era que los hombres consideraban que su escritura era muy superior a la nuestra.

Dicen que los hombres tienen el corazón de hierro, mientras que el de las mujeres es de agua. Eso se hace patente en las diferencias entre la escritura de los hombres y las mujeres. La de ellos tiene más de cincuenta mil caracteres, cada uno bien diferenciado, cada uno con profundos significados y matices. La de las mujeres quizá tenga seiscientos, que utilizamos fonéticamente, como bebés, para crear cerca de diez mil palabras. Para aprender y entender la escritura de los hombres hace falta toda una vida. La de las mujeres es algo que aprendemos de niñas, y necesitamos el contexto para captar su significado. Los hombres escriben acerca del reino exterior de la literatura, las cuentas y el rendimiento de los cultivos; las mujeres escriben acerca del reino interior de los hijos, las tareas domésticas y las emociones. Los hombres de la familia Lu estaban orgullosos del dominio que sus esposas tenían del *nu shu* y de su habilidad para el bordado, aunque esas cosas eran tan importantes para la supervivencia como la ventosidad de un cerdo.

Como los hombres de la familia consideraban que nuestra escritura era insignificante, no prestaban atención a las cartas que yo escribía ni a las que recibía. Pero mi suegra era otro cantar. Tenía que andarme con mucho cuidado con ella. De momento no me había preguntado a quién escribía, y en las semanas siguientes Flor de Nieve y yo perfeccionamos un sistema de entregas. Utilizábamos a Yonggang, que iba de un pueblo a otro transportando los textos que habíamos bordado en pañuelos o tejido en piezas de tela. Me gustaba sentarme junto a la celosía y observarla. Muchas veces pensaba que yo misma podía hacer aquel viaje. El pueblo de Flor de Nieve no estaba muy lejos y mis pies eran lo bastante fuertes para llevarme hasta allí, pero había normas que regían esas cosas. Aunque una mujer pudiera recorrer una larga distancia a pie, no debían verla sola por el camino. Se exponía al peligro de que la secuestraran; además, su reputación corría un riesgo aún mayor si no llevaba una escolta adecuada: su esposo, sus hijos, su casamentera o sus porteadores. Yo habría podido ir a pie a casa de Flor de Nieve, pero nunca me habría arriesgado a hacerlo.

Lirio Blanco:

Me pides que te hable de mi nueva familia.
Tengo mucha suerte.
En mi casa natal no había felicidad.

Mi madre y yo teníamos que guardar silencio de día y
de noche.
Las concubinas, mis hermanos, mis hermanas y las
criadas se habían ido.
Mi casa natal estaba vacía.
Aquí tengo a mi suegra, a mi suegro, a mi esposo y a
sus hermanas pequeñas.
No hay concubinas ni criadas en la casa de mi esposo.
Sólo yo desempeño esas funciones.
No me importa tener que trabajar duro.
Todo cuanto necesitaba saber me lo enseñasteis tú, tu
hermana, tu madre y tu tía.
Pero las mujeres de aquí no son como las de tu familia.
No les gusta divertirse.
No se cuentan historias.
Mi suegra nació en el año de la rata.
¿Te imaginas algo peor para alguien nacido en el año
del caballo?
La rata cree que el caballo es egoísta y desconsiderado,
aunque yo no soy ni lo uno ni lo otro.
El caballo cree que la rata es maquinadora y exigente,
y así es como es mi suegra.
Pero no me pega.
No me grita más de lo que se merece una nueva nuera.
¿Sabes algo de mis padres?
Poco después de que yo cayera en la casa de mi esposo,
mis padres vendieron el resto de sus pertenencias.
Una noche, cogieron el dinero y se marcharon.
Ahora son mendigos y no tienen que pagar impuestos
ni otras deudas.
Pero ¿dónde están?
Estoy preocupada por mi madre.
¿Seguirá viva?
¿Estará en el más allá?
Lo ignoro.

Quizá no vuelva a verla nunca.
¿Quién iba a pensar que mi familia tendría tan
  mala suerte?
Debieron de hacer muy malas obras en vidas anteriores.
Pero, si así es, ¿qué hay de mí?
¿Sabes algo que puedas contarme?
¿Y tú? ¿Eres feliz?

Flor de Nieve

Tras conocer la trágica noticia sobre los padres de Flor de Nieve, empecé a prestar más atención a los cotilleos que circulaban por la casa. Llegaban rumores, traídos por comerciantes y vendedores que recorrían el país, de que habían visto a los padres de Flor de Nieve durmiendo bajo un árbol, mendigando comida o vestidos con sucios andrajos. Yo pensaba a menudo en que la familia de mi *laotong* había sido antaño una de las más poderosas de Tongkou y en cómo se habría sentido su hermosa madre al casarse con el hijo de la familia de un funcionario imperial. Y lo bajo que había caído. Temía por ella con sus lotos dorados. Sin amigos influyentes, los padres de Flor de Nieve habían quedado a merced de los elementos. Sin una casa natal, mi alma gemela se encontraba en peor situación que una huérfana. Yo consideraba preferible que los padres hubieran muerto, porque así uno podía venerarlos y honrarlos como antepasados, a que se convirtieran en vagabundos. ¿Cómo sabría Flor de Nieve que habían fallecido? ¿Cómo podría organizar un funeral digno por ellos, limpiar sus tumbas el día de Año Nuevo o apaciguarlos cuando se inquietaran en el más allá? Mi *laotong* estaba triste y no podía explicarme lo que sentía, y eso resultaba duro para mí e insoportable para ella.

En cuanto a su última pregunta, si yo era feliz, no sabía muy bien qué responder. ¿Debía describirle a las mujeres de mi nuevo hogar? En la habitación de arriba había demasiadas mujeres con las que no me llevaba bien. Yo era la primera nuera, pero poco después de mi llegada a Tongkou la esposa del segundo hijo vino a vivir a la casa. Se había quedado embarazada enseguida. Acababa de cumplir dieciocho años y lloraba sin parar porque añoraba a su familia. Dio a luz una niña, y eso disgustó a mi suegra y empeoró la situación. Intenté trabar amistad con Cuñada Segunda, pero ella siempre estaba en un rincón con su papel, su tinta y su pincel, escribiendo a su madre y a sus hermanas de juramento, que seguían en su pueblo natal. Habría podido explicar a Flor de Nieve los indecorosos métodos que empleaba Cuñada Segunda para impresionar a la señora Lu; no paraba de doblegarse ante ella, de susurrar palabras halagadoras y de manipular a los demás para mejorar su posición. Por su parte, las tres concubinas del señor Lu estaban siempre discutiendo; su mezquindad y sus celos demacraban su cara y llenaban de bilis su estómago. Pero no me atrevía a poner esos sentimientos por escrito.

¿Habría podido escribir a Flor de Nieve sobre mi esposo? Supongo que sí, pero no sabía qué contarle. Las pocas veces que lo veía solía estar hablando con alguien u ocupado con alguna tarea importante. Durante el día se marchaba al campo para supervisar proyectos, mientras yo bordaba o realizaba otras tareas en la habitación de arriba. Le servía el desayuno, la comida y la cena, y procuraba mostrarme tan recatada y silenciosa como Flor de Nieve cuando servía la mesa en mi casa. En esas ocasiones él no me dirigía la palabra. A veces entraba en nuestra habitación temprano para visitar a nuestro hijo o para tener trato carnal conmigo. Yo creía que éramos como cualquier otro matrimonio (y como Flor de Nieve y su esposo), de modo que no había nada interesante que contar.

¿Cómo podía contestar a la pregunta acerca de mi felicidad, cuando el principal conflicto de mi vida estaba relacionado con ella?

—Admito que has aprendido muchas cosas de Flor de Nieve —me dijo un día mi suegra tras sorprenderme escribiendo a mi *laotong*— y estamos agradecidos por eso, pero ella ya no pertenece a nuestro pueblo ni se halla bajo la protección del señor Lu. Él no puede ni debe tratar de cambiar su destino. Como sabes, los códigos por los que se rigen las esposas están relacionados con la guerra y con otros conflictos fronterizos. Por nuestra condición de huéspedes, las esposas no debemos ser agredidas durante las contiendas, los asaltos ni las guerras, porque se considera que pertenecemos tanto al pueblo de nuestro esposo como a aquel donde nacimos. Como esposas, se nos presta protección y lealtad en ambos sitios. Pero, si te pasara algo en el pueblo de Flor de Nieve, cualquier cosa que nosotros hiciéramos podría provocar represalias y quizá incluso una larga contienda.

Escuché las explicaciones de la señora Lu, pero sabía que sus motivos eran mucho más viles. La familia natal de Flor de Nieve había caído en desgracia y ella se había casado con un hombre impuro. Mis suegros no querían que yo me relacionara con ella.

—Flor de Nieve estaba predestinada —prosiguió mi suegra, acercándose un poco más a la verdad— y su destino no se parece en nada al tuyo. Al señor Lu y a mí nos complacería mucho que nuestra nuera decidiera romper el contrato con alguien que ya no es su verdadera alma gemela. Si necesitas compañía, visitaremos a las jóvenes esposas de Tongkou que te presenté.

—Las recuerdo. Gracias —murmuré, contrita, mientras por dentro gritaba aterrada: «¡Nunca, nunca, nunca!»

—Les gustaría que formaras con ellas una hermandad de mujeres casadas.

—Gracias, pero...

—Deberías considerar un honor su propuesta.

—Así la considero.

—Sólo quiero que entiendas que debes quitarte a Flor de Nieve de la cabeza —añadió mi suegra, y terminó con una variación de su habitual reprimenda—: No quiero que los recuerdos de esa desgraciada influyan en mi nieto.

Las concubinas rieron tapándose la boca. Les encantaba verme sufrir. En momentos como aquél su estatus subía y el mío bajaba. Con todo, exceptuando esas críticas continuas, con las que las otras mujeres disfrutaban y que a mí me asustaban muchísimo, mi suegra era más amable conmigo de lo que lo había sido mi propia madre y cumplía las normas a rajatabla. «Cuando seas niña, obedece a tu padre; cuando seas esposa, obedece a tu esposo; cuando seas viuda, obedece a tu hijo.» Llevaba toda la vida oyendo ese consejo, de modo que no me intimidaba. Pero un día en que se enfadó con su esposo mi suegra me enseñó otro proverbio: «Obedece, obedece, obedece, y luego haz lo que quieras.» De momento mis suegros podían impedir que viera a Flor de Nieve, pero nunca podrían impedir que la amara.

Flor de Nieve:

Mi esposo me trata bien.
Ni siquiera sé dónde están todos los campos de la
    familia.
Yo también trabajo mucho.
Mi suegra vigila todo lo que hago.
Las mujeres de mi casa dominan el nu shu.
Mi suegra me ha enseñado algunos caracteres nuevos.
Te los enseñaré la próxima vez que nos veamos.
Paso el día bordando, tejiendo y haciendo zapatos.
Hilo y cocino.
Tengo un hijo.
Rezo a la diosa para tener otro algún día.
Tú también deberías rezar.

Escúchame, por favor.
Debes obedecer a tu esposo.
Debes escuchar a tu suegra.
Te pido que no sufras tanto.
Recuerda cuando bordábamos juntas y cuchicheábamos
*   por la noche.*
Somos dos patos mandarines.
Somos dos aves fénix que surcan el cielo.

Lirio Blanco

En su siguiente carta, mi *laotong* no hacía ningún comentario sobre su nueva familia, aparte de que su hijo había aprendido a sentarse. Hacia el final volvía a preguntarme por mi vida.

Cuéntame cómo son las comidas y de qué se habla
*   durante ellas.*
¿Recitan los clásicos mientras comen?
¿Entretiene tu suegra a los hombres contándoles
*   historias?*
¿Les canta para ayudarlos a digerir la comida?

Intenté responder con sinceridad. Los hombres de mi casa hablaban de negocios: qué parcela de tierra podían arrendar, quién la cultivaría, cuánto tenían que pedir por el arrendamiento, cuánto habría que pagar de impuestos. Querían «llegar más alto», «alcanzar la cima de la montaña». Todas las familias dicen cosas así el día de Año Nuevo, cuando sirven platos especiales que evocan esos deseos, conscientes de que no son más que eso: deseos. Sin embargo, mis suegros trabajaban con empeño para verlos cumplidos. Las suyas eran conversaciones aburridas que yo no entendía ni me interesaba entender. Eran la familia más rica de Tongkou. Yo no podía imaginar qué más podían desear y, sin embargo, ellos nunca apartaban la vista de la cima de la montaña.

Esperaba que Flor de Nieve se sintiera más feliz en su nuevo hogar, amoldándose, como debe hacer toda esposa, a unas circunstancias completamente diferentes de las que había conocido en su casa natal. Entonces, una oscura tarde, mientras amamantaba a mi hijo, oí que el palanquín de la señora Wang se detenía delante del umbral. Pensé que la casamentera subiría por la escalera, pero fue mi suegra quien entró en la habitación y, con gesto de desaprobación, dejó una carta encima de la mesa. En cuanto mi hijo se durmió, acerqué la lámpara de aceite y la abrí. Me di cuenta enseguida de que el formato era diferente del de las anteriores. Empecé a leer con gran temor.

> Lirio Blanco:
>
> Estoy sentada en la habitación de arriba, llorando. Oigo fuera a mi esposo, que está matando un cerdo. Sigue violando las reglas de la purificación.
>
> La primera vez que vine aquí, mi suegra me hizo subir a la plataforma que hay fuera de la casa y me obligó a mirar cómo mataban un cerdo, para que supiera de dónde procedía nuestro sustento. Mi esposo y mi suegro llevaron el cerdo hasta el umbral. El animal iba colgado de las patas a un palo que mi suegro y mi esposo llevaban sobre el hombro. Estaba entre los dos hombres y no paraba de chillar. Sabía lo que iba a sucederle. Ahora he oído ese sonido muchas veces, porque todos saben lo que les va a pasar y sus gritos resuenan por el pueblo muy a menudo.
>
> Mi suegro sujetó el cerdo junto a un gran wok lleno de agua hirviendo. (¿Te acuerdas del wok que hay delante de mi casa? El que está empotrado en la plataforma. Debajo hay un hueco para quemar car-

bón.) A continuación mi esposo le cortó el cuello. Primero recogió la sangre, que luego las mujeres freirían, y después metió el animal en el wok, donde lo hirvió hasta ablandarle la piel. Entonces me hizo arrancarle el pelo. Yo no paraba de llorar, aunque no hacía tanto ruido como el que había armado el cerdo. Juré que nunca volvería a mirar ni a participar en aquel acto impuro. Mi suegra reprobó mi debilidad.

Cada día que pasa me parezco más a la esposa Wang. ¿Te acuerdas de la historia que nos contó mi tía? He dejado de comer carne. A mis suegros no les importa; así tienen más para repartirse.

Estoy sola en el mundo; sólo os tengo a ti y a mi hijo.

Ojalá no te hubiera mentido. Prometí que siempre te diría la verdad, pero no me gusta que conozcas la indignidad de mi vida.

Me siento junto a la celosía y miro más allá de los campos, en dirección a mi pueblo natal. Te imagino junto a tu ventana, mirándome. Mi corazón sobrevuela los campos y llega hasta ti. ¿Estás ahí sentada? ¿Me ves? ¿Me sientes?

Estoy muy triste sin ti. Me gustaría que me escribieras o vinieras a visitarme.

Flor de Nieve

¡Era una tortura! Miré por la celosía en dirección a Jintian con la esperanza de ver al menos a Flor de Nieve. Me torturaba saber que mi *laotong* estaba sufriendo y yo no podía abrazarla para ofrecerle consuelo. En la habitación de arriba, delante de mi suegra y las otras mujeres, saqué un trozo de papel y preparé tinta. Antes de coger el pincel releí la misiva de Flor de Nieve. En la primera lectura sólo había captado su tristeza, pero entonces me di cuenta de que ya no escribía las frases tradicionales que las esposas utilizaban para componer sus cartas, sino que hablaba con más sinceridad y franqueza acerca de su vida.

La audacia de mi *laotong* me hizo comprender la verdadera función de nuestra escritura secreta: no había sido concebida para que nos escribiéramos cartas ingenuas ni para que nos presentáramos a las mujeres de la familia de nuestro esposo, sino para darnos voz. El *nu shu* era un medio por el que nuestros pies vendados podían acercarnos unas a otras, por el que nuestros pensamientos podían sobrevolar los campos, como había escrito Flor de Nieve. Los hombres de nuestras casas no concebían que nosotras pudiéramos tener algo importante que decir. No imaginaban que pudiéramos tener emociones ni expresar ideas creativas. Las mujeres —nuestras suegras y las demás— levantaban bloqueos aún mayores para protegerse de nosotras. Sin embargo, a partir de ese momento confié en que Flor de Nieve y yo escribiéramos la verdad acerca de nuestras vidas, tanto si estábamos juntas como separadas. Quería dejar de utilizar las frases estereotipadas que tan comunes eran entre las esposas en sus años de arroz y sal y expresar mis verdaderos pensamientos. Hablaríamos como hablábamos cuando estábamos acurrucadas en la habitación de arriba de mi casa natal.

Necesitaba ver a Flor de Nieve y asegurarle que la situación mejoraría, pero, si desobedecía a mi suegra e iba a visitarla, cometería uno de los delitos más graves. Esconderme para escribir o leer cartas no era nada comparado con eso, pero tenía que hacerlo si quería ver a mi *laotong*.

Flor de Nieve:

Lloro cuando te imagino en esa casa. Eres demasiado buena para tener que soportar tanta indignidad. Tenemos que vernos. Por favor, ven a mi casa natal el Día de la Expulsión de los Pájaros. Llevaremos a nuestros hijos. Volveremos a ser felices. Te olvi-

darás de tus problemas. Recuerda que junto a un pozo
nadie pasa sed. Junto a una hermana nadie desespera.
Siempre seré tu hermana.

Lirio Blanco

Sentada en la habitación de arriba, planeaba y conspiraba, pero tenía miedo. Decidí que lo más aconsejable era la simplicidad —recogería a Flor de Nieve con mi palanquín de camino a casa—, pero también era la forma más fácil de que me descubrieran. Las concubinas podían estar mirando por la celosía y ver cómo el palanquín torcía hacia la derecha, hacia Jintian. Y había otro factor aún más peligroso: los caminos estarían llenos de mujeres —mi suegra entre ellas— que volvían a sus hogares natales para pasar allí la fiesta. Podía vernos cualquiera; cualquiera podía denunciarnos, aunque sólo fuera para congraciarse con la familia Lu. Sin embargo, cuando llegó el día, ya había reunido suficiente valor para creer que podía salirme con la mía.

El primer día del segundo mes lunar señalaba el inicio de la temporada de labranza y por eso se celebraba entonces la Fiesta de la Expulsión de los Pájaros. Esa mañana, las mujeres se levantaron temprano para preparar bolas de arroz glutinoso; fuera, los pájaros esperaban a que los hombres empezaran a sembrar los campos. Mi suegra y yo cocinábamos las bolas de arroz, nuestro alimento diario más preciado, con que protegeríamos la cosecha. Cuando llegó la hora, las mujeres solteras de Tongkou llevaron las bolas fuera y las pincharon en unos palos, que a continuación clavaron en los campos para atraer a los pájaros, mientras los hombres lanzaban grano envenenado en los bordes de los labrantíos para que las aves siguieran atracándose. Tan pronto éstas picotearon los primeros granos mortales, las mujeres casadas de Tongkou subieron a carros y palanquines, o a la espalda de mujeres de pies grandes, y partieron hacia sus pueblos natales. Según cuentan las ancianas, si no nos marchamos, los pájaros se comen las semillas de arroz que nuestros esposos están a punto de plantar y no podemos darles más hijos.

Tal como había planeado, mis porteadores se pararon en Jintian. No salí del palanquín por temor a que me viera alguien. Se abrió la portezuela y subió Flor de Nieve, con su hijo dormido en brazos. Habían pasado ocho meses desde que nos viéramos en el templo de Gupo. Yo creía que mi *laotong*, de tanto trabajar, habría perdido la lozanía del embarazo, pero sus formas aún se adivinaban redondas bajo la túnica y la falda. Tenía los pechos más grandes que yo, aunque su hijo era escuálido comparado con el mío. También tenía el vientre abultado, y por eso se había apoyado al bebé sobre el hombro, en lugar de llevarlo en el regazo.

Cambió de posición al niño, con suavidad, para enseñármelo. Yo aparté a mi hijo de mi pecho y lo levanté para que los dos críos se miraran. Tenían siete y seis meses. Dicen que todos los bebés son guapos. Mi hijo lo era, pero el de Flor de Nieve, pese a tener el pelo espeso y negro, era delgado como un junco, tenía la piel de un amarillo enfermizo y la frente arrugada. Pero, como es lógico, elogié su belleza, y ella hizo lo mismo con mi hijo.

Mientras nos bamboleábamos en el palanquín, nos interesamos por los nuevos proyectos de la otra. Flor de Nieve estaba tejiendo una pieza de tela que incorporaba un verso de un poema; era una labor muy difícil y agotadora. Yo estaba aprendiendo a adobar pájaros; era una tarea relativamente fácil, pero que había que hacer con cuidado para que la carne no se estropeara. Pero eso sólo eran cumplidos; teníamos temas más serios de que hablar. Cuando le pregunté cómo iban las cosas, ella no vaciló ni un instante.

—Cuando me despierto por la mañana, la única alegría que tengo es sentir a mi hijo cerca —me confió mirándome a los ojos—. Me gusta cantar mientras lavo la ropa o entro la leña en la casa, pero mi esposo se enfada si me oye. Cuando está disgustado, no me deja cruzar el umbral si no es para realizar mis tareas. Cuando está contento, por la noche me deja sentarme fuera, en la plataforma donde mata los cerdos. Pero, mientras estoy allí, sólo sé pensar en los animales sacrificados. Por la noche me quedo dormida pensando que volveré a levantarme, pero que no habrá amanecer, sino sólo oscuridad.

Intenté tranquilizarla.

—Dices eso porque hace poco que has sido madre y el invierno ha sido muy duro. —Yo no tenía derecho a comparar mi congoja con la suya, pero también a mí me invadía la melancolía en ocasiones, cuando echaba de menos a mi familia natal o cuando las frías sombras de los cortos días de invierno entristecían mi corazón—. Está llegando la primavera —le recordé—. Cuando los días sean más largos, seremos más felices.

—Yo prefiero que los días sean cortos —afirmó con rotundidad—. Las quejas sólo cesan cuando mi esposo y yo nos acostamos. Entonces no oigo protestar a mi suegro porque el té está flojo, a mi suegra regañarme porque tengo el corazón blando, a mis cuñadas ordenarme que les lave la ropa, a mi esposo ordenarme que no haga el ridículo en el pueblo, ni a mi hijo exigir, exigir, exigir.

Me horrorizaba que la situación de mi alma gemela fuera tan mala. Ella se sentía desgraciada y yo no sabía qué decir, aunque sólo unos días atrás me había hecho la promesa de que seríamos más francas. La confusión y la torpeza hicieron que me dejara llevar por el convencionalismo.

—Yo he intentado adaptarme a mi esposo y a mi suegra y eso me ha hecho la vida más fácil —apunté—. Deberías hacer lo mismo. Ahora sufres, pero un día tu suegra morirá y tú serás la dueña de la casa. Todas las primeras esposas que tienen hijos varones acaban venciendo.

Sonrió sin ganas y yo pensé en sus quejas respecto a su hijo. No lo entendía. Un hijo varón lo era todo para una mujer. Era su deber y su máximo logro satisfacer todas sus exigencias.

—Tu hijo pronto aprenderá a caminar —añadí—. Tendrás que perseguirlo por todas partes. Eso te hará feliz.

Ella abrazó con fuerza a su hijo.

—Vuelvo a estar embarazada.

La felicité, pero estaba muy desconcertada. Eso explicaba por qué tenía los pechos tan grandes y el vientre tan abultado. Debía de estar muy avanzada. Pero ¿cómo podía haberse quedado encinta tan pronto? ¿Era ése el acto impuro al que se refería en su carta? ¿Se había acostado con su esposo antes de los cien días? Sí, debía de ser eso.

—Deseo que tengas otro hijo varón —conseguí decir.

—Eso espero. —Suspiró—. Porque mi esposo dice que es mejor tener un perro que una hija.

Todos sabíamos que esas palabras eran ciertas, pero ¿qué clase de hombre decía una cosa así a su esposa estando ella embarazada?

Los porteadores dejaron el palanquín en el suelo y oímos los gritos de júbilo de mis hermanos; así me libré de tener que decir unas palabras adecuadas a mi *laotong*. Había llegado a casa.

¡Cómo había cambiado todo! Hermano Mayor y su esposa tenían dos hijos. Ella había vuelto al hogar paterno para pasar la Fiesta de la Expulsión de los Pájaros, pero había dejado a los niños en la casa de mis padres para que los viéramos. Mi hermano menor todavía no se había casado, pero ya se estaba preparando su boda, de modo que era hombre oficialmente. Hermana Mayor había llegado con sus dos hijas y su hijo. Se estaba haciendo mayor, aunque yo todavía la veía como una niña en sus años de cabello recogido. Mi madre ya no podía criticarme con tanta facilidad, aunque lo intentaba. Mi padre se sentía orgulloso, pero hasta yo me daba cuenta de la carga que suponía para él tener que alimentar tantas bocas aunque sólo fuera unos días. En total había bajo nuestro techo siete niños de entre seis meses y seis años. Armaban jaleo, correteaban de aquí para allá, lloraban para reclamar atención y las mujeres les cantaban canciones para tranquilizarlos. Mi tía estaba feliz rodeada de críos; vivir en una casa llena de niños siempre había sido su sueño. Sin embargo, de vez en cuando yo veía que se le empañaban los ojos. Si el mundo hubiera sido más justo, Luna Hermosa también habría estado allí con sus hijos.

Pasamos tres días charlando, riendo, comiendo y durmiendo; nadie discutía, murmuraba, condenaba ni acusaba. Para Flor de Nieve y para mí los mejores momentos eran los que pasábamos por la noche en la habitación de arriba. Poníamos a nuestros hijos en la cama, entre ambas. Al verlos juntos las diferencias eran aún más patentes. Mi hijo era rollizo y tenía un mechón de cabello levantado, como su padre. Le encantaba mamar y gorjeaba pegado a mi pezón hasta que se emborrachaba con mi leche, y sólo paraba para mirarme de vez en cuando y sonreír. Al hijo de Flor de Nieve le costaba mamar, y escupía la leche sobre el hombro de su madre cuando ella lo hacía eructar. También era problemático en otros aspectos: solía llorar al atardecer, rojo de ira, y tenía el trasero irritado. Sin embargo, cuando los cuatro nos acurrucábamos bajo la colcha, los dos críos se tranquilizaban, apaciguados por nuestros susurros.

—¿Te gusta tener trato carnal? —preguntó Flor de Nieve tras asegurarse de que todos los demás dormían.

Durante años habíamos oído los chistes subidos de tono que contaban las ancianas y los comentarios jocosos de mi tía sobre lo bien que lo pasaba en la cama con mi tío.

Todo eso nos había resultado muy desconcertante cuando éramos niñas, pero yo ya había entendido que no tenía nada de desconcertante.

—Mi esposo y yo somos como dos patos mandarines —añadió al ver que tardaba en contestar—. Ambos hallamos la felicidad volando juntos.

Sus palabras me sorprendieron. ¿Estaba mintiendo otra vez, como había hecho durante años? Me quedé callada, y ella continuó:

—No obstante, aunque ambos gozamos mucho en la cama, me molesta que mi esposo no respete los períodos de purificación. Cuando di a luz, sólo esperó veinte días. —Hizo otra pausa, y luego admitió—: No le culpo por ello. Yo consentí. Quería que pasara.

Sentí alivio, aunque estaba muy asombrada por su deseo de tener trato carnal con su esposo. Debía de estar diciéndome la verdad, porque nadie mentiría para encubrir una verdad peor. ¿Podía haber algo más vergonzoso que realizar un acto impuro?

—Eso está mal —susurré—. Debes cumplir las normas.

—¿Qué ocurrirá si no? ¿Me volveré tan impura como mi esposo?

Eso era algo que yo ya había pensado, pero contesté:

—Podrías enfermar o morir.

Flor de Nieve rió en la oscuridad.

—Nadie enferma por tener trato carnal. Sólo da placer. Me paso el día trabajando sin descanso para mi suegra. ¿Acaso no merezco los placeres de la noche? Y si tengo otro hijo, aún seré más feliz.

En eso tenía razón. El niño que dormía entre nosotras era difícil y débil. Flor de Nieve necesitaba tener otro hijo... por si acaso.

Los tres días de fiesta transcurrieron con asombrosa rapidez. Mi corazón estaba más alegre. Flor de Nieve bajó de mi palanquín delante de su casa y yo me fui a la mía. Nadie me había visto cambiar de camino y el dinero que había pagado a mis porteadores garantizaba su silencio. Animada por mi éxito, pensé que podría verla más a menudo. Había muchas fiestas durante el año que requerían que las mujeres casadas regresaran a sus hogares natales, y también estaba nuestra visita anual al templo de Gupo. Éramos mujeres casadas, pero seguíamos siendo almas gemelas, dijera lo que dijese mi suegra.

En los meses siguientes seguimos escribiéndonos; nuestras palabras atravesaban los campos en ambas direcciones, libres como dos pájaros que planean en una corriente alta. Sus quejas disminuyeron, y también las mías. Éramos jóvenes madres y las aventuras cotidianas de nuestros hijos nos alegraban la vida: los primeros dientes, las primeras palabras, los primeros pasos. Yo pensaba que ambas estábamos satisfechas a medida que nos adaptábamos al ritmo de nuestro nuevo hogar, aprendíamos a complacer a nuestras suegras y nos habituábamos a los deberes de las esposas. Hasta me acostumbré a escribirle acerca de mi esposo y de nuestros momentos de intimidad. Por fin comprendía aquella antigua enseñanza: «Sube a la cama, pórtate como un esposo; baja de la cama, pórtate como un caballero.» Yo prefería a mi marido cuando él bajaba de la cama. Durante el día él obedecía las Nueve Consideraciones. Era lúcido, escuchaba atentamente y se mostraba cariñoso. Era recatado, leal, respetuoso y honrado. Cuando tenía dudas, consultaba a su padre, y en las raras ocasiones en que se enfadaba procuraba que no se notara. Así pues, por la noche, cuando subía a la cama, yo me alegraba de su goce, aunque sentía alivio cuando él terminaba. No entendía lo que había oído decir a mi tía cuando yo estaba en mis años de cabello recogido, ni que Flor de Nieve encontrara placer en el acto carnal. Pese a mi gran ignorancia, había una cosa que sí sabía: no se pueden infringir las normas sin pagar un alto precio.

Lirio Blanco:

Mi hija nació muerta. Se marchó sin haber echado raíces, de modo que no conoció los pesares de la vida. Le cogí los pies. Nunca conocerían la agonía del vendado. Le toqué los ojos. Nunca conocerían la tristeza de abandonar su hogar natal, de ver a su madre por última vez, de despedirse de un hijo muerto. Puse mis dedos sobre su corazón. Nunca conocería el dolor, la pena, la soledad, la tristeza. Me la imagino en el más allá. ¿Estará mi madre con ella? Ignoro cuál habrá sido el destino de ambas.

En mi casa todos me culpan. Mi suegra dice: «¿Para qué te casaste con mi hijo, si no vas a darle hijos varones?» Mi esposo dice: «Eres joven. Tendrás más hijos. La próxima vez me darás un varón.»

No tengo forma de desahogarme. No tengo a nadie que me escuche. Ojalá te oyera subir por la escalera.

Imagino que soy un pájaro. Vuelo hacia las nubes y el mundo, abajo, parece muy lejano.

Me pesa el trozo de jade que llevaba colgado del cuello para proteger a mi bebé. No puedo dejar de pensar en mi niñita muerta.

Flor de Nieve

Los abortos eran muy frecuentes en nuestro condado, y las mujeres no solían preocuparse demasiado si sufrían uno, sobre todo si el bebé era una niña. Los partos de niños muertos sólo se consideraban espantosos si el bebé era un varón. Si la criatura que nacía muerta era una niña, los padres solían agradecerlo. Nadie necesitaba más bocas inútiles que alimentar. En mi caso, pese a que durante el embarazo me había aterrado pensar que pudiera pasarle algo malo a mi bebé, la verdad es que no sabía cómo me habría sentido si hubiera resultado una niña y hubiera muerto antes de respirar el aire de este mundo. Lo que intento decir es que me había dejado perpleja que Flor de Nieve tuviera semejantes sentimientos.

Yo le había suplicado que me contara la verdad, pero, ahora que ella se sinceraba conmigo, no sabía qué decir. Quería responder con compasión. Quería ofrecerle consuelo y solaz, pero temía por ella y no sabía qué escribir. No alcanzaba a comprender nada de lo que le había pasado en la vida: su infancia, su pésima boda y ahora esto. Yo acababa de cumplir veintiún años; no sabía qué era la verdadera pobreza, vivía bien, y eso reducía mi empatía.

Busqué con ahínco las palabras que podía escribir a la mujer que amaba y, muy a mi pesar, dejé que las convenciones con que me había criado envolvieran mi corazón, como había hecho aquel día en el palanquín. Cuando cogí el pincel, me refugié en los versos formales apropiados para una mujer casada, con la esperanza de que eso recordara a Flor de Nieve que la única protección real que teníamos las mujeres era la apariencia plácida que ofrecíamos, incluso en los momentos de mayor angustia. Lo que tenía que hacer era procurar quedarse embarazada otra vez, y pronto, porque el deber de toda mujer era seguir pariendo hijos varones.

Flor de Nieve:

Estoy sentada en la habitación de arriba,
   reflexionando.
Escribo para consolarte.
Por favor, escúchame.

Querida amiga, calma tu corazón.
Piensa que estoy a tu lado, mi mano sobre la tuya.
Imagina que lloro a tu lado.
Nuestras lágrimas forman cuatro arroyos que fluyen
    eternamente.
No lo olvides.
Tu pena es profunda, pero no estás sola.
No sufras.
Todo está escrito, la riqueza y la pobreza.
Muchos bebés mueren.
Ésa es la gran congoja de toda mujer.
No podemos controlar estas cosas.
Sólo podemos intentarlo de nuevo.
La próxima vez, un hijo varón...

Lirio Blanco

Pasaron dos años, y nuestros hijos aprendieron a caminar y hablar. El de Flor de Nieve lo hizo primero, como es lógico. Era seis semanas mayor que el mío, pero sus piernas no eran dos robustos troncos, como las de mi hijo. Siguió siendo delgado, y su delgadez también afectaba a su personalidad. No quiero decir que no fuera listo. Era muy inteligente, pero no tanto como mi hijo. A los tres años, mi hijo ya quería coger el pincel de caligrafía. Era adorable, y se convirtió en el niño mimado de la habitación de arriba. Hasta las concubinas lo colmaban de atenciones y se peleaban por él como se peleaban por las piezas de tela nuevas.

Tres años después del nacimiento de mi primer hijo, llegó el segundo. Flor de Nieve no tuvo la misma suerte. Quizá ella disfrutara teniendo trato carnal con su esposo, pero eso no dio ningún fruto, salvo una segunda hija que nació muerta. Tras esa pérdida, le aconsejé que visitara al herborista del pueblo para pedirle que le diera hierbas que la ayudaran a concebir un hijo y aumentaran su fuerza y su frecuencia en el bajo vientre. Poco después me informó que, gracias a mis consejos, su esposo y ella habían encontrado grandes satisfacciones.

Penas y alegrías

Cuando mi hijo mayor cumplió cinco años, mi esposo me propuso buscar a un profesor para iniciar su educación formal. Como vivíamos en la casa de mis suegros y carecíamos de recursos propios, tuvimos que pedirles que pagaran los gastos. Yo debería haberme avergonzado de las aspiraciones de mi esposo, pero lo cierto es que nunca me arrepentí de que no hubiera sido así. Mis suegros, por su parte, se alegraron infinitamente el día que el profesor se instaló en la casa y nuestro hijo abandonó la habitación de arriba. Lloré al verlo marchar, pero al mismo tiempo aquél fue uno de los momentos más felices de mi vida. Nunca me había sentido tan orgullosa. Abrigaba la secreta esperanza de que quizá algún día mi hijo hiciera los exámenes imperiales. No era más que una mujer, pero hasta yo sabía que esos exámenes significaban un peldaño en el camino hacia el éxito incluso para los funcionarios más pobres. Con todo, su ausencia en la habitación de arriba dejó en mí un vacío que no lograban llenar las divertidas payasadas de mi segundo hijo, las quejas de las concubinas, las discusiones de mis cuñadas ni mis periódicas visitas a Flor de Nieve. Por fortuna, el primer mes del nuevo año lunar volvía a estar embarazada.

Por esa época la habitación de arriba estaba abarrotada. Cuñada Tercera se había instalado en la casa y había tenido una hija. La siguió Cuñada Cuarta, cuyas quejas nos crispaban a todos. Ella también dio a luz una hija. Mi suegra era particularmente cruel con Cuñada Cuarta, que después parió dos varones muertos. Así pues, no miento si digo que las otras mujeres de la casa recibieron la noticia de mi embarazo con envidia. Nada causaba mayor consternación en la habitación de arriba que la llegada, todos los meses, de la menstruación de alguna de las esposas. Todas se enteraban y hablaban de ello. La señora Lu anotaba la fecha y maldecía en voz alta a la joven en cuestión para que todas se enteraran. «Una esposa que no tiene un hijo varón siempre puede ser sustituida», decía, aunque odiaba con toda su alma a las concubinas de su esposo. Cuando yo miraba a las otras mujeres, veía celos y ardiente resentimiento en su semblante, pero ¿qué podían hacer ellas, salvo esperar y ver si yo daba a luz otro varón? Sin embargo, ya no pensaba como antes. Quería tener una hija por razones puramente prácticas. Mi segundo hijo pronto me dejaría para entrar en el mundo de los hombres, mientras que las hijas no abandonaban a sus madres hasta que se casaban. Mi secreta ambición aumentó con la noticia de que Flor de Nieve volvía a estar encinta. Yo deseaba que ella también tuviera una hija.

La primera oportunidad que tuvimos para compartir nuestras aspiraciones y esperanzas llegó con la Fiesta de la Cata, el sexto día del sexto mes. Después de vivir cinco años con los Lu yo sabía que mi suegra no había cambiado de opinión respecto a Flor de Nieve. Sospechaba que ella sabía que nos veíamos en las celebraciones, pero, mientras yo no alardeara de mi relación y cumpliera con mis deberes domésticos, mi suegra me dejaría tranquila.

Como siempre, disfrutamos de nuestros momentos de intimidad en la habitación de arriba de mi casa paterna, aunque no podíamos expresarnos como antes, porque teníamos a nuestros hijos en la cama o acostados en su cuna.

Sin embargo, nos hablamos al oído. Yo le confié que deseaba tener una hija que me hiciera compañía. Flor de Nieve se acarició el vientre y en voz baja me recordó que las niñas no eran más que ramas inútiles que no podían perpetuar el linaje de los padres.

—Para nosotras no serán inútiles —repuse—. ¿No podríamos unirlas como *laotong* antes de que nazcan?

—Lirio Blanco, nosotras somos inútiles. —Se incorporó y vi su rostro iluminado por la luz de la luna—. Lo sabes, ¿verdad?

—Las mujeres somos madres de hijos varones —la corregí. Eso me había asegurado un lugar en la casa de mi esposo. Y sin duda el hijo de Flor de Nieve también le había asegurado un lugar en la suya.

—Ya lo sé. Madres de hijos varones, pero...

—Y nuestras hijas serán nuestras compañeras.

—Yo ya he perdido a dos...

—¿No quieres que nuestras hijas sean almas gemelas, Flor de Nieve? —De pronto la idea de que pudiera rechazar mi proposición me produjo pánico.

Me miró y esbozó una sonrisa triste.

—Claro que sí. Si tenemos hijas. Ellas podrían prolongar nuestro amor incluso después del más allá.

—Estupendo. Así será. Ahora, túmbate a mi lado. No arrugues la frente. Éste es un momento feliz. Seamos felices juntas.

La primavera siguiente, volvimos a Puwei con nuestras hijas recién nacidas. Sus fechas de nacimiento no concordaban. Sus meses de nacimiento no concordaban. Les quitamos los pañales y juntamos sus pies, cuyo tamaño tampoco concordaba. Quizá hasta entonces había mirado a mi hija, Jade, con ojos de madre, pero incluso yo me daba cuenta de que la de Flor de Nieve, Luna de Primavera, era mucho más hermosa que la mía. Jade tenía la piel demasiado oscura comparada con la de la familia Lu, mientras que el cutis de Luna de Primavera era como la pulpa de un blanco melocotón. Yo esperaba que Jade fuera tan fuerte como la piedra que le daba nombre y deseaba que Luna de Primavera fuera más robusta que mi prima, a quien Flor de Nieve había rendido homenaje con el nombre de su hija. Ninguno de los ocho caracteres concordaba, pero eso no nos importó. Nuestras hijas serían almas gemelas.

Abrimos nuestro abanico y repasamos la vida que habíamos compartido. En sus pliegues habíamos registrado muchos momentos felices. Nuestra unión. Nuestras respectivas bodas. El nacimiento de nuestros hijos. El nacimiento de nuestras hijas. Su futura unión. «Algún día, dos niñas se conocerán y se harán *laotong* —escribí yo—. Serán como dos patos mandarines. Otra pareja feliz se sentará en un puente y las verá volar.» En la guirnalda del borde superior, Flor de Nieve pintó dos pequeños pares de alas volando hacia la luna. Otros dos pájaros, posados uno junto a otro, las contemplaban.

Cuando hubimos terminado, nos quedamos sentadas con nuestras hijas en brazos. Yo sentía una gran dicha, pero no dejaba de pensar en que al quebrantar las normas que gobernaban la unión de dos niñas estábamos rompiendo un tabú.

Dos años más tarde, Flor de Nieve me envió una carta para anunciarme que por fin había dado a luz a su segundo hijo varón. Estaba radiante de felicidad, y yo también, pues creía que mejoraría su estatus en la casa de su esposo.

Sin embargo, apenas tuvimos tiempo para celebrarlo, porque sólo tres días después nuestro condado recibió una triste noticia: el emperador Daoguang se había ido al más allá. Nuestro condado todavía estaba de luto cuando el hijo del emperador, Xianfeng, sucedió a su padre.

A través de la amarga experiencia de la familia de Flor de Nieve yo había aprendido que, cuando muere un emperador, su corte cae en desgracia, de modo que con cada transición imperial llegan el desorden y la discordia no sólo al palacio, sino a todo el país. En la cena, cuando mi suegro, mi esposo y sus hermanos hablaron de lo que ocurría fuera de Tongkou, yo sólo asimilé lo que no podía ignorar. Los rebeldes estaban causando problemas en algún lugar y los terratenientes exigían rentas más elevadas a sus arrendatarios. Me angustiaba pensar que mucha gente, incluida mi familia natal, iba a sufrir, pero en realidad todo eso parecía muy alejado de las comodidades de la casa de los Lu.

Entonces tío Lu perdió su cargo y regresó a Tongkou. Cuando bajó del palanquín, todos lo saludamos con una reverencia, tocando el suelo con la frente. Cuando ordenó que nos levantáramos, vi a un anciano ataviado con una túnica de seda. Tenía dos lunares en la cara. Todo el mundo valora el pelo de sus lunares, pero los de tío Lu eran espléndidos. Tenía al menos diez pelos —ásperos, blancos y de más de tres centímetros de largo— en cada lunar. Cuando empecé a conocerlo mejor, vi que le encantaba jugar con esos pelos; tiraba suavemente de ellos para que le crecieran aún más.

Nos miró a todos con sus brillantes ojos antes de fijarse en mi primer hijo, que ya había cumplido ocho años. Tío Lu, que debería haber saludado primero a su hermano, estiró un brazo y puso una mano surcada de venas sobre el hombro de mi hijo.

—Lee mil libros —dijo con tono afable, si bien su voz delataba los muchos años que había vivido en la capital—, y tus palabras fluirán como un río. Y ahora, pequeño, muéstrame el camino de tu casa. —Dicho esto, el hombre más estimado de la familia dio la mano a mi hijo y juntos traspusieron las puertas de Tongkou.

• • •

Pasaron dos años más. Yo acababa de tener un tercer varón, y todos trabajábamos mucho para que todo siguiera como siempre, pero era evidente que con la caída en desgracia de tío Lu y la rebelión contra el aumento de las rentas la situación había cambiado. Mi suegro empezó a reducir su consumo de tabaco; mi esposo pasaba más horas en los campos, e incluso a veces cogía un apero y ayudaba a nuestros campesinos en sus tareas. El profesor se marchó y tío Lu se encargó personalmente de las lecciones de mi hijo mayor. En la habitación de arriba, las discusiones entre las esposas y las concubinas arreciaban a medida que disminuían los regalos de seda e hilo de bordar.

Ese año, cuando Flor de Nieve y yo nos encontramos en mi casa natal, apenas estuve con mi familia. Sí, comíamos juntos y por la noche nos sentábamos fuera, como hacíamos cuando yo era pequeña, pero no había ido a Puwei para ver a mis padres. Lo que quería era ver a Flor de Nieve y estar con ella. Habíamos cumplido treinta años y hacía veintitrés que éramos *laotong*. Costaba creer que hubiera pasado tanto tiempo, y costaba más aún creer que antaño habíamos sido como una sola persona. Yo le profesaba un gran cariño, pero mis hijos y mis tareas cotidianas ocupaban todo mi tiempo. Tenía tres hijos y una hija, y ella tenía dos hijos y una hija. Compartíamos una relación emocional más profunda que los vínculos que nos unían a nuestros esposos y creíamos que nunca se rompería, pero la pasión de nuestro amor había disminuido. Eso no nos preocupaba, pues la monotonía de los años de arroz y sal hace mella en todas las relaciones profundas. Sabíamos que cuando nos llegaran los años de recogimiento volveríamos a estar tan unidas como en el pasado. De momento lo único que podíamos hacer era compartir al máximo nuestra vida cotidiana.

En casa de Flor de Nieve las últimas cuñadas se habían casado y marchado, de modo que ya no tenía que trabajar para ellas. Su suegro había muerto. Estaba matando un cerdo y en el último momento el animal se agitó bruscamente; el cuchillo se le escapó de las manos y le hizo un profundo corte en un brazo; se desangró en el umbral del hogar familiar, como habían hecho tantos cerdos. Desde entonces el marido de Flor de Nieve era el amo de la casa, aunque él —y todos los que vivían bajo aquel techo— todavía estaba en gran medida controlado por su madre. Consciente de que Flor de Nieve no tenía nada ni a nadie, su suegra redobló sus críticas y sus quejas, al tiempo que su esposo dejaba de protegerla. Sin embargo, ella se consolaba con su segundo hijo, un niño robusto y risueño. Todo el mundo lo adoraba, mientras que nadie creía que su primer hijo llegara a cumplir veinte años, quizá ni siquiera los diez.

Pese a que Flor de Nieve tenía una posición muy inferior a la mía, prestaba más atención y escuchaba más que yo. Debí imaginarlo. Siempre le había interesado más que a mí el reino exterior. Me explicó que los rebeldes de los que yo había oído hablar se llamaban taiping y que pretendían un orden armonioso. Creían, al igual que el pueblo yao, que los fantasmas, los dioses y las diosas influyen en las cosechas, la salud y el nacimiento de los hijos varones. Los taiping prohibían el vino, el opio, el juego, las danzas y el tabaco. Decían que había que arrebatar las fincas a los terratenientes, que tenían el noventa por ciento de las tierras y recibían el setenta por ciento de la cosecha, y que los que trabajaban la tierra debían compartirla por igual. En nuestra provincia cientos de miles de personas habían abandonado sus hogares para unirse a los taiping y estaban invadiendo pueblos y ciudades. Me habló de su cabecilla, que creía ser hijo de un famoso dios; de algo que él llamaba su Reino Celestial, de su aversión a los extranjeros y de la corrupción política. Yo no entendía qué intentaba decirme. Para mí un extranjero era alguien de otro condado. Yo vivía dentro de las cuatro paredes de la habitación de arriba, pero la mente de Flor de Nieve volaba hasta lugares lejanos, observando, buscando y preguntando.

Cuando regresé a mi casa y pregunté a mi esposo quiénes eran los taiping, él contestó: «Una esposa debe preocuparse de sus hijos y de hacer feliz a su familia. Si vuelves tan inquieta de tu pueblo natal, la próxima vez no te daré permiso para visitar a tu familia.»

No dije ni una palabra más acerca del reino exterior.

La escasez de lluvias y las consecuencias que ésta tuvo en las cosechas hicieron que el hambre asolara Tongkou. Sin embargo, no me preocupé hasta que vi que nuestra despensa empezaba a vaciarse. Al poco tiempo mi suegra comenzó a castigarnos si derramábamos unas gotas de té o encendíamos un fuego demasiado grande en el brasero. Mi suegro se moderaba al servirse carne del plato central, pues prefería que sus nietos comieran antes que él aquel valioso alimento. Tío Lu, que había vivido en el palacio, no protestaba, pero, cuando comprendió la gravedad de la situación, empezó a exigirle más a mi hijo, con la esperanza de convertirlo en una garantía de que la familia recuperaría su buena posición.

Eso suponía un desafío para mi esposo. Una noche, cuando estábamos en la cama con las lámparas apagadas, me confió:

—Tío Lu cree que nuestro hijo tiene talento, y yo me alegré de que se ocupara de sus lecciones, pero ahora miro hacia el futuro y veo que quizá tendremos que enviarlo lejos para que siga sus estudios. ¿Cómo vamos a hacerlo, si todo el condado sabe que pronto tendremos que empezar a vender campos para poder comer? —Mi esposo me cogió la mano en la oscuridad—. Lirio Blanco, se me ha ocurrido una idea y mi padre la apoya, pero estoy preocupado por ti y por nuestros hijos.

Esperé, temiendo qué diría a continuación.

—La gente necesita ciertas cosas para vivir —prosiguió mi esposo—. El aire, el sol, el agua y la leña no cuestan dinero, aunque a veces no sean abundantes. Pero la sal sí cuesta dinero, y todo el mundo necesita sal para vivir.

Mi mano estrechó la suya. ¿Adónde quería llegar?

—He preguntado a mi padre si puedo coger nuestros últimos ahorros —añadió—, viajar hasta Guilin, comprar sal y traerla aquí para venderla. Me ha dado permiso.

El plan de mi esposo entrañaba más peligros que los que yo podía nombrar. Guilin estaba en la provincia vecina. Para llegar hasta allí mi esposo tendría que pasar por territorio ocupado por los rebeldes. Y los que no eran rebeldes eran campesinos desesperados que habían perdido sus hogares y se habían convertido en bandidos que asaltaban a quienes se atrevían a transitar por los caminos. El negocio de la sal era peligroso en sí mismo, y ésa era una de las razones por las que la sal siempre escaseaba. Los hombres que controlaban su comercio en nuestra provincia tenían sus propios ejércitos, pero mi esposo estaba solo. Carecía de experiencia en el trato con los caudillos y los astutos comerciantes. Por si eso fuera poco, mi mente femenina lo imaginaba conociendo a hermosas mujeres en Guilin. Si salía airoso de su aventura, quizá volviera a casa con unas cuantas concubinas. Mi debilidad de mujer fue lo primero que expresé.

—No recojas flores silvestres —le supliqué, utilizando el eufemismo con que denominábamos a esa clase de mujeres que podía encontrar en su viaje.

—El valor de una esposa reside en sus virtudes, no en su rostro —me tranquilizó él—. Me has dado hijos. Mi cuerpo recorrerá una larga distancia, pero mis ojos no mirarán lo que no deben ver. —Hizo una pausa, y añadió—: Sé fiel, evita la tentación, obedece a mi madre y sirve a nuestros hijos.

—Eso haré —prometí—. Pero no me preocupa lo que pueda sucederme a mí.

Intenté expresar mis otros temores, pero él dijo:

—¿Acaso vamos a dejar de vivir porque unos cuantos estén descontentos? Debemos seguir utilizando nuestros caminos y nuestros ríos, que son de todos los chinos.

Dijo que calculaba estar lejos durante un año.

Tan pronto mi esposo partió, el desasosiego se apoderó de mí. A medida que pasaban los meses, cada vez estaba más nerviosa y asustada. Si le ocurría algo, ¿qué sería de mí? Como viuda, tendría muy pocas opciones. Puesto que mis hijos eran demasiado pequeños para ocuparse de mí, mi suegro me vendería a otro hombre. Sabía que si eso llegaba a ocurrir quizá no volvería a ver a mis hijos, y entendí por qué tantas viudas se suicidaban. Sin embargo, no iba a conseguir nada llorando día y noche abrumada por los riesgos que me amenazaban. Intentaba mantener una apariencia serena en la habitación de arriba, pese a que me preocupaba muchísimo la seguridad de mi esposo.

Pensando que me consolaría ver a mi primer hijo, comencé a hacer algo que no se me habría pasado por la cabeza hasta entonces. Varias veces al día, me ofrecía a ir a buscar el té para las mujeres de la habitación de arriba; una vez abajo, me sentaba y escuchaba las lecciones de mi hijo con tío Lu.

—Las tres fuerzas más importantes son el cielo, la tierra y el hombre —recitaba el pequeño—. Las tres luces son el sol, la luna y las estrellas. Las oportunidades que ofrece el cielo no son iguales a las ventajas conseguidas en la tierra, mientras que las ventajas de la tierra no están a la altura de las bendiciones que proceden de la armonía entre los hombres.

—Esas palabras puede memorizarlas cualquier niño, pero ¿qué significan? —Tío Lu era exigente y riguroso.

¿Creéis que mi hijo erraba alguna vez en las respuestas? Pues no, y os diré por qué. Si no contestaba correctamente a una pregunta o cometía algún error en sus recitaciones, tío Lu le golpeaba en la palma de la mano con una vara de bambú. Si al día siguiente volvía a equivocarse, el castigo era doble.

—El cielo da al hombre el clima, pero sin el fértil suelo de la tierra el clima no tiene ningún valor —contestó mi hijo—. Y el rico suelo es inútil si no reina la armonía entre los hombres.

Sonreí, orgullosa, en mi escondite, pero tío Lu no se contentaba con una sola respuesta correcta.

—Muy bien. Ahora hablemos del imperio. Si fortaleces a tu familia y cumples las normas que están escritas en el *Libro de los* ritos, habrá orden en tu casa. Eso se extiende de una casa a la siguiente, construyendo la seguridad del estado hasta llegar al emperador. Pero un rebelde engendra a otro rebelde, y pronto reina el desorden. Presta atención, pequeño. Nuestra familia posee tierras. Tu abuelo las gobernó durante mi ausencia, pero ahora la gente sabe que ya no tengo contactos en la corte. Ven y oyen a los rebeldes. Debemos ser prudentes.

Pero el terror que tío Lu tanto temía no llegó en la forma de los taiping. Lo último que oí antes de que los fantasmas de la muerte descendieran sobre nosotros fue que Flor de Nieve volvía a estar encinta. Le bordé un pañuelo para desearle una gestación sana y feliz, y lo decoré con peces plateados que saltaban de un arroyo azul claro, creyendo que ésa era la imagen más propicia y refrescante que podía ofrecer a una mujer que iba a estar embarazada durante el verano.

• • •

Aquel año, el gran calor llegó antes. Era demasiado pronto para que volviéramos a nuestra casa natal, así que las mujeres y nuestros hijos languidecíamos en la habitación de arriba esperando, esperando, esperando. Como la temperatura aumentaba día a día, los hombres de Tongkou y de los pueblos de los alrededores llevaban a los niños a bañarse al río. Era el mismo río en que de niña me refrescaba los pies, y sentí una gran alegría cuando mi suegro y mi cuñado se ofrecieron a llevar allí a los niños. Pero también era el mismo río donde las niñas de pies grandes lavaban la ropa y de donde cogían agua para beber y cocinar, porque los pozos del pueblo estaban llenos de larvas de insectos.

El primer caso de fiebre tifoidea apareció en el mejor pueblo del condado, mi Tongkou. Afectó al precioso primogénito de uno de nuestros arrendatarios y se extendió por su casa hasta matar a toda su familia. La enfermedad empezaba con fiebres, seguidas de un fuerte dolor de cabeza y vómitos. A veces también producía tos y ronquera, o un sarpullido de granos de color rosa. Cuando aparecía la diarrea, sólo era cuestión de horas que la muerte pusiera fin a la agonía. En cuanto nos enterábamos de que un niño había caído enfermo, sabíamos qué iba a pasar. Primero moría el niño, luego sus hermanos y hermanas, luego la madre y por último el padre. Era un proceso que se repetía una y otra vez, porque una madre no puede abandonar a su hijo enfermo y un esposo no puede abandonar a su esposa moribunda. Pronto el caos reinó en todas las poblaciones del condado.

La familia Lu se retiró de la vida del pueblo y cerró las puertas de su casa. Las criadas desaparecieron; no sé si mi suegro las echó o huyeron atemorizadas. No supe más de ellas. Las mujeres de la familia reunimos a los niños en la habitación de arriba creyendo que allí estarían más seguros.

El hijo de Cuñada Tercera fue el primero en presentar los síntomas de la enfermedad. Le ardía la frente y tenía las mejillas muy coloradas. Al verlo me llevé a mis hijos a mi dormitorio y llamé a mi hijo mayor. En ausencia de mi esposo, debería haber consentido en su deseo de quedarse con su tío abuelo y el resto de los hombres, pero no lo dejé elegir.

—Sólo yo saldré de esta habitación —dije a mis hijos—. Hermano Mayor se ocupará de vosotros mientras yo no esté aquí. Tenéis que obedecerlo en todo.

Todos los días salía de la habitación una vez por la mañana y otra por la noche. Consciente de la gravedad de la enfermedad, me llevaba el orinal y lo vaciaba yo misma, procurando que nada de la zona donde se acumulaban los excrementos tocara el recipiente, mis manos, mis pies o mi ropa. Sacaba agua salobre del pozo, la hervía y la filtraba hasta que quedaba clara y limpia. Me daba miedo la comida, pero algo teníamos que comer. No sabía qué hacer. ¿Debíamos ingerir alimentos crudos, directamente arrancados del huerto? Cuando pensé en el estiércol que utilizábamos para abonar los campos, comprendí que eso no podía ser aconsejable. Recordé lo único que cocinaba mi madre cuando yo estaba enferma: *congee*. Lo preparaba dos veces al día.

El resto del tiempo estaba encerrada en mi dormitorio con mis hijos. Durante el día oíamos gente correr de un lado a otro. Por la noche llegaban hasta nosotros los gritos intermitentes de los enfermos y los angustiados lamentos de las madres. Por la mañana yo pegaba una oreja a la puerta y me enteraba de quién se había marchado al más allá. Las concubinas, que no tenían a nadie que se ocupara de ellas, agonizaban y morían solas, con la única compañía de las mismas mujeres contra las que hasta entonces habían conspirado.

Tanto de día como de noche me preocupaba por Flor de Nieve y mi esposo. ¿Mi *laotong* pondría en práctica las mismas medidas preventivas que empleaba yo? ¿Estaría bien? ¿Habría muerto? ¿Habría perecido su primer hijo, que siempre me había parecido tan débil? ¿Habría muerto toda la familia? ¿Y mi esposo? ¿Habría muerto en otra provincia o en algún camino? Si algo malo le pasaba a alguno de los dos, no sabía qué iba a hacer. Me sentía enjaulada por el miedo.

En mi dormitorio sólo había una ventana y estaba demasiado alta para asomarme a ella. Los olores que desprendían los hinchados cadáveres que la gente dejaba ante las casas impregnaban la húmeda atmósfera. Nos tapábamos la nariz y la boca, pero no había escapatoria: el hedor hacía que nos escocieran los ojos y se nos adhería a la lengua. Yo repasaba mentalmente todas las tareas que debía realizar: rezar constantemente a la diosa, envolver a los niños con tela rojo oscuro, barrer la habitación tres veces al día para asustar a los fantasmas que acecharan en busca de presas. También enumeraba todas las cosas de que debíamos abstenernos: nada de comida frita ni salteada. Si mi esposo hubiera estado en casa, tampoco deberíamos haber tenido trato carnal. Pero él estaba lejos, y era yo la que debía permanecer alerta.

Un día, mientras preparaba las gachas de arroz, mi suegra entró en la cocina con un pollo muerto en la mano.

—Ya no tiene sentido que reservemos los pollos —dijo con aspereza. Mientras lo descuartizaba y picaba ajo, me previno—: Tus hijos morirán si no comen carne y verdura. Vas a matarlos de hambre y ni siquiera habrán tenido tiempo de enfermar.

Me quedé contemplando el pollo. Se me hacía la boca agua y me rugía el estómago, pero por primera vez desde que me había casado hice oídos sordos a los comentarios de mi suegra. No dije nada. Puse el *congee* en cuencos y los coloqué en una bandeja. Cuando me dirigía a mi dormitorio, me detuve ante la puerta de tío Lu, llamé con los nudillos y dejé un cuenco para él. Tenía que hacerlo, porque no sólo era el miembro de más edad y más respetado de nuestra familia, sino que además era el maestro de mi hijo. Los clásicos nos enseñan que la relación del maestro y el alumno es la segunda en importancia después de la del padre y el hijo.

Llevé los otros cuencos a mis hijos. Jade protestó al ver que no había cebollas ni trozos de cerdo, ni siquiera verduras en conserva, y le di una fuerte bofetada. Los otros niños se tragaron sus quejas, mientras su hermana se mordía el labio inferior y contenía las lágrimas. No les hice caso. Cogí la escoba y me puse a barrer.

Pasaban los días y los síntomas de la enfermedad seguían sin aparecer en nuestro dormitorio, pero el calor era insoportable y empeoraba los olores de la enfermedad y la muerte. Una noche, cuando fui a la cocina, encontré a Cuñada Tercera de pie, como una aparición, en medio de la habitación oscura, vestida de pies a cabeza con prendas blancas de luto. Deduje por su atuendo que sus hijos y su esposo habían muerto. Su mirada, vacía y perdida, me dejó paralizada. Ella no se movió ni dio muestras de haberme visto, pese a que yo estaba a sólo un metro de ella. Estaba tan asustada que no me atrevía a retirarme ni a avanzar. Oí el canto de las aves nocturnas y el débil gemido de carabao. Entonces se me ocurrió una idea estúpida: ¿por qué no morían los animales? ¿O sí morían y no había nadie para decírmelo?

—¡La cerda inútil sigue viva! —exclamó una voz amarga y virulenta detrás de mí.

Cuñada Tercera ni siquiera parpadeó, pero yo me di la vuelta. Era mi suegra. Se había quitado las horquillas y unos grasientos mechones de cabello enmarcaban su cara.

—Nunca debimos dejarte entrar en esta casa —añadió—. Estás destruyendo el clan Lu, asquerosa y corrupta cerda. —A continuación escupió a Cuñada Tercera, que ni siquiera se limpió la cara—. Te maldigo —prosiguió mi

255

suegra, roja de ira y de dolor—. Espero que mueras. Si no mueres, el señor Lu te echará de aquí cuando llegue el otoño. Y espero que la diosa te haga sufrir. Pero, si estuviera en mi mano, no vivirías lo suficiente para ver la luz del día.

Mi suegra, que parecía no haber reparado siquiera en mí, dio media vuelta, apoyó una mano contra la pared y salió tambaleándose de la cocina. Miré a mi cuñada, que seguía pareciendo ausente de este mundo. Yo sabía que lo que iba a hacer no era conveniente, pero me acerqué a ella, la abracé y la guié hasta una silla. Puse agua a calentar y, haciendo acopio de valor, mojé un trapo en un cubo de agua fresca y limpié la cara a mi cuñada. Luego arrojé el trapo al brasero y vi cómo ardía. Cuando hirvió el agua, preparé té, le serví una taza y se la puse delante. Ella no la cogió. No sabía qué más podía hacer, así que me puse a preparar el *congee*, removiendo con paciencia el fondo del cazo para que el arroz no se pegara ni se quemara.

—Me esfuerzo por oír el llanto de mis hijos. Busco a mi esposo por todas partes —murmuró Cuñada Tercera. Me di la vuelta, creyendo que se dirigía a mí, pero comprendí por su mirada que hablaba sola—. Si vuelvo a casarme, ¿cómo podré reunirme con mi esposo y con mis hijos en el más allá?

Yo no podía ofrecerle palabras de consuelo, porque no las había. Cuñada Tercera no tenía ningún árbol robusto que la protegiera, ni ninguna montaña fiel se alzaba detrás de ella. Se levantó y salió de la cocina tambaleándose sobre sus delicados lotos dorados, frágil como uno de esos farolillos que soltamos en la Fiesta de los Farolillos. Seguí removiendo el *congee*.

A la mañana siguiente, cuando bajé, me pareció que algo había cambiado. Yonggang y otras dos criadas habían regresado y estaban limpiando la cocina y amontonando leña. Yonggang me informó de que esa misma mañana habían encontrado muerta a Cuñada Tercera. Se había suicidado bebiendo lejía. A menudo me pregunto qué habría pasado si hubiera esperado unas horas más, porque durante la comida mi suegra empezó a tener fiebre. Ya debía de estar enferma la noche anterior, cuando fue tan cruel con su nuera.

Yo tenía que tomar una decisión difícil. Hasta ese momento había mantenido protegidos a mis hijos en mi dormitorio, pero mi deber como esposa era servir a mis suegros antes que a nadie. Eso no significaba sólo llevarles el té por la mañana, lavarles la ropa o aceptar sus críticas con resignación. Servirlos significaba que debía apreciarlos más que a nadie, más que a mis padres, mi esposo o mis hijos. Como mi marido no estaba en la casa, no me quedaba otro remedio que olvidar el miedo a la enfermedad, expulsar de mi corazón todos los sentimientos que tenía hacia mis hijos y cumplir con mi deber. Si no lo hacía y mi suegra moría, mi vergüenza sería insoportable.

Aun así, no podía abandonar a mis hijos sin más. Mis otras cuñadas estaban con sus respectivas familias en sus propias habitaciones. Yo no sabía qué estaba pasando detrás de esas puertas cerradas. Quizá ya habían enfermado. Quizá ya habían muerto. Tampoco podía confiar a mi suegro el cuidado de mis hijos. Él había pasado la noche junto a su esposa y quizá sería el siguiente en enfermar. Por otro lado, no veía a tío Lu desde el inicio de la epidemia, aunque todas las mañanas y todas las noches él dejaba su cuenco vacío junto a la puerta de su habitación para que yo se lo rellenara.

Me senté en la cocina, retorciéndome las manos con nerviosismo. Yonggang se acercó, se arrodilló ante mí y dijo:

—Yo vigilaré a tus hijos.

Recordé cómo me había acompañado a casa de Flor de Nieve después de mi boda, cómo me había cuidado tras cada parto y cómo me había demostrado su fidelidad y su discreción llevando mis cartas a mi *laotong*. Había hecho muchas cosas por mí desde que sólo era una niñita de diez años y, sin que yo me diera cuenta, se había convertido en una joven corpulenta de grandes pies que ya tenía veinticuatro. Para mí seguía siendo tan fea como los genitales de un cerdo, pero sabía que todavía no había enfermado y que cuidaría de mis hijos como si fueran suyos.

Le di instrucciones muy precisas de cómo quería que les preparara el agua y la comida, y le entregué un cuchillo para que lo guardara por si la situación empeoraba y tenía que defender la puerta. Dejé a mis hijos en manos del destino y me concentré en la madre de mi esposo.

Durante cinco días me ocupé de mi suegra e hice por ella todo cuanto habría hecho cualquier nuera decente. Le lavaba las partes íntimas cuando ella ya no tenía fuerzas para utilizar el orinal. Le preparaba el mismo *congee* que había preparado a mis hijos; luego me hacía un corte en el brazo, como había visto hacer a mi madre, para añadir mi fluido vital a las gachas de arroz. Ése era el regalo más valioso que podía hacer una nuera, y yo se lo hice con la esperanza de que, por medio de algún milagro, lo que a mí me había dado vitalidad le devolviera a ella la suya.

Pero no es necesario que os diga lo terrible que es esa enfermedad, y ya podéis imaginar lo que pasó. Mi suegra murió. Siempre había sido justa conmigo, incluso amable, de modo que me costó decirle adiós. Cuando exhaló su último suspiro, comprendí que yo no podría hacer todo lo que merecía una mujer de su categoría. Lavé su sucio y reseco cuerpo con agua caliente aromatizada con madera de sándalo. Le puse las prendas mortuorias y metí sus textos de *nu shu* en los bolsillos, las mangas y los pliegues de su túnica. El propósito de esos textos no era que las generaciones venideras recordaran su nombre; los había escrito para expresar sus pensamientos y sus emociones a sus amigas, y ellas habían hecho otro tanto. En otras circunstancias yo habría quemado todo eso junto a su tumba pero, a causa del calor y la epidemia, había que enterrar los cadáveres deprisa sin pensar mucho en cosas como el *feng shui*, el *nu shu* o el deber filial. Lo único que podía hacer era asegurarme de que mi suegra tendría el consuelo de las palabras de sus amigas para leerlas y cantarlas en el más allá. Cuando hube terminado, se llevaron su cadáver en un carro para enterrarlo cuanto antes.

Mi suegra había vivido muchos años. En ese sentido yo podía alegrarme por ella. Y, tras su muerte, me convertí en la mujer más importante de la casa, aunque mi esposo no hubiera regresado. A partir de ese momento las cuñadas tendrían que obedecerme. Tendrían que congraciarse conmigo si querían recibir un trato favorable. Como las concubinas también habían muerto, confiaba en conseguir una mayor armonía, porque tenía muy clara una cosa: bajo ese techo no iba a haber más concubinas.

Tal como las criadas habían intuido, la enfermedad estaba abandonando nuestro condado. Abrimos las puertas y evaluamos la situación. En nuestra casa habían muerto mi suegra, mi tercer cuñado, toda su familia y las concubinas. Hermano Segundo y Hermano Cuarto sobrevivieron, y también sus familias. En mi familia natal habían muerto mi padre y mi madre. Yo lamentaba no haber pasado más tiempo con ellos en mi última visita, por supuesto, pero mi padre y yo habíamos dejado de relacionarnos cuando me vendaron los pies y nada había vuelto a ser como antes con mi madre después de nuestra discusión sobre las mentiras que me había contado acerca de Flor de Nieve. Como hija casada, mi única obligación era llorar a mis padres durante un año. Intenté agradecer a mi madre lo que había hecho por mí, pero no puedo afirmar que me consumiera la pena.

En general podíamos considerarnos afortunados. Tío Lu y yo no nos dijimos nada, pues eso habría sido indecoroso. Cuando salió de su habitación, ya no era un anciano benévolo que pasaba las horas muertas durante su retiro. Enseñaba a mi hijo con tanta intensidad, concentración y dedicación que nunca tuvimos que volver a contratar a un maestro venido de fuera. Mi hijo jamás eludía sus estudios, animado por la certeza de que la noche de su boda y el día en que su nombre apareciera en la lista dorada del emperador serían los más felices de su vida. En el primero estaría cumpliendo su papel de buen hijo; en el segundo pasaría de la oscuridad de nuestro pequeño condado a una fama tan grande que toda China sabría de él.

Pero antes de que eso sucediera mi esposo regresó a casa. No puedo describir el alivio que sentí cuando vi su palanquín acercarse por el camino, seguido de una caravana de carros tirados por bueyes y cargados de bolsas de sal y otros productos. No iba a pasarme nada de aquello que yo había temido y por lo que tantas lágrimas había derramado, o al menos no todavía. Me contagié de la felicidad que expresaban las mujeres de Tongkou mientras nuestros hombres descargaban los carros. Todas llorábamos liberando la tensión, el miedo y el dolor que habíamos soportado. Para mí —para todas nosotras—, mi esposo era la primera buena señal que veía desde hacía varios meses.

Vendieron la sal por todo el condado a gente desesperada pero agradecida. Los insólitos beneficios obtenidos con esas ventas nos libraron de toda preocupación económica. Pagamos nuestros impuestos. Volvimos a comprar los campos que habíamos tenido que vender. La familia Lu recuperó su prestigio y su riqueza. La cosecha de ese año resultó abundante, y por ese motivo el otoño fue aún más festivo. Habíamos capeado los malos tiempos y sentíamos un gran alivio. Mi suegro contrató a unos artesanos, que vinieron a Tongkou y pintaron bajo los aleros de la casa unos frescos que hablarían a los vecinos, y a todos cuantos visitaran el pueblo en el futuro, de nuestra prosperidad y nuestra buena suerte. Podría salir hoy mismo y verlos: mi esposo subiendo a la barca que lo llevaría río abajo, sus tratos con los comerciantes de Guilin, las mujeres de nuestra casa, ataviadas con amplias túnicas, bordando mientras esperábamos y el feliz regreso de mi esposo.

Está todo pintado bajo los aleros tal como sucedió, excepto el retrato de mi suegro. Está representado en una silla de respaldo alto, contemplando con gesto orgulloso todas sus propiedades, pero la verdad es que añoraba a su esposa y ya no tenía ánimos para ocuparse de las cosas mundanas. Murió un día mientras paseaba por el campo. Nuestro principal deber era ser los mejores dolientes que el condado hubiera visto jamás. Pusieron a mi suegro en un ataúd y lo dejaron fuera cinco días. Con el dinero que habíamos conseguido, contratamos a una banda para que tocara música día y noche. Vino gente de todo el condado para postrarse ante el ataúd. Traían regalos o dinero envuelto en sobres blancos, banderines y rollos de seda decorados con caracteres de la escritura de los hombres que elogiaban a mi suegro. Todos los hermanos y sus esposas fueron de rodillas hasta la tumba. Los vecinos de Tongkou y mucha gente venida de los pueblos cercanos nos siguieron a pie. Con nuestra ropa de luto, formábamos un río blanco que avanzaba lentamente por los verdes campos. Cada siete pasos, todos nos postrábamos y tocábamos el suelo con la frente. La tumba estaba a un kilómetro de distancia, de modo que podéis imaginar cuántas veces nos paramos por aquel pedregoso camino.

Jóvenes y viejos entonaban sus lamentos, mientras la banda tocaba cuernos, flautas, címbalos y tambores. Mi esposo, como era el primogénito, quemó unos billetes y lanzó petardos. Los hombres cantaron sus canciones, y las mujeres, las suyas. Mi esposo también había contratado a varios monjes, que oficiaron ritos para guiar a mi suegro —y a todas las víctimas de la epidemia— hasta una existencia feliz en el mundo de los espíritus. Después del entierro ofrecimos un banquete al que estuvo invitado todo el pueblo. A medida que los comensales regresaban a sus casas, los primos Lu de mayor estatus les entregaban una moneda de la buena suerte envuelta con papel, un trozo de caramelo para eliminar el sabor amargo de la muerte y una toallita para limpiarse. Así transcurrió la primera semana de los rituales. En total hubo cuarenta y cinco días de ceremonias, ofrendas, banquetes, discursos, música y lágrimas. Al final —aunque mi esposo y yo todavía no habíamos terminado el período oficial de luto— todo el condado sabía que nosotros dos nos habíamos convertido, al menos de nombre, en el señor y la señora Lu.

En las montañas

Todavía no sabía si Flor de Nieve y su familia habían sobrevivido a la epidemia de fiebre tifoidea. Había estado muy preocupada por mis hijos y después había tenido que atender a mi suegra; cuando todavía no había desaparecido la euforia que me produjo el regreso de mi esposo, murió mi suegro y tuvimos que encargarnos del funeral. Mi marido y yo nos convertimos, antes de lo previsto, en el señor y la señora Lu, y con tanto ajetreo me había olvidado por primera vez de mi *laotong*.

Entonces recibí una carta suya.

Querida Lirio Blanco:

Me han dicho que estás viva. Lamento la muerte de tus suegros. Todavía me ha dolido más saber que tus padres también han fallecido. Los quería mucho.

Nosotros sobrevivimos a la epidemia. En los primeros días parí otra hija muerta. Mi esposo dice que es mejor así. Si todas mis hijas hubieran sobrevivido, ahora tendría cuatro, y eso sería un desastre. Sin embargo, perder a tres hijos es demasiado para una madre.

Tú siempre me dices que vuelva a intentarlo. Desearía ser como tú y tener tres hijos varones. Como

tú dices, el tesoro de una mujer son sus hijos varo-
nes.

Aquí murió mucha gente. Te diría que ahora
vivimos más tranquilos, pero mi suegra sobrevivió.
No pasa ni un solo día sin que hable mal de mí, y hace
todo lo posible para poner a mi esposo en mi contra.

Te invito a visitarnos. Mi humilde puerta no
puede compararse con la tuya, pero estoy deseando que
olvidemos nuestros problemas. Si me quieres, ven, por
favor. Tenemos que prepararlo todo bien antes de em-
pezar a vendar los pies de nuestras hijas.

Flor de Nieve

Ahora que mi suegra no vigilaba mis movimientos, ya no tenía por qué esconderme para ver a Flor de Nieve. Recordaba su consejo acerca de los deberes de una esposa: «Obedece, obedece, obedece, y luego haz lo que quieras.»

Mi esposo, en cambio, ponía muchas objeciones porque no le gustaba que desatendiera a nuestros hijos (los varones tenían once, ocho y un año y medio, respectivamente, y nuestra hija acababa de cumplir seis). Dediqué varios días a tranquilizarlo. Le cantaba para ahuyentar las preocupaciones de su mente. Ponía trabajo a los niños, y eso aplacaba los temores de su padre. Le preparaba sus platos favoritos. Le lavaba y le daba masajes en los pies todas las noches, cuando volvía cansado de recorrer los campos. Satisfacía su deseo sexual. Él seguía sin querer que yo me marchara, y más tarde lamenté no haberle hecho caso.

El vigésimo octavo día del décimo mes, me puse una túnica de seda azul lavanda que había bordado con crisantemos, apropiada para el otoño. Yo creía que sólo vestiría las prendas que había confeccionado durante mis años de cabello recogido. No se me había ocurrido pensar que mi suegra moriría y dejaría numerosos rollos de tela que ni siquiera había tocado, ni que tendría dinero suficiente para comprar grandes cantidades de la mejor seda de Suzhou.

Iba a pasar tres noches lejos de mi hogar, pero, recordando que cuando éramos niñas mi *laotong* se ponía mi ropa siempre que me visitaba, no me llevé ninguna otra prenda para no hacer ostentación de mi riqueza ante una familia más humilde que la mía.

El palanquín me dejó delante de su casa. Flor de Nieve me esperaba sentada en la plataforma que había junto al umbral, vestida con una túnica, unos pantalones, un delantal y un tocado de algodón de color añil sucio, gastado y mal teñido. No entramos enseguida en la casa, porque a ella le apetecía disfrutar del fresco de la tarde. Mientras charlábamos, me fijé por primera vez en el gigantesco *wok* donde hervían los animales muertos para arrancarles el pelo y despellejarlos. En un cobertizo que tenía la puerta abierta vi unas piezas de carne colgada de las vigas. El olor me revolvió el estómago. Pero lo peor eran la cerda y sus crías, que subían una y otra vez a la plataforma buscando comida. Cuando dimos cuenta del arroz con mijo, ella cogió los cuencos y los dejó a nuestros pies para que la cerda y sus crías los rebañaran.

Al poco rato vimos llegar al carnicero —empujaba un carro cargado con cuatro banastas, cada una de las cuales contenía un cerdo tumbado boca abajo y con las patas estiradas— y fuimos al piso de arriba, donde la hija de Flor de Nieve bordaba y su suegra limpiaba algodón. La estancia era húmeda y sombría. La celosía era aún más pequeña y sencilla que la de mi casa natal; aun así, al asomarme distinguí mi ventana de Tongkou. Ni siquiera allí arriba podíamos librarnos del olor a cerdo.

Nos sentamos y nos pusimos a hablar de lo que más nos importaba: nuestras hijas.

—¿Has pensado cuándo deberíamos empezar el vendado? —inquirió Flor de Nieve.

Lo correcto era iniciarlo ese año, pero su pregunta me hizo abrigar esperanzas de que ella pensara como yo.

—Nuestras madres esperaron hasta que cumplimos siete años, y desde entonces hemos sido muy felices juntas —me aventuré a decir.

Ella esbozó una amplia sonrisa.

—Eso mismo he pensado yo. Nuestros ocho caracteres encajaban a la perfección. ¿No crees que no sólo deberíamos unir los ocho caracteres de nuestras hijas, sino también sus ocho caracteres a los nuestros en la medida de lo posible? Podrían iniciar el vendado el mismo día y a la misma edad que nosotras.

Miré a la hija de Flor de Nieve. Luna de Primavera era tan hermosa como su madre a esa edad —piel sedosa, cabello negro y brillante—, pero adoptaba una actitud resignada. Estaba sentada con la cabeza gacha, sin apartar la vista de su bordado, intentando no escuchar cómo hablábamos de su destino.

—Serán como un par de patos mandarines —auguré, y me alegré de que nos hubiéramos puesto de acuerdo con tanta facilidad, aunque estoy segura de que ambas confiábamos en que nuestros armoniosos ocho caracteres compensaran el hecho de que los de las niñas no encajaban a la perfección.

Era una gran suerte que Flor de Nieve tuviera a Luna de Primavera; de lo contrario, habría tenido que pasar los días a solas con su suegra. Dejad que os diga que esa mujer seguía siendo tan mordaz y mezquina como yo la recordaba. Sólo sabía decir una cosa: «Tu hijo mayor no es mejor que una niña. Es un debilucho. Nunca será lo bastante fuerte para matar un cerdo.» Cuando la oía, yo pensaba: «¿Por qué los fantasmas no se la llevaron durante la epidemia?», aunque ese pensamiento no fuera digno de una mujer de mi posición.

La cena me hizo recordar sabores de mi infancia, pues se sirvió lo mismo que comíamos en mi casa natal antes de que empezaran a llegar los regalos de mis suegros: judías en conserva, pies de cerdo con salsa de pimientos, rodajas de calabaza fritas en el *wok* y arroz rojo. Todas las comidas que hacíamos en Jintian se parecían en una cosa: siempre contenían carne de cerdo. Grasa de cerdo con las judías negras, orejas de cerdo cocidas en una olla de barro, intestinos de cerdo, pene de cerdo salteado con ajo y pimientos. Flor de Nieve no probaba nada de todo aquello y comía sus verduras y su arroz en silencio.

Después de cenar su suegra fue a acostarse. Aunque la tradición dicta que las almas gemelas deben compartir la cama cuando se visitan y que el esposo debe dormir en otra habitación, el carnicero anunció que no pensaba renunciar a la compañía de su esposa. ¿Qué excusa dio? «No hay nada más malvado que el corazón de una mujer.» Era un viejo proverbio, y seguramente cierto, pero no era muy elegante decir una cosa así a la señora Lu. Con todo, él mandaba en su casa y nosotras no teníamos más remedio que obedecerlo.

Flor de Nieve me llevó a la habitación del piso de arriba, donde me preparó una cama con las colchas de su ajuar, limpias pero deshilachadas. Puso sobre un mueble un cuenco lleno de agua caliente para que me lavara la cara. Cómo me habría gustado mojar en ella un trapo y borrar las preocupaciones del rostro de mi *laotong*. Mientras lo pensaba, ella me trajo un traje casi idéntico al suyo —casi, porque yo recordaba cómo lo había confeccionado con una de las prendas rescatadas del ajuar de su madre—. Luego se inclinó hacia mí, me besó en la mejilla y me susurró al oído:

—Mañana pasaremos el día juntas. Te enseñaré mis bordados y lo que he escrito en nuestro abanico. Hablaremos y recordaremos viejos tiempos. —Después me dejó sola.

Apagué el farolillo y me tumbé bajo las colchas. La luna estaba casi llena y la luz azulada que entraba por la celosía me transportó al pasado. Apreté la cara contra los pliegues de la colcha, que conservaba el perfume, fresco y delicado, de Flor de Nieve en nuestros años de cabello recogido. Me pareció volver a oír nuestros débiles gemidos de placer. Sola en aquella oscura habitación, me ruboricé al recordar cosas que era mejor olvidar. Pero los gemidos no desaparecieron de mis oídos y me incorporé. Ese sonido no lo imaginaba yo, sino que procedía del dormitorio de Flor de Nieve. ¡Mi *laotong* estaba teniendo trato carnal con su esposo! Quizá se hubiera hecho vegetariana, pero no se parecía a la esposa Wang de la historia que nos contaba mi tía. Me tapé los oídos e intenté conciliar el sueño, pero no lo conseguía. Mi buena suerte me había convertido en una persona impaciente e intolerante. El carácter impuro de aquella casa y sus moradores me irritaba los sentidos, la piel y el alma.

A la mañana siguiente el carnicero se marchó a trabajar. Ayudé a Flor de Nieve a lavar y secar los platos, a entrar leña, a sacar agua del pozo, a cortar las hortalizas para la comida, a coger carne del cobertizo donde se guardaban las piezas de cerdo y a cuidar a su hija. Cuando terminamos, puso a calentar el agua que utilizaríamos para bañarnos. Luego la subió a la habitación de las mujeres y cerró la puerta. Nunca habíamos sentido pudor; ¿por qué habíamos de sentirlo entonces? En aquella casita hacía mucho calor, pese a que estábamos en el décimo mes, pero se me puso carne de gallina cuando Flor de Nieve pasó el trapo mojado por mi piel.

¿Cómo puedo explicar esto sin que mis palabras parezcan propias de un esposo? Cuando la miré, vi que su pálida piel, siempre tan hermosa, había empezado a tornarse gruesa y oscura. Sus manos, siempre tan suaves, parecían rugosas sobre mi piel. Tenía arrugas encima del labio superior y en las comisuras de los ojos. Llevaba el cabello recogido en un prieto moño, en el que se apreciaban algunos mechones blancos. Tenía la misma edad que yo: treinta y dos años. Las mujeres de nuestro país no suelen vivir más de cuarenta, pero yo acababa de ver cómo mi suegra se iba al más allá, cuando aún parecía muy hermosa, a pesar de haber alcanzado la asombrosa edad de cincuenta y un años.

Esa noche volvimos a comer cerdo para cenar.

Entonces no me daba cuenta, pero el reino exterior, ese tumultuoso mundo de los hombres, se estaba filtrando en mi vida y en la de Flor de Nieve. La segunda noche que pasamos en su casa, nos despertaron unos ruidos espantosos. Nos reunimos en la sala principal y nos acurrucamos unos contra otros; todos, incluso el carnicero, estábamos aterrados. La habitación se llenó de humo. Una casa, quizá un pueblo entero, se estaba quemando cerca de allí. El polvo y la ceniza se depositaban sobre nuestra ropa. Se oían ruidos de metal y de cascos de caballos, que resonaban en nuestras cabezas. Estaba oscuro y no sabíamos qué sucedía. ¿Se estaba produciendo una catástrofe en un solo pueblo, o se trataba de algo mucho peor?

Se avecinaba un gran desastre. Los habitantes de los pueblos cercanos empezaron a huir de sus casas para refugiarse en las montañas. A la mañana siguiente, desde la celosía de Flor de Nieve vimos una caravana de hombres, mujeres y niños en carros empujados por otras personas o tirados por bueyes, a pie o en ponis. El carnicero corrió hasta las afueras del pueblo y les preguntó:

—¿Qué ha pasado? ¿Es la guerra?

Unas voces le contestaron:

—¡El emperador ha enviado un mensajero a Yongming para que nuestro gobierno actúe contra los taiping!

—¡Las tropas imperiales han llegado para echar a los rebeldes!

—¡Hay combates por todas partes!

El carnicero hizo bocina con las manos y preguntó:

—¿Qué debemos hacer?

—¡Huid!

—¡La batalla pronto llegará aquí!

Yo estaba paralizada, abrumada y muerta de miedo. ¿Por qué mi esposo no había venido a buscarme? Una y otra vez me reprochaba a mí misma haber elegido aquel momento, después de tantos años, para visitar a mi laotong. Pero así es el destino. Tomamos decisiones acertadas y sensatas, pero a veces los dioses tienen otros planes para nosotros.

Ayudé a Flor de Nieve a preparar unas bolsas para ella y sus hijos. Fuimos a la cocina y cogimos un gran saco de arroz, té y licor para beber y para curar heridas. Por último enrollamos cuatro colchas de su ajuar, las atamos y las dejamos junto a la puerta. Cuando todo estuvo preparado, me puse mi traje de viaje de seda, salí, me planté en la plataforma y esperé a que viniera mi esposo, pero no apareció. No apartaba la vista del camino de Tongkou. De allí también salían tropeles de gente, sólo que, en lugar de subir hacia las colinas que se elevaban detrás del pueblo, cruzaban los campos en dirección a Yongming. Los dos torrentes de refugiados —el que iba hacia las colinas y el que se dirigía a la ciudad— me confundieron. ¿Acaso no había dicho siempre Flor de Nieve que las montañas eran los brazos que nos protegían? Entonces, ¿por qué iban los habitantes de Tongkou en la dirección opuesta?

A última hora de la tarde vi que un palanquín se apartaba del grupo que salía de Tongkou y viraba hacia Jintian. Yo sabía que venía a buscarme, pero el carnicero no quiso esperar.

—¡Es hora de marcharnos! —exclamó.

Yo quería quedarme allí hasta que mi familia viniera a recogerme, pero el carnicero se negó.

—Entonces iré caminando hacia el palanquín —dije. Desde la celosía de mi casa había imaginado infinidad de veces que iba caminando hasta Jintian. ¿Por qué no podía hacer el viaje a la inversa y reunirme con mi familia?

El carnicero hizo un brusco gesto con la mano, como si cortara el aire, indicando que no quería oír ni una palabra más.

—Están viniendo muchos hombres. ¿Sabes lo que le harían a una mujer sola? ¿Sabes lo que me haría tu familia si te pasara algo?

—Pero...

—Lirio Blanco —intervino Flor de Nieve—, ven con nosotros... Sólo estaremos fuera unas horas y luego te enviaremos con tu familia. Tenemos que ponernos a salvo.

El carnicero subió al carro a su madre, a su esposa, a los niños más pequeños y a mí; luego, junto con su hijo mayor, empezó a empujar de él. Yo miraba más allá de los campos que se extendían al otro lado de Jintian y veía llamas y penachos de humo agitados por el viento.

Flor de Nieve ofrecía continuamente agua a su esposo y a su hijo mayor. El otoño estaba avanzado y, cuando se puso el sol, el frío cayó sobre nosotros, pero el esposo y el hijo sudaban como si fuera pleno verano. Sin que nadie se lo pidiera, Luna de Primavera bajó del carro y cogió a su hermano pequeño. Llevó al niño sobre la cadera, y luego a la espalda. Por último lo dejó en el suelo, le cogió de la mano y se agarró al carro con la otra.

El carnicero aseguró a su esposa y a su madre que pronto nos detendríamos, pero no nos detuvimos. Formábamos parte de una siniestra caravana. Poco antes del amanecer, a la hora en que la oscuridad es más impenetrable, ascendimos por la primera ladera empinada. El carnicero tenía el rostro crispado, las venas se destacaban en su piel y le temblaban los brazos del esfuerzo que hacía para empujar el carro colina arriba. Al final se rindió y cayó al suelo detrás de nosotros. Flor de Nieve se bajó de un salto. Me miró. Yo la miré también. Detrás de mi *laotong* el cielo estaba rojo como el fuego. Los sonidos que transportaba el viento me hicieron apearme del carro. Nos atamos sendas colchas a la espalda. El carnicero se cargó el saco de arroz al hombro y los niños cogieron toda la comida que pudieron. Entonces pensé algo. Si sólo íbamos a estar fuera unas horas, ¿por qué llevábamos tanta comida? Quizá no volvería a ver a mi esposo ni a mis hijos durante varios días. Entretanto estaría allí, a merced de los elementos, con el carnicero. Me tapé la cara con las manos y procuré serenarme. No podía permitir que él viera en mí síntomas de debilidad.

Seguimos a pie hasta alcanzar a los otros. Flor de Nieve y yo sujetábamos a la madre del carnicero por los brazos para ayudarla a remontar la cuesta. Ella descansaba todo su peso en nosotras, como era de esperar en una rata. Cuando Buda quiso que la rata divulgara sus enseñanzas, la astuta criatura intentó aprovecharse del caballo. El caballo, que es un animal sabio, se negó a llevarla, y por eso los dos signos son incompatibles desde entonces. Pero en aquel espantoso camino, aquella espeluznante noche, ¿qué podíamos hacer nosotras, los dos caballos?

Los hombres que veíamos alrededor tenían una expresión adusta. Habían abandonado sus hogares y su sustento y se preguntaban si acabarían convertidos en montones de ceniza. Las mujeres tenían la cara surcada de lágrimas de miedo y dolor, pues en una sola noche estaban caminando todo lo que no habían caminado desde que les habían vendado los pies. Los niños no se quejaban, porque estaban demasiado asustados. No habíamos hecho más que iniciar nuestra huida.

Al día siguiente, a última hora de la tarde —no habíamos parado ni una sola vez—, el camino se estrechó hasta quedar reducido a una vereda que serpenteaba por una ladera que se empinaba cada vez más. Veíamos imágenes dolorosas y oíamos sonidos lastimeros. A veces pasábamos junto a ancianos o ancianas que se habían sentado para descansar y que no volverían a levantarse. Jamás había imaginado que en nuestro propio condado vería a padres abandonados de esa forma. A menudo, mientras avanzábamos, oíamos quejidos y últimas palabras dirigidas con resignación a un hijo o una hija: «Márchate. Vuelve a buscarme mañana, cuando todo haya terminado.» «Sigue caminando. Salva a tus hijos. No olvides levantarme un altar cuando llegue la Fiesta de la Primavera.» Cada vez que pasábamos junto a alguien así, yo pensaba en mi madre. Ella no habría podido hacer ese viaje con la única ayuda de su bastón. ¿Habría pedido que la dejaran atrás? ¿La habría abandonado mi padre? ¿Y Hermano Mayor?

Los pies me dolían como durante el vendado, y el dolor ascendía por las piernas con cada paso que daba. De todas formas, podía considerarme afortunada. Vi a mujeres de mi edad, e incluso más jóvenes —en sus años de arroz y sal—, con los pies destrozados por el esfuerzo. Tenían las piernas ilesas del tobillo para arriba, pero bajo las vendas sus pies estaban completamente deshechos. Se quedaban tumbadas en el suelo, inmóviles, llorando, abandonadas a su suerte, conscientes de que no tardarían en morir de sed, de hambre o de frío. Nosotros seguíamos nuestro camino sin mirar atrás, enterrando la pena en nuestros vacíos corazones, haciendo oídos sordos a los sonidos de la agonía y el sufrimiento.

Cuando cayó la segunda noche y el mundo se tornó negro, el desaliento nos invadió a todos. Algunos abandonaban sus pertenencias. Más de uno se había separado de su familia. Los esposos buscaban a sus esposas. Las madres llamaban a sus hijos. Estábamos a finales de otoño, la estación en que suele iniciarse el vendado de los pies, de modo que muchas veces encontrábamos a niñas pequeñas cuyos huesos se habían roto hacía poco y que se habían quedado atrás, igual que la comida, la ropa innecesaria, el agua, los altares de viaje, los ajuares y los tesoros familiares.

También veíamos a niños pequeños —terceros, cuartos o quintos hijos— que pedían ayuda a quienes pasaban a su lado. Pero ¿cómo íbamos a socorrer a unos desconocidos, si teníamos que seguir andando sin soltar la mano de nuestro hijo favorito y aferradas a la de nuestro esposo? Cuando temes por tu vida no piensas en los demás. Sólo piensas en tus seres queridos, y quizá ni siquiera eso sea suficiente.

No oíamos campanas que nos anunciaran la hora, pero la oscuridad era impenetrable y estábamos extenuados. Llevábamos más de treinta y seis horas caminando sin descanso, sin comida, y bebiendo sólo un sorbo de agua de vez en cuando. Empezamos a oír unos gritos largos y estremecedores, pero ignorábamos de dónde provenían. Descendió la temperatura. La escarcha se acumulaba en las hojas y en las ramas de los árboles. Flor de Nieve llevaba un traje de algodón añil, y yo, uno de seda; esas prendas no iban a protegernos de las duras condiciones que se avecinaban. Bajo la suela de nuestros zapatos las rocas se volvieron resbaladizas. Yo estaba convencida de que me sangraban los pies, porque notaba en ellos un extraño calor. Pero seguimos caminando. La madre del carnicero se tambaleaba entre mi *laotong* y yo. Era una anciana débil, pero su personalidad de rata le impedía rendirse.

El sendero se estrechó aún más. A la derecha, la montaña —ya no puedo llamarla colina— se alzaba con tal pendiente que rozábamos la pared con los hombros mientras avanzábamos en fila india. A la izquierda, la ladera descendía abruptamente hasta perderse en la oscuridad. Yo no alcanzaba a ver qué había allí abajo, pero delante y detrás de mí, en el sendero, había muchas mujeres con los pies vendados. Éramos como flores en medio de una tormenta. Y no sólo nos dolían los pies, sino que además teníamos calambres y temblores en las piernas, porque sometíamos a nuestros músculos a un esfuerzo al que no estaban acostumbrados.

Durante una hora caminamos detrás de una familia —el padre, la madre y tres hijos—, hasta que la mujer resbaló en una roca y se precipitó en aquel pozo de oscuridad que se abría bajo nosotros. Oímos un grito agudo y prolongado, que se interrumpió abruptamente, y me di cuenta de que era eso lo que llevábamos oyendo toda la noche. A partir de ese momento yo pasaba una mano sobre la otra para agarrarme a la hierba, sin importarme los rasguños que me hacían las piedras que sobresalían de la pared montañosa que se alzaba a mi derecha. Estaba dispuesta a hacer cualquier cosa para no convertirme en otro grito en la noche.

Llegamos a una hondonada que quedaba resguardada. Las montañas se perfilaban contra el cielo alrededor de nosotros. Había pequeñas hogueras encendidas. Nos hallábamos a gran altitud, y sin embargo la depresión del terreno impedía que los taiping vieran el resplandor del fuego, o al menos eso esperábamos. Seguimos caminando despacio hacia la hondonada.

Quizá porque yo no estaba con mi familia, sólo veía rostros infantiles en torno a las fogatas diseminadas por el campamento. Tenían los ojos llorosos y la mirada perdida. Quizá se les había muerto una abuela o un abuelo. Quizá habían perdido a su madre o a una hermana. Todos tenían miedo. Ver a un niño en ese estado es algo que no deseo a nadie.

Nos detuvimos cuando Flor de Nieve reconoció a tres familias de Jintian que habían encontrado un lugar relativamente protegido bajo un gran árbol. Al ver al carnicero cargado con un saco de arroz, se levantaron a toda prisa para hacernos sitio junto a la hoguera. Me senté y acerqué las manos y los pies a las llamas, y éstos empezaron a arderme, no por el calor del fuego, sino porque los huesos y la carne, helados, empezaban a descongelarse.

Flor de Nieve y yo frotamos las manos a sus hijos. Ellos lloraban en silencio, incluso el mayor. Sentamos a los tres niños juntos y los tapamos con una colcha. Nosotras nos acurrucamos bajo otra, mientras su suegra cogía otra colcha para ella sola. La última era para el carnicero, pero él la rechazó con un gesto. Se puso a hablar en voz baja con uno de los hombres de Jintian. Luego se arrodilló al lado de Flor de Nieve.

—Voy a buscar más leña —anunció.

Ella lo agarró del brazo y exclamó:

—¡No te vayas! ¡No nos dejes aquí!

—Si no mantenemos encendida la hoguera, habremos muerto todos antes del amanecer —repuso él—. ¿No lo notas? Está a punto de nevar. —Separó con delicadeza de su brazo los dedos de su esposa—. Nuestros vecinos os vigilarán hasta que yo vuelva. No tengas miedo. Y, si es necesario —añadió bajando la voz—, aparta a esa gente del fuego y haz sitio para ti y para tu amiga. Tú puedes hacerlo.

Y yo pensé: «Quizá ella no se atreva, pero yo no pienso morir aquí sin mi familia.»

Pese a lo cansados que estábamos, teníamos tanto miedo que no podíamos dormir; ni siquiera nos atrevíamos a cerrar los ojos. Y teníamos hambre y sed. En el pequeño corro alrededor de la hoguera, las mujeres —luego supe que eran hermanas de juramento casadas— aliviaron nuestros temores cantando una historia. Es curioso que, aunque mi suegra dominaba el *nu shu* —quizá precisamente porque conocía a la perfección tanta variedad de caracteres—, para ella cantar no fuera muy importante. Valoraba más una carta redactada con primor o un precioso poema que una canción para distraer o consolar. Por eso mis cuñadas y yo habíamos renunciado a los viejos cantos con que habíamos crecido. Yo conocía el cuento que las mujeres cantaron esa noche, pero no lo oía desde la infancia. Hablaba del pueblo yao, de su primer hogar y de su valiente lucha por la independencia.

—Somos el pueblo yao —empezó Loto, que era unos diez años mayor que yo—. En la antigüedad Gao Xin, un emperador Han amable y benévolo, sufrió el ataque de un malvado y ambicioso general. Panhu, un perro sarnoso y abandonado, oyó hablar de los problemas que acuciaban al emperador y desafió al general. Lo venció y recibió como recompensa la mano de una hija del emperador. Panhu se sentía muy feliz, pero su prometida estaba avergonzada, porque no quería casarse con un perro. Sin embargo, su deber era obedecer a su padre, así que Panhu y ella se marcharon a las montañas, donde tuvieron doce hijos, que son los antepasados del pueblo yao. Cuando los niños crecieron, construyeron una ciudad llamada Qianjiandong, la gruta de las mil familias.

Terminada la primera parte de la historia, otra mujer, Sauce, siguió cantando. Flor de Nieve, sentada a mi lado, se estremeció. ¿Estaba recordando nuestros días de hija, cuando escuchábamos a Hermana Mayor y a sus hermanas de juramento, o a mi madre y mi tía, cantar esa historia que narra nuestros orígenes?

—No había otro lugar con tanta agua ni con una tierra tan fértil —continuó Sauce—. Estaba muy bien protegido de los intrusos, pues quedaba escondido y sólo se podía llegar a él a través de un cavernoso túnel. Qianjiandong era un lugar mágico para el pueblo yao. Pero un paraíso como aquél no podía permanecer inalterado eternamente.

Las mujeres sentadas alrededor de otras hogueras empezaron a cantar los versos de aquella canción. Los hombres deberían habernos hecho callar, pues los rebeldes podían oírnos, pero la pureza de la voz de las mujeres nos infundía fuerza y valor a todos.

Sauce prosiguió:

—Muchas generaciones más tarde, durante la dinastía Yuan, un temerario explorador del gobierno local recorrió el túnel y encontró al pueblo yao. Los yao vestían ropas lujosas y estaban sanos y rollizos gracias a los frutos de aquella tierra tan fértil. Al oír hablar de aquel esplendoroso lugar, el emperador, codicioso e ingrato, exigió más impuestos al pueblo yao.

Cuando los primeros copos de nieve empezaron a caer sobre nuestras caras y nuestro pelo, Flor de Nieve entrelazó su brazo con el mío y narró la siguiente parte de la historia.

—«¿Por qué vamos a pagar?», se preguntaba el pueblo yao. —La voz de mi alma gemela temblaba de frío—. En la cima de la montaña que protegía su ciudad de los intrusos, construyeron un parapeto de piedra. El emperador envió a tres recaudadores de impuestos a la caverna para negociar con el pueblo yao, pero no regresaron. El emperador envió a otros tres...

Las mujeres sentadas alrededor de nuestra hoguera cantaron con ella:

—No regresaron.

—El emperador envió a un tercer contingente. —La voz de Flor de Nieve cobraba fuerza. Jamás la había oído cantar así. Su voz flotaba, clara y hermosa, hacia las montañas. Si los rebeldes la hubieran oído, habrían huido tomándola por un fantasma de zorro.

—No regresaron —cantaron las otras mujeres.

—El emperador envió a sus soldados. Iniciaron un sangriento asedio. Murieron muchos yao, hombres, mujeres y niños. ¿Qué podían hacer? ¿Qué podían hacer? El caudillo cogió un cuerno de carabao y lo dividió en doce trozos. A continuación los repartió a diferentes grupos y les dijo que se dispersaran para salvar la vida.

—Que se dispersaran para salvar la vida —repitieron las otras mujeres.

—Fue así como el pueblo yao llegó a los valles y a las montañas, a esta provincia y a otras —prosiguió Flor de Nieve.

Flor de Ciruelo, la más joven del grupo, terminó de cantar el cuento.

—Dicen que dentro de quinientos años el pueblo yao, esté donde esté, volverá a recorrer la caverna, juntará los trozos de cuerno y reconstruirá nuestro hogar encantado. Ese momento no tardará en llegar.

Hacía muchos años que había oído la historia y no sabía qué pensar. Los yao habían creído que estaban a salvo, protegidos por las montañas, su parapeto y la caverna secreta, pero se equivocaban. Me pregunté quién llegaría antes a la hondonada donde nos encontrábamos y qué pasaría entonces. Los taiping quizá intentaran conquistarnos para su causa, mientras que el gran ejército de Hunan quizá nos tomara por rebeldes. Tanto en un caso como en el otro, ¿perderíamos la batalla y nos pasaría lo mismo que a nuestros antepasados? ¿Podríamos regresar a nuestros hogares?

Pensé en los taiping, que, como el pueblo yao, se habían rebelado contra los elevados impuestos y el sistema feudal. ¿Tenían razón? ¿Debíamos unirnos a ellos? ¿Estábamos ofendiendo a nuestros antepasados al no reconocer sus derechos?

Esa noche nadie consiguió dormir.

Invierno

Las cuatro familias de Jintian siguieron juntas bajo la protección del gran árbol de largas ramas, pero sus sufrimientos no terminaron ni en dos noches ni en una semana. Ese año nevó más de lo que nadie recordaba haber visto nevar en nuestra provincia. Tuvimos que soportar temperaturas muy bajas, no sólo de noche, sino también de día. De nuestras bocas salían nubes de vaho que el viento de la montaña se tragaba. Pasábamos hambre. Las familias guardaban con celo sus provisiones, pues no sabíamos cuánto tiempo pasaríamos allí. Por todo el campamento había gente con tos, resfriados y dolor de garganta. Seguían muriendo hombres, mujeres y niños a causa de la enfermedad y de las gélidas noches.

Durante la huida me había lastimado los pies, y lo mismo le había pasado a la mayoría de las mujeres que se habían refugiado en aquellas montañas. Privadas de intimidad, teníamos que quitarnos los vendajes, lavarnos los pies y volver a vendarlos delante de los hombres. También teníamos que superar la vergüenza respecto a otras necesidades fisiológicas, y aprendimos a aliviarnos detrás de un árbol o en la letrina comunitaria, cuando la excavaron. Pero, a diferencia de las otras mujeres, yo no estaba con mi familia. Me consumía de preocupación por mi esposo, sus hermanos, mis cuñadas, sus hijos y hasta las criadas, pues no sabía si habrían conseguido refugiarse en Yong-ming.

Mis pies tardaron casi un mes en curarse lo suficiente para permitirme caminar sin que volvieran a sangrar. A principios del duodécimo mes lunar decidí que todos los días iría en busca de mis hermanos y sus familias y de Hermana Mayor y su familia. Esperaba que estuvieran a salvo no lejos de donde nos encontrábamos nosotros, pero ¿cómo podía localizarlos, si éramos diez mil personas esparcidas por las montañas? Todos los días me echaba una colcha sobre los hombros y me ponía en marcha, marcando siempre el camino, consciente de que perecería si no lograba regresar hasta la familia de Flor de Nieve.

Un día, cuando llevaba unas dos semanas buscando, encontré a un grupo de Getan acurrucado bajo un saliente de roca. Les pregunté si conocían a Hermana Mayor.

—¡Sí, sí, la conocemos! —contestó una mujer.

—Nos separamos de ella la primera noche —explicó su amiga—. Si la encuentras, dile que venga con nosotros. Podemos dar cobijo a una familia más.

Otra mujer, que parecía la cabecilla del grupo, me advirtió que sólo tenían sitio para gente de Getan, por si se me había ocurrido alguna idea.

—Lo comprendo —dije—. De todas formas, si la veis, ¿podríais decirle que la estoy buscando? Soy su hermana.

—¿Su hermana? Entonces, ¿eres la señora Lu?

—Sí —respondí con cierto recelo. Si creían que tenía algo para darles, se equivocaban.

—Vinieron unos hombres buscándote.

Al oír esas palabras me dio un vuelco el corazón.

—¿Quiénes eran? ¿Mis hermanos?

Las mujeres se miraron y luego me observaron con desconfianza. La cabecilla volvió a tomar la palabra.

—No quisieron decir quiénes eran. Ya sabes lo que pasa aquí arriba. Entre ellos había uno que era el jefe. Creo recordar que era corpulento. Llevaba ropa y zapatos de calidad. Un mechón de cabello le tapaba la frente, así.

¡Mi esposo! ¡Tenía que ser mi esposo!

—¿Qué dijo? ¿Dónde está? ¿Cómo...?

—No tenemos ni idea, pero, si de verdad eres la señora Lu, debes saber que hay un hombre que te busca. No te preocupes. —La mujer me dio unas palmaditas en la mano—. Dijo que regresaría.

Seguí buscando, pero no volví a oír ninguna historia parecida. Acabé pensando que aquellas mujeres se habían burlado de mí. Cuando regresé al lugar donde las había encontrado, había otra familia acurrucada bajo el saliente de roca. Tras ese descubrimiento regresé a mi campamento con una profunda desesperación. Nadie que me viera creería que era la señora Lu. Mi seda azul lavanda con los crisantemos primorosamente bordados estaba sucia y desgarrada, y mis zapatos estaban manchados de sangre y desgastados de tanto andar. Además, no quería ni imaginar cómo debían de estar estropeándome la cara el sol, el viento y el frío. Ahora que tengo ochenta años, al recordar aquellos días puedo afirmar con certeza que era una joven frívola y estúpida por pensar en esas cosas, cuando las verdaderas amenazas eran la escasez de alimentos y el frío implacable.

El esposo de Flor de Nieve se convirtió en el héroe de nuestro pequeño grupo de refugiados. Como desempeñaba un oficio impuro, hizo muchas cosas que eran necesarias sin quejarse ni esperar la menor muestra de agradecimiento. Había nacido bajo el signo del gallo; era apuesto, crítico, enérgico y cruel si hacía falta. Estaba en su naturaleza recurrir a la tierra para sobrevivir; sabía cazar, limpiar un animal, cocinar en la hoguera y secar las pieles para que nos abrigáramos con ellas. Cargaba leña y grandes cantidades de agua. Nunca se cansaba. Allí arriba no era una persona impura, sino un guardián y un protector. Flor de Nieve estaba orgullosa de él por su carisma, y yo estaba y le estaré eternamente agradecida porque su actitud me salvó la vida.

Aiya! Pero su madre, la rata... Siempre estaba merodeando y escabulléndose. En aquellas circunstancias tan desesperadas, seguía criticándolo todo y quejándose incluso de las cosas más nimias. Siempre se sentaba lo más cerca que podía del fuego. Nunca se desprendía de la colcha que había cogido la primera noche y, si tenía ocasión, se hacía con alguna otra hasta que le pedíamos que la devolviera. Escondía comida en las mangas de su túnica y, cuando creía que no la veíamos, la sacaba y se metía enormes pedazos de carne quemada en la boca. Dicen que las ratas son avaras, y nosotros tuvimos oportunidad de comprobarlo. No paraba de enredar y manipular a su hijo, pese a que no tenía ningún motivo para hacerlo. Él siempre se comportaba como un buen hijo y la obedecía en todo. Cuando la anciana se quejaba de que necesitaba más comida que su nuera, él se aseguraba de que comiera primero. Como yo también había sido una buena hija, no podía reprocharle esa actitud, de modo que Flor de Nieve y yo empezamos a compartir mis raciones. Un día, cuando se acabó el arroz del saco, la anciana dijo que no había que dar al hijo mayor la comida que el carnicero había cazado o rapiñado.

—Es demasiado valiosa para dársela a alguien tan débil —argumentó—. Cuando se muera, todos nos sentiremos aliviados.

Miré al niño, que entonces tenía once años, igual que mi hijo mayor. El crío miró a su abuela con sus hundidos ojos y no osó defenderse. Yo estaba segura de que Flor de Nieve intercedería por él, pues al fin y al cabo era su primogénito. Sin embargo, mi alma gemela no lo amaba como debería haberlo amado. La abuela estaba condenando al niño a una muerte segura, pero la mirada de Flor de Nieve no se posó en él, sino en su segundo hijo. Pese a que éste era inteligente y fuerte, yo no podía permitir que le pasara aquello a un primogénito, porque iba contra todas las tradiciones. ¿Qué contestaría a mis antepasados cuando me preguntaran por qué había dejado morir a aquel niño? ¿Cómo recibiría al pobre muchacho cuando lo viera en el más allá? Como primogénito, merecía comer más que cualquiera de nosotros, incluido el carnicero. Así pues, empecé a compartir mi ración con Flor de Nieve y su hijo. Cuando el carnicero nos descubrió, abofeteó al niño y luego a su esposa.

—Esa comida es para la señora Lu.

Antes de que ellos pudieran hablar, la rata saltó:

—Hijo, ¿por qué das de comer a esa mujer? Es una extraña para nosotros. Tenemos que pensar en los de nuestra sangre: en ti, en tu segundo hijo y en mí.

No mencionó, por descontado, al primogénito ni a Luna de Primavera, que habían sobrevivido hasta ese momento alimentándose de sobras y estaban cada vez más débiles.

En esta ocasión el carnicero no cedió a la presión de su madre.

—La señora Lu es nuestra invitada. Si la devuelvo con vida, quizá reciba una recompensa.

—¿Dinero? —preguntó su madre, incapaz de disimular su codicia.

—El señor Lu puede procurarnos cosas mucho más importantes que el dinero.

La anciana entornó los ojos mientras cavilaba sobre esas palabras. Me apresuré a intervenir en la conversación antes de que ella hablara.

—Si lo que esperas es una recompensa, necesito una ración más generosa. Si no —añadí torciendo el gesto como había visto hacer a las concubinas de mi suegro—, diré que tu familia no me mostró hospitalidad, sino sólo avaricia, desconsideración y vulgaridad.

¡Qué riesgo corrí aquel día! El carnicero habría podido echarme del grupo en ese mismo instante. Sin embargo, pese a las incesantes protestas de su madre, recibí la mayor ración de comida, que compartí con Flor de Nieve, su hijo mayor y Luna de Primavera. Qué hambre pasábamos. Quedamos reducidos a poco más que la piel y los huesos; estábamos el día entero tumbados, inmóviles, con los ojos cerrados, respirando superficialmente, intentando conservar la poca energía que nos quedaba. Las enfermedades que en nuestro pueblo considerábamos benignas seguían haciendo estragos en el campamento. Todo escaseaba —los alimentos, las fuerzas, las tazas de té caliente y las hierbas vigorizantes—, de modo que nadie tenía ánimos para combatir esos males menores. Seguía muriendo gente y los demás no teníamos fuerzas para apartar los cadáveres.

El hijo mayor de Flor de Nieve buscaba mi compañía siempre que podía. Nadie lo quería, pero no era tan estúpido como creía su familia. Recordé el día que Flor de Nieve y yo habíamos ido a rezar al templo de Gupo y cómo habíamos expresado el deseo de transmitir a nuestros hijos el gusto por la elegancia y el refinamiento. Me percaté de que esas virtudes latían dormidas en el interior del muchacho, aunque no había recibido educación. Yo no podía enseñarle la escritura de los hombres, pero sí inculcarle lo que tío Lu había enseñado a mi hijo, porque muchas veces había escuchado sus lecciones a hurtadillas. «Las cinco cosas que más respetan los chinos son el cielo, la tierra, el emperador, los padres y los maestros...» Cuando le hube dado todas las lecciones que recordaba, le conté un cuento didáctico, transmitido por las mujeres de nuestro condado, acerca de un segundo hijo que se convierte en mandarín y regresa a su casa paterna, pero lo cambié un poco para que se adaptara a las circunstancias del niño.

—Un primogénito corre junto al río —empecé—. Está verde como el bambú. No sabe nada de la vida. Vive con su madre, su padre, su hermano pequeño y su hermana pequeña. El hermano menor seguirá el negocio de su padre. La hermana pequeña se casará y se marchará de su casa. La madre y el padre nunca se fijan en su hijo mayor. Cuando se fijan en él, le aporrean la cabeza hasta que se le hincha como un melón.

El niño, acurrucado a mi lado junto al fuego, me miraba con fijeza. Proseguí:

—Un día, el niño va al sitio donde su padre guarda el dinero. Coge unas monedas y se las esconde en el bolsillo. A continuación va a donde su madre guarda la comida. Llena un saco con todo lo que puede transportar. Luego, sin despedirse de nadie, sale de su casa y atraviesa los campos. Cruza el río a nado y sigue caminando. —Pensé en un lugar lejano—. Va caminando hasta Guilin. ¿Crees que este viaje a las montañas ha sido duro? ¿Crees que vivir a la intemperie en invierno es duro? Pues esto no es nada. El niño no tenía amigos ni protectores, ni más ropa que la que llevaba puesta. Cuando se le acabaron la comida y el dinero, tuvo que mendigar para sobrevivir.

El crío se ruborizó, no por el calor de la hoguera, sino de vergüenza. Debía de haber oído que sus abuelos maternos habían acabado convertidos en pordioseros.

—Hay quien dice que eso es vergonzoso —continué—, pero, si es la única forma de sobrevivir, entonces requiere un gran valor.

Al otro lado de la hoguera, la madre del carnicero masculló:

—La historia no es así.

No le hice caso. Sabía cómo era la historia, pero quería ofrecer al niño algo a lo que aferrarse.

—El crío deambulaba por las calles de Guilin tras los hombres vestidos de mandarines. Los escuchaba e imitaba su forma de hablar. Se sentaba junto a las casas de té e intentaba hablar con los hombres que entraban en ellas. Cuando empezó a hablar con refinamiento, uno se fijó en él. —Al llegar a este punto hice un paréntesis para decir—: Muchacho, en el mundo hay gente amable. Quizá no lo creas, pero yo he conocido a personas de buen corazón. Debes buscar siempre a alguien que pueda ser tu benefactor.

—¿Como tú? —preguntó él.

Su abuela soltó un bufido, y yo volví a hacer caso omiso de ella.

—Aquel hombre tomó al muchacho como criado —proseguí—. Mientras el niño hacía sus tareas, el benefactor le enseñaba todo cuanto sabía. Cuando ya no pudo enseñarle nada más, contrató a un maestro. Pasados muchos años, el niño, que ya se había convertido en adulto, hizo el examen imperial y consiguió el título de mandarín. El nivel más bajo —añadí, creyendo que semejante logro estaba al alcance incluso del hijo de Flor de Nieve.

»El mandarín regresó a su pueblo natal. El perro de su casa paterna lo reconoció y ladró tres veces. Sus padres salieron a la calle, pero no reconocieron a su hijo. Salió también el hermano segundo, que tampoco lo reconoció. ¿Y la hermana? Ella se había casado y vivía en el hogar de su esposo. Cuando el hijo mayor se identificó, sus parientes hicieron una reverencia ante él, y poco después empezaron a pedirle favores. «Necesitamos un pozo nuevo. ¿Puedes contratar a alguien para que lo excave?», dijo su padre. «No tengo seda. ¿Puedes comprarme un poco?», dijo su madre. «Llevo años ocupándome de nuestros padres. ¿Puedes pagarme por el tiempo que he empleado?», dijo el hermano menor. El mandarín recordó lo mal que lo habían tratado todos. Volvió a subir a su palanquín y regresó a Guilin, donde se casó, tuvo muchos hijos y fue feliz el resto de su vida.

—*Waaa!* ¿Para qué le cuentas esas historias a este desgraciado? ¿Para desgraciarlo aún más? —La anciana escupió en el fuego y me fulminó con la mirada—. Le haces abrigar falsas esperanzas. ¿Por qué lo haces?

Yo conocía la respuesta, pero no pensaba dársela a aquella anciana rata. Ya sé que no estábamos en circunstancias normales, pero, como me hallaba lejos de mi familia, necesitaba ocuparme de alguien. Me gustaba pensar que mi esposo podía convertirse en el benefactor del muchacho. ¿Por qué no? Si Flor de Nieve me había ayudado cuando éramos niñas, ¿por qué no podía mi familia influir en el futuro de aquel muchacho?

Pronto empezaron a escasear los animales que vivían en los alrededores, ahuyentados por la presencia de tantos refugiados y tantos cadáveres, pues aquel crudo invierno hubo muchos muertos. Los hombres —todos eran campesinos— estaban cada vez más débiles. Sólo habían llevado consigo lo que habían podido transportar; cuando se agotaban las provisiones, ellos y sus familias morían de hambre. Muchos esposos pedían a sus esposas que bajaran de la montaña y fueran a buscar víveres. En nuestro condado, como sabéis, no se puede atacar a las mujeres en tiempo de guerra, y por eso solían enviarlas a buscar comida, agua u otros suministros durante las épocas de conflictos. Atacar a una mujer durante las hostilidades podía producir una escalada de violencia, pero ni los taiping ni los soldados del gran ejército de Hunan eran de la región, de modo que ignoraban las costumbres del pueblo yao. Además, ¿cómo íbamos a bajar de las montañas en pleno invierno y volver con provisiones, si estábamos débiles a causa del hambre y apenas podíamos caminar con nuestros pies vendados?

Así pues, los hombres formaron una cuadrilla y se pusieron en marcha. Bajaron con mucho cuidado por la montaña, con la esperanza de encontrar provisiones en los pueblos que habíamos abandonado. Sólo volvieron unos pocos; nos contaron que habían visto a sus amigos decapitados y las cabezas clavadas en picas. Muchas nuevas viudas, incapaces de soportar la noticia, se suicidaron; se arrojaban por el precipicio por el que tanto les había costado trepar, se tragaban brasas ardiendo de las hogueras que encendíamos por la noche, se cortaban el cuello o se dejaban morir lentamente de hambre. Las que no elegían ese camino se deshonraban aún más buscando una nueva vida con otros hombres alrededor de otras hogueras. Al parecer, en las montañas algunas mujeres olvidaban las normas que rigen la viudedad. Aunque seamos pobres, aunque seamos jóvenes, aunque tengamos hijos, es preferible morir y seguir siendo fieles a nuestros esposos que deshonrar su memoria, porque así preservamos nuestra virtud.

Como no tenía a mis hijos cerca, observaba atentamente a los de Flor de Nieve y descubría en ellos algunos rasgos de personalidad que habían heredado de su madre; añoraba muchísimo a los míos y no podía evitar compararlos con los de mi *laotong*. Mi hijo mayor ya había ocupado el lugar que le correspondía en la familia y le esperaba un futuro espléndido. El hijo mayor de Flor de Nieve tenía dentro de su familia una posición aún inferior a la de su madre. Nadie lo quería y parecía ir a la deriva. Sin embargo, a mis ojos era el que más se parecía a mi *laotong*. Era amable y delicado, y quizá por eso ella se apartaba de él con tanta crueldad.

Mi segundo hijo era un muchacho bondadoso e inteligente, pero sin tantas ansias de aprender como mi primogénito. Lo imaginaba viviendo con nosotros el resto de su vida, trayendo a su esposa a casa, engendrando hijos y trabajando para su hermano mayor. El segundo hijo de Flor de Nieve, por su parte, era el preferido de su familia. Tenía la misma constitución que su padre: era bajo y robusto, con brazos y piernas fuertes. Jamás tenía miedo, nunca tiritaba de frío ni protestaba si tenía hambre. Seguía a su padre como un fantasma, incluso cuando él salía a cazar. Y debía de servirle de alguna ayuda, porque de lo contrario el carnicero no habría permitido que el crío lo acompañara. Cuando volvían al campamento con un animal muerto, el niño se acuclillaba junto a su padre y aprendía a preparar la carne. Ese parecido del muchacho con su padre me permitía entender mejor a Flor de Nieve. Su esposo quizá era rudo y apestoso, y quizá estaba muy por debajo de mi alma gemela, pero el amor que ella demostraba por su hijo significaba que también quería mucho a su marido.

El aspecto y la conducta de Luna de Primavera no podían ser más diferentes de los de mi hija. Jade había heredado las facciones más bien toscas de mi familia, y por eso yo era tan dura con ella. Como el dinero que habíamos ganado con la venta de la sal le permitiría contar con una generosa dote, era muy probable que encontrara un buen marido. Yo creía que Jade sería una buena esposa, pero Luna de Primavera sería una esposa extraordinaria si se le brindaban las mismas oportunidades que había tenido yo.

Todos ellos hacían que yo añorara a mi familia.

Estaba triste y asustada, pero las noches con Flor de Nieve aligeraban mi pena. ¿Cómo os digo esto? Incluso allí, incluso en aquella situación tan extrema, con tanta gente alrededor, el carnicero quería tener trato carnal con mi *laotong*. Cohabitaban a la intemperie, protegiéndose del frío con una colcha junto a la hoguera. Los demás desviábamos la mirada, pero no podíamos evitar oírlos. Por fortuna el carnicero no hacía ruido y sólo de vez en cuando emitía algún gruñido. Los suspiros de placer que yo oía no eran del carnicero, sino de mi *laotong*, y me costaba entenderlo. Cuando terminaban, ella venía a mi lado y me abrazaba, como hacía cuando éramos niñas. Olía a sexo, pero hacía tanto frío que de todos modos yo agradecía su calor. Sin su cuerpo junto al mío, habría muerto cualquiera de aquellas noches, como tantas mujeres.

Como era de esperar, con tanto trato carnal Flor de Nieve volvió a quedar encinta. Al principio creí que el frío, las privaciones y la mala alimentación eran la causa de que hubiera dejado de tener la menstruación, pues a mí me había ocurrido lo mismo. Sin embargo, ella descartaba tajantemente esa posibilidad.

—No es la primera vez que me quedo embarazada —me dijo—. Conozco los síntomas.

—Entonces, espero que tengas otro hijo varón.

—Sí, esta vez será varón —afirmó, y sus ojos destellaron con una mezcla de felicidad y convicción.

—Sí, los hijos varones son una bendición. Deberías estar orgullosa de tu primogénito.

—Desde luego —repuso sin entusiasmo. A continuación añadió—: Os he visto juntos. Sé que le tienes mucho aprecio. ¿Le tienes suficiente aprecio para que se convierta en tu yerno?

En efecto, yo apreciaba al muchacho, pero esa propuesta estaba fuera de lugar.

—No puede haber matrimonios entre nuestras familias —contesté. Me sentía en deuda con Flor de Nieve por haberme convertido en quien era y estaba dispuesta a ayudar a Luna de Primavera, pero nunca permitiría que mi hija cayera tan bajo—. Es mucho más importante una unión entre nuestras dos hijas, ¿no te parece?

—Sí, tienes razón —concedió sin darse cuenta de mis verdaderos sentimientos—. Cuando volvamos a casa, iremos a ver a tía Wang, tal como teníamos pensado. Tan pronto como los pies de las niñas adopten su nueva forma, irán al templo de Gupo para firmar su contrato, se comprarán un abanico para escribir en él sus vidas y comerán en el puesto de taro.

—Tú y yo también deberíamos encontrarnos en Shexia. Si somos discretas, podremos observarlas.

—¿Me estás proponiendo que las espiemos? —preguntó, escandalizada. Al ver que yo sonreía se echó a
reír—. Siempre he creído que era yo la traviesa, ¡pero mira
quién es ahora la que conspira!

Pese a las privaciones que tuvimos que soportar durante aquellos meses, el plan que habíamos trazado para
nuestras hijas nos infundía esperanzas e intentábamos recordar en todo momento lo bueno de la vida. Celebramos
el quinto cumpleaños del hijo menor de Flor de Nieve. Era
un niñito muy gracioso y nos divertía observarlo cuando
ayudaba a su padre. Parecían dos cerdos: husmeaban, hur-
gaban, se frotaban el uno contra el otro; iban manchados
de barro y mugre y se deleitaban con su mutua compañía.
Al hijo mayor le gustaba sentarse con las mujeres. Como
yo me interesaba por él, Flor de Nieve también empezó a
prestarle atención. Cuando su madre lo miraba, él siempre
sonreía. Su expresión me recordaba a la de mi alma gemela
cuando tenía esa edad: dulce, cándida, inteligente. Flor de
Nieve no lo miraba con verdadero amor maternal, pero sí
como si lo que veía le gustara más que antes.

Un día, mientras yo estaba enseñando una canción al
muchacho, mi *laotong* dijo:

—El niño no debería aprender las canciones de las
mujeres. De pequeñas aprendimos algunos poemas...

—Sí, tu madre te los enseñaba y tú...

—Y estoy segura de que en la casa de tu esposo habrás
aprendido otros.

—Sí, así es.

Ambas nos emocionamos mientras recordábamos tí-
tulos de poemas que conocíamos.

Flor de Nieve cogió a su hijo de la mano.

—Enseñémosle lo que sabemos y hagamos de él un
hombre culto.

No podíamos enseñarle gran cosa, pues no habíamos recibido educación, pero aquel chico era como una seta seca que se echa en agua hirviendo y absorbía todo cuanto le ofrecíamos. No tardaría en recitar de corrido el poema de la dinastía Tang que a nosotras tanto nos gustaba de niñas, además de pasajes enteros del libro clásico infantil que yo había memorizado para ayudar a mi hijo en sus estudios. Por primera vez vi verdadero orgullo en el rostro de Flor de Nieve. El resto de la familia no sentía lo mismo, pero mi alma gemela no se acobardó ni cedió a sus demandas de que abandonara aquel empeño. Se había acordado de la niñita que apartaba la cortina del palanquín para asomarse al exterior.

Aquellos días —pese a ser fríos y estar llenos de miedo y penalidades— tenían algo maravilloso: Flor de Nieve irradiaba una felicidad que hacía muchos años yo no veía en ella. Estaba embarazada y, aunque no comía mucho, resplandecía como si tuviera dentro una lámpara de aceite. Disfrutaba de la compañía de las tres hermanas de juramento de Jintian y se alegraba de no pasar el día encerrada con su suegra. Sentada con esas mujeres, entonaba canciones que yo llevaba mucho tiempo sin oír. Allí, a la intemperie, lejos de los confines de su oscura y lúgubre casita, su espíritu de caballo se sentía libre.

Una noche gélida, cuando ya llevábamos diez semanas allí arriba, el segundo hijo de Flor de Nieve se ovilló junto a la hoguera para dormir y nunca despertó. No sé si murió de alguna enfermedad, de hambre o de frío, pero al amanecer vimos que la escarcha cubría su cuerpo y que tenía la piel azul. Los lamentos de Flor de Nieve resonaban por las montañas, pero el carnicero aún estaba más afligido. Cogió al niño en brazos; las lágrimas le resbalaban por las mejillas y abrían surcos en la mugre acumulada durante semanas en su cara. No había forma de consolarlo y se resistía a soltar al crío. No tenía oídos para su esposa ni para su madre. Hundió el rostro en el cuerpo de su hijo para no oír las súplicas de las mujeres. Ni siquiera cedió cuando los campesinos de nuestro grupo se sentaron alrededor de él, protegiéndolo de nuestra mirada y consolándolo con susurros. De vez en cuando levantaba la cabeza y exclamaba mirando al cielo: «¿Cómo puede ser que haya perdido a mi precioso hijo?» La desgarrada pregunta del carnicero aparecía en muchas historias y canciones de *nu shu*. Miré a las otras mujeres sentadas en torno al fuego y vi en sus rostros la pregunta sin formular: ¿podía un hombre, un carnicero, experimentar la misma desesperación y tristeza que sentíamos las mujeres cuando perdíamos a un hijo?

El padre permaneció dos días allí sentado, con el cadáver en los brazos, mientras los demás entonábamos cantos fúnebres. Al tercer día se levantó, estrechó al niño contra su pecho y se alejó de la hoguera, sorteando los corros que formaban otras familias, en dirección al bosque, donde tantas veces se había adentrado con su hijo. Regresó dos días más tarde con las manos vacías. Cuando Flor de Nieve le preguntó dónde había enterrado a su hijo, el carnicero se volvió y la golpeó con tanta brutalidad que mi *laotong* salió despedida hacia atrás y fue a caer con un ruido sordo dos metros más allá, en la nieve endurecida.

El carnicero siguió golpeándola hasta que ella abortó, expulsando un violento chorro de sangre negra que manchó las heladas pendientes del campamento. El embarazo no estaba muy avanzado, de modo que no encontramos el feto, pero el carnicero estaba convencido de que había librado al mundo de otra niña. «No hay nada más malvado que el corazón de una mujer», recitaba una y otra vez, como si ninguna de nosotras hubiera oído nunca ese proverbio. Las mujeres nos limitamos a atender a Flor de Nieve —le quitamos los pantalones, derretimos nieve para lavarlos, le limpiamos la sangre de los muslos y con el relleno de una de sus colchas nupciales intentamos contener el hediondo flujo que seguía saliendo de entre sus piernas— sin dirigir la palabra a su esposo.

Cuando lo recuerdo, pienso que fue un milagro que Flor de Nieve sobreviviera esas dos últimas semanas en las montañas mientras aguantaba con resignación las palizas de su esposo. Su cuerpo se debilitó a causa de la hemorragia. Estaba cubierta de heridas y cardenales de las palizas diarias que le propinaba su esposo. ¿Por qué no hice nada para detenerlo? Yo era la señora Lu. En otras ocasiones lo había obligado a hacer lo que yo quería. ¿Por qué no lo hice esa vez? Precisamente por ser la señora Lu no podía hacer nada más. Él era un hombre físicamente fuerte que no tenía reparos en emplear esa fuerza. Yo era una mujer con categoría, pero estaba sola. Carecía de poder. Él lo sabía, y yo también.

Cuando mi *laotong* pasaba sus peores momentos, me di cuenta de cuánto necesitaba a mi esposo. Para mí, gran parte de mi vida con él tenía que ver con los deberes y los papeles que debíamos desempeñar. Lamentaba todas las ocasiones en que no había sido la esposa que él merecía. Me juraba que, si conseguía bajar de aquella montaña, me convertiría en una mujer digna del título de señora Lu y no sería sólo una actriz de una obra de teatro. Deseaba que así fuera, pero poco después descubrí que podía llegar a ser mucho más brutal y cruel que el esposo de Flor de Nieve.

Las mujeres que convivíamos bajo el árbol seguíamos cuidando de Flor de Nieve. Le curábamos las heridas limpiándolas con agua hervida para evitar posibles infecciones y las vendábamos con tela arrancada de nuestra propia ropa. Las otras querían prepararle sopa con el tuétano de los animales que traía el carnicero, pero les recordé que ella era vegetariana; decidimos turnarnos e ir por parejas al bosque a recoger corteza de árbol, hierbas y raíces. Con esos ingredientes cocinábamos un caldo amargo y la obligábamos a tomárselo, mientras intentábamos consolarla con nuestras canciones.

Pero nada de lo que hacíamos o decíamos conseguía tranquilizarla. Flor de Nieve no podía dormir. Se quedaba sentada junto al fuego, con los muslos pegados al pecho y los brazos en torno a las rodillas, meciéndose con una desesperación desgarradora. Pese a que no teníamos ropa limpia, todas habíamos intentado mantener un aspecto pulcro. A ella, en cambio, eso le traía sin cuidado. No se lavaba la cara con puñados de nieve ni se frotaba los dientes con el dobladillo de la túnica, y llevaba el pelo suelto. Me recordaba a Cuñada Tercera la noche que mi suegra cayó enferma: era como si no estuviera ya con nosotros y su mente se alejara cada vez más.

Todos los días llegaba un momento en que Flor de Nieve se levantaba con dificultad y se iba a pasear por las nevadas montañas. Caminaba como sonámbula, perdida, desarraigada, desgajada. Yo siempre la acompañaba sin que ella me lo pidiera; entrelazaba mi brazo en el suyo y juntas avanzábamos tambaleándonos por las heladas piedras con nuestros lotos dorados hasta llegar al borde del precipicio; una vez allí, ella gritaba al vacío y el fuerte viento del norte se llevaba el eco de sus gritos.

Aquello me producía pavor, pues recordaba nuestra espantosa huida a las montañas y los horrísonos chillidos que proferían las mujeres al despeñarse por aquellos barrancos. Ella no compartía mi temor. Se quedaba contemplando el cielo por encima de las montañas, donde los halcones planeaban aprovechando las corrientes. Yo pensaba en todas las veces en que me había hablado de sus ansias de volar. Qué fácil habría sido para ella dar un paso más y precipitarse al vacío. Pero yo nunca me apartaba de su lado ni le soltaba el brazo.

Intentaba hablar con ella de cosas que la ataran a la tierra. Le preguntaba: «¿Quieres hablar tú con la señora

Wang acerca de nuestras hijas, o prefieres que lo haga yo?» Si ella no contestaba, yo intentaba sacar otro tema. «Tú y yo vivimos muy cerca. ¿Por qué esperar a que las niñas se hagan almas gemelas para que se conozcan? Deberíais pasar las dos una temporada en mi casa. Les vendaremos los pies juntas. Así también tendremos eso para recordar.» O bien: «Mira ese árbol de nieve. Se acerca la primavera y pronto nos marcharemos de aquí.» Durante diez días ella sólo me contestó con monosílabos.

El undécimo día, mientras se dirigía hacia el borde del precipicio, habló por fin.

—He perdido cinco hijos y todas las veces mi esposo me ha echado la culpa. Coge su frustración y la encierra en sus puños. Cuando necesita liberar esas armas, me pega. Antes creía que estaba enfadado conmigo por engendrar hijas, pero ahora, con mi hijo... ¿Era dolor lo que sentía mi esposo? —Hizo una pausa y ladeó la cabeza, como si intentara aclarar sus ideas—. Sea como sea, él tiene que hacer algo con sus puños —concluyó con pesimismo.

Eso significaba que las palizas habían empezado tan pronto como mi *laotong* llegó a la casa del carnicero. Pese a que la conducta de éste era algo habitual y aceptado en nuestro condado, me apenaba que Flor de Nieve me lo hubiera ocultado tan bien y durante tanto tiempo. Yo había creído que nunca volvería a mentirme y que nunca más tendríamos secretos, pero no era eso lo que me dolía; me sentía culpable por no haber reparado en los indicios de que mi *laotong* llevaba una vida desgraciada.

—Flor de Nieve...

—No, escúchame. Crees que mi esposo es malo, pero te equivocas.

—Te trata peor que a un animal...

—Lirio Blanco —me interrumpió—, es mi esposo.

Entonces su mente pareció descender hasta una región aún más oscura.

—Hace mucho tiempo que me gustaría poner fin a mi vida, pero siempre hay alguien cerca.

—No digas esas cosas.

Ella no me hizo caso.

—¿Piensas a menudo en el destino? Yo lo hago casi todos los días. ¿Qué habría pasado si mi madre no se hubiera casado con mi padre? ¿Qué habría pasado si mi padre no se hubiera aficionado a la pipa? ¿Y si mis padres no me hubieran casado con el carnicero? ¿Y si yo hubiera sido un varón? ¿Habría podido salvar a mi familia? Lirio Blanco, siento tanta humillación...

—Yo nunca...

—Desde el día que entraste por primera vez en mi casa natal percibo que te avergüenzas de mí. —Meneó la cabeza al ver que me disponía a hablar—. No lo niegues. Escúchame.

Hizo una breve pausa antes de continuar:

—Me miras y piensas que he caído muy bajo, pero lo que le sucedió a mi madre fue mucho peor. Recuerdo que de niña la veía llorar día y noche. Estoy segura de que ella deseaba morir, pero jamás me habría abandonado. Luego, cuando me instalé en la casa de mi esposo, no quiso abandonar a mi padre.

Vi adónde quería llegar, así que dije:

—Tu madre nunca se permitió un pensamiento amargo. Jamás se rindió...

—Se marchó con mi padre. Nunca sabré qué fue de ellos, pero estoy segura de que mi madre no se dejó morir hasta que hubo fallecido mi padre. Han pasado ya doce años. Muchas veces me he preguntado si yo habría podido ayudarla. ¿Habría acudido ella a mí? Te contestaré así. Yo soñaba que me casaría y encontraría la felicidad lejos de la enfermedad de mi padre y de la tristeza de mi madre. No sabía que me convertiría en una mendiga en la casa de mi esposo. Entonces aprendí cómo convencer a mi esposo de que trajera a casa los alimentos que yo quería comer. Mira, Lirio Blanco, hay cosas que no nos explican acerca de los hombres. Podemos hacerlos felices si les proporcionamos placer. Y eso también puede resultar agradable para nosotras, si queremos.

Flor de Nieve parecía una de esas ancianas que se divierten asustando a las muchachas solteras con esa clase de conversación.

—No tienes por qué mentirme. Soy tu *laotong*. Puedes ser sincera conmigo.

Apartó la mirada de las nubes y por un breve instante me miró como si no me reconociera.

—Lirio Blanco —dijo entonces, compungida—, lo eres todo y, sin embargo, no tienes nada.

Sus palabras me hirieron, pero no pude detenerme a pensar en ellas, porque a continuación me confió:

—Mi esposo y yo no obedecimos las normas de purificación que las esposas deben respetar después del parto. Ambos queríamos tener más hijos varones.

—Los hijos varones son el tesoro de toda mujer...

—Pero ya has visto qué ocurre. Engendro demasiadas hijas.

Ofrecí una respuesta práctica a ese innegable problema.

—No estaba escrito que vivieran —argumenté—. Deberías estar agradecida, porque seguramente había algo en ellas que no estaba bien. Lo único que podemos hacer las mujeres es volver a intentarlo...

—Lirio Blanco, cuando hablas así, mi mente se vacía. Sólo oigo el viento entre los árboles. ¿Notas cómo el suelo quiere ceder bajo mis pies? Deberías volver al campamento. Déjame estar con mi madre...

Habían transcurrido muchos años desde que Flor de Nieve perdió a su primera hija. Entonces yo no había sabido comprender su dolor. Pero con el tiempo yo también había experimentado las miserias de la vida y veía las cosas de otra forma. Si era perfectamente aceptable que una viuda se desfigurara o se suicidara para no desprestigiar a la familia de su esposo, ¿por qué la muerte de un hijo, o de más de uno como en su caso, no iba a impulsar a una mujer a realizar actos extremos? Cuidamos a nuestros hijos. Los queremos. Los atendemos cuando están enfermos. Si son varones, los preparamos para dar los primeros pasos en el reino de los hombres. Si son niñas, les vendamos los pies, les enseñamos nuestra escritura secreta y las educamos para que sean buenas esposas, nueras y madres, para que se adapten bien a las habitaciones de arriba de sus nuevas casas. Pero ninguna mujer debería sobrevivir a sus hijos; eso va contra las leyes de la naturaleza. Si eso ocurre, ¿por qué no íbamos a desear arrojarnos por un precipicio, ahorcarnos de una rama o beber lejía?

—Todos los días llego a la misma conclusión —admitió Flor de Nieve, mientras contemplaba el profundo valle que se extendía a sus pies—. Pero entonces me acuerdo de tu tía. Lirio Blanco, piensa en cómo sufría ella y en lo poco que a nosotras nos importaba su sufrimiento.

Respondí con la verdad:

—Mi tía sufría mucho, pero creo que nosotras éramos un consuelo para ella.

—¿Te acuerdas de lo dulce que era Luna Hermosa? ¿Te acuerdas de lo recatada que era, incluso muerta? ¿Te acuerdas de cuando tu tía llegó a casa y se quedó ante su cadáver? A todos nos preocupaban sus sentimientos, y por eso tapamos la cara a Luna Hermosa. Tu tía nunca volvió a ver a su hija. ¿Por qué fuimos tan crueles con ella?

Habría podido decir que el cadáver de Luna Hermosa era un recuerdo demasiado horrible para plantarlo en la mente de su madre, pero dije:

—Iremos a visitar a mi tía tan pronto como tengamos ocasión. Se alegrará de vernos.

—Quizá se alegre de verte a ti —repuso Flor de Nieve—, pero no a mí. Yo sólo le recordaré su desdicha. Pero debes saber que tu tía me recuerda cada día que no debo desfallecer. —Levantó la barbilla, paseó la mirada por última vez por las neblinosas colinas y añadió—: Creo que deberíamos volver. Veo que tienes frío. Además, quiero que me ayudes a escribir una cosa. —Metió una mano en su túnica y sacó nuestro abanico—. Lo he traído conmigo. Temía que los rebeldes quemaran nuestra casa y que lo perdiéramos. —Me miró a los ojos y me di cuenta de que ya no estaba ausente. Suspiró y meneó la cabeza—. Dije que nunca volvería a mentirte. La verdad es que creí que moriríamos todos aquí. No quería que muriéramos sin él. —Me tiró del brazo y añadió—: Apártate del borde, Lirio Blanco. Verte ahí me produce escalofríos.

Volvimos al campamento y, una vez allí, improvisamos tinta y un pincel. Cogimos dos troncos medio quemados de la hoguera y los dejamos enfriar; luego rascamos las partes chamuscadas con piedras y guardamos con cuidado el hollín que se desprendió. Lo mezclamos con agua, en la que hervimos unas raíces. El líquido que obtuvimos no era tan opaco ni tan negro como la tinta, pero serviría. Después extrajimos una tira de bambú del borde de un cesto y la afilamos lo mejor que pudimos para hacer un pincel. Por turnos registramos en nuestra escritura secreta el viaje a las montañas, la muerte de su hijo menor y el aborto, las frías noches y el consuelo de nuestra amistad. Cuando terminamos, ella cerró suavemente el abanico y volvió a guardarlo en su túnica.

Esa noche, el carnicero no la golpeó. Quería tener trato carnal con su esposa, y lo tuvo. Luego ella vino a mi lado de la hoguera, se deslizó bajo la colcha, se acurrucó junto a mí y apoyó la palma de la mano sobre mi mejilla. Estaba cansada después de tantas noches sin dormir, y noté cómo su cuerpo se relajaba rápidamente. Poco antes de quedarse dormida me susurró:

—Él me quiere, a su manera. Ahora todo irá mejor. Ya lo verás. Mi esposo ha cambiado.

Y yo pensé: «Sí, hasta la próxima vez que descargue su dolor o su rabia contra la adorable persona que está a mi lado.»

Al día siguiente nos anunciaron que podíamos regresar a nuestros pueblos. Llevábamos tres meses en las montañas, y me gustaría decir que habíamos visto lo peor. Pero no es así. Tuvimos que pasar junto a todos los que se habían quedado atrás durante nuestra huida. Vimos cadáveres de hombres, mujeres y niños deteriorados por la exposición a los elementos, en estado de putrefacción y comidos por los animales. El sol, radiante, destellaba en sus blancos huesos. Las prendas de ropa permitían una rápida identificación de los muertos, y de vez en cuando oíamos a alguien gritar al reconocer a un ser querido.

Por si fuera poco, estábamos todos tan débiles que seguía pereciendo gente... cuando nos hallábamos en la etapa final de nuestra aventura y pronto llegaríamos a nuestros hogares. La mayoría de las víctimas fueron mujeres que murieron mientras bajábamos de las montañas. Caminábamos inseguras con nuestros lotos dorados y muchas caían al abismo que se abría a la derecha. Esa vez, a la luz del día, no sólo oíamos los gritos de las desdichadas al despeñarse, sino que veíamos cómo agitaban los brazos intentando en vano aferrarse a algo. Un día antes, yo habría temido por Flor de Nieve, pero su rostro denotaba una firme determinación y ponía un pie delante del otro con mucho cuidado.

El carnicero llevaba a su madre a la espalda. En una ocasión advirtió que Flor de Nieve vacilaba, impresionada al ver a una mujer que envolvía los restos mortales de su hijo para llevárselos a casa y darles sepultura; entonces él se detuvo, dejó a su madre en el suelo y cogió a Flor de Nieve por el codo.

—Sigue andando, por favor —le suplicó con dulzura—. Pronto llegaremos a nuestro carro. Podrás ir montada en él hasta Jintian.

Como ella se resistía a apartar la vista de la madre y su hijo, el carnicero añadió:

—Volveré cuando llegue la primavera y me llevaré sus huesos a casa. Te prometo que lo tendremos cerca.

Flor de Nieve se enderezó y se obligó a seguir su camino, dejando atrás a la mujer con su diminuto fardo.

El carro no estaba donde lo habíamos dejado. Lo habían robado los rebeldes o el ejército de Hunan, como tantas otras cosas de que habíamos tenido que desprendernos tres meses atrás. Aun así llegamos a terreno llano y seguimos avanzando hacia nuestros hogares, olvidando el dolor, las heridas y el hambre. Jintian no había sufrido daños. Ayudé a la madre del carnicero a entrar en la casa y volví a salir. Quería irme con los míos. Había andado tanto que sabía que podía recorrer a pie los li que quedaban hasta Tongkou, pero el carnicero fue personalmente a avisar a mi esposo de que yo había vuelto y a pedirle que viniera a buscarme.

Apenas partió, Flor de Nieve me agarró del brazo.

—Ven —dijo—. No tenemos mucho tiempo.

Me hizo entrar en la casa, pese a que yo me resistía a perder de vista al carnicero, que se alejaba por el camino hacia mi pueblo. Cuando estuvimos en el piso de arriba, mi *laotong* explicó:

—Una vez me hiciste un gran favor ayudándome a confeccionar mi ajuar. Ahora quiero saldar una pequeña parte de esa deuda. —Abrió un baúl y sacó de él una túnica azul oscuro, que en la parte delantera llevaba cosida una pieza de seda azul celeste con estampado de nubes, igual que la de la túnica que ella llevaba el día que nos conocimos. Me la ofreció y dijo—: Será un honor que te la pongas para recibir a tu esposo.

Yo me daba cuenta del lamentable aspecto de Flor de Nieve, pero no se me había ocurrido pensar en el aspecto que tendría yo cuando me presentara ante mi marido. Hacía tres meses que no me quitaba la túnica de seda azul lavanda con los crisantemos bordados. La prenda estaba sucia y desgarrada. Poco después, al mirarme en el espejo, mientras se calentaba el agua para bañarme, vi que esos tres meses viviendo en el barro y la nieve bajo un sol implacable y a gran altitud habían deteriorado mi cutis.

Sólo tuve tiempo para lavarme las partes del cuerpo que mi esposo vería y olería primero: las manos, los brazos, la cara, el cuello, las axilas y el pubis. Flor de Nieve hizo lo que pudo con mi pelo; me recogió la mugrienta maraña en un moño, que a continuación envolvió con un tocado limpio. Cuando me ayudaba a ponerme unos pantalones de su ajuar, oímos los cascos de un poni y el crujido de las ruedas de un carro que se acercaba. Me puso la túnica y me la abrochó rápidamente. Nos quedamos una frente a otra y ella posó la mano sobre el cuadrado de seda azul celeste de mi pecho.

—Estás preciosa —afirmó.

Tenía ante mí a la persona a quien más amaba. Sin embargo, me atormentaba que en las montañas hubiera dicho yo me avergonzaba de ella. No quería marcharme de allí sin explicarme.

—Yo nunca he pensado que tú fueras... —me interrumpí intentando buscar una palabra adecuada, pero desistí— menos que yo.

Ella sonrió. Mi corazón palpitaba deprisa bajo su mano.

—Nunca me has mentido.

Entonces, antes de que yo pudiera hablar, oí la voz de mi esposo, que me llamaba:

—¡Lirio Blanco! ¡Lirio Blanco! ¡Lirio Blanco!

Bajé corriendo por la escalera —sí, corriendo— y salí a la calle. Cuando lo vi, caí de rodillas y le toqué los pies con la cabeza, avergonzada de mi aspecto. Él me levantó del suelo y me abrazó.

—Lirio Blanco, Lirio Blanco, Lirio Blanco... —repetía mientras me besaba, sin importarle que los demás presenciaran nuestro reencuentro.

—Dalang... —Era la primera vez que yo pronunciaba su nombre.

Mi esposo me sujetó por los hombros y me apartó de sí para verme la cara. Las lágrimas brillaban en sus ojos. Luego volvió a abrazarme con fuerza.

—Tuve que sacar a todo el mundo de Tongkou —explicó—. Luego tuve que poner a salvo a nuestros hijos...

Esas acciones, que yo no entendí del todo hasta más tarde, permitieron que mi marido, de ser el hijo de un jefe bueno y generoso, se convirtiera por derecho propio en un jefe respetado por todos.

Mi esposo tembló al añadir:

—Te busqué muchas veces.

Cuando cantamos, las mujeres solemos decir «Yo no sentía nada por mi esposo» o «Mi esposo no sentía nada por mí». Son versos populares que utilizamos en los coros, pero aquel día yo tenía profundos sentimientos hacia mi esposo y él los tenía hacia mí.

Los últimos momentos que pasé en Jintian fueron como un torbellino. Mi esposo pagó una generosa recompensa al carnicero. Flor de Nieve y yo nos abrazamos. Ella me entregó el abanico para que me lo llevara a mi casa, pero yo preferí que se lo quedara, porque su sufrimiento era aún reciente y yo, en cambio, sólo sentía felicidad. Me despedí de su hijo y le prometí que le enviaría cuadernos para que estudiara la caligrafía de los hombres. Por último me agaché para hablar con la hija de mi *laotong*.

—Nos veremos muy pronto —le aseguré.

A continuación subí al carro y mi esposo agitó las riendas. Miré a Flor de Nieve, le dije adiós con la mano y me volví hacia Tongkou, hacia mi hogar, mi familia, mi vida.

Carta de vituperio

Las familias de todo el condado reconstruían sus vidas. Los supervivientes de la epidemia y la rebelión habíamos soportado terribles experiencias. Estábamos emocionalmente agotados y habíamos perdido a muchos seres queridos, pero seguíamos vivos y lo agradecíamos. Poco a poco nos recuperamos. Los hombres volvieron a trabajar en los campos y los hijos varones regresaron al salón principal de sus pueblos para continuar sus estudios, mientras las mujeres y las niñas se retiraban a las habitaciones de arriba para bordar y tejer. Todos seguíamos adelante, animados por nuestra buena suerte.

En el pasado yo había sentido a veces curiosidad por el reino exterior de los hombres. Tras la dura experiencia vivida en las montañas juré que nunca volvería a asomarme a él. Tenía que vivir en la habitación de arriba. Me alegró volver a ver a mis cuñadas y estaba deseando pasar largas tardes con ellas cosiendo, tomando té, cantando y contando historias. Pero eso no era nada comparado con cómo me sentí al volver a ver a mis hijos. Aquellos tres meses habían sido una eternidad tanto para ellos como para mí. Mis hijos habían crecido y habían cambiado. El mayor había cumplido doce años durante mi ausencia. Se había refugiado en el centro administrativo del condado durante la revuelta, protegido por los soldados del emperador, y había estudiado mucho. Había aprendido la lección más importante: todos los funcionarios, con independencia de dónde vivieran o de qué dialecto hablaran, leían los mismos textos y hacían los mismos exámenes para que la lealtad, la integridad y una visión singular prevalecieran en todo el reino. Incluso lejos de la capital, en condados tan remotos como el nuestro, los magistrados locales —todos educados por igual— ayudaban a los súbditos a entender la relación que había entre ellos y el emperador. Si mi hijo no se apartaba de su camino, algún día se presentaría a los exámenes.

Ese año, vi a Flor de Nieve tan a menudo como durante nuestra infancia. Nuestros esposos no ponían reparos, pese a que la rebelión seguía asolando otras regiones del país. Después de todo lo que había ocurrido, mi marido creía que yo estaría a salvo bajo la vigilancia del carnicero, y éste animaba a su esposa a visitarme, pues ella siempre regresaba a casa con comida, libros y dinero que yo le regalaba. Durante nuestras visitas mi *laotong* y yo compartíamos la cama y nuestros esposos dormían en otras habitaciones para permitirnos estar juntas. El carnicero no se atrevía a poner objeciones y seguía el ejemplo de mi esposo. ¿Cómo habrían podido impedir nuestras visitas, nuestras noches juntas, las confidencias que nos susurrábamos al oído? Ya no temíamos al sol, a la lluvia ni a la nieve. «Obedece, obedece, obedece, y luego haz lo que quieras.»

Continuamos reuniéndonos en Puwei con motivo de las fiestas, como siempre habíamos hecho. A ella le gustaba ver a mis tíos, que se habían ganado el amor y el respeto de la familia con toda una vida de bondad. Mi tía recibía todo el cariño que merecía de sus «nietos». Mi tío gozaba de mejor posición que cuando vivía mi padre; Hermano Mayor necesitaba sus consejos para cuidar los campos y llevar las cuentas, y mi tío estaba encantado de poder ofrecérselos. Mis tíos habían encontrado un final feliz que nadie habría imaginado.

Ese año, cuando Flor de Nieve y yo fuimos al templo de Gupo, dimos gracias a la diosa con todo nuestro corazón. Le hicimos ofrendas y nos inclinamos ante ella para agradecerle que hubiéramos sobrevivido a aquel invierno. Luego, cogidas del brazo, no encaminamos hacia el puesto de taro. Allí sentadas, planeamos el futuro de nuestras hijas y hablamos de los métodos de vendado que les asegurarían unos lotos dorados perfectos. Cuando regresamos a nuestros respectivos hogares, hicimos vendajes, compramos hierbas calmantes, bordamos zapatos en miniatura para poner en el altar de Guanyin, preparamos bolas de arroz glutinoso que presentaríamos ante la Doncella de los Pies Diminutos y dimos a nuestras hijas pastelillos de judías rojas para ablandarles los pies. Negociamos por separado con la señora Wang la unión de nuestras hijas. Cuando Flor de Nieve y yo volvimos a encontrarnos, comparamos las conversaciones que habíamos mantenido con la casamentera y reímos al comprobar que su tía no había cambiado: seguía demostrando una gran astucia y todavía llevaba la cara empolvada.

Cuando recuerdo aquellos meses de primavera y de principios de verano, me doy cuenta de que era muy feliz. Tenía a mi familia y tenía a mi *laotong*. Como ya he dicho, seguía adelante. Pero no le ocurría lo mismo a Flor de Nieve. No recuperó el peso que había perdido. Comía muy poco —unos granos de arroz, un poco de verdura— y prefería beber té. Su piel recobró la palidez de antaño, pero sus mejillas no volvieron a llenarse. Cuando venía a Tongkou y yo le proponía visitar a nuestras viejas amigas, rechazaba educadamente mi invitación diciendo «Seguro que no quieren verme», o «No se acordarán de mí». Yo insistía, hasta que ella me prometía que al año siguiente iría conmigo al rito de Sentarse y Cantar de una muchacha Lu de Tongkou que era prima lejana suya y vecina mía.

Por las tardes Flor de Nieve se sentaba conmigo mientras yo bordaba, pero siempre miraba por la celosía, como si su pensamiento estuviera en otra parte. Era como si se hubiera arrojado a aquel precipicio, el último día que pasamos en las montañas, y todavía estuviera cayendo al vacío. Yo percibía su tristeza, pero me negaba a aceptarla. Mi esposo me previno varias veces acerca de eso.

—Eres fuerte —me dijo una noche después de que Flor de Nieve regresara a Jintian—. Volviste de las montañas y cada día haces que me sienta más orgulloso de cómo llevas nuestra casa y del buen ejemplo que das a las mujeres de nuestro pueblo. No te enfades conmigo, por favor, pero por lo que respecta a tu alma gemela estás ciega. Ella no es tu alma gemela en todos los sentidos. Quizá lo que ocurrió el invierno pasado fue demasiado duro para ella. Yo no la conozco bien, pero seguro que hasta tú te das cuenta de que intenta poner al mal tiempo buena cara. Has tardado años en comprender que no todos los hombres son como tu esposo.

Me avergonzó enormemente que mi esposo me confiara sus pensamientos. Mejor dicho, me irritó que se atreviera a entrometerse en los asuntos del reino interior de las mujeres. No obstante, no discutí con él, porque no debía. Sin embargo, necesitaba demostrarle que se equivocaba y que yo tenía razón. Así pues, observé con mayor atención a Flor de Nieve la siguiente vez que vino a visitarme. La escuché de verdad. Su vida había empeorado. Su suegra le racionaba los alimentos y sólo le permitía comer una tercera parte del arroz necesario para subsistir.

—Sólo como gachas de arroz —me confió—, pero no me importa. No tengo mucha hambre.

Peor aún, el carnicero no había dejado de pegarle.

—Me dijiste que no volvería a hacerlo —protesté. Me resistía a creer lo que mi esposo había visto con claridad.

—¿Qué quieres que haga yo? No puedo defenderme. —Estaba sentada enfrente de mí, con la labor en el regazo, lánguida y arrugada como la piel de un bulbo de taro.

—¿Por qué no me lo dijiste?

Ella contestó con otra pregunta:

—¿Para qué preocuparte con cosas que no puedes cambiar?

—Si nos esforzamos, podemos alterar el destino —afirmé—. Yo cambié mi vida. Tú también puedes cambiar la tuya.

Me miró fijamente sin decir nada.

—¿Lo hace muy a menudo? —pregunté intentando controlar la voz, pese a que me producía una gran frustración saber que su esposo seguía golpeándola y a que me indignaba que ella lo aceptara con esa actitud pasiva. Además, me dolía que, una vez más, no se hubiera sincerado conmigo.

—Las montañas lo cambiaron. Nos cambiaron a todos. ¿No te das cuenta?

—¿Muy a menudo? —insistí.

—Yo no le doy todo lo que esperaba de mí...

Dicho de otro modo, la pegaba más a menudo de lo que ella podía admitir.

—Quiero que vengas a vivir conmigo —dije.

—Lo peor que puede hacer una mujer es abandonar a su esposo —repuso—. Ya lo sabes.

En efecto, lo sabía. Era una ofensa por la que el esposo podía castigar a la mujer con la muerte.

—Además —continuó—, yo jamás abandonaría a mis hijos. Mi hijo necesita protección.

—¿Y lo proteges con tu propio cuerpo? —pregunté.

¿Qué podía responder ella?

Ahora que tengo ochenta años, recuerdo aquello y comprendo que me mostré excesivamente impaciente con el desaliento de Flor de Nieve. En el pasado, cuando no estaba segura de cómo debía reaccionar ante la infelicidad de mi *laotong*, siempre la había animado a obedecer las reglas y las tradiciones del reino interior como forma de combatir las adversidades de su vida. Esa vez fui más allá e inicié una campaña para que controlara a su esposo gallo, creyendo que, como mujer nacida bajo el signo del caballo, ella podría utilizar su fuerza de voluntad para cambiar la situación. Flor de Nieve, que sólo tenía una hija inútil y un primogénito al que todos despreciaban, debía intentar volver a quedarse embarazada. Necesitaba rezar más, comer mejor y pedir tónicos al herborista para concebir otro hijo varón. Si ofrecía a su esposo lo que éste quería, él recordaría la valía de su esposa. Pero eso no era todo...

Cuando llegó la Fiesta de los Fantasmas, el decimoquinto día del séptimo mes, yo llevaba tiempo acribillando a preguntas a Flor de Nieve con la esperanza de animarla a mejorar su situación. ¿Por qué no trataba de llevar una vida mejor? ¿Por qué no hacía feliz a su esposo por los medios que ella sabía utilizar? ¿Por qué no se pellizcaba las mejillas para devolverles el color? ¿Por qué no comía más para tener más energía? ¿Por qué no iba a su casa y se inclinaba ante su suegra, le preparaba las comidas, cosía para ella, cantaba para ella y hacía lo que había que hacer para que una anciana fuera feliz en su vejez? ¿Por qué no se esforzaba más para que todo fuera mejor? Yo creía que le daba consejos prácticos, aunque no tenía sus problemas ni sus preocupaciones. Pero era la señora Lu y creía que tenía razón.

Cuando ya no se me ocurrían más cosas que Flor de Nieve podía hacer en su casa, la interrogaba acerca del tiempo que pasaba en la mía. ¿No se alegraba de estar conmigo? ¿No le gustaban las sedas que le regalaba? ¿No presentaba a su esposo los obsequios que le enviaba la familia Lu en señal de gratitud con suficiente deferencia para que él le estuviera agradecido? ¿No le gustaba que yo hubiera contratado a un maestro para que enseñara a leer y escribir a los niños de la edad de su hijo que vivían en Jintian? ¿No se daba cuenta de que haciendo *laotong* a nuestras hijas podíamos cambiar el destino de Luna de Primavera?

Si de verdad me quería, ¿por qué no hacía lo mismo que había hecho yo —envolverse en las convenciones que protegían a las mujeres— para mejorar su situación?

Ella nunca contestaba. Se limitaba a suspirar y asentir con la cabeza. Su reacción acentuaba aún más mi impaciencia. Yo remachaba mis razonamientos, hasta que ella se rendía y prometía poner en práctica mis instrucciones, pero no lo hacía, y la siguiente vez mi frustración era aún mayor. Yo no entendía cómo el audaz caballo de la infancia de Flor de Nieve había perdido su energía. Era lo bastante testaruda para creer que podía curar a un caballo que se había quedado cojo.

Mi vida cambió para siempre el decimoquinto día del octavo mes lunar del sexto año del reinado de Xianfeng. Había llegado la Fiesta del Otoño. Faltaban pocos días para que iniciáramos el vendado de nuestras hijas. Ese año, Flor de Nieve y sus hijos iban a visitarnos durante las fiestas, pero no fueron ellos quienes se presentaron ante mi puerta, sino Loto, una de las mujeres con las que habíamos convivido bajo el árbol en las montañas. La invité a tomar el té conmigo en la habitación de arriba.

—Gracias —dijo—, pero he venido a Tongkou para visitar a mi familia natal.

—Todas las familias agradecen la visita de una hija casada —repuse, como requería la tradición—. Estoy segura de que se alegrarán de verte.

—Y yo a ellos —afirmó Loto, al tiempo que metía la mano en la cesta de pastelillos de luna que llevaba colgada del brazo—. Nuestra amiga me ha pedido que te entregue una cosa. —Sacó un paquete largo y delgado, envuelto con un trozo de seda verde claro que yo había regalado poco tiempo atrás a Flor de Nieve. Loto me lo dio, me deseó buena suerte y se alejó contoneándose por el callejón hasta doblar la esquina.

Por la forma del paquete supe de inmediato qué era, pero no me explicaba por qué me había enviado el abanico en lugar de traérmelo personalmente. Me lo llevé arriba y esperé hasta que mis cuñadas salieron juntas a repartir pastelillos de luna entre nuestras vecinas. Les pedí que se llevaran a mi hija, que pronto no podría salir a corretear por ahí, y me senté en una silla junto a la celosía. Una débil luz se filtraba por ella y proyectaba un dibujo de hojas y enredaderas sobre mi mesa de trabajo. Me quedé largo rato contemplando el paquete; intuía que aquello no era un buen presagio. Al final abrí un extremo del envoltorio de seda verde y luego el otro, hasta que nuestro abanico quedó a la vista. Lo cogí y lo desplegué poco a poco. Junto a los caracteres que habíamos escrito con hollín la noche antes de nuestro descenso de las montañas, vi una nueva columna de caracteres.

«Tengo demasiados problemas», había escrito Flor de Nieve. Su caligrafía siempre había sido más pulcra que la mía; sus líneas como patas de mosquito eran tan finas y delicadas que los extremos se afilaban hasta desaparecer. «No puedo ser lo que tú deseas. Ya no tendrás que oír mis quejas. Tres hermanas de juramento han prometido amarme tal como soy. Escríbeme, no para consolarme como hasta ahora, sino para recordar los felices días de infancia que pasamos juntas.» Nada más.

Sentí como si me hubieran traspasado con una espada. Mi estómago dio una sacudida y luego se contrajo hasta formar una dura pelota. ¿Amarla? ¿Cómo podía ser que estuviera hablando del amor de unas hermanas de juramento en nuestro abanico secreto? Releí las líneas, aturdida y confusa. «Tres hermanas de juramento han prometido amarme...» Flor de Nieve y yo éramos *laotong* y nuestra unión era lo bastante fuerte para superar grandes distancias y largas separaciones. Se suponía que el lazo que nos unía era más importante que el matrimonio con un hombre. Habíamos jurado ser sinceras y fieles hasta que la muerte nos separara. Que ella incumpliese sus promesas a cambio de una nueva relación con tres hermanas de juramento me dolía como ninguna otra cosa habría logrado hacerlo. No podía creer que estuviera insinuando que podíamos seguir siendo amigas y escribiéndonos. Para mí ese mensaje era diez mil veces más humillante que si mi esposo hubiera entrado en mi casa y hubiera anunciado que acababa de traer a su primera concubina. Además, yo había tenido la oportunidad de entrar a formar parte de una hermandad de mujeres casadas y había renunciado a ella. Mi suegra me había presionado mucho, pero yo había conspirado para mantener a Flor de Nieve en mi vida. Y de pronto me abandonaba. Por lo visto, aquella mujer por la que yo sentía verdadero amor, a la que valoraba y con la que me había comprometido de por vida, no me quería como yo a ella.

Cuando creía que mi desgracia no podía ser mayor, me di cuenta de que las tres hermanas de juramento de que hablaba Flor de Nieve tenían que ser las mujeres de su pueblo que habíamos conocido en las montañas. Recordé todo cuanto había sucedido el invierno anterior. ¿Se habían confabulado para robarme a mi *laotong* la primera noche, cuando se pusieron a cantar? ¿Se había sentido Flor de Nieve atraída por ellas, como un esposo por nuevas concubinas más jóvenes, más hermosas y más adorables que una esposa fiel? ¿Eran las camas de esas mujeres más cálidas, sus cuerpos más firmes, sus cuentos más originales? ¿Acaso ella contemplaba sus rostros y no veía en ellos expectativas ni responsabilidades?

Jamás había sentido un dolor parecido: intenso, desgarrador, insoportable, mucho peor que los dolores de parto. Entonces algo cambió dentro de mí. Empecé a reaccionar no como la niña pequeña que se había enamorado de Flor de Nieve, sino como la señora Lu, la mujer que creía que las reglas y convenciones podían proporcionar la paz mental. Me resultaba más fácil empezar a enumerar los defectos de Flor de Nieve que enfrentarme a las emociones que estaban surgiendo en mi interior.

El amor siempre me había hecho mostrarme indulgente con ella, pero cuando empecé a concentrarme en sus debilidades surgió toda una trama de engaños, falsedades y traiciones. Pensé en todas las veces que me había mentido: acerca de su familia, de su vida de casada, incluso de las palizas. No sólo no había sido una *laotong* fiel, sino que ni siquiera había sido una buena amiga. Una amiga habría sido sincera y franca conmigo. Por si fuera poco, dejé que se apoderaran de mí los recuerdos de las últimas semanas. Flor de Nieve se había aprovechado de mi dinero y de mi posición para conseguir ropa, alimentos y una mejor situación para su hija, al tiempo que rechazaba mi ayuda y mis consejos. Me sentí engañada y necia.

Entonces ocurrió algo muy extraño. Surgió en mi mente la imagen de mi madre. Recordé que de niña yo siempre había anhelado que me expresara su amor. Creía que si yo hacía todo cuanto ella me ordenaba durante el vendado de mis pies me ganaría su afecto. Creía que lo había logrado, pero ella no sentía nada por mí. Igual que Flor de Nieve, mi madre sólo había perseguido sus propios intereses. Mi primera reacción ante sus mentiras y falta de consideración hacia mí había sido la rabia, y nunca la había perdonado, pero con el tiempo me había alejado cada vez más de ella, hasta que dejó de tener poder emocional sobre mí. Si quería proteger mi corazón, tendría que hacer lo mismo con Flor de Nieve. No podía permitir que nadie sospechara que me moría de angustia porque ella ya no me amara. Además, tenía que ocultar mi ira y mi desasosiego porque ésas no eran emociones propias de una mujer de mi categoría.

Cerré el abanico y lo guardé. Flor de Nieve me había pedido que le contestara. Pasó una semana. No inicié el vendado de los pies de mi hija en la fecha que habíamos acordado. Pasó otra semana. Loto volvió a presentarse ante mi puerta, esta vez con una carta que Yonggang me llevó a la habitación de arriba. Desdoblé el papel y me quedé mirando los caracteres. Aquellos trazos siempre habían parecido caricias. Esa vez los leí como si fueran cuchilladas.

¿Por qué no me has escrito? ¿Estás enferma, o ha vuelto a sonreírte la buena suerte? Empecé a vender los pies a mi hija el vigésimo cuarto día, el mismo día que empezaron a vendárnoslos a nosotras. ¿Empezaste tú también a vender a tu hija ese día? Miro por mi celosía hacia la tuya. Mi corazón vuela hacia ti, cantando y deseándoles felicidad a nuestras hijas.

Leí la carta una vez y luego acerqué una esquina del papel a la llama de la lámpara de aceite. Observé cómo los bordes se enroscaban y cómo las palabras se convertían en humo. En los días siguientes, mientras el tiempo era cada vez más frío y empezaba con el vendado de mi hija, recibí otras cartas. También las quemé.

Yo tenía treinta y tres años. Podría considerarme afortunada si vivía otros siete. No soportaba la desagradable sensación que notaba en el estómago ni un minuto más, menos aún un año. Estaba muy atormentada, pero recurrí a la misma disciplina que me había ayudado a superar el vendado de los pies, la epidemia y el invierno en las montañas. Empecé a Arrancar la Enfermedad de mi Corazón. Cada vez que un recuerdo aparecía en mi mente, pintaba sobre él con tinta negra. Si mi mirada se detenía sobre algún recuerdo, lo apartaba de mi memoria cerrando los ojos. Si el recuerdo llegaba a mí en forma de aroma, acercaba la nariz a los pétalos de una flor, echaba más ajo de la cuenta en el *wok* o evocaba el olor a muerte que nos rodeaba en las montañas. Si el recuerdo me rozaba la piel —en forma de una caricia de mi hija, del aliento de mi esposo en mi oreja por la noche o del roce de la brisa en mis pechos cuando me bañaba—, me rascaba, me frotaba o me golpeaba para alejarlo de mí. Era implacable como el campesino después de la cosecha, que arranca cada resto de lo que la pasada temporada había sido su más preciado cultivo. Intentaba vaciar por completo mi mente, consciente de que ésa era la única forma de proteger mi herido corazón.

Como los recuerdos del amor de Flor de Nieve seguían atormentándome, construí una torre de flores como la que habíamos levantado para protegernos del fantasma de Luna Hermosa. Tenía que exorcizar a ese otro fantasma para impedir que entrara en mi mente y me atormentara con promesas rotas de amor verdadero. Vacié mis cestos, baúles, cajones y estantes y saqué todos los regalos que Flor de Nieve me había hecho a lo largo de los años. Busqué todas las cartas que me había escrito desde que nos conocíamos. Me costó trabajo buscarlo todo. No encontré nuestro abanico. Tampoco encontré... Bueno, digamos que faltaban muchas cosas. Puse todo lo que encontré en la torre de flores y a continuación redacté una carta:

> *Tú, que antes conocías mi corazón, ya no sabes nada de mí. Quemo todas tus palabras y confío en que desaparezcan entre las nubes. Tú, que me traicionaste y me abandonaste, has salido para siempre de mi corazón. Por favor, déjame tranquila.*

Doblé el papel y lo deslicé por la diminuta celosía de la habitación de arriba de la torre de flores. Entonces prendí fuego a la base, añadiendo aceite cuando era necesario para que ardieran todos los pañuelos, los tejidos y los bordados.

Sin embargo, Flor de Nieve seguía atormentándome. Cuando vendaba los pies a mi hija, era como si ella estuviera conmigo en la habitación, con una mano en mi hombro, susurrándome al oído: «Asegúrate de que no se forman pliegues en las vendas. Demuéstrale a tu hija tu amor maternal.» Yo cantaba para no oír sus palabras. Por la noche notaba a veces su mano sobre mi mejilla y no podía conciliar el sueño. Me quedaba despierta, furiosa conmigo misma y con ella, pensando: «Te odio, te odio, te odio. No cumpliste tu promesa de ser sincera. Me traicionaste.»

Hubo dos personas que pagaron las consecuencias de mi sufrimiento. Me avergüenza admitirlo, pero la primera fue mi hija. Y la segunda, lamento decirlo, fue la anciana señora Wang. Mi amor maternal era muy intenso y no podéis imaginar el cuidado que tenía cuando vendaba los pies a mi hija, recordando no sólo lo que le había pasado a Hermana Tercera, sino también las lecciones que me había inculcado mi suegra sobre cómo tenía que hacer ese trabajo para reducir el peligro de infecciones y deformidades que podían acarrear incluso la muerte. Sin embargo, también trasladé de mi cuerpo a los pies de mi hija el dolor que sentía por lo que me había hecho Flor de Nieve. ¿Acaso no eran mis lotos dorados el origen de todas mis penas y de todos mis logros?

Aunque mi hija tenía unos huesos blandos y un carácter dócil, lloraba desconsoladamente. Yo no soportaba oír sus sollozos, aunque no habíamos hecho más que empezar. Cogía mis sentimientos y los controlaba, y obligaba a mi hija a pasearse por la habitación de arriba; los días que tocaba cambiarle los vendajes, se los apretaba aún más y la atormentaba recitándole a gritos las palabras que mi madre me había dicho a mí: «Una verdadera dama debe eliminar la fealdad de su vida. La belleza sólo se consigue a través del dolor. La paz sólo se encuentra a través del sufrimiento. Yo te vendo los pies, pero tú tendrás tu recompensa.» Confiaba en que mediante mis actos yo también arañaría un poco de esa recompensa y encontraría la paz que mi madre me había prometido.

Fingiendo que quería lo mejor para Jade, hablaba con otras mujeres de Tongkou que también estaban vendando los pies a sus hijas. «Todas vivimos aquí —decía—. Todas somos de buenas familias. ¿No deberían nuestras hijas ser hermanas de juramento?»

Mi hija consiguió tener unos pies casi tan pequeños como los míos. Pero antes de que yo viera el resultado definitivo la señora Wang me visitó, el quinto mes del nuevo año lunar. Para mí, la casamentera no había cambiado. Siempre había sido una anciana, pero ese día la observé con ojo crítico. La señora Wang era entonces mucho más joven de lo que yo soy ahora; eso significa que cuando la conocí ella sólo tenía cuarenta años a lo sumo. Pero mi madre y la madre de Flor de Nieve habían muerto más o menos a esa edad y se consideraba que habían sido longevas. Al recordar aquella época pienso que la señora Wang, que era viuda, no quería morir ni irse a vivir con otro hombre. Decidió valerse por sí misma. No lo habría conseguido si no hubiera sido extremadamente hábil y astuta. Sin embargo, tenía que lidiar con su cuerpo. Daba a entender a la gente que era invulnerable cubriendo con polvos la belleza que podía quedar en su rostro y vistiéndose con ropa chabacana para desmarcarse de las mujeres casadas de nuestro condado. Ahora que contaba casi setenta años, ya no necesitaba esconderse detrás de los polvos ni de las ropas de seda llamativa. Era una anciana; todavía era astuta y hábil, pero tenía una debilidad que yo conocía muy bien: adoraba a su sobrina.

—Cuánto tiempo sin vernos, señora Lu —dijo, al tiempo que se sentaba en una silla de la sala principal.

Como no le ofrecí té, miró alrededor con nerviosismo—. ¿Está tu esposo en la casa?

—El señor Lu vendrá más tarde, pero puedes empezar. Mi hija es demasiado joven para que vengas a negociar su unión matrimonial.

La señora Wang se dio una palmada en el muslo y soltó una carcajada. Como yo no me reí, se puso seria y dijo:

—Ya sabes que no he venido para eso. He venido a hablar de una unión de *laotong*. Estos asuntos atañen sólo a las mujeres.

Empecé a tamborilear con la uña del dedo índice en el reposabrazos de teca de mi silla. El sonido resultaba demasiado fuerte e inquietante incluso para mí, pero no dejé de hacerlo.

La casamentera metió una mano en la manga y sacó un abanico.

—He traído esto para tu hija. Me gustaría dárselo.

—Mi hija está arriba, pero el señor Lu no consideraría apropiado que se lo enseñases antes de que él lo haya examinado.

—Verás, señora Lu, esto contiene un mensaje escrito en nuestra escritura secreta —explicó la señora Wang.

—Entonces dámelo a mí —dije tendiendo la mano.

La anciana casamentera vio cómo me temblaba y vaciló.

—Flor de Nieve...

—¡No! —exclamé con más brusquedad de la deseada, porque no soportaba oír el nombre de mi *laotong*. Me serené y añadí—: El abanico, por favor.

Me lo entregó de mala gana. Dentro de mi cabeza un ejército de pinceles mojados en tinta negra tachaba los pensamientos y los recuerdos que surgían a borbotones. Evoqué la dureza de los bronces del templo de los antepasados, la dureza del hielo en invierno y la dureza de los huesos resecos bajo un sol implacable para que me dieran fuerza. Abrí el abanico con un rápido movimiento.

«Me han dicho que en vuestra casa hay una niña de buen carácter y hábil en las tareas domésticas.» Era la misma frase que Flor de Nieve me había escrito años atrás. Levanté la cabeza y vi que la señora Wang me miraba de hito en hito aguardando mi reacción, pero mantuve las facciones plácidas como la superficie de un estanque en una noche sin brisa. «Nuestras dos familias plantan jardines. Se abren dos flores. Están a punto de encontrarse. Tú y yo nacimos en el mismo año. ¿No podemos ser almas gemelas? Juntas volaremos más alto que las nubes.»

Me parecía oír la voz de Flor de Nieve en cada uno de los caracteres, primorosamente trazados. Cerré el abanico con un golpe seco y se lo tendí a la casamentera, pero ella no lo cogió.

—Señora Wang, creo que ha habido un error. Los ocho caracteres de las dos niñas no encajan. Nacieron en días diferentes de meses diferentes. Además, sus pies no se parecían antes de que empezaran a vendárselos y dudo que se parezcan cuando termine el proceso de vendado. Además —añadí haciendo con la mano un amplio gesto que abarcaba toda la sala principal—, las circunstancias familiares tampoco se parecen. Eso salta a la vista.

Entornó los ojos.

—¿Crees que no conozco la verdad? —me espetó—. Déjame decirte lo que sé. Has roto tu lazo sin dar ninguna explicación. Una mujer, tu *laotong*, llora desconcertada...

—¿Desconcertada? ¿Sabes qué me hizo?

—Habla con ella. No desbarates el plan que idearon dos buenas madres. Hay dos niñas con un brillante futuro. Podrían ser tan felices como lo fueron sus madres.

Era impensable que yo aceptara el trato que me proponía la casamentera. La pena me había debilitado, y en el pasado yo había dejado en varias ocasiones que Flor de Nieve me engañara: que me distrajera, que influyera en mí, que me convenciera. Además, no podía arriesgarme a ver a Flor de Nieve con sus hermanas de juramento. Ya me atormentaba bastante imaginarlas susurrándose secretos al oído y haciéndose caricias.

—Señora Wang —dije—, jamás permitiría que mi hija cayera tan bajo como para unirse a la hija de un carnicero.

Fui intencionadamente desdeñosa, con la esperanza de que la casamentera abandonara el tema, pero fue como si no me hubiera oído, porque dijo:

—Os recuerdo juntas. Al cruzar un puente vuestra imagen se reflejaba en el agua que fluía abajo: la misma estatura, idénticos pies, el mismo valor. Prometisteis fidelidad. Prometisteis que nunca os alejaríais la una de la otra, que siempre estaríais juntas, que nunca os separaríais ni os distanciaríais...

Yo había cumplido todas mis promesas de buen grado, pero ¿qué había hecho Flor de Nieve?

—No sabes de qué hablas —repliqué—. El día que tu sobrina y yo firmamos el contrato, nos dijiste: «Nada de concubinas.» ¿No te acuerdas, anciana? Ahora ve y pregunta a tu sobrina qué ha hecho.

Le arrojé el abanico al regazo y miré hacia otro lado. Tenía el corazón tan frío como el agua del río que me refrescaba los pies cuando era niña. Notaba cómo la mirada de la anciana me atravesaba, me evaluaba, inquiría, indagaba, pero no quiso continuar. La oí levantarse con dificultad. Seguía mirándome, pero mi firmeza no flaqueó.

—Transmitiré tu mensaje —dijo por fin, y su voz traslucía bondad y una profunda comprensión que me inquietó—, pero quiero que sepas una cosa. Eres una mujer muy extraña. Me di cuenta hace mucho tiempo. En este condado todos envidian tu buena suerte. Todos te desean

longevidad y prosperidad. Pero yo te veo romper dos corazones. Es muy triste. Te recuerdo cuando eras una cría. No
tenías nada, sólo unos pies bonitos. Ahora hay abundancia
en tu vida, señora Lu; abundancia de malicia, ingratitud y
mala memoria.

Salió renqueando de la habitación. La oí subir al palanquín y ordenar a los porteadores que la llevaran a Jintian. No podía creer que le hubiera permitido decir las últimas palabras.

Pasó un año. Para la prima de Flor de Nieve, mi vecina, se
acercaba el día de Sentarse y Cantar en la Habitación de
Arriba. Yo todavía estaba deshecha de dolor y notaba un
martilleo continuo en la cabeza, como los latidos del corazón o el canto de una mujer. Flor de Nieve y yo habíamos
planeado acudir juntas a la celebración, pero ignoraba si
ahora ella querría asistir. Si iba, confiaba en que pudiéramos evitar una confrontación. No quería pelearme con ella
como me había peleado con mi madre.

Llegó el décimo día del décimo mes, una fecha propicia para que la hija de los vecinos iniciara las celebraciones de su boda. Fui a su casa y me dirigí a la habitación de
arriba. La novia era una muchacha pálida y hermosa. Sus
hermanas de juramento estaban sentadas alrededor de
ella. Vi a la señora Wang y, a su lado, a Flor de Nieve. Mi
laotong iba limpia, con el cabello recogido, como correspondía a una mujer casada, y vestía uno de los trajes que
yo le había regalado. Noté que se contraía ese punto sensible donde se juntaban mis costillas, sobre el estómago.
Me pareció que la sangre no me llegaba a la cabeza y temí
desmayarme. No sabía si podría aguantar toda la celebración con Flor de Nieve en la misma habitación y mantener mi dignidad de mujer. Miré rápidamente a las demás
mujeres. Flor de Nieve no había llevado consigo a Sauce,

Loto ni Flor de Ciruelo para que le hicieran compañía. Solté un bufido de alivio. Si alguna de ellas hubiera estado allí, yo habría salido corriendo.

Me senté enfrente de ella y de su tía. La celebración incluyó los cantos, las quejas, las historias y las bromas de rigor. Luego la madre de la novia pidió a Flor de Nieve que nos contara su vida desde que se había marchado de Tongkou.

—Hoy voy a cantar una Carta de Vituperio —anunció Flor de Nieve.

No era lo que yo esperaba. ¿Cómo se atrevía a expresar públicamente el resentimiento que sentía hacia mí, si la víctima era yo? En todo caso, yo debería haber preparado una canción de acusación y represalia.

—Cuando el faisán grazna, el sonido llega hasta muy lejos —empezó. Las mujeres se volvieron hacia ella al oír la tradicional introducción de esa clase de mensajes. Entonces Flor de Nieve comenzó a cantar con el mismo ritmo que llevaba meses martilleando en mi cabeza—. Durante cinco días quemé incienso y recé hasta reunir el valor suficiente para venir aquí. Durante tres días herví agua perfumada para lavarme la piel y la ropa, porque quería estar presentable ante mis viejas amigas. He puesto mi alma en mi canción. De niña yo era muy valorada como hija, pero todas las que estáis aquí sabéis cuán dura ha sido mi vida. Perdí mi casa natal. Perdí a mi familia natal. Las mujeres de mi familia han sido desafortunadas desde hace dos generaciones. Mi esposo no es bueno. Mi suegra es cruel. Me he quedado encinta siete veces, pero sólo tres de mis retoños respiraron el aire de este mundo. Sólo han sobrevivido un hijo y una hija. Es como si mi destino estuviera maldito. Debí de cometer muy malas obras en mi vida anterior. Se me considera menos que a los demás.

Compadecidas de ella, las hermanas de juramento de la novia lloraban, como se esperaba que hicieran. Sus madres escuchaban atentamente; lanzaban exclamaciones en las partes más tristes de la historia, meneaban la cabeza ante lo inevitable del destino de las mujeres y en todo momento admiraban el modo en que Flor de Nieve empleaba nuestro lenguaje para expresar su desdicha.

—Sólo había un motivo de felicidad en mi vida: mi *laotong* —prosiguió—. Cuando redactamos nuestro contrato, juramos que nunca habría una palabra cruel entre nosotras, y durante veintisiete años cumplimos nuestra promesa. Éramos sinceras. Éramos como dos largas enredaderas, que intentan alcanzarse y permanecen eternamente entrelazadas. Sin embargo, cuando yo hablaba de mi tristeza a mi *laotong*, ella no tenía paciencia. Al ver que yo era pobre de espíritu me recordaba que los hombres cultivan los campos y las mujeres tejen, y que con laboriosidad no puede haber hambre, creyendo que yo podría cambiar mi destino. Pero ¿cómo puede haber un mundo sin pobres y desventurados?

Vi cómo las demás mujeres lloraban por ella. Yo estaba estupefacta.

—¿Por qué te has alejado de mí? —cantó con voz fuerte y hermosa—. Tú y yo somos *laotong*, y nuestras almas estaban juntas, aunque físicamente estuviéramos separadas. —De pronto cambió de tema—. ¿Y por qué has hecho daño a mi hija? Luna de Primavera es demasiado joven para entenderlo y tú ni siquiera te has molestado en explicárselo. No pensaba que tuvieras un corazón tan malvado. Te ruego que recuerdes que hubo un tiempo en que nuestros buenos sentimientos eran tan profundos como el mar. No hagas sufrir a una tercera generación de mujeres.

Cuando cantó esa última frase, cambió el ambiente en la estancia, mientras las otras mujeres trataban de asimilar aquella injusticia. La vida ya era bastante difícil para las niñas en general sin que yo se la hiciera aún más difícil a alguien mucho más débil que yo.

326

Me erguí en el asiento. Era la señora Lu, la mujer más respetada del condado, y debería haber estado por encima de aquellas acusaciones. Pero oía esa música interior que había estado martilleando mi cabeza y mi corazón durante meses.

—Cuando el faisán grazna, el sonido llega hasta muy lejos —dije, y una Carta de Vituperio empezó a formarse en mi mente. Quería ser razonable, de modo que abordé la última acusación de Flor de Nieve, que era también la más injusta. Miré una a una a las mujeres y canté—: Nuestras dos hijas no pueden ser *laotong*. No tienen nada en común. Vuestra antigua vecina quiere algo para su hija, pero yo no pienso romper el tabú. Cuando me negué, hice lo que habría hecho cualquier madre.

»Todas las que estamos en esta habitación hemos pasado apuros. Cuando somos niñas, nos crían como si fuéramos ramas inútiles. Aunque amemos a nuestra familia, no estamos con ella mucho tiempo. Nos casamos y nos vamos a vivir a pueblos que no conocemos, con familias a las que no conocemos, con hombres que no conocemos. Trabajamos sin descanso y, si protestamos, perdemos el poco respeto que sienten por nosotras nuestros suegros. Parimos hijos; a veces nuestros hijos mueren, y a veces morimos nosotras. Cuando nuestro esposo se cansa de nosotras, busca concubinas. Todas nos hemos enfrentado a la adversidad: cosechas que no llegan, inviernos demasiado fríos, épocas de siembra sin lluvias. Nada de eso es especial, pero esta mujer espera recibir una atención especial.

Me volví hacia Flor de Nieve. Las lágrimas se agolpaban en mis ojos mientras le cantaba, y me arrepentí de mis palabras en cuanto éstas salieron de mis labios:

—Tú y yo éramos como dos patos mandarines. Yo siempre he sido sincera y por ti no he tenido hermanas de juramento. Una niña envía un abanico a otra niña, pero no los va repartiendo por ahí. Un caballo no tiene dos sillas de montar; una buena mujer no es infiel a su *laotong*. Quizá tu perfidia es la causa de que tu esposo, tu suegra, tus hijos y también la traicionada alma gemela que tienes ante ti no te cuiden como deberían. Nos avergüenzas a todos con tus fantasías infantiles. Si mi esposo trajera una concubina a mi casa hoy, yo me vería apartada de mi cama, descuidada, y dejaría de recibir sus atenciones. Yo, como todas las mujeres que estamos aquí, tendría que aceptarlo. Pero lo que has hecho tú...

Se me hizo un nudo en la garganta y las lágrimas que había estado conteniendo se desbordaron. Creí que no podría continuar. Me distancié de mi propio dolor e intenté expresarlo de un modo que todas las mujeres que estaban allí pudieran entender.

—Podemos esperar que nuestros esposos nos rechacen, porque ellos tienen ese derecho y nosotras sólo somos mujeres; pero que nos rechace otra mujer, que por el simple hecho de serlo ha soportado mucha crueldad, es inconcebible.

A continuación recordé a mis vecinas mi estatus, el hecho de que mi esposo había llevado sal al pueblo y cómo había procurado que durante la rebelión todos los habitantes de Tongkou fueran llevados a un lugar seguro.

—Mi puerta está limpia —declaré acto seguido, y luego me volví hacia Flor de Nieve—. ¿Y la tuya?

Entonces toda la rabia que tenía acumulada salió a la superficie y ninguna de las presentes me impidió expresarla. Las palabras que empleé procedían de un lugar tan oscuro y amargo que sentía como si me hubieran abierto con un cuchillo. Yo lo sabía todo de Flor de Nieve y lo utilicé contra ella con el pretexto de la corrección social y el poder que me confería ser la señora Lu. La humillé delante de las demás revelando todas sus debilidades. No me callé nada, porque había perdido el control. De forma espontánea surgió en mi mente el lejano recuerdo de la pierna de mi hermana pequeña agitándose y de sus vendajes, sueltos, desenroscándose alrededor de ella. Con cada invectiva que lanzaba, era como si mis propios vendajes se hubieran soltado y por fin fuera libre para decir lo que pensaba. Tardé muchos años en darme cuenta de que mis percepciones eran erróneas. Los vendajes no ondeaban en el aire y azotaban a mi *laotong*, sino que se enroscaban alrededor de mí y me estrechaban cada vez más para que expulsara el amor verdadero que había ansiado toda mi vida.

—Esta mujer que antes era vuestra vecina hizo su ajuar con el ajuar de su madre, y cuando la pobre mujer se quedó en la calle no tenía colchas ni ropa para calentarse —proclamé—. Esta mujer que antes era vuestra vecina no limpia su casa. Su esposo tiene un oficio impuro, mata cerdos en una plataforma delante de la puerta de su casa. Esta mujer que antes era vuestra vecina tenía un gran talento, pero lo ocultaba y se negaba a enseñar nuestra escritura secreta a las mujeres del hogar de su esposo. Esta mujer que antes era vuestra vecina mintió cuando era una niña en sus años de hija, mintió cuando era una joven en sus años de cabello recogido y sigue mintiendo ahora, que es una esposa y una madre en sus años de arroz y sal. No sólo os ha mentido a todas vosotras, sino que también ha mentido a su *laotong*. —Hice una pausa para escudriñar el rostro de las presentes—. ¿Queréis saber a qué se dedica? ¡Os lo diré! ¡A satisfacer su lujuria! Los animales se ponen en celo cuando es la estación, pero esta mujer está siempre en celo. Cuando está en celo, toda la casa guarda silencio. Cuando huimos de los rebeldes y nos refugiamos en las montañas —añadí inclinándome hacia las otras mujeres, que se acercaron a mí—, prefería tener trato carnal con su esposo a estar conmigo, su *laotong*. Dice que debe de haber realizado malas obras en su vida anterior, pero yo, la señora Lu, os digo que son las malas obras que ha realizado en esta vida las que determinan su destino.

Flor de Nieve estaba sentada enfrente de mí, y las lágrimas resbalaban por sus mejillas, pero yo estaba tan dolida y desconcertada que sólo podía expresar mi rabia.

—Cuando éramos niñas, redactamos un contrato —concluí—. Hiciste una promesa y la rompiste.

Ella respiró hondo, temblorosa.

—Una vez me pediste que siempre te dijera la verdad, pero cuando te la digo me interpretas mal o no te gusta lo que oyes. En mi pueblo he encontrado mujeres que no me miran con desprecio. No me critican. No esperan que sea diferente.

Cada una de las palabras que pronunciaba reforzaba todas mis sospechas.

—No me humillan delante de los demás —prosiguió—. He bordado con ellas y nos consolamos unas a otras cuando tenemos problemas. No se avergüenzan de mí. Me visitan cuando no me encuentro bien... Estoy sola y triste. Necesito la compañía de mujeres que me consuelen todos los días, no sólo cuando a ti te convenga. Necesito la compañía de mujeres que me acepten tal como soy, no como ellas me recuerdan o como querrían que fuera. Me siento como un pájaro que vuela en solitario. No encuentro a mi pareja...

Sus tiernas palabras y amables excusas eran precisamente lo que yo temía. Cerré los ojos e intenté controlar mis sentimientos. Para protegerme tenía que aferrarme a su ofensa, como había hecho con mi madre. Cuando abrí los ojos, ella se había puesto en pie y caminaba oscilando delicadamente hacia la escalera. Al ver que la señora Wang no la seguía sentí una punzada de lástima. Ni siquiera su propia tía, la única de nosotras que se había ganado el sustento y había sobrevivido gracias a su ingenio, estaba dispuesta a ofrecerle consuelo.

Mientras Flor de Nieve desaparecía paso a paso por la escalera, me prometí que nunca volvería a verla.

Cuando recuerdo aquel día, sé que incumplí gravemente mis obligaciones. Lo que Flor de Nieve me había hecho era imperdonable, pero lo que dije yo fue despreciable. Dejé que mi rabia, mi dolor y mi deseo de venganza guiaran mis actos. Paradójicamente, las mismas cosas que me habían avergonzado, y que más adelante tanto lamenté, me ayudaron a convertirme en la señora Lu. Mis vecinas habían sido testigos de mi valentía cuando mi esposo se marchó a Guilin. Sabían que me había ocupado de mi suegra durante la epidemia y que había expresado adecuadamente mi amor filial en los funerales de mis suegros. Cuando regresé de las montañas, ellas me habían visto contratar a maestros y enviarlos a otros pueblos cercanos, participar en las ceremonias de casi todas las familias de Tongkou y, en general, desenvolverme bien como la esposa del jefe del pueblo. Pero aquel día me gané definitivamente el respeto de mis vecinas haciendo lo que se suponía que toda mujer debía hacer por nuestro condado. Una mujer ha de dar ejemplo de decoro y sensatez en el reino interior. Si lo consigue, su conducta pasa de una puerta a otra, no sólo haciendo que las mujeres y los niños se comporten como es debido, sino inspirando también a nuestros hombres a convertir el reino exterior en un lugar seguro y firme para que el emperador vea paz cuando contempla su territorio desde el trono. Yo hice todo eso en público mostrando a mis vecinas que Flor de Nieve era una mujer vil, que no debía formar parte de nuestras vidas. Reafirmé mi poder al tiempo que con él destruía a mi *laotong*.

Mi Carta de Vituperio se hizo famosa. Las mujeres la escribían en pañuelos y abanicos. Se la enseñaban a las niñas y la cantaban durante el mes de las celebraciones de boda para prevenir a las novias de los riesgos que entraña la vida. De ese modo la desgracia de Flor de Nieve se extendió por todo el condado. En cuanto a mí, todo lo que había sucedido me paralizó. ¿Qué sentido tenía ser la señora Lu, si no había amor en mi vida?

Hacia las nubes

Pasaron ocho años. En ese tiempo murió el emperador Xianfeng, el emperador Tongzhi subió al poder y la rebelión de los taiping terminó en una provincia remota. Mi primer hijo se casó; su esposa quedó embarazada y vino a vivir a nuestra casa poco antes de dar a luz un varón, el primero de mis preciosos nietos. Mi hijo aprobó además sus exámenes de funcionario *shengyuan* del distrito. A continuación se puso a estudiar para ser funcionario *xiucai* de la provincia. No podía dedicar mucho tiempo a su esposa, pero creo que ella se sentía a gusto en nuestra habitación de arriba. Era una joven refinada y hábil en las tareas domésticas, y yo le tenía un profundo cariño. En sus años de cabello recogido, cuando contaba dieciséis, mi hija se comprometió con el hijo de un comerciante de arroz de la lejana Guilin. Quizá nunca volvería a ver a Jade, pero esa alianza consolidaría nuestros lazos con el negocio de la sal. La familia Lu era adinerada, respetada y afortunada. Yo tenía cuarenta y dos años y había hecho todo lo posible para olvidar a Flor de Nieve.

Un día, a finales del otoño del cuarto año del reinado del emperador Tongzhi, Yonggang entró en la habitación de arriba y me susurró al oído que había venido alguien que quería verme. Le pedí que hiciera subir al visitante, pero Yonggang miró a mi nuera y a mi hija, que estaban conmigo bordando, y negó con la cabeza. Ese gesto era una impertinencia por su parte, o algo más grave. Me dirigí al piso de abajo sin decir nada. Cuando entré en la sala principal, una muchacha vestida con harapos se arrodilló y tocó el suelo con la frente. Solían acudir mendigos a mi puerta, porque yo tenía fama de ser una persona generosa.

—Sólo tú puedes ayudarme, señora Lu —imploró la muchacha, mientras se arrastraba hacia mí hasta posar la frente sobre mis lotos dorados.

Me agaché y le toqué un hombro.

—Dame tu cuenco y te lo llenaré —dije.

—No tengo cuenco de mendiga y no necesito comida.

—Entonces, ¿para qué has venido?

La muchacha rompió a llorar. Le pedí que se levantara y, al ver que no obedecía, le di unas palmaditas en el hombro. Yonggang estaba a mi lado, con la vista clavada en el suelo.

—¡Levántate! —ordené a la muchacha.

Ella alzó la cabeza y me miró. La habría reconocido en cualquier parte. La hija de Flor de Nieve era la viva imagen de ésta cuando tenía esa edad. Su cabello se resistía a la sujeción de las horquillas y unos mechones sueltos le caían sobre la cara, pálida y tersa como la luna de primavera a la que hacía referencia su nombre. A través de la neblina de la memoria vi a Luna de Primavera cuando sólo era un bebé, y luego durante aquellos días y noches terribles de nuestro invierno en las montañas. Aquella preciosa criatura habría podido ser la *laotong* de mi hija. Y allí estaba, posando la frente sobre mis pies, suplicándome ayuda.

—Mi madre está muy enferma. No sobrevivirá al invierno. Ya no podemos hacer nada por ella, salvo aliviar su agitado espíritu. Ven a verla, por favor. No para de llamarte. Sólo tú puedes confortarla.

Cinco años atrás, la intensidad de mi dolor habría sido tan grande que habría echado a la joven de mi casa, pero era la esposa del hombre más importante de Tongkou y había aprendido cuáles eran mis deberes. Nunca podría perdonar a Flor de Nieve por toda la tristeza que me había causado, pero la posición que tenía en el condado me obligaba a mostrar mi cara de dama elegante. Dije a Luna de Primavera que se marchara a su casa y le prometí que yo no tardaría en llegar; entonces dispuse que un palanquín me llevara a Jintian. Mientras viajaba hacia allí, me preparé para volver a ver a Flor de Nieve y al carnicero, a su hijo, que ya debía de haberse casado, y, por supuesto, a las hermanas de juramento.

El palanquín me dejó ante la puerta del hogar de Flor de Nieve. Todo estaba tal como yo lo recordaba. Había un montón de leña junto a la fachada de la casa. La plataforma con el *wok* empotrado estaba preparada para nuevos sacrificios. Vacilé un momento mientras contemplaba todo aquello. La silueta del carnicero se dibujaba en el oscuro umbral, y entonces apareció ante mí: más viejo, más enjuto, pero inconfundible pese al paso de los años.

—No soporto verla sufrir. —Ésas fueron las primeras palabras que me dijo tras ocho años. Se secó las lágrimas con el dorso de la mano—. Me dio un hijo, que me ha ayudado a hacer mejor mi trabajo. Me dio una buena hija. Embelleció mi casa. Se ocupó de mi madre hasta su muerte. Hizo todo cuanto debe hacer una esposa, pero yo fui cruel con ella, señora Lu. Ahora me doy cuenta. —Entonces pasó a mi lado y añadió—: Está mejor acompañada de mujeres. —Lo vi caminar hacia los campos, el único lugar donde un hombre puede estar solo con sus emociones.

Incluso ahora, al cabo de tantos años, me cuesta recordar aquel momento. Creía que había borrado a Flor de Nieve de mi memoria y que la había arrancado de mi corazón. Estaba convencida de que jamás la perdonaría por amar a sus hermanas de juramento más que a mí, pero tan pronto la vi en su cama todos esos pensamientos y esas emociones desaparecieron. El tiempo —la vida— la había maltratado. Me quedé allí plantada; yo había envejecido, por supuesto, pero mi piel conservaba su tersura gracias a las cremas, los polvos y la escasa exposición al sol, mientras mi ropa indicaba a todo el condado qué clase de persona era. Flor de Nieve yacía en la cama y parecía una vieja bruja envuelta en harapos. Yo había reconocido de inmediato a su hija, pero a ella no la habría reconocido.

Sí, allí estaban las otras mujeres: Loto, Sauce y Flor de Ciruelo. Como yo había sospechado durante aquellos años, las hermanas de juramento de Flor de Nieve eran las mujeres que habían convivido con nosotras bajo el árbol en las montañas. No nos saludamos.

Cuando me acerqué a la cama, Luna de Primavera se levantó y se hizo a un lado. Flor de Nieve tenía los ojos cerrados y estaba muy pálida. Miré a su hija sin saber qué hacer. La joven me hizo una señal con la cabeza y cogí una mano de su madre; la noté fría. Ella se movió, pero no abrió los ojos, y entonces se humedeció los labios, que tenía agrietados.

—Noto... —Meneó la cabeza como si intentara alejar de su mente un pensamiento.

Pronuncié su nombre en voz baja y le apreté ligeramente los dedos.

Mi *laotong* abrió los ojos y parpadeó, sin acabar de creer que yo estuviera allí.

—He notado tu caricia —murmuró por fin—. Sabía que eras tú. —Su voz era débil, pero, cuando habló, todos los años de dolor y horror desaparecieron. Tras los estragos de la enfermedad vi y oí a la niña que un día me había invitado a ser su *laotong*.

—Te he oído llamarme —mentí— y he venido tan rápido como he podido.

—Estaba esperándote.

En su rostro apareció una mueca de dolor. Con la otra mano se apretó el estómago, al tiempo que doblaba las piernas. Su hija, sin decir nada, mojó un paño en un cuenco de agua, lo escurrió y me lo dio. Yo lo cogí y enjugué el sudor que había humedecido la frente de Flor de Nieve durante el espasmo.

—Lamento lo que ocurrió —dijo ella conteniendo su dolor—, pero debes saber que nunca he dejado de quererte.

Mientras yo aceptaba sus disculpas, la sacudió otro espasmo, peor que el primero. Mi *laotong* volvió a apretar los párpados y se quedó callada. Mojé el paño y se lo puse en la frente; luego volví a cogerle la mano y permanecí sentada a su lado hasta que se puso el sol. Para entonces las otras mujeres ya se habían marchado y Luna de Primavera había bajado a preparar la cena. A solas con Flor de Nieve, retiré la colcha. La enfermedad se había comido la carne que rodeaba sus huesos y había alimentado un tumor que había crecido hasta alcanzar el tamaño de un bebé dentro de su vientre.

Ni siquiera ahora soy capaz de explicar mis emociones. Durante mucho tiempo me había sentido dolida y furiosa. Estaba segura de que nunca perdonaría a Flor de Nieve, pero, en lugar de aferrarse a esa certeza, mi mente comprendió que el vientre de mi *laotong* había vuelto a traicionarla y que el tumor que tenía dentro debía de llevar varios años formándose. Yo tenía un deber que cumplir...

¡No! No es eso. Yo había sufrido durante todos esos años porque todavía la quería. Ella era la única que había descubierto mis debilidades y me había amado a pesar de ellas. Y yo había seguido amándola incluso cuando más la odiaba.

Volví a arroparla con la colcha y empecé a pensar. Tenía que buscar a un buen médico. Flor de Nieve debía comer, y necesitábamos un adivino. Yo quería que ella luchara como yo habría luchado. Veréis, todavía no entendía que no se pueden controlar las manifestaciones del amor ni cambiar el destino de otra persona.

Me llevé su fría mano a los labios y luego fui al piso de abajo. El carnicero estaba sentado a la mesa. El hijo de Flor de Nieve, ya un hombre hecho y derecho, estaba sentado al lado de su hermana. Los dos me miraron con expresiones heredadas de su madre: orgullo, resistencia, resignación, súplica.

—Me marcho a mi casa —anuncié. El hijo de Flor de Nieve compuso una mueca de decepción, de modo que alcé una mano y aclaré—: Volveré mañana. Por favor, preparadme un sitio para dormir. No me iré de esta casa hasta que... —No pude terminar la frase.

Creí que cuando me instalara allí ganaríamos aquella batalla, pero Flor de Nieve sólo aguantó dos semanas. Dos semanas de mis ochenta años de vida para mostrar a mi alma gemela todo el amor que sentía por ella. No salí ni una sola vez de su habitación. Su hija me traía todo lo que entraba en mi cuerpo y se llevaba todo lo que salía de él. Yo lavaba a Flor de Nieve todos los días y luego me lavaba con esa misma agua. Años atrás, el hecho de que ella compartiera un cuenco de agua conmigo me había demostrado que me amaba. Confiaba en que ahora viera lo que yo hacía, recordara el pasado y supiera que nada había cambiado.

Por la noche, cuando los otros se retiraban, me levantaba del jergón que la familia me había preparado y me metía en su cama. La abrazaba e intentaba dar calor a su marchito cuerpo y aliviar el tormento que lo sacudía y la hacía gemir incluso mientras dormía. Todas las noches me quedaba dormida deseando que mis manos fueran esponjas que pudieran absorber el tumor que crecía dentro del vientre de mi *laotong*. Todas las mañanas, al despertar, la encontraba mirándome fijamente con sus hundidos ojos, la palma de su mano sobre mi mejilla.

El médico de Jintian llevaba años atendiéndola, pero decidí mandar a buscar al mío. El hombre miró a mi *laotong* y meneó la cabeza.

—Esta mujer no tiene cura, señora Lu —afirmó—. Lo único que puedes hacer es esperar a que llegue la muerte. Ya se aprecia en el tono morado de la piel por encima de los vendajes. Primero, los tobillos; luego las piernas, que se hincharán y adquirirán un color morado a medida que su fuerza vital se debilite. Sospecho que pronto cambiará su respiración. Reconocerás las señales. Una inhalación, una exhalación, y luego nada. Cuando creas que ya no va a volver a respirar, inhalará de nuevo. No llores, señora Lu. Entonces el fin estará muy cerca, y ella ni siquiera será consciente de su dolor.

El médico dejó unos paquetes de hierbas para que preparáramos una infusión medicinal; le pagué y juré que no volvería a solicitar sus servicios. Cuando se hubo marchado, Loto, la mayor de las hermanas de juramento, intentó consolarme.

—El esposo de Flor de Nieve ha hecho venir a muchos médicos, pero ninguno podría hacer nada por ella.

El viejo resentimiento amenazó con surgir de nuevo en mí, pero vi compasión en el rostro de Loto, no sólo por Flor de Nieve, sino también por mí.

Recordé que el amargo era el más yin de todos los sabores. Causaba contracciones, reducía la fiebre y calmaba el corazón y el espíritu. Convencida de que el melón amargo detendría el avance de la enfermedad, pedí a sus hermanas de juramento que me ayudaran a preparar melón amargo salteado con puré de judías negras y sopa de melón amargo. Las tres mujeres me obedecieron. Me senté en la cama de Flor de Nieve y se lo di a pequeñas cucharadas. Al principio ella comía sin protestar. Después cerró la boca y desvió la mirada, como si yo no estuviera allí con ella.

La hermana de juramento mediana me llevó aparte. En el rellano de la escalera, Sauce cogió el cuenco que yo tenía en las manos y susurró:

—Es demasiado tarde para esto. No quiere comer. Debes dejarla marchar. —Sauce me acarició la mejilla con ternura. Más tarde, ese mismo día, fue ella quien limpió el vómito de melón amargo de Flor de Nieve.

Mi siguiente y último plan era consultar al adivino. Entró en la habitación y anunció:

—Un fantasma se ha pegado al cuerpo de tu amiga. No te preocupes. Juntos lo expulsaremos de esta habitación y ella se curará. Flor de Nieve —dijo inclinándose sobre la cama—, te he traído unas palabras para que las recites. —A continuación nos ordenó a las demás—: Arrodillaos y rezad.

Luna de Primavera, la señora Wang (sí, la anciana casamentera también estuvo allí la mayor parte del tiempo), las tres hermanas de juramento y yo nos postramos alrededor de la cama y comenzamos a rezar y a cantar a la Diosa de la Compasión, mientras Flor de Nieve repetía las oraciones con un hilo de voz. Cuando el adivino nos vio enfrascadas en nuestra tarea, sacó un pedazo de papel de su bolsillo, escribió unos conjuros en él, le prendió fuego y recorrió varias veces la habitación intentando ahuyentar al fantasma hambriento. Por último cortó el humo con una espada, zas, zas, zas.

—¡Fuera, fantasma! ¡Fuera, fantasma! ¡Fuera, fantasma!

Pero no sirvió de nada. Pagué al adivino y desde la celosía de Flor de Nieve lo vi subir a su carro tirado por un poni y alejarse por el camino. Juré que a partir de entonces sólo recurriría a los adivinos para buscar fechas propicias.

Flor de Ciruelo, la menor de las hermanas de juramento, vino a mi lado y dijo:

—Flor de Nieve hace todo lo que le pides. Espero que te des cuenta, señora Lu, de que sólo lo hace por ti. Este tormento dura ya demasiado tiempo. Si ella fuera un perro, ¿la obligarías a seguir sufriendo?

Existen muchas clases de dolor: la agonía física que soportaba Flor de Nieve, la pena que me invadía al ver su sufrimiento y pensar que ni yo misma podría aguantar un momento más, el arrepentimiento que sentía por lo que le había dicho ocho años atrás (¿y para qué? ¿Para que me respetaran las mujeres de mi pueblo? ¿Para herir a Flor de Nieve como ella me había herido? ¿O había sido una cuestión de orgullo, pues no quería que ella estuviera con nadie si no estaba conmigo?). Me había equivocado en todo, incluso en lo último, pues durante aquellos largos días vi el consuelo que las otras mujeres proporcionaban a mi *laotong*. No habían venido a verla sólo en sus últimos momentos, como había hecho yo, sino que llevaban años pendientes de ella. Su generosidad —en forma de pequeñas bolsas de arroz, hortalizas cortadas y leña— la había mantenido viva. Mientras yo estuve allí, acudieron todos los días, sin importarles dejar sus propios hogares desatendidos. No se inmiscuían en la especial relación que teníamos nosotras dos y se movían con discreción, como espíritus benignos, sin que apenas se notara su presencia; rezaban y seguían encendiendo fuegos para ahuyentar a los fantasmas que acechaban a Flor de Nieve, pero siempre nos dejaban tranquilas.

Supongo que dormía, pero no lo recuerdo. Cuando no estaba cuidándola, le preparaba zapatos para el funeral. Elegía colores que sabía que le gustaban. Enhebraba la aguja y bordaba en un zapato una flor de loto, que simbolizaba la continuidad, y una escalera, que simbolizaba el ascenso, para expresar la idea de que Flor de Nieve iniciaba un ascenso continuo hacia el cielo. En otro par bordé pequeños ciervos y murciélagos de curvas alas, símbolos de longevidad —los mismos que aparecen en las prendas nupciales y se cuelgan en las fiestas de cumpleaños—, para que Flor de Nieve supiera que, incluso después de su muerte, su sangre se perpetuaría en sus hijos.

Flor de Nieve empeoró. La primera vez que le había lavado los pies y se los había vuelto a vendar, vi que tenía los dedos de un color morado oscuro. Tal como había vaticinado el médico, ese color, que anunciaba la muerte, fue ascendiendo por sus pantorrillas. Intenté que Flor de Nieve combatiera la enfermedad. Los primeros días le suplicaba que recurriera a su carácter de caballo para ahuyentar a coces a los fantasmas que venían a reclamarla, pero acabé comprendiendo que lo único que se podía hacer era facilitarle el viaje al más allá.

Yonggang venía todas las mañanas y me traía huevos frescos, ropa limpia y mensajes de mi esposo. Había sido una criada fiel y obediente durante muchos años, pero entonces descubrí que en una ocasión había traicionado mi confianza, y le estaré eternamente agradecida por ello. Tres días antes de la muerte de Flor de Nieve, llegó una mañana, se arrodilló ante mí y dejó un cesto a mis pies.

—Señora, hace muchos años te vi —dijo con la voz quebrada por el miedo—. Sabía que no querías hacer lo que estabas haciendo.

No entendí de qué me hablaba ni por qué elegía ese momento para confesar su falta. Entonces retiró el paño que cubría el cesto, metió una mano en él y empezó a sacar cartas, pañuelos, bordados y nuestro abanico secreto. Yo había buscado esas cosas cuando quise quemar todo recuerdo de nuestro pasado, pero mi criada se había arriesgado a que la echaran de casa para salvarlas durante aquellos días en que yo intentaba por todos los medios Arrancar la Enfermedad de mi Corazón y las había guardado todos esos años.

Al verlo, Luna de Primavera y las hermanas de juramento empezaron a corretear por la habitación revolviendo en el cesto de los bordados de Flor de Nieve y en los cajones, y mirando debajo de la cama en busca de escondites. Pronto tuve ante mí todas las cartas que había escrito a Flor de Nieve y todas las labores que había hecho para ella. Al final todo, excepto lo que yo ya había destruido, se acumuló allí.

Dediqué los últimos días a realizar con ella un viaje a lo largo de toda nuestra vida juntas. Ambas habíamos memorizado muchos textos y podíamos recitar pasajes enteros, pero ella se debilitaba rápidamente y pasó el resto del tiempo escuchándome, cogida a mi mano.

Por la noche, juntas en la cama bajo la celosía, bañadas por la luz de la luna, nos transportábamos a nuestros años de cabello recogido. Yo le escribía caracteres de *nu shu* en la palma de la mano. «La luz de la luna ilumina mi cama...»

—¿Qué he escrito? —preguntaba—. Dime los caracteres.

—No lo sé —susurraba ella.

Así pues, yo recitaba el poema y veía cómo las lágrimas escapaban por las comisuras de los ojos de mi *laotong*, corrían por sus sienes y se perdían en sus orejas.

Durante la última conversación que mantuvimos, me preguntó:

—¿Puedes hacerme un favor?

—Claro que sí. Haré lo que quieras —contesté.

—Por favor, sé la tía de mis hijos.

Prometí que lo sería.

No había nada que aliviara su sufrimiento. En las últimas horas le leí nuestro contrato y le recordé que habíamos ido al templo de Gupo y comprado papel rojo, que nos habíamos sentado juntas y habíamos redactado el texto. Volví a leerle las palabras que nos habíamos enviado en nuestras misivas. Le leí partes felices de nuestro abanico. Le tarareé viejas melodías de la infancia. Le dije cuánto la quería y que deseaba que estuviera esperándome en el más allá. Le hablé hasta que llegó al borde del cielo, resistiéndome a que se marchara y al mismo tiempo ansiando soltarla para que volara hacia las nubes.

Su piel pasó del blanco fantasmal al dorado. Toda una vida de preocupaciones se borró de su cara. Las hermanas de juramento, Luna de Primavera, la señora Wang y yo escuchamos atentamente el ritmo de su respiración: una inhalación, una exhalación y luego nada. Pasaron unos segundos; otra inhalación, otra exhalación y luego nada. De nuevo unos segundos torturadores, después una inhalación, una exhalación y luego nada. Yo tenía una mano sobre su mejilla, igual que ella solía posar su mano en la mía, para que supiera que su *laotong* estaría a su lado hasta la última inhalación, la última exhalación y luego nada de verdad.

Lo que sucedió me recordaba a la fábula que mi tía solía cantar acerca de la muchacha que tenía tres hermanos. Ahora comprendo que nos enseñaban esas canciones y esos cuentos no sólo para que aprendiéramos cómo debíamos comportarnos, sino también porque íbamos a vivir versiones parecidas de esas historias una y otra vez a lo largo de la vida.

Bajamos a Flor de Nieve a la sala principal. La lavé y le puse las prendas de la eternidad; estaban desteñidas y deshilachadas, pero conservaban bordados que yo recordaba de nuestra infancia. La mayor de las hermanas de juramento la peinó. La mediana le empolvó la cara y le pintó los labios. La menor le adornó el cabello con flores. Colocamos el cadáver en un ataúd. Una pequeña banda vino a tocar música fúnebre, mientras nosotras nos sentamos alrededor de la difunta en la sala principal. La mayor de las hermanas de juramento tenía dinero y compró incienso para quemar. La mediana tenía dinero y compró papel para quemar. La menor no tenía dinero para comprar incienso ni papel, pero lloró como debe llorar una mujer en una ocasión así.

Al cabo de tres días el carnicero, su hijo y los esposos e hijos de las hermanas de juramento llevaron el ataúd a la tumba. Andaban muy deprisa, como si no tocaran el suelo con los pies. Cogí casi todos los escritos de *nu shu* de Flor de Nieve, incluidas casi todas las cartas que yo le había enviado, y los quemé para que nuestras palabras la acompañaran hasta el más allá.

Luego regresamos a la casa del carnicero. Luna de Primavera preparó té y las tres hermanas de juramento y yo fuimos a la habitación de arriba para eliminar de allí todo rastro de la muerte.

Fueron ellas quienes me revelaron mi mayor vergüenza. Me dijeron que Flor de Nieve no era su hermana de juramento. Yo no las creí. Intentaron convencerme de que decían la verdad.

—Pero ¿y el abanico? —exclamé, presa de la frustración—. Flor de Nieve me escribió que se había unido a vuestra hermandad.

—No —me corrigió Loto—. Escribió que no quería que siguieras preocupándote por ella, porque tenía amigas que la consolaban.

Me pidieron que les dejara ver las palabras de mi *laotong* y así me enteré de que les había enseñado a leer *nu shu*. Apiñadas alrededor del abanico, lanzaban exclamaciones y señalaban detalles de los que Flor de Nieve les había hablado a lo largo de los años. Cuando llegaron a la última anotación, sus rostros se ensombrecieron.

—Mira —dijo Loto señalando los caracteres—. Aquí no pone que entrara en nuestra hermandad.

Les arrebaté el abanico de las manos y me lo llevé a un rincón para examinarlo sola. «Tengo demasiados problemas —había escrito Flor de Nieve—. No puedo ser lo que tú deseas. Ya no tendrás que oír mis quejas. Tres hermanas de juramento han prometido amarme tal como soy...»

—¿Lo ves, señora Lu? —dijo Loto—. Flor de Nieve quería que la escucháramos. A cambio, nos enseñó la escritura secreta. Era nuestra maestra y nosotras la respetábamos y amábamos. Pero ella no nos amaba a nosotras, sino a ti. Quería que tú correspondieras a su amor sin las cargas de tu vergüenza y tu impaciencia.

Que yo hubiera sido superficial, testaruda y egoísta no alteraba la gravedad ni la estupidez de lo que había hecho. Había incurrido en el mayor error que puede cometer una mujer que conoce el *nu shu*: no había tenido en cuenta la textura, el contexto ni los matices de significado. Peor aún, mi egocentrismo me había hecho olvidar lo que había aprendido el día que conocí a Flor de Nieve: que ella siempre era más sutil y sofisticada en sus palabras que la segunda hija de un vulgar campesino. Durante ocho años Flor de Nieve había sufrido por culpa de mi ceguera y mi ignorancia. Durante el resto de mi vida —casi tantos años como los que tenía Flor de Nieve cuando murió— no he dejado de lamentarlo.

Pero las hermanas de juramento no habían terminado conmigo.

—Ella intentaba complacerte en todo —prosiguió Loto—, incluso teniendo trato carnal con su esposo poco después de dar a luz, sin respetar los plazos de purificación.

—¡Eso no es verdad!

—Cada vez que Flor de Nieve perdía un hijo, no le ofrecías más compasión que su esposo o su suegra —intervino Sauce—. Siempre decías que su único valor residía en su capacidad de engendrar hijos varones, y ella te creía. Le decías que volviera a intentarlo, y ella te obedecía.

—Eso es lo que debemos decir —repuse, indignada—. Así es como las mujeres nos consolamos...

—¿Crees que esas palabras la consolaban cuando acababa de perder otro hijo?

—Vosotras no estabais allí. Vosotras no la oíais...

—¡Inténtalo otra vez! ¡Inténtalo otra vez! ¡Inténtalo otra vez! —dijo Flor de Ciruelo—. ¿Vas a negar que era eso lo que le decías?

No. No podía negarlo.

—Exigías que siguiera tus consejos en eso y en muchas otras cosas —terció Loto—. Y, cuando lo hacía, tú la criticabas...

—Estáis tergiversando mis palabras.

—¿Ah, sí? —preguntó Sauce—. Flor de Nieve siempre hablaba de ti. Jamás te censuró, pero nosotras entendíamos lo que pasaba.

—Te quería como se debe querer a una *laotong*, por todo lo que eras y por todo lo que no eras —concluyó Flor de Ciruelo—. Pero tú tenías una mentalidad demasiado masculina. Tú la querías como la habría querido un varón y sólo la valorabas según las reglas de los hombres.

Loto cambió de tema.

—¿Te acuerdas de cuando estábamos en las montañas y perdió el niño que llevaba en el vientre? —me preguntó con un tono que me hizo temer lo que diría a continuación.

—Sí, claro que me acuerdo.

—Entonces ya estaba enferma.

—No puede ser. El carnicero...

—Es posible que su esposo acelerara el proceso ese día —admitió Sauce—, pero la sangre que salía de su cuerpo era negra y vieja, y nadie vio que expulsara un feto.

Una vez más, Flor de Ciruelo zanjó la cuestión.

—Hemos pasado muchos años aquí, a su lado, y eso ocurrió varias veces más. Ya estaba gravemente enferma cuando tú le cantaste tu Carta de Vituperio.

Hasta entonces yo no había podido desmentir sus palabras, así que ¿cómo iba a discutir ese punto? Era evidente que el tumor llevaba mucho tiempo creciendo. De pronto empezaron a encajar otros detalles del pasado: la pérdida de apetito de Flor de Nieve, la palidez de su piel y su falta de energía cuando yo la chinchaba para que comiera más, se pellizcara las mejillas a fin de darles color y realizara todas las tareas que se esperaba de una esposa para que la armonía reinara en el hogar de su esposo. Entonces recordé que sólo dos semanas atrás, cuando llegué a su casa, Flor de Nieve se había disculpado. Yo no le había pedido perdón... ni siquiera cuando ella soportaba un dolor atroz, ni siquiera cuando su muerte era inminente, ni siquiera mientras, con suficiencia, yo me decía que todavía la amaba. Su corazón siempre había sido puro, pero el mío estaba duro, reseco y arrugado como una nuez vieja.

A veces pienso en esas hermanas de juramento, que ya han muerto. Tenían que ser prudentes cuando hablaban conmigo, porque yo era la señora Lu, pero no estaban dispuestas a dejar que me marchara de aquella casa sin saber la verdad.

Regresé a mi hogar y me refugié en la habitación de arriba con el abanico y unas cuantas cartas que se habían salvado. Molí tinta hasta obtener un líquido negro como el cielo nocturno. Abrí el abanico, mojé el pincel en la tinta e hice la que creí sería mi última anotación.

«Tú, que siempre conociste mi corazón, vuelas ahora más allá de las nubes, acariciada por el sol. Espero que un día volemos juntas.» Tendría muchos años para reflexionar sobre esas palabras y hacer todo lo posible para remediar el daño que había causado a la persona a quien más quería.

Recogimiento

Arrepentimiento

Ahora soy demasiado vieja para utilizar las manos para cocinar, tejer o bordar, y cuando me las miro veo las manchas propias de quienes han vivido muchos años, tanto si han trabajado a la intemperie como si han pasado toda la vida resguardadas en la habitación de las mujeres. Tengo la piel tan fina que se forman charquitos de sangre bajo la superficie cuando me golpeo con algo o cuando algo me golpea. Mis manos están cansadas de moler tinta en el tintero de piedra, y mis nudillos, hinchados de sujetar el pincel. Hay dos moscas posadas en mi dedo pulgar, pero estoy demasiado cansada para ahuyentarlas. Mis ojos —mis vidriosos ojos de anciana— están muy llorosos últimamente. Mi cabello, fino y cano, se ha desprendido de las horquillas que deberían sujetarlo bajo mi tocado. Cuando vienen visitas, intentan no mirarme. Yo también intento no mirarlas. He vivido demasiado.

Cuando murió Flor de Nieve, yo todavía tenía media vida por delante. Mis años de arroz y sal no habían terminado, pero en mi corazón inicié mis años de recogimiento. Para la mayoría de las mujeres esa etapa de la vida empieza tras la muerte del esposo. En mi caso comenzó tras la muerte de mi *laotong*. Yo era «la que no ha muerto», pero no podía entregarme a un recogimiento completo. Mi esposo y mi familia me necesitaban. Mi comunidad me necesitaba. Además, estaban los hijos de Flor de Nieve, a los que yo necesitaba para poder desagraviarla. Pero no resulta fácil ser sinceramente generosa y comportarse con franqueza cuando no sabes cómo hacerlo.

Lo primero que hice en los meses posteriores a su muerte fue ocupar su lugar en todas las tradiciones y celebraciones de la boda de su hija. Luna de Primavera parecía resignada a la idea del matrimonio, triste por tener que abandonar el hogar e insegura ante lo que le depararía la vida, pues había visto cómo su padre había tratado a su madre. Eran las preocupaciones que tenían todas las muchachas, pensé yo, pero la noche de la boda, cuando su esposo se quedó dormido, Luna de Primavera se suicidó arrojándose al pozo del pueblo.

«Esa niña no sólo ha envenenado a su nueva familia, sino que ha envenenado toda el agua del pueblo —rumoreaba la gente—. Era igual que su madre. ¿Os acordáis de aquella Carta de Vituperio?» Yo había redactado la carta que había arruinado la reputación de Flor de Nieve, y eso pesaba en mi conciencia, así que siempre que oía algún comentario como ése lo acallaba. De mis palabras todos deducían que yo era una persona indulgente y caritativa con los impuros, pero sabía que en mi primer intento de arreglar las cosas con Flor de Nieve había fracasado estrepitosamente. El día que anoté la muerte de esa niña en el abanico fue uno de los peores de mi vida.

A continuación centré todos mis esfuerzos en el hijo de Flor de Nieve. Pese a que sus circunstancias no le ayudaban nada y a que no recibía ningún apoyo de su padre, el muchacho había aprendido la escritura de los hombres y se le daban bien los números. Con todo, trabajaba con su padre y en su vida no había más alegría que cuando era un niño pequeño. Conocí a su esposa, que todavía vivía con su familia natal, y comprobé que en ese caso habían hecho una buena elección. La muchacha quedó encinta.

Me atormentaba pensar que se instalaría en la casa del carnicero. Aunque no suelo inmiscuirme en el reino exterior de los hombres, convencí a mi esposo —que no sólo había heredado las extensas propiedades de tío Lu, sino que las había ampliado con los beneficios del negocio de la sal, y cuyos campos se extendían ya hasta Jintian— de que buscara a aquel joven un trabajo que no fuera matar cerdos. Mi esposo lo contrató como cobrador de las rentas de los campesinos y le ofreció una casa con jardín. El carnicero acabó retirándose, se fue a vivir con su hijo y empezó a adorar a su nieto, que llenaba de alegría aquel hogar. El joven y su familia eran felices, pero yo sabía que todavía no había hecho suficiente para resarcir a Flor de Nieve.

Cuando cumplí cincuenta años y se me retiró la menstruación, mi vida volvió a dar un giro. Pasé de servir a los demás a que los demás me sirvieran a mí, aunque vigilaba lo que hacían y los corregía cuando no hacían algo a mi entera satisfacción. Pero, como ya he dicho, en mi corazón ya estaba entregada al recogimiento. Me hice vegetariana y me abstenía de comer alimentos rojos como el ajo y el vino. Recitaba *sutras* religiosos, practicaba rituales de purificación y esperaba poder renunciar a los aspectos impuros del trato carnal.

Pese a haber conspirado durante toda mi vida de casada para que mi esposo nunca tuviera concubinas, sentía lástima por él. Mi marido merecía una recompensa tras toda una vida de duro trabajo. No esperé a que él actuara —quizá nunca hubiera llegado a hacerlo— y yo misma busqué y traje a nuestra casa no a una sino a tres concubinas para que lo distrajeran. Al elegirlas yo misma pude impedir en gran medida los celos y las pequeñas discrepancias que suelen surgir cuando llegan a un hogar mujeres jóvenes y atractivas. No me ofendí cuando tuvieron hijos. Y la verdad es que el prestigio de mi esposo en el pueblo aumentó. No sólo había demostrado que podía permitirse el lujo de tener concubinas, sino también que su *chi* era más fuerte que el de cualquier otro hombre del condado.

Mi relación con mi esposo se convirtió en una relación de gran compañerismo. Él solía entrar en la habitación de las mujeres para beber té y charlar conmigo. El solaz que hallaba en la serenidad del reino interior hacía que se disiparan sus preocupaciones acerca del caos, la inestabilidad y la corrupción que dominaban en el reino exterior. Creo que en esa época fuimos más felices juntos que en cualquier otra etapa de nuestra vida. Habíamos sembrado un jardín y las plantas florecían alrededor de la casa. Todos nuestros hijos varones se casaron y trajeron a sus esposas. Todas sus esposas fueron fértiles. Nuestros nietos correteaban por la casa y la llenaban de alegría. Nosotros los adorábamos, pero el que más me interesaba a mí era una niña que no llevaba mi sangre. Quería tenerla cerca de mí.

En la casita de Jintian, la esposa del cobrador de rentas había dado a luz una hija. Yo quería que esa niña, la nieta de Flor de Nieve, se casara con el mayor de mis nietos. La edad de seis años no es demasiado temprana para el rito de la Elección de Pretendiente, siempre que ambas familias accedan a firmar el compromiso, que la del novio esté dispuesta a empezar a enviar regalos a la familia de la novia y que ésta sea lo bastante pobre para necesitarlos. Yo consideraba que nosotros cumplíamos todos los requisitos y mi esposo —tras treinta y dos años de matrimonio, en los que jamás había tenido motivos para avergonzarse de mí— fue lo bastante generoso para aceptar mi petición.

Mandé llamar a la señora Wang cuando estaban a punto de vender los pies a la niña. La anciana entró en la sala principal acompañada por dos criadas de pies grandes, lo cual indicaba que, pese a que había otras casamenteras que tenían más trabajo, había ahorrado dinero suficiente para vivir con comodidad. Sin embargo, los años le habían pasado factura. La señora Wang tenía el rostro marchito y los ojos blancos y ciegos. Se había quedado sin dientes y tenía muy poco cabello. Su cuerpo se había encogido y la espalda se le había encorvado. Estaba tan frágil y deforme que apenas podía caminar con sus lotos dorados. Entonces me dije que yo no quería vivir tantos años, pero aquí me tenéis.

Le ofrecí té y dulces. Charlamos un rato. Pensé que ella no se acordaba de quién era yo y creí que podría aprovecharme de ello. Conversamos un rato y entonces abordé el tema.

—Estoy buscando una prometida para mi nieto.

—¿No crees que debería hablar con el padre del muchacho? —preguntó la señora Wang.

—Él está fuera y me ha pedido que negocie la unión.

La anciana cerró los ojos y reflexionó. O eso, o se quedó dormida.

—Me han dicho que en Jintian hay una muchacha que podría interesarnos —proseguí elevando la voz—. Es la hija del cobrador de rentas.

Lo que la señora Wang dijo a continuación me hizo comprender que sabía muy bien quién era yo.

—¿Por qué no acoges a esa niña como falsa nuera? —preguntó—. Tu umbral es muy alto. Estoy segura de que tu hijo y tu nuera estarían de acuerdo.

La verdad es que mi hijo y mi nuera estaban disgustados conmigo por lo que había decidido. Pero ¿qué podían hacer? Mi hijo era funcionario imperial. Acababa de aprobar el examen imperial para el cargo de *juren* a la temprana edad de treinta años. Cuando no estaba viajando por el país, parecía estar en las nubes. Casi nunca venía a casa y, cuando lo hacía, nos contaba disparatadas historias de lo que había visto: extranjeros altos y grotescos con barbas rojas, cuyas esposas llevaban trajes con la cintura tan apretada que no podían respirar y tenían unos pies enormes con los que chancleteaban ruidosamente, como peces recién atrapados. Por lo demás, era un buen hijo y hacía cuanto su padre le pedía. Mi nuera, por su parte, tenía que obedecerme. Sin embargo, se había desentendido por completo de las conversaciones acerca del futuro de su hijo y se había retirado a llorar a su habitación.

—No busco una niña de pies grandes —dije—. Quiero que mi nieto se case con la niña que tenga los pies más perfectos del condado.

—A esa niña todavía no le han vendado los pies. No hay ninguna garantía de que...

—Pero tú se los has visto, ¿me equivoco, señora Wang? Tú sabes juzgar. ¿Cuál crees que será el resultado?

—Es posible que la madre de la niña no sepa hacer bien su trabajo...

—Entonces me encargaré yo misma de vendárselos.

—No puedes traer a la niña a esta casa si pretendes casarla con tu nieto —argumentó con voz quejumbrosa—. No sería correcto que tu nieto viera a su futura esposa.

La señora Wang no había cambiado, pero yo tampoco.

—Tienes razón, anciana. Iré a ver a la niña a su casa.

—Eso tampoco sería correcto...

—La visitaré con regularidad. Tengo muchas cosas que enseñarle.

Caviló sobre mi propuesta. Entonces me incliné hacia ella y puse una mano sobre la suya.

—Creo que la abuela de la niña lo habría aprobado, tiíta —agregué.

Las lágrimas anegaron los ojos de la casamentera.

—Esa muchacha tendrá que aprender las artes femeninas —me apresuré a añadir—. Tendrá que viajar... no demasiado lejos, desde luego, para que no nazcan en ella ambiciones impropias del reino de las mujeres. Creo que estarás de acuerdo conmigo en que debería visitar el templo de Gupo todos los años. Me han dicho que había un hombre que preparaba un delicioso postre de taro. Y creo que su nieto ha heredado su maestría.

Seguí negociando, y la nieta de Flor de Nieve quedó bajo mi tutela. Yo misma le vendé los pies. Le mostré todo el amor maternal que pude mientras la obligaba a recorrer la habitación de arriba de su casa natal. Los pies de Peonía se convirtieron en unos lotos dorados perfectos, idénticos en tamaño a los míos. Durante los largos meses del vendado, mientras los huesos de Peonía adoptaban su nueva forma, la visité casi a diario. Sus padres la adoraban, pero el padre intentaba no pensar en el pasado y la madre lo desconocía. Así pues, yo contaba a la niña historias sobre su abuela y su *laotong* y le hablaba de la escritura secreta y los cantos de las mujeres, de la amistad y las tribulaciones.

—Tu abuela nació en el seno de una familia educada —le expliqué—. Tú aprenderás lo que ella me enseñó: las labores de aguja, la dignidad y, más importante aún, nuestra escritura secreta.

Peonía era muy aplicada en sus estudios, pero un día me dijo:

—Escribo muy mal. Espero que me perdones.

La niña era la nieta de Flor de Nieve, pero ¿cómo no iba a verme yo misma retratada en ella?

A veces me pregunto qué fue peor, si ver morir a Flor de Nieve o a mi esposo. Ambos sufrieron mucho, pero sólo en el cortejo fúnebre de mi esposo hubo tres hijos varones avanzando de rodillas hasta la tumba. Yo tenía cincuenta y siete años cuando mi marido se fue al más allá, de modo que era demasiado vieja para que mis hijos pensaran en casarme otra vez o se preocuparan por si sería una viuda casta. Era casta. Siempre lo había sido, sólo que ahora era viuda por partida doble. No he escrito mucho acerca de mi esposo en estas páginas. Todo eso está en mi autobiografía oficial. Pero quiero deciros una cosa: era él lo que me animaba a seguir día a día. Tenía que asegurarme de que se le preparaban las comidas. Tenía que pensar en cosas inteligentes para distraerlo. Cuando murió, empecé a comer cada vez menos. Me traía sin cuidado ser un ejemplo para las mujeres de mi condado. Los días transcurrían y se convertían en semanas. Perdí la noción del tiempo. No prestaba atención al ciclo de las estaciones. Los años se acumulaban en décadas.

Lo malo de vivir tantos años es que ves morir a muchas personas. Yo he sobrevivido a casi todo el mundo: a mis padres, a mis tíos, a mis hermanos, a la señora Wang, a mi esposo, a mi hija, a dos hijos, a todas mis nueras, incluso a Yonggang. Mi hijo mayor consiguió el título de *gongsheng* y por último el de *jinshi*. El emperador en persona leyó su examen. Como funcionario de la corte, mi hijo pasa la mayor parte del tiempo fuera de casa, pero ha consolidado la posición de la familia Lu para las próximas generaciones. Es un buen hijo y sé que nunca olvidará sus deberes. Hasta ha comprado un ataúd, grande y lacado, para que yo descanse en él cuando muera. Su nombre, junto con el de su tío abuelo Lu y el del bisabuelo de Flor de Nieve, cuelga escrito con los orgullosos caracteres de los hombres en el templo de los antepasados de Tongkou. Esos tres nombres permanecerán allí hasta que el edificio se desmorone.

Peonía tiene treinta y siete años, seis más de los que tenía yo cuando me convertí en la señora Lu. Es la esposa del mayor de mis nietos y, por lo tanto, se convertirá en la próxima señora Lu cuando yo muera. Tiene dos hijos y tres hijas, y quizá aún tenga más. Su primogénito se casó con una muchacha de otro pueblo, que ahora vive con nosotros y hace poco tuvo gemelos, un niño y una niña. En sus caras veo a Flor de Nieve, pero también me veo a mí. De niñas nos dicen que somos ramas inútiles, porque no perpetuaremos el nombre de nuestra familia natal, sino el de la familia en la que entramos al casarnos, siempre que tengamos la suerte de parir hijos varones. De ese modo una mujer pertenece eternamente a la familia de su esposo, tanto en vida como después de muerta. Todo eso es cierto y, sin embargo, ahora me consuelo pensando que la sangre de Flor de Nieve y la mía pronto gobernarán la casa de los Lu.

Siempre he creído en un viejo proverbio que advierte: «Una mujer sin sabiduría es mejor que una mujer con educación.» Toda mi vida he intentado mantenerme al margen de lo que sucedía en el reino exterior y nunca aspiré a aprender la escritura de los hombres, pero aprendí las costumbres, las historias y la escritura de las mujeres. Hace años, cuando estaba en Jintian enseñando a Peonía y a sus hermanas de juramento los trazos que componen nuestro código secreto, muchas mujeres me pidieron que escribiera al dictado sus autobiografías. No pude negarme. Les cobraba por hacer ese trabajo, desde luego: tres huevos y una moneda. No necesitaba ni el dinero ni los huevos, pero era la señora Lu y ellas tenían que respetar mi posición. Pero había algo más. Yo quería que ellas dieran valor a sus vidas, que en general eran muy deprimentes. Esas mujeres procedían de familias pobres y desagradecidas, que las casaron cuando ellas eran muy jóvenes. Habían sufrido al separarse de sus padres, habían perdido a algunos hijos, habían sido humilladas en la casa de sus suegros y muchas de ellas recibían palizas de sus esposos. Sé mucho acerca de las mujeres y sus padecimientos, pero sigo sin saber casi nada acerca de los hombres. Si un hombre no valora a su mujer al casarse con ella, ¿cómo va a tratarla como algo precioso? Si no cree que su esposa valga más que una gallina, que le proporciona huevos todos los días, o que un carabao, que soporta cualquier carga sobre su lomo, ¿cómo va a valorarla más que a esos animales? Es posible que hasta la aprecie menos, porque ella no es tan valiente, tan fuerte, tan tolerante como ellos ni puede valerse por sí misma.

Después de escuchar todas esas historias reflexioné sobre mi propia vida. Durante cuarenta años el pasado sólo ha suscitado arrepentimiento en mí. Sólo ha habido una persona que me haya importado de verdad, pero me porté con ella peor que el peor de los esposos. Cuando Flor de Nieve me pidió que fuera la tía de sus hijos, me dijo (fueron las últimas palabras que me dirigió): «Aunque nunca he sido tan buena como tú, creo que los espíritus celestiales nos unieron. Estaremos juntas eternamente.» He meditado a menudo sobre eso. ¿Decía Flor de Nieve la verdad? ¿Y si no hay piedad en el más allá? En todo caso, si los muertos tienen las mismas necesidades y los mismos deseos que los vivos, espero que me oigan Flor de Nieve y los otros que lo presenciaron todo. Escuchad mis palabras, por favor. Os ruego que me perdonéis.

Nota de la autora y agradecimientos

Un día, en la década de los años sesenta, una anciana se desmayó en una estación rural de ferrocarril de China. Cuando la policía registró sus pertenencias con objeto de identificarla, encontraron unos papeles con textos escritos en lo que parecía un código secreto. Como estaban en plena Revolución Cultural, detuvieron a la mujer y la acusaron de ser una espía. Los expertos que descifraron el código se dieron cuenta casi de inmediato de que aquellos textos no tenían nada que ver con las intrigas internacionales. Se trataba de una escritura utilizada únicamente por mujeres desde hacía mil años y que los hombres desconocían. Inmediatamente enviaron a esos expertos a un campo de trabajo.

La primera vez que oí hablar del *nu shu* fue mientras escribía una reseña de *Aching for beauty*, de Wang Ping, para *Los Angeles Times*. El *nu shu* y la cultura que había detrás me intrigaron y me obsesionaron. Descubrí que se habían conservado muy pocos documentos de *nu shu* —cartas, historias, telas y bordados—, pues la mayoría se quemaban en la tumba por motivos prácticos y metafísicos. En los años treinta, los soldados japoneses destruyeron muchas piezas que se habían conservado como reliquias de familia. Durante la Revolución Cultural, la ferviente Guardia Roja quemó más textos y luego prohibió a las mujeres que asistieran a celebraciones religiosas y realizaran el peregrinaje anual al templo de Gupo. En los años posteriores, el rigor de la Oficina de Seguridad Pública redujo aún más el interés por aprender o conservar esa escritura. Durante la segunda mitad del siglo XX el *nu shu* estuvo a punto de extinguirse al desaparecer las razones básicas por las que lo empleaban las mujeres.

Después de comunicarme con Michelle Yang, una admiradora de mi obra, por correo electrónico y hablar con ella del *nu shu*, tuvo la amabilidad de encargarse de investigar y luego transmitirme sus hallazgos en Internet. Eso fue suficiente para que yo empezara a planear un viaje al condado de Jiangyong (antes Yongming), adonde fui en otoño de 2002 gracias a la ayuda que me prestó Paul Moore, de Crown Travel. Cuando llegué, me aseguraron que era la segunda extranjera que visitaba la región, pese a que yo sabía que otros dos habían estado allí, aunque no los hubieran detectado. De todos modos, puedo afirmar que sigue siendo una región de difícil acceso. Por ese motivo debo dar las gracias al señor Li, que no sólo es un estupendo conductor (algo difícil de encontrar en China), sino que además demostró ser muy paciente cuando su coche quedaba encallado en un enfangado camino tras otro mientras íbamos de pueblo en pueblo. Tuve la suerte de contar con Chen Yi Zhong como intérprete. Su simpatía, su disposición para entrar sin avisar en las casas, su dominio del dialecto local, su conocimiento de la historia y la lengua clásicas y su entusiasta interés por el *nu shu* —cuya existencia ignoraba— contribuyeron a que mi viaje resultara tan fructífero. Él me tradujo conversaciones que oíamos en callejones y cocinas, así como historias escritas en *nu shu* que se conservaban en el museo del *nu shu*. (Aprovecho para dar las gracias al director de dicho museo, que no tuvo reparo en abrirme vitrinas y dejarme examinar la colección.) He confiado en la traducción coloquial que hizo Chen de algunos textos, entre ellos el poema de la dinastía Tang que Lirio Blanco y Flor de Nieve se escribían sobre la piel. Como esa región sigue vedada a los extranjeros, teníamos que viajar acompañados de un funcionario del condado, que también se llamaba Chen. Él me abrió muchas puertas y su relación con su querida hija, una criatura inteligente y hermosa, me demostró mejor que cualquier discurso o artículo que la situación de las niñas ha cambiado mucho en China.

Juntos, los señores Li, Chen y Chen me llevaron a pie, en coche, en carros tirados por ponis y en sampán a ver y hacer todo cuanto yo quería. Fuimos a Tong Shan a conocer a Yang Huanyi, que entonces tenía noventa y seis años y era la mujer más anciana que conocía el *nu shu*. Le habían vendado los pies cuando era niña y me relató su experiencia, así como los ritos nupciales. (Aunque el vendado empezó a prohibirse a finales del siglo XIX, continuó realizándose en las zonas rurales hasta bien entrado el siglo XX. En 1951, cuando el ejército de Mao Zedong liberó el condado de Jiangyong, dejó de practicarse.)

Hace relativamente poco tiempo la República Popular China rectificó su postura respecto al *nu shu* y ahora lo considera un importante elemento de la lucha revolucionaria del pueblo chino contra la opresión. El gobierno intenta mantener viva la escritura, para lo cual ha abierto una escuela de *nu shu* en Puwei. Fue allí donde conocí y hablé con Hu Mei Yue, la nueva maestra, y con su familia. Ella me contó historias de sus abuelas y me explicó cómo le habían enseñado el *nu shu*.

Incluso hoy día el pueblo de Tongkou es un lugar extraordinario. La arquitectura, los frescos pintados en las casas y lo que queda del templo de los antepasados dan fe del refinamiento que en otros tiempos tuvieron sus habitantes. Aunque ahora el pueblo es pobre y remoto, es curioso ver que en el templo se menciona a cuatro hombres de esa región que alcanzaron el rango más elevado de los funcionarios imperiales durante el reinado del emperador Daoguang. Además de todo lo que aprendí en los edificios públicos, quiero expresar mi gratitud a todos los habitantes de Tongkou que me dejaron entrar en sus casas y formularles numerosas preguntas. También estoy muy agradecida a los habitantes de Qianjiadong —considerado el Pueblo de las Mil Familias de las leyendas yao, redescubierto por los intelectuales chinos en los años ochenta—, que también me agasajaron generosamente.

El mismo día que regresé a mi casa, envié un correo electrónico a Cathy Silber, profesora del Williams College, que en 1988 había realizado un trabajo de campo sobre el *nu shu* para redactar su tesis, y le dije lo impresionada que estaba de que hubiera vivido seis meses en una región tan aislada y con tan pocas comodidades. A partir de entonces hablamos a menudo del *nu shu*, de la vida de las mujeres que lo practicaban y de Tongkou. También me ayudó muchísimo Hui Dawn Li, que contestó a numerosas preguntas acerca de las ceremonias, el idioma y la vida doméstica. Estoy inmensamente agradecida por sus conocimientos, su franqueza y su entusiasmo.

Asimismo estoy en deuda con la obra de varios intelectuales y periodistas que han escrito acerca del *nu shu*: William Chiang, Henry Chu, Hu Xiaoshen, Lin-lee Lee, Fei-wen Liu, Liu Shouhua, Anne McLaren, Orie Endo, Norman Smith, Wei Liming y Liming Zhao. El *nu shu* se basa en gran medida en frases e imágenes estandarizadas —como «el fénix grazna», «dos patos mandarines» o «los espíritus celestiales nos unieron»—, y yo, a mi vez, me he basado en las traducciones de esas frases. Sin embargo, dado que esto es una novela, no he utilizado los típicos metros pentasilábicos y heptasilábicos empleados en las cartas, canciones y relatos escritos en *nu shu*.

En cuanto a la información sobre China, el pueblo yao, las mujeres chinas y el vendado de los pies, debo destacar la obra de Patricia Buckley Ebrey, Benjamin A. Elman, Susan Greenhalgh, Beverly Jackson, Dorothy Ko, Ralph A. Litzinger y Susan Mann. Por último, el sugerente documental de Yue-qing Yang, *Nu-shu: A Hidden Language of Women in China*, me ayudó a entender que muchas mujeres del condado de Jiangyong todavía viven con las secuelas de los matrimonios concertados. Todas esas personas tienen sus propias opiniones y conclusiones, pero recordad, por favor, que *El abanico de seda* es una obra de ficción, que no pretende explicarlo todo acerca del *nu shu*. Es una historia que ha pasado por el filtro de mi corazón, mi experiencia y mis investigaciones. Dicho de otro modo, cualquier error hay que atribuírmelo a mí.

Bob Loomis, mi editor de Random House, hizo gala una vez más de su paciencia, agudeza y meticulosidad. Benjamin Dreyer, excelente revisor, me ofreció muy buenos consejos, por los que le estoy profundamente agradecida. Gracias también a Vincent La Scala, que guió la novela, y a Janet Baker, que leyó con atención el manuscrito. Ninguna de mis obras habría visto la luz de no ser por mi agente, Sandy Dijkstra. Su fe en mí ha sido inquebrantable, y ha sido un placer trabajar con sus colaboradores, sobre todo con Babette Sparr, que se encarga de los derechos para el extranjero y que fue la primera persona que leyó el manuscrito.

Mi esposo, Richard Kendall, siempre me animó a continuar. En esta ocasión tuvo además que sortear las preguntas de mucha gente que, mientras yo estaba fuera, le decía: «¿Y dejas que se vaya allí sola?» Él no dudó ni un momento en dejar que yo siguiera lo que me marcaba el corazón. Mis hijos, Christopher y Alexander, me inspiraron más de lo que cualquier madre podría desear, pese a que estuvimos físicamente separados mientras escribía este libro.

Por último, gracias a Leslee Leong, Pam Maloney, Amelia Saltsman, Wendy Strick y Alicia Tamayac, que me cuidaron cuando sufrí una conmoción cerebral grave y me llevaron por Los Ángeles a las citas con los médicos y a hacer otros recados durante los tres meses que no pude conducir. Ellas son un ejemplo viviente de una hermandad, y sin ellas no habría podido terminar este libro.